하루키의 선택

하루키의 선택

초판 1쇄 발행 | 2017년 12월 15일

지은이 | 프랜시스 스콧 피츠제럴드 · 레이먼드 챈들러
옮긴이 | 최성욱
펴낸이 | 전상삼
펴낸곳 | 세상의아침
출판등록 | 제2002-126호 (2002. 6. 26)

주소 | 서울시 마포구 토정로 222, 한국출판콘텐츠센터 422호
전화 | (02) 323-6114
팩스 | (02) 334-9108
이메일 | zzamzzamzzam@naver.com

ISBN 978-89-92713-10-8 03840

하루키의 선택

프랜시스 스콧 피츠제럴드 · 레이먼드 챈들러 지음

세상의 아침

| 머리말 |

오늘날 세계적인 작가로 평가받는 하루키, 그는 고교 시절부터 미국 현대 작가들의 소설을 탐독했다. 그로 인해 일본 문학보다 미국의 대표적인 공포 소설가 스티븐 킹, 트루먼 카포티, 커트 보네거트, 폴 세로, 리처드 브라우티건, 게이 타리즈, 레이먼드 카버, 팀 오브라이언, 존 어빙, 레이먼드 챈들러, 스콧 피츠제럴드와 같은 작가들에게서 문학적 영향을 받았다.

그중 하루키와 뗄 수 없는 작가는 피츠제럴드와 챈들러이다. "피츠제럴드는 한동안 나의 스승이요, 대학이요, 문학 동료였다."라고 할 정도로, 문학적 감수성이 예민했던 고등학생 하루키는 피츠제럴드의 광팬(?)이었던 셈이다.

하루키는 피츠제럴드의 문학적 기법이나 미학을 섭렵한 것뿐만 아니라, 피츠제럴드의 미학을 최고조로 드러낸 피츠제럴드 전문 번역가이다. 이런 상황이니, '피츠제럴드를 읽는 것은 무라카미 하루키를 읽는 것'이라는 말이 빈말은 아닌 셈이다.

하드보일드 소설의 귀재로 알려진 챈들러, 그는 60년대 하루키의 우상이었다. 이에 하루키는 챈들러의 작품에서 영향을 받았음은 물론이고, 챈들러의 필립 말로 시리즈 전 6편을 번역했다. 아서 코난 도일의 셜록 홈스에 비견될 만큼, 챈들러의 필립 말로는 냉소, 우울, 정의감, 섬세함이 뒤섞인 강렬하고 매력적인 캐릭터였다. 그로 인해 필립 말로는 나중에 나오는 수많은 작품 속의 탐정, 형사 캐릭터들에게 하나의 방향을 제시했기에 하루키를 사로잡았던 것이다. 하루키는 챈들러의 하드보일드 소설 기법을 터득했을 뿐만 아니라, 글이 잘 써지든 써지지 않든 매일 책상 앞에 앉아 엄숙한 글쓰기의 자세 ―하루키는 그것을 챈들러 방식이라 불렀다.―를 지표로 삼았다. 가히 챈들러는 하루키의 우상이었던 셈이다.

이처럼 하루키의 전반적인 작품 성향과 작가적 성장에까지 영향을 끼친 피츠제럴드와 챈들러, 두 작가의 작품을 '하루키의 선택'이라는 타이틀로 함께 묶었다.

사실, 두 작가의 작품을 대하면서 그 진면목을 고스란히 드러내는 일은 결코 쉽지 않았다. 위대한 작가들의 완벽한 플롯이나 명대사 같은 것을 추려보는 일은 민망한 일이다. 또한 그들의 삶이 어떠했기에 그런 작품들을 남기게 되었는지를 따져보는 것도 차마 못할 짓이다. 게다가 그들 작품들의 경중을 저울질하는 짓은 모독이 될 수도 있다. 그리고 다른 문화의 다른 말로 쓴 문학작품을 우리 글로 옮기는 일은 짐작과 오해 사이의 줄타기라고 할 수 있다. 작가는 글을 쓰는 것으로 독자는 읽는 것으로 전부라고 할 수 있지만, 역자는 작가와 독자에게 영원히 갚을 수 없는 빚을 스스로 짊어진 꼴이라는 생각이 들었다.

두 작가의 작품은 너무나 판이하게 다른 스타일이다. 예를 들자면 연극의 연출자와 관객의 그것처럼 말이다. 피츠제럴드는 상황과 심리와 묘사를 자신이 원하는 대로 이끌어 나간다. 그는 아름다운 무대 위에 멋진 배우들을 세워 놓고 명대사와 훌륭한 연기를 하도록 한다. 그의 드라마는 관객에게 깊은 감명을 주며 즐겁고 만족하게 한다. 반면 챈들러는 관객들에게 어둡고 낯선 장소에서 벌어지는 거친 사람들의 험한 사건을 보여준다. 이미 사건은 진행되어 어떻게 시작된 일인지도 알 수 없으며 모든 것이 수수께끼이다. 그리고 챈들러 그조차 한 사람의 관객 입장에서 지켜보고 있을 뿐이다.

피츠제럴드는 우리가 쉽게 이해할 수 있도록 이야기해 준다. 물 흐르듯 막힘이 없어서 독자는 첫 장을 시작하자마자 어느새 그가 펼쳐주는 대로 따라가고 있다. 그는 독자가 힘들어 하기를 원하지 않는다. 그가 우산을 집어주면 비가 오기 시작하고 외투를 건네주면 바람이 차가워지기 때문이다. 그런데 그 우산과 외투는 그가 자신을 감쌀 유일한 것이라는 느낌을 지울 수 없다. 그의 이야기는 사실 몹시 아프다. 오를 수 없는 산과 퇴색되어 가는 소중한 것들, 잘못 들어선 길들이 곳곳에 있다. 그는 애써 그것들은 그가 겪었던 일이 아니라 그저 이야기일 뿐이라고 한다. 하지만 우리는 그 이야기가 사실은 우리 삶의 안쪽에 새겨진 아물지 않는, 치유될 수 없는 상처라는 것을 안다.

그의 이야기들은 여러 모습을 하고 있지만 그 안에는 하나의 주제가 있다. 사랑하는 사람을 향한 헌신과 좌절이다. 가난한 청년이 사랑하는 여자에게 다가갈 수 있게 작가는 그에게 온갖 행운을 주지만 끝내는 좌절시키고야 만다. 행복한 결말은 현실적이 아니라는 믿음이 있어서인지 작가의 경험이 그래서인지, 아무튼 이런 통속적인 요소가 흥미롭고 다양한 이야기들을 빛나고 풍부하게 엮어낸다.

챈들러는 강력 사건 현장 주변에 몰려든 구경꾼들을 귀찮아하는 형사 같다. 그의 등장인물들은 이름조차 제대로 불리기를 꺼려한다. 예를 들면 '모래색 머리의 사내'라든가 '흔들거리는 남자'라는 식으로 마치 목격자의 증언 같은 호칭이 난무한다. 사건조차 자세한 내막은 아리송하기 그지없다. 누가 살인을 저질렀는지 그다지 중요하지 않다. 게다가 주인공의 머릿속에 무슨 생각이 들어 있는지는 그저 표정이나 말투 아니면 의자에 털썩 앉는 정도로 추측할 수 있을 뿐인데 그나마 확실하지 않다. 그러나 그런저런 일들에 대해 작가에게 해명을 요구하는 것도 허락되지 않는다. 독자는 관객 아니면 구경꾼으로 머물러 있어야 하기 때문이다. 그리고 기꺼이 머무른다. 우리가 이 세상이라는 다소 황당한 난장판에 본의 아니게 끌려 나왔음에도 나름 기꺼이 살아가고 있는 것과 같은 이치이다.

살인 사건을 해결해야 하는 챈들러의 강력계 형사 또는 사설탐정들은 어떤 정의감이나 사명감에서가 아니라 어쩌다보니 휘말리게 된 듯 보인다. 게다가 사건은 심증과 용의자만 있고 확실한 무엇도 없는데 사방에는 훼방꾼들로 가득하다. 그런 것이 바로 현실이라는 것처럼.

피츠제럴드와 챈들러는 서로 너무나 다른 스타일의 작가이지만 한 권의 책 속에 나란히 하는 것도 어색하지 않다. 우리 삶의 단면이 바로 그렇게 되어 있기 때문이다. 하루키가 두 작가에게 열광한 이유도 여기에 있지 않을까 한다.

여러분도 '하루키가 선택'한 피츠제럴드와 챈들러의 작품을 접하면서, 문학청년 하루키와 교감하며 기쁨을 찾는 행복한 여정이기를 바란다.

최성욱

| 작가 소개 |

프랜시스 스콧 피츠제럴드

1896년 9월 24일 미국 미네소타주 세인트폴에서 태어났다. 어렸을 때부터 글쓰기를 좋아했던 그는 12세 때 세인트폴아카데미에 들어간 뒤 교지에 첫 단편소설 「나우 앤드 덴」을 발표했다. 15세 때 뉴저지주의 뉴먼학교에 다닐 때에도 교지에 세 편의 단편소설을 발표했다. 18세 때인 1913년 프린스턴대학에 진학해 연극 모임인 트라이앵글클럽에서 뮤지컬 코미디용 시극을 썼고, 나중에 비평가가 되는 에드먼드 윌슨과 시인이 되는 존 필 비숍 등과 만나 활발하게 문학에 대해 토론하며 습작 시기를 거쳤다.

제1차 세계대전이 발발하자, 1917년 육군 소위로 참전했다. 병영에서 그는 틈틈이 자전적 소설 『낙원의 이편』을 썼는데, 전쟁이 끝난 뒤인 1920년에 출간되었다. 이 작품은 20세기 초 새롭게 등장한 세대, 즉 잃어버린 세대(Lost Generation)의 감수성을 탁월하게 그려냄으로써 베스트셀러에 올랐고, 피츠제럴드는 작가로서 크게 인정받으며 재즈 시대와 로스트 제너레이션의 대변자로 일컬어졌다. 같은 해에 단편집 『말괄량이 아가씨들과 철학자들』, 1922년 장편소설 『아름다운, 그리고 저주받은 사람들』과 단편집 『거꾸로 가는 벤저민 버튼의 시간—그리고 또 다른 재즈 시대 이야기들』이 출간됨으로써, 당대의 가장 인기 있는 작가로 부와 명성을 누리게 되었다.

피츠제럴드는 그의 아내 젤다와 함께 향락적인 사교 생활에 빠져 방탕한 나날을 보냈다. 그 와중에도 그는 유럽에 머물며 1925년 장편소설 『위대한 개츠비』를 완성했다. 피츠제럴드의 성격과 경험이 잘 녹아든 이 작품은, 대공황 이전 호황기를 누리던 미국의 물질 만능주의 속에서 전후의 공허와 환멸에서 도피하고자 향락에 빠진 로스트 제너레이션의 혼란을 예리하게 그리고 있다. 『위대한 개츠비』는 세계적인 베스트셀러가 되었고, 피츠제럴드를 1920년대 대표 작가의 반열로 올려놓은 불후의 명작이 되었다.

이후 피츠제럴드는 1927년 단편집 『모든 슬픈 젊은이들』을 출간했으나 부진을 면치 못했고, 알코올에 의존하며 무질서하고 방탕한 생활로 경제적 어려움에 시달리게 되었다. 1934년 장편소설 『밤은 부드러워』, 1935년 단편집 『기상나팔』을 발표했지만 큰 반응을 얻지 못했다. 알코올중독과 병마에 시달리던 그는 1940년 장편 『마지막 거물』을 집필하던 중, 심장마비로 생을 마감했다.

| 작가 소개 |

레이먼드 챈들러

미국의 대표적인 추리작가이며 하드보일드 탐정소설의 시조로 불리는 레이먼드 챈들러는 1888년 7월 23일 미국 일리노이주 시카고에서 태어났다. 하지만 그의 아버지가 집을 나간 뒤 어머니와 함께 1895년 영국으로 이주했다. 이후 덜위치대학에 입학했으나 학교 수업보다는 프랑스나 독일 여행을 더 많이 즐겼다. 1907년 영국 국적을 취득한 뒤에 영국 해군성에서 약 일 년 정도 근무하면서 첫 번째 시집을 냈다. 이후 런던의 몇몇 신문사에서 기자 생활을 하고, 출판업자로 활동했으나 두각을 나타내지 못했다. 1912년 미국으로 돌아온 그는 로스앤젤레스에 정착했다. 1917년 미국이 제1차 세계대전에 참전하게 되자, 입대하여 프랑스에서 복무하였다.

전쟁이 끝나고 로스앤젤레스로 돌아왔으나 여러 직업을 거쳐야 했다. 1932년 대공황으로 일자리를 잃은 뒤 자신의 재능을 살려 생활비를 벌기로 결심했다. 그리하여 펄프 매거진에 범죄 단편들을 기고하면서 새로운 문학인생을 펼치기 시작했다. 1933년 첫 단편소설인「협박자는 쏘지 않는다」를 완성해 하드보일드 탐정소설의 산실이었던《블랙 마스크》지에 실었다. 늦은 나이에 데뷔한 그는 5년간 공들여 1939년 첫 장편소설『거대한 잠』을 발표했다. 이 작품이 크게 성공하자 할리우드로 간 그는 1940년『안녕 내 사랑』, 1942년『하이 윈도우』, 1943년『호수의 여인』, 1949년『리틀 시스터』를 발표하였다. 할리우드의 성장과 함께 그의 작품은 대부분이 영화화되었다. 챈들러는 '위대한 미스터리는 캐릭터 그 자체'라며, 셜록 홈스와 함께 탐정의 대명사가 된 '필립 말로' 캐릭터를 창조했다. 중절모에 트렌치코트를 입고 담배를 문 냉소적인 이 인물은 후대 탐정 캐릭터에 많은 영향을 주었다. 1954년 후기의 걸작『기나긴 이별』을 출판했다. 그러나 18세 연상의 사랑하는 아내가 세상을 떠나자, 우울증에 시달리며 알코올에 중독되어 지내다 1959년 70세의 나이로 캘리포니아에서 생을 마감했다.

차 례

1

피츠제럴드

거꾸로 가는 벤저민 버튼의 시간

1

1860년경에는 아이가 집에서 태어나는 게 사회적으로나 도덕적으로 당연한 행동이었다. 요즘에는, 의학의 높으신 신들께서 선언하시길 아기의 첫 울음소리는 잘나가는 병원의 마취제 냄새 속에서 울려야 한다고 했다. 그러므로 1860년의 여름 어느 날, 젊은 로저 버튼 부부가 첫아이를 병원에서 낳겠다고 결심한 것은 오십 년이나 앞선 스타일이었다. 이러한 시대착오적 결정이 지금부터 내가 적어 나갈 믿기 힘든 이야기와 어떤 관계가 있는지는 결코 밝혀지지 않을 것이다. 나는 무슨 일이 일어났는지에 대해서만 말하겠다. 판단은 여러분 스스로 하시길.

남북전쟁 전 볼티모어에서 사는 로저 버튼 부부는 사회적으로나 경제적으로 남들이 부러워할 만한 위치에 있었다. 그들 부부는 모든 남부 사람들이 알 만한 이 집안 저 가문들의 친인

척이었으므로 남부 연방에 넓게 펼쳐 있는 귀족 계급에 속해 있었다. 아이를 얻는다는 매력적이고 오랜 관습을 처음 경험하는 버튼 씨는 당연히 예민했다. 사 년 동안이나 이름보다는 별명인 '소맷부리'로 불렸던 그는 사내아이를 낳아서 코네티컷의 예일대학교에 보냈으면 했다.

이 엄청난 사건에 휘몰린 9월의 그날 아침, 그는 6시에 일어났다. 옷을 입고, 단장을 하고, 볼티모어 거리를 지나 병원까지 서둘러 달려갔다. 어두운 밤에 피어난 새 생명의 꽃이 아들인지 딸인지 알고 싶었다.

메릴랜드신사숙녀개인병원에 거의 100미터 앞쯤 왔을 때 그는 정면 계단을 내려오는 가정전문의 키인 박사를 보았다. 의사는 손을 씻듯이 두 손을 문지르고 있었다. 의사라는 전문직에 요구되는 불문율인 윤리의식에서 나온 행동이었다.

로저버튼철물도매회사의 사장인 로저 버튼 씨는 그 고풍스러운 시대의 남부 신사가 지켜야 할 품위도 제대로 갖추지 못하고 키인 박사 앞으로 뛰어갔다. "키인 박사님. 오, 키인 박사님!" 그는 소리쳐 불렀다.

박사는 그의 목소리를 듣고 고개를 돌리더니 냉엄하고 의사다운 얼굴에 불쾌하고 기이한 표정을 지으며 기다렸다.

"어떻게 되었습니까?" 버튼 씨가 헐떡이며 물었다. "뭐죠?

아내는 어떤가요? 아들인가요? 아니면…….”

“정신 차리게!” 키인 박사가 까칠하게 말했다. 그는 어지간히 짜증이 나 보였다.

“아이는 태어났나요?” 버튼 씨는 애걸했다.

키인 박사가 얼굴을 찌푸렸다. “음, 그래. 내 생각에 어떤 의미에서는.” 그가 다시 기묘하게 버튼 씨를 힐끗 보았다.

“아내는 무사한가요?”

“그래.”

“아들인가요, 딸인가요?”

“여기서 지금!” 키인 박사가 벌컥 화난 기세로 외쳤다. “그런 걸 묻다니! 직접 가서 보게. 이런 터무니없는 일이!”라고 거의 훑듯이 말하고 나서 중얼거리며 몸을 돌렸다. “이런 사례가 내 의사로서의 명성에 도움이 될 거라고 생각하나? 한 번만 더 이렇게 엉망이 되면, 누구라도 망할 거야.”

“무슨 일이죠? 세쌍둥이인가요?” 버튼 씨가 공포에 질려 물었다.

“아니, 세쌍둥이는 아니네!” 박사가 잘라 말했다. “그보다 더하네. 가서 직접 보게. 그리고 다른 의사를 찾게. 젊은이, 자네를 이 세상에 받아낸 이후로 사십 년이나 자네 집안 주치의를 했네. 하지만 자네와는 이젠 끝이야! 자네나 자네 친척 누구도 다시는 보고 싶지 않아! 잘 가게!"

박사는 더 이상 말도 없이 냉정하게 뒤돌아섰다. 그러고는 포장도로 위에 서 있던 쌍두 사륜마차에 올라타고는 휙 몰고 가버렸다.

버튼 씨는 얼이 빠지고 머리부터 발끝까지 떨면서 길가에 서 있었다. 도대체 얼마나 무시무시한 일이 일어난 것일까? 메릴랜드신사숙녀개인병원으로 들어가려는 마음조차 완전히 사라졌다. 그는 잠시 후 가까스로 계단을 올라가 병원 정문으로 들어갔다.

어둡고 침울한 홀의 데스크 뒤에 간호사가 앉아 있었다. 버튼 씨는 창피를 참으며 간호사에게 다가갔다.

"좋은 아침입니다." 그녀는 그를 보고 반갑게 쳐다보았다.

"안녕하세요. 저는, 저는 버튼이라고 합니다."

순간 두려움이 간호사의 얼굴에 퍼졌다. 그녀는 홀에서 달아나버리려는 듯 벌떡 일어났지만, 간신히 참는 것 같았다.

"내 아이를 보고 싶은데요." 버튼 씨가 말했다.

간호사는 발작적으로 소리쳤다. "아, 물론 그러셔야죠! 위층, 바로 위층, 올라가세요!"

간호사가 방향을 가리켰다. 버튼 씨는 식은땀으로 목욕을 한 채 비틀거리며 돌아서서 2층으로 올라가기 시작했다. 그는 2

층에서 그를 향해 오고 있는 대야를 든 간호사에게 다가갔다. "저는 버튼이라고 합니다." 그가 또박또박 자기 이름을 밝혔다. "내 아이를 보고 싶……."

와장창! 대야가 떨어져 계단 쪽으로 굴러갔다. 쿵쾅, 쿵쾅! 대야는 이 신사가 도발한 총체적 공포를 나누기라도 하듯이 규칙적으로 내려갔다.

"내 아이를 보고 싶소!" 버튼 씨가 악쓰듯 외쳤다. 그는 그대로 주저앉을 것 같았다.

쾅! 대야가 아래층 바닥에 떨어졌다. 간호사는 다시 자신을 추스르고 나서 버튼 씨를 경멸에 찬 눈으로 보았다.

"좋아요, 버튼 씨! 아주 좋다고요! 하지만 오늘 아침 내내 우리를 어떤 지경으로 몰았는지 아신다면! 정말 말도 안 돼요! 병원은 결코 명성의 흔적조차 누리지 못할 거예요. 이제는……." 그녀가 쉰 목소리로 말했다.

"얼른요! 이대로는 못 참겠어요!" 그가 외쳤다.

"이리로 오시죠, 버튼 씨."

그는 간호사 뒤를 기듯이 따라갔다. 기다란 홀 끝에 있는 병실에 다다르자 다양한 울음소리가 들렸다. 나중에 '우는 방'이라는 이름으로 알려지게 되는 병실이었다. 그들은 안으로 들어갔다. 하얀 에나멜칠을 한 아기 침대 여섯 개가 벽을 따라 놓여 있고, 각각 머리맡에는 이름표가 붙어 있었다.

"음, 누가 내 아이죠?" 버튼 씨가 헐떡였다.

"저쪽이요!" 간호사가 말했다.

버튼 씨의 눈길이 간호사의 손가락이 가리키는 쪽을 따라갔다. 그때 뭔가 보였다. 커다랗고 하얀 담요에 싸인 일흔 살쯤 되어 보이는 노인이 아기 침대 중의 하나에 쑤셔넣어진 채 앉아 있었다. 듬성듬성한 머리카락은 거의 백발이었고 홀쭉한 뺨의 길고 희뿌연 턱수염이 창문으로 들어오는 산들바람에 엉성하게 흔들렸다. 그가 흐릿하고 침침한 눈으로 어리둥절하게 버튼 씨를 바라보았다.

"내가 미쳤나요?" 버튼 씨는 공포가 분노로 변해서 천둥 치듯 고함을 쳤다. "아니면 섬뜩한 병원식 농담인가요?"

"우리에게도 농담 같지는 않은데요." 간호사가 진지하게 대꾸했다. "그리고 저는 선생님이 미쳤는지 안 미쳤는지도 모릅니다. 하지만 선생님 아이인 것만은 무엇보다 확실해요."

버튼 씨의 이마에 식은땀이 솟았다. 그는 두 눈을 감았다가 다시 떴다. 바뀐 건 없고 그의 눈앞에는 예순 살하고도 열 살은 더 먹어 보이는 남자, 즉 예순하고도 열 살은 된 아기가 있었다. 그 아기는 아기 침대에 눕혀져 두 발을 밖으로 걸치고 있었다.

노인은 얌전하게 자신의 두 발을 번갈아보다가 불쑥 갈라지고 나이 든 목소리로 말했다. "당신이 내 아버지인가요?"

버튼 씨와 간호사는 부들부들 떨었다.

"만약 그렇다면……." 노인이 투덜대며 말했다. "날 여기서 끄집어내 주면 좋겠어요. 아니면 적어도 편안한 흔들의자라도 가져다주든가."

"대체 당신은 어디서 왔소? 솔직히 말하시오, 당신은 누구요?" 버튼 씨가 미친 사람처럼 버럭 소리쳤다.

"내가 정확히 누구인지 어떻게 알겠어요. 태어난 지 겨우 몇 시간밖에 안 됐는데. 하지만 내 성은 확실히 버튼이지!" 노인이 불평하며 대답했다.

"거짓말이야! 이 사기꾼아!"

노인은 피곤한 듯 간호사 쪽으로 몸을 돌렸다. "갓 태어난 아이를 환영하는 멋진 방법이군." 그는 힘없는 목소리로 덧붙였다. "그가 틀렸다고 말해 주지 않고 뭐해요."

"버튼 씨, 선생님이 틀렸어요." 간호사가 엄하게 말했다. "선생님 아이예요. 그러니까 아이에게 최선을 다하셔야 해요. 가능한 한 빨리 아이를 집으로 데려가시길 부탁합니다. 오늘 중으로요."

"집으로?" 버튼 씨가 믿기지 않다는 듯이 되물었다.

"네, 여기에서 데리고 있을 수 없어요. 정말 그럴 순 없잖아요. 아시겠죠?"

"나도 그러면 좋겠구먼." 노인이 다시 투덜댔다. "여기는 조용한 젊은이를 가두어놓기에 퍽이나 좋은 곳이오. 다들 소리 지르고 울어대는 통에 깜박 졸지도 못하겠어. 먹을 것 좀 달라 했더니……." 이쯤에서 그는 목소리를 찢어지게 높이며 항의했다. "젖병을 주지 뭐요!"

버튼 씨가 아들 옆의 의자에 털썩 주저앉아 두 손에 얼굴을 묻었다. "맙소사!" 그는 극심한 공포 속에서 중얼댔다. "사람들이 뭐라고 할까? 난 뭘 해야 하지?"

"집으로 데려가야 해요." 간호사가 고집했다. "당장요!"

그의 눈앞에 두렵고 기괴한 상황이 생생하게 그려지는 것 같았다. 그건 이 소름끼치는 유령 옆에 붙어서 사람들로 북적거리는 시내 거리를 걸어가는 모습이었다. "난 못 해. 난 못 한다고." 그가 신음했다.

사람들이 걸음을 멈추고 물어보면, 뭐라 할 것인가? 그는 이, 이 칠십 대 노인을 소개해야 할 것이다. "제 아들입니다. 오늘 아침 일찍 태어났죠."

그러면 노인은 담요를 온몸에 감싸 여미고서, 그와 함께 터벅터벅 걸어서 붐비는 가게와 노예 시장을 지나고 주택가의 고급스러운 저택들을 지나고 양로원을 지나……. 버튼 씨는 절망적인 기분이 되어 한순간, 차라리 아들이 흑인이었으면 하고 간절히 바랐다.

"자, 힘내세요!" 간호사가 다그쳤다.

"이봐요. 내가 이 담요를 두르고 집까지 갈 거라고 생각했다면 완전히 오산이오." 노인이 갑자기 투덜댔다.

"아기는 언제나 담요가 필요해요."

노인은 교활하게 큭큭거리며 작고 하얀 배내옷을 집어 들었다. "봐요!" 그가 진저리쳤다. "이게 그들이 나를 위해 준비해 둔 것이오."

"아기들은 항상 이런 걸 입어요." 간호사가 까칠하게 말했다.

"좋아." 노인이 대꾸했다. "이 아기는 한 이 분 뒤에는 아무것도 입고 있지 않게 될 게요. 이 담요는 근질거린단 말이야. 그래도 시트 정도는 줬어야지."

"가만히 있어요. 그대로 있어!" 버튼 씨가 다급하게 말하고 나서 간호사를 바라보았다. "뭘 어쩌죠?"

"시내에 가서 아들 옷을 사세요."

버튼 씨가 아래층 홀로 내려가는데 아들의 목소리가 따라왔다. "그리고 지팡이! 아버지, 지팡이가 필요해요."

버튼 씨는 병원 문을 쾅 하고 거칠게 닫았다.

2

"안녕하시오. 우리 아이 옷 좀 사려는데요." 버튼 씨가 체사피크 옷가게 점원에게 초초하게 말했다.

"자제분이 몇 살이죠, 선생님?"

"여섯 시간쯤." 버튼 씨는 아무 생각 없이 대답했다.

"유아용품은 뒤쪽에 있습니다."

"내게 뭐가 확실히 필요한지, 잘 모르겠군요. 비정상적으로 큰 아기라서요. 특별히, 흠, 커요."

"특대형 아기 옷도 있습니다."

"아동복은 어디 있죠?" 버튼 씨가 될 대로 되라는 듯 돌려 물었다. 그는 점원이 자신의 부끄러운 비밀을 눈치챘다고 느꼈다.

"바로 여긴데요."

"이런." 그는 머뭇거렸다. 자기 아들에게 어른 옷을 입혀야 한다는 생각만으로도 불쾌해졌다. 만약 아주 큰 아동복을 구할 수만 있다면, 길고 끔찍한 수염을 깎고 백발은 갈색으로 염색한다면, 그렇게 최악의 사태를 모면할 수 있다면, 그럭저럭 자신의 자존심을 유지할 수 있을 것이다. 볼티모어 사회에서 그의 지위는 물론이고…….

그러나 아동복 코너를 미친 듯이 뒤져도 새로 태어난 버튼에게 맞는 옷은 없었다. 그는 가게에 불평을 했다. 당연히, 그런 경우에는 가게를 탓할 만하다.

"자제분이 몇 살이라고 하셨죠?" 점원이 이상하다는 듯 물었다.

"우리 애는…… 열여섯 살이오."

"아, 죄송합니다. 여섯 시간이라고 말씀하신 줄 알았어요. 다음 통로에 청소년 코너가 있습니다."

버튼 씨는 처량하게 물러갔다. 그러다가 그는 눈을 반짝이며 멈추어 섰다. 그리고 진열창의 마네킹을 손가락으로 가리키며 소리 질렀다. "저거요! 저 양복을 사겠소! 마네킹이 입고 있는 걸 벗겨 주시오."

점원은 그를 빤히 쳐다보았다. "왜요?" 점원이 의아해했다. "저건 아동복이 아니에요. 게다가 예식용이라 선생님에게나 겨우 맞겠어요!"

"포장해 주시오. 저게 내가 찾던 거요." 고객이 파르르 떨며 우겼다.

당황한 점원은 요구대로 해주었다.

병원으로 돌아간 버튼 씨는 신생아실로 들어가서 아들에게 포장된 꾸러미를 던지듯이 건네며 내뱉었다. "네 옷이다!"

노인은 꾸러미의 포장을 풀고 궁금한 눈빛으로 안에 든 물건을 보았다.

"내가 보기에도 웃기는데요." 그가 투덜댔다. "놀림감이 되고 싶지는 않은데……."

"넌 이미 날 놀림감으로 만들었어!" 버튼 씨가 열에 받쳐 쏘아붙였다. "네가 얼마나 웃겨 보이는지 절대로 신경 쓰지 마. 그걸 입어. 아니면 나는, 아니면 엉덩이를 때릴 거다."

그는 바로 앞 말을 차마 못 했지만 꼭 해야 할 말이라고 느꼈다.

"좋아요, 아버지. 아버지는 오래 사셨으니 뭐가 최선인지 아시겠죠. 말씀하시는 대로 할게요."

아들이 효자인 척하는 것이 너무나 기괴했다. 여전히 버튼 씨에게는 '아버지'라는 단어가 두려웠다.

"서둘러라."

"서두르고 있어요, 아버지."

아들이 옷을 다 입자 버튼 씨는 우울하게 그를 바라보았다. 물방울 양말에 분홍색 바지, 허리띠를 졸라매는 넓고 하얀 옷깃이 달린 와이셔츠였다. 하얀 옷깃 위로 허연 턱수염이 허리까지 내려왔다. 효과는 아니었다.

"기다려!"

버튼 씨는 병원 가위로 턱수염 대부분을 세 번만에 재빨리 잘라냈다. 그러나 이런 개선은 완벽함과는 거리가 멀었다. 듬성듬성 남아 있는 머리털과 짓무른 눈, 오래된 치아는 경쾌한 의상과 더불어 기묘해 보였다. 어쨌든 버튼 씨는 손을 내밀며 단호하게 말했다. "가자!"

아들은 아버지의 손을 신뢰에 차서 잡았다. "날 뭐라고 부르죠, 아빠?" 신생아실에서 걸어 나오면서 긴장한 목소리로 물었다. "한동안은 '아가'라고 할 건가요? 더 좋은 이름이 생각날 때까지요?"

버튼 씨가 퉁퉁거렸다. "나도 모르겠다." 그는 매정하게 대답했다. "내 생각엔 '무드셀라'(*역주: 구약 성경에 나오는 인물. 구백 살이 넘게 살았다는 사람으로, 나이가 아주 많은 사람을 지칭한다.)라고 불러야 할 것 같구나."

3

버튼 가문에 추가된 새로운 버튼은 머리를 짧게 자르고, 어설프게 검정색 염색을 하고, 얼굴이 번들거릴 정도로 박박 면도를 했다. 또 그의 외모에 기겁한 재단사가 만든 아동용 의복을 입었지만 그래봐야 버튼 씨는 이 아들이 가족의 첫아기로 받아들여지기에는 너무도 궁색하다는 사실을 차마 모른 척할 수 없었다. 늙어서 등은 굽었지만 '벤저민 버튼'—무척 거슬리는 '무드셀라'라는 이름 대신 어느 정도 적절한 이 이름으로 불리게 되었다.―은 키가 5피트 8인치(약 177센티미터)나 되었다. 길게 자란 눈썹을 다듬고 염색해도 그 아래 흐릿하고 축축하고 지친 두 눈은 어떤 옷으로도 감추어지지 않았다. 미리 고용되었던 유모는 아이를 한번 보자 격분하고 가버렸다.

그러나 버튼 씨의 의지는 흔들리지 않았다. 벤저민은 아기이고 어쨌든 계속 아기여야만 했다. 처음에 그는 벤저민이 따뜻한 우유를 좋아하지 않는다면 아예 주지 말라고 했다. 하지만 결국 버터 바른 빵을 허용했고, 심지어 오트밀까지 타협했다. 한번은 딸랑이를 집으로 가져와서 벤저민에게 주며 "이걸 가지고 놀아라." 하고 단호하게 지시했다. 할 수 없이 노인은 지친 표정으로 딸랑이를 들고는 그날 하루 가끔씩 딸랑거렸다.

의심할 것도 없이, 그는 딸랑이에 싫증이 났고, 혼자 있을 때 오락거리가 될 만한 것을 찾았다. 어느 날, 버튼 씨는 지난주에 자신이 유난히 시가를 많이 피웠다고 생각하다가 아기 방으로 들어갔을 때 자욱한 푸른 안개와 벤저민을 발견했다. 그는 죄지은 표정으로 아바나산 시가 꽁초를 숨기려고 했다. 당연히 이것은 엉덩이를 몹시 맞을 만한 짓이었다. 그러나 버튼 씨는 그저 아들에게 '성장을 어렵게 하는 것'이라고만 경고했다.

그럼에도 그는 계속하여 완고한 태도를 고수했다. 버튼 씨는 집으로 장난감 병정을 가져왔고, 장난감 기차를 가져왔고,

귀엽고 커다란 봉제 인형을 가져왔다. 그렇게 해서 자신이 만들어낸 환상을 완벽하게 하려고—적어도 자신을 위해—했는데 심지어 장난감 가게 점원에게 '아기가 분홍색 오리를 입에 넣으면 칠이 벗겨질지' 진지하게 물어보기까지 했다. 아버지의 온갖 노력에도 벤저민은 흥미가 없었다. 벤저민이 몰래 뒤쪽 계단으로 내려가 『브리태니커 백과사전』을 한 권 들고 아기 방으로 돌아와 오후 내내 보는 동안 봉제 암소 인형과 노아의 방주는 마루에 방치되었다. 버튼 씨의 노력에도 아들이 악착같이 고집을 부리는 통에 거의 효과가 없었다.

처음, 볼티모어 사회에 일으킨 반향은 엄청났다. 이 재앙이 버튼 가족과 친척들에게 사회적으로 어떤 대가를 치러야 하는지는 단정지을 수 없었는데, 그것은 마침 남북전쟁이 터져서 도시의 관심이 그쪽으로 쏠렸기 때문이다. 몇몇 예의 바른 사람들은 어떤 축하를 해야 좋을지 머리를 쥐어짜다가 결국 아기가 할아버지를 닮았다는 기발한 생각을 해냈다. 이것은 칠십대 남자라면 일반적으로 겪는 퇴화의 증세 때문에 누구도 부인할 수 없었다. 로저 버튼 부부는 달갑지 않았고, 벤저민의 할아버지는 몹시 무시당했다고 생각했다.

벤저민은 병원에서 나온 뒤에 인생을 있는 그대로 받아들였다. 어린 소년 몇 명이 그를 보러 왔을 때 그는 오후 내내 뻣뻣한 관절로 팽이와 공깃돌에 관심을 가져보려고 했고, 새총으로 부엌 창문을 깨뜨리는 위업을 우연히 용케 해냈다. 그리하여 그의 아버지가 몰래 아주 즐거워하게 했다.

그 후 벤저민은 기대대로 매일 무언가를 깨려고 애썼다. 하지만 그것은 그가 천성적으로 자상했기 때문에 그랬을 뿐이다.

할아버지는 처음에 가졌던 적대감을 풀자마자 곧 벤저민과 아주 즐거운 동료가 되었다. 그들은 몇 시간이나 같이 앉아 있곤 했다. 둘은 나이와 경험이 매우 달랐지만 오랜 친구처럼 일상의 느린 사건들에 대해 지치지 않고 단조로이 이야기를 나누었다. 벤저민은 부모보다 할아버지와 있을 때가 더 편했다. 부모는 그에게 독재자같이 굴면서도 늘 그를 두려워하는지 자주 '미스터'라고 불렀다.

벤저민은 다른 사람들이 신체와 정신이 나이 먹은 상태로 태어나는 경우가 없다는 것에 의아해했다. 그는 의학 전문지를 읽고서 그런 사례가 기록된 적이 없다는 것을 알아냈다. 그는 아버지의 권유대로 다른 소년들과 어울리려고 가벼운 운동에 끼어보았다. 그러나 축구를 하면 온몸이 흔들렸고, 잘못하다 오래된 뼈가 부러지면 다시 붙지 않을까 걱정이 되었다.

그는 다섯 살이 되었을 때 유치원에 들어갔다. 그곳에서 주황색 종이에 초록색 종이를 붙이고 색깔 있는 지도를 만들고 판지 목걸이를 길게 만드는 기술을 배웠다. 벤저민이 이런 일을 하는 중에 자주 잠이 들어버리자 젊은 유치원 선생은 짜증도 났지만 두렵기도 했다. 선생이 부모에게 불평하는 바람에 다행히 유치원을 그만둘 수 있어서 한시름을 놓았다. 로저 버튼 부부는 벤저민이 유치원에 다니기에는 아직 어린 것 같다고 친구들에게 말했다.

그가 열두 살이 되자 부모도 그에게 익숙해졌다. 사실 습관의 힘은 그렇게 강한 것이라, 기이한 일이 벌어져서 그 사실을 되새기는 경우를 제외하고는 이제 그들은 그가 다른 아이와 다르다고 느끼지 못했다. 하지만 열두 번째 생일이 지나고 몇 주 후에 벤저민은 거울을 보다가 잘못 본 것일지도 모를 놀라운 사실을 발견했다. 12년 동안 백발을 감추려고 염색한 덕에 머리카락이 회색으로 변한 것일까? 눈을 의심하지 않을 수 없었다. 얼굴의 주름살 그물도 점차 줄어드는 것일까? 피부가 건강해지고 탄력이 넘쳐 겨울철의 불그레한 얼굴처럼 변하는 것일까? 그로서는 뭐라 할 수 없었다. 그는 더 이상 허리가 구부정하지 않았고, 신체 조건이 태어났을 때보다 나아진 것을 알았다.

"이런 일이 가능해?" 그는 자문했다. 아니, 감히 생각하기조차 힘들었지만.

그는 아버지에게 갔다. "난 다 자랐어요. 이제 긴 바지를 입고 싶어요." 그가 단호하게 요구했다.

아버지는 주저했다. "음, 난 잘 모르겠구나. 열네 살짜리나 긴 바지를 입는데, 넌 겨우 열두 살이잖니?"

"하지만 인정해야 해요. 내가 나이에 비해 크잖아요." 벤저민이 우겼다.

아버지는 아들이 아직도 평범한 어린아이라는 환상과 그래야 한다는 억측의 눈으로 아들을 바라보았다. "아, 난 그건 그렇다고 확신할 수 없는데." 그가 말했다. "나도 열두 살 때 너만큼 컸단다."

그건 사실이 아니었다. 하지만 로저 버튼은 아들이 정상이라는 건 말할 것도 없다는 것을 굳게 믿었다. 결국 타협이 이루어졌다. 벤저민은 계속 머리카락을 염색해야 했다. 같은 나이 또래 소년들과 노는 데 더 노력하기로 했다. 안경도 쓰지 않고 길에서 지팡이를 잡지 않기로 했다. 이런 양보의 보답으로 그는 처음으로 긴 정장 바지를 입을 수 있었다.

4

벤저민 버튼의 열두 살에서 스물한 살까지의 삶에 대해서는 이야기할 생각이 그다지 없다. 성장하지 않은 정상적인 시기라고 하면 적당하겠다. 벤저민은 열여덟 살 때 오십 대의 남자처럼 꼿꼿하게 설 수 있었다. 머리카락은 숱도 많아지고 짙은 회색이 되었다. 걸음걸이도 휘청거리지 않았고, 목소리도 깨지는 듯한 소리가 없어지고 듬직한 바리톤으로 굵어졌다. 그래서 아버지는 아들을 예일대학교 입학시험에 치르도록 코네티컷으로 보냈다. 벤저민은 합격해서 신입생이 되었다.

입학하고 사흘째 되는 날, 벤저민은 대학 교무처의 하트 씨로부터 사무실에 들러 강의시간표를 확정하라는 통고를 받았다. 벤저민은 비스듬히 서서 거울을 보고는 갈색으로 새로 염색해야겠다고 생각하였다. 그러나 책상 서랍을 샅샅이 뒤졌으나 염색약은 없었다. 그제야 전날에 약을 다 쓰고 통을 버렸던 일이 떠올랐다.

난관에 빠졌다. 오 분 내에 교무처 사무실로 가야만 했다. 피할 도리가 없어 있는 모습 그대로 갔다.

"안녕하십니까?" 교무주임이 정중하게 인사했다. "아드님에 대해 문의하실 게 있어서 오셨군요."

"저, 사실은 제 이름이 버튼……." 벤저민이 말을 꺼내려는데 하트 씨가 그의 말을 가로막았다.

"만나뵙게 돼서 대단히 반갑습니다, 버튼 씨. 잠시 뒤에 아드님이 오기로 했습니다."

"그게 저예요!" 벤저민이 소리쳤다. "제가 신입생이에요."

"뭐라고요?"

"제가 신입생입니다."

"분명 농담이시죠?"

"절대로요."

교무주임은 얼굴을 찌푸리며 앞에 놓인 카드를 힐끗 보았다. "저, 벤저민 버튼 씨의 나이는 열여덟 살이라고 기록되어 있군요."

"그게 제 나이입니다." 벤저민은 붉어진 얼굴로 확실히 말했다.

교무주임이 지친 눈으로 그를 바라보았다. "자, 확실히, 제가 믿어줄 거라고 바라지는 않으시죠, 버튼 씨?"

벤저민도 피곤한 미소를 지으며 되풀이했다. "전 열여덟 살이에요."

하트 씨는 가차없이 문을 가리켰다. "나가요!" 그가 말했다. "우리 대학에서 나가고, 이 도시에서 나가시오. 당신은 위험한 미치광이요."

"전 열여덟 살이에요."

하트 씨가 문을 열었다. "감히 그런 생각을!" 그가 고함을 쳤다. "그 나이의 남자가 신입생으로 여길 들어오려고! 열여덟 살, 당신이? 좋아, 십팔 분 내에 이 도시에서 나가시오."

벤저민 버튼은 사무실에서 당당하게 걸어 나갔다. 홀에서 대기하던 대학생 대여섯 명이 호기심 어린 눈으로 그를 따라갔다. 벤저민은 조금 걷다가 되돌아서서 여전히 화를 내며 문가에 서 있는 교무주임에게 단호하게 다시 말했다. "전 열여덟 살이란 말이에요!"

대학생 무리에서 나오는 킥킥대는 소리에 맞추어 벤저민은 걸어 나갔다.

쉽게 탈출할 수 없었다. 기차역까지 우울하게 걸어가는 벤저민을 처음에는 몇몇이 따라왔지만 금방 많아져 마침내는 대학생들의 엄청난 무리가 떼를 지어 따라왔다. 예일대학교 입학시험에 합격한 미치광이가 열여덟 살짜리 청년으로 가장하려 했다는 말이 주변으로 퍼져 나갔다. 흥분의 열기는 대학교에 번져 나갔다. 수업을 받던 학생들은 모자도 쓰지 않고 달려 나왔고, 축구팀은 연습을 포기하고 합세했고, 교수 부인들마저 보닛도 대충 쓰고 옷을 부스럭거리며 소리를 지르며 행렬을 따라갔다. 벤저민 버튼의 섬세한 감수성을 괴롭히는 말들이 계속 들려왔다.

"틀림없이 못 죽는 저주를 받은 그 유대인일 거야!"

"저 나이에 대학교에 오려 하다니!"

"저 위대한 천재를 보라!"

"여기가 양로원이라고 생각하나?"

"하버드로 가버려!"

벤저민은 조금씩 걷는 속도를 빨리하다가 곧 뛰어갔다. 본때를 보여줘야지! 그가 하버드에 가면 그들이 그를 모욕한 것을 후회하게 되겠지!

그는 볼티모어행 기차에 안전하게 올라탄 후에 창밖으로 머리를 내밀었다. "당신들은 이 일을 후회할 것이오!" 그가 외쳤다.

"하하!" 대학생들이 웃었다.

"하하하!" 이 일은 예일대학교 최대의 실수가 되었다…….

5

1880년, 벤저민 버튼은 스무 살이 되었다. 생일을 기점으로 그는 아버지의 로저버튼철물도매회사에서 일하기 시작했다. 그리고 그 해에 '사교계에 나가기' 시작했는데 말하자면 아버지가 아들을 인기 있는 무도회에 억지로 끌고 갔던 것이다. 로저 버튼은 쉰 살이었고 그는 아들과 점점 더 친구 같아졌다. 사실, 벤저민이 염색을 그만둔 이후—여전히 회색빛이 돌았다.— 그들은 비슷한 나이의 형제 같아 보였다.

8월의 어느 밤, 볼티모어 근교 셰블린가의 전원주택에서 열리는 무도회에 가려고 예복을 갖춘 버튼 부자는 쌍두 사륜마

차를 몰고 있었다. 아름다운 밤이었다. 보름달에 길은 맑은 백금처럼 빛났고, 막 피어난 꽃들의 숨결이 잔잔한 대기에 나지막한 웃음소리처럼 스며 나왔다. 하얀 빛깔의 밀밭이 널리 양탄자처럼 깔렸고, 탁 트인 전원의 도로는 맑게 갠 대낮 같았다. 이렇듯 순수하고 아름다운 날에는 영향을 받게 마련이다. 누구라도.

"직물업은 앞으로 대단할 거야." 로저 버튼이 말했다. 그는 정서적인 사람이 아닌데다가 미적 개념도 없었다.

"나같이 나이 먹은 친구들은 새로운 기술을 배우기 힘들지." 그는 진지했다. "하지만 힘과 생기가 넘치는 너희 같은 젊은이들 앞엔 멋진 미래가 있어."

멀리 도로 위로 셰블린가의 전원주택 불빛이 떠다니는 것처럼 보였다. 애잔한 바이올린의 선율과 달빛 아래서 하얀 밀이 사락거리는 것 같았다.

그들은 정문 앞에 세워진 화려한 유개 마차 뒤에 말고삐를 당겨 세웠다. 그 마차에서 어떤 숙녀와 중년 신사가 내렸고 아찔하게 아름다운 젊은 숙녀가 따라 내렸다. 벤저민의 몸속 세포들이 화학작용으로 흩어졌다가 하나로 다시 만들어지는 것 같았다. 온몸이 뻣뻣해지고, 뺨과 이마에 피가 몰리고 귀에서 쿵쿵 소리가 들렸다. 첫사랑이었다.

그 숙녀는 연약하고 날씬했다. 달빛 아래에서의 잿빛 머리카락이 현관 가스등 아래에서는 꿀 같은 빛깔로 빛났다. 그녀는 검은색으로 가장자리를 두른 부드러운 노란색의 스페인식 망토를 걸치고 있었고, 사각거리는 드레스 아래 두 발이 단추처럼 반짝였다.

로저 버튼이 아들에게 몸을 숙였다. "저 젊은 숙녀는 힐데가드 몽크리프란다. 몽크리프 장군의 따님이지."

벤저민은 무뚝뚝하게 고개를 끄덕였다. "예쁘네요." 무관심하게 대꾸했다.

그렇지만 흑인 소년이 마차를 끌고 가자마자 "아빠, 절 좀 소개시켜 줘요."라고 말했다.

그들은 몽크리프 양 일행에게 다가갔다. 그녀는 벤저민에게 전통적인 예법으로 고개를 숙이며 인사했다. 그렇다, 그는 춤을 출 수 있을 것이다. 그는 그녀에게 감사를 표하고 긴장해서 비틀거리며 그 자리를 떠났다.

그의 차례를 기다리는 시간은 느리게 흘렀다. 찬미 가득한 표정으로 볼티모어의 젊은이들이 힐데가드 몽크리프 주변에 열광하며 몰려들었다. 그 모습을 그는 조용히 벽에 붙어서 살기 띤 눈으로 바라보았다. 벤저민은 그들이 참을 수 없을 정도로 혐오스러워 얼굴이 벌게졌다! 게다가 그들의 구불거리는 갈색 구레나룻은 소화 불량에 걸릴 지경이었다.

드디어 차례가 되었다. 그는 요즘 파리에서 유행한다는 왈츠에 맞춰 그녀와 마루를 둥둥 떠다녔다. 질투와 긴장은 눈처럼 녹아서 사라졌다. 사랑의 마법에 눈이 먼 그는 인생이 이제야 시작되는 것만 같았다.

"당신과 당신 형님은 우리와 같은 시간에 도착했죠?" 힐데가드가 밝고 푸른 에나멜 같은 눈으로 그를 보며 말했다.

벤저민은 망설였다. 그녀가 자기를 아버지의 동생으로 생각한다면 자신의 정체를 밝혀주는 것이 최선일까? 그는 예일대학교에서의 경험을 떠올렸고 그러지 않기로 결심했다. 숙녀의 의견에 반대하는 건 예의 없는 짓이며, 그의 기괴한 출생 이야기로 이 절묘한 순간을 망치는 건 죄악이다. 나중에 기회가 있다면, 아마도……. 그래서 그는 귀 기울였고 고개를 끄덕이며 미소를 지었고 행복했다.

벤저민은 하마터면 청혼할 뻔했다. 하지만 간신히 그 충동을 억눌렀다.

"당신 나이의 남자가 좋아요." 힐데가드가 그에게 말했다. "젊은 남자들은 바보 같아요. 대학에서 샴페인을 얼마나 마셨는지, 카드게임하면서 돈을 얼마나 잃었는지, 그런 이야기만 하거든요. 당신 나이의 남자들은 여자의 진가를 알아볼 줄 알죠."

"당신은 바로 낭만적인 나이." 그녀가 말을 이었다. "쉰 살이죠. 스물다섯은 너무나 세속적이고 서른 살은 과로로 창백하기만 하고, 마흔 살은 시가 한 대를 다 피우도록 긴 이야기를 하죠. 아, 예순 살은 거의 일흔 살이고요. 하지만 쉰 살은 달콤한 나이죠. 나는 쉰 살이 좋아요."

벤저민에게 쉰 살은 영광스러운 나이로 보였다. 그는 쉰 살이 되기를 간절히 원했다.

"난 늘 말했죠." 힐데가드는 계속했다. "난 서른 살 남자와 결혼해서 그 사람을 보살피느니, 쉰 살의 남자와 결혼해서 보살핌을 받는 편이 낫다고요."

벤저민은 그날 저녁 꿀 빛깔 안개 속에서 목욕하는 것 같았다. 힐데가드는 그와 두 번이나 더 춤을 추었고, 그날의 모든 화제에 대해 놀랍게도 둘은 같은 의견이었다. 그녀는 다음 일요일에 그와 함께 드라이브하면서 그 화제들에 대해 더 이야기하자고 했다.

동이 트기 직전 마차를 타고 집으로 가는 길에 막 잠에서 깬 벌들이 붕붕거리고, 저무는 달이 차가운 이슬 속에 반짝일 때 벤저민은 아버지가 철물도매업에 대해 의논하고 있는 것을 막연히 알았다.

"그리고 망치와 못 다음으로 우리가 관심을 가질 만한 가장 가치가 있는 게 뭐라고 생각하니?" 아버지 버튼이 물었다.

"러브요." 벤저민이 아무 생각 없이 대답했다.

"러그(손잡이)라니?" 버튼이 큰 소리로 말했다. "러그에 대해선 내가 방금 이야기했잖니!"

벤저민은 멍청한 눈으로 그를 바라보았다. 동쪽 하늘이 갑자기 빛으로 흩어지고 되살아나는 숲속에서 꾀꼬리 한 마리가 날카롭게 지저귀었다…….

6

육 개월 후, 힐데가드 몽크리프 양과 벤저민 버튼 군이 약혼했다고 알려졌을 때—내가 '알려졌다'라고 했는데, 그것은 몽크리프 장군이 약혼 발표를 하느니 칼 위로 몸을 내던지겠다고 선언했기 때문이다.— 볼티모어 사교계의 열기는 극에 달했다. 거의 잊혔던 벤저민의 출생 이야기가 악당의 괴담이나 믿기지 않을 지경으로 왜곡되어 엄청나게 퍼져 나갔다. 벤저민이 사실은 로저 버튼의 아버지라는 둥, 사십 년간 감옥살이를 한 그의 형이라는 둥, 존 윌크스 부스(*역주: 미국 에이브러햄 링컨 대통령을 암살한 배우)가 변장한 것이라는 둥, 온갖 소문이 나돌았다. 심지어 그의 머리에 작은 원뿔이 두 개 솟아 나왔다고도 했다.

뉴욕 신문들의 일요 증보판에 벤저민 버튼의 머리가 물고기나 뱀, 심지어 육중한 청동 몸체에 붙어 있는 삽화가 실리면서 이 사건은 더욱 과장됐다. 그는 언론에서 메릴랜드의 신비한 사나이로 알려지게 되었다. 그러나 흔히 그렇듯이 진실은 아주 조금만 퍼져 나갔다.

어쨌거나 볼티모어 최고의 청년과 결혼할 수도 있을 사랑스러운 아가씨가 틀림없이 쉰 살은 됐을 남자의 품에 몸을 던져 버리는 건 '죄악'이라는 의견에 몽크리프 장군과 많은 사람들이 동감했다. 로저 버튼이 볼티모어《블레이즈》신문에 아들의 출생증명서를 대문짝만하게 발표해 보았다. 그러나 아무도 믿지 않았다. 벤저민을 보면 다 알 수 있었으니까.

정작 벤저민과 힐데가드는 조금도 끄떡하지 않았다. 힐데가드는 약혼자에 대한 갖가지 이야기가 거짓이라며 진짜까지도 믿지 않았다. 몽크리프 장군이 오십 대의 남자들, 적어도 오십 대로 보이는 남자의 사망률이 높다고 지적했고, 철물도매업도 미래가 불안정하다고 이야기했다. 하지만 힐데가드는 원숙한 남자와의 결혼을 선택했고, 그렇게 결혼했다…….

7

힐데가드 몽크리프의 친구들은 적어도 한 가지를 잘못 예상했다. 철물도매업이 놀랄 정도로 번창했던 것이다. 1880년 벤저민 버튼이 결혼하고 1895년 아버지가 은퇴할 때까지 15년 동안 이 가족의 재산은 두 배가 되었다. 회사에 새로 영입된 젊은 아들의 역할이 컸던 것이다.

말할 것도 없이, 볼티모어 사회는 결국 이 부부를 진심으로 받아들이게 되었다. 심지어 몽크리프 장군조차 사위 벤저민이 유명 출판사 아홉 군데에서 거절당했던 자신의 『남북전쟁사』 스무 권을 출간할 자금을 마련해 주자 그와 화해했다.

벤저민에게도 그 십오 년 동안 많은 변화가 일어났다. 혈관에서 활력에 찬 새로운 피가 흐르는 것 같았다. 아침에 일어나고, 햇빛이 비치는 거리의 바쁜 군중 사이를 활기차게 걷고, 망치와 못을 쉴 새 없이 선적하는 모든 것들이 기쁨이 되기 시작했다. 1890년에는 유명한 사업 방안을 추진했다. 선적할 상자에 사용되는 모든 못의 소유권은 선적 받은 자에게 있다는 그의 제안이 포사일 판사의 승인을 받고 법령으로 발표되었다. 그 결과 로저버튼철물도매회사는 매년 600개 이상의 못을 절감할 수 있었다.

게다가 벤저민은 인생의 즐거움에 점점 더 매혹되었다. 그가 볼티모어시에서 최초로 자동차를 구입해 직접 운전했던 일은 그가 즐거움에 무척 열광했다는 것을 말해 주는 대표적인 경우이다. 동년배들은 거리에서 벤저민의 건강하고 생기에 넘치는 모습을 시샘 어린 눈으로 보았다.

"저 친구는 볼 적마다 더 젊어지는 것 같군." 그들은 새삼 말하곤 했다. 로저 버튼은 예순다섯이 되었다. 어린 아들을 제대로 보살피지 못한 과거를 벌충이라도 하듯이 지금은 아들을 찬미하다시피 했다.

여기서 우리는 유쾌하지 않은 이야기를 해야겠다. 벤저민 버튼의 고민거리는 한 가지였는데, 더 이상 아내가 매력적이지 않다는 것이었다.

당시 힐데가드는 서른다섯 살이 된 여자였고, 열네 살 된 아들 로스코가 있었다. 결혼 초기에 벤저민은 아내를 숭배하다시피 했다. 그러나 해가 지나면서 아내의 꿀 빛깔의 머리카락은 진부한 갈색이 됐다. 게다가 눈동자의 푸른 에나멜 빛깔은 값싼 그릇같이 흐릿했다. 무엇보다도 그녀는 자신만의 방식에 지나치게 안주하고, 너무 평온하고, 너무 만족하고, 너무 활기가 없고, 자신의 취향에 너무 완고해졌다. 새신부일 때 벤저민을 무도회와 저녁 모임에 '끌고 다니던' 그녀였지만 이제 상황은 역전되었다. 그녀는 벤저민과 함께 사교 모임에 따라가기는 했으나 도무지 열정이라곤 없었다. 어느 날 갑자기 우리 곁에 다가와 마지막 날까지 들러붙는 그 무력증의 영원한 노예가 되었던 것이다.

벤저민의 불만은 쌓여갔다. 그러다가 1898년 미국-스페인전쟁이 터지자 집에 싫증을 느끼던 그는 입대하고 말았다. 그는 사업 경력으로 대위에 임관되었고, 잘 적응해서 소령으로 진급했다. 마지막에 중령으로 진급하자마자 그 유명한 산후안언덕 전투에도 참전했다가 가벼운 부상을 입고 훈장까지 받았다.

벤저민은 활기차고 흥미진진한 군 생활에 애착을 느껴 떠나기 싫었다. 하지만 회사 경영을 위해 결국 전역하고 귀향했다. 그는 기차역에서부터 취주악단의 환영과 호위를 받으며 집으로 돌아왔다.

8

힐데가드가 현관에 서서 커다란 실크 깃발을 흔들며 그를 맞이했다. 그는 그녀에게 키스하면서 심장이 철렁했다. 지난 삼 년이 그녀에게 준 타격 때문이었다. 아내는 마흔 살이었고 회색 머리카락이 희미하게 보였다. 그녀의 모습에 그는 우울해졌다.

그는 방으로 올라와 낯익은 거울 앞에 다가갔다. 거울에 비친 얼굴을 전쟁 직전에 군복 차림으로 찍은 사진과 비교해 보았다.

"신이시여!" 그가 비명을 질렀다. 변화가 진행되고 있었다. 의심할 것도 없이 그는 누가 봐도 서른 살 남자였다. 기쁜 게 아니라 불편하게도 젊어지고 있었다. 언젠가는 실제 나이와 신체 나이의 균형이 맞아져서 자신의 출생에 오점이 된 기괴한 현상의 진행이 멈추기를 지금까지 바라왔다. 그는 덜덜 떨었다. 자신의 운명이 두렵고 믿을 수 없어 보였다.

아래층으로 내려오자 힐데가드가 그를 기다리고 있었다. 아내는 짜증이 난 것 같았다. 그는 아내가 뭔가 잘못된 것을 알아차렸을까 불안했다. 그는 그들 사이의 긴장감을 풀기 위해 저녁식사 때 조심스럽게 그 문제를 이야기했다.

"거참." 그가 넌지시 말을 걸었다. "다들 내가 더 젊어 보인다고 그러네."

힐데가드가 경멸적으로 바라보더니 비웃었다. "그게 자랑할 만한 일이에요?"

"자랑이 아니라……." 그가 거북해하며 항변했다.

그녀가 다시 비웃었다. "그런 생각은……." 잠시 있다가 말을 계속했다. "당신도 자존심이란 게 있다면 그만둘 거라 생각하는데요."

"나보고 뭘 어쩌라고?" 그가 물었다.

"당신과 따지자는 게 아니잖아요!" 그녀가 쏘아붙였다. "하지만 뭘 하든지 제대로 된 방법과 아닌 방법이 있어요. 당신이 다른 사람들과 달라지고 싶다면 말리지 않겠어요. 그렇다고 당신이 지각 있다고는 생각하지 않아요."

"하지만 힐데가드, 나도 어쩌질 못하오."

"당신은 할 수 있어요. 단지 고집스러울 뿐이에요. 당신은 다른 사람들처럼 되고 싶지 않은 거예요. 당신은 이제껏 그래 왔고 앞으로도 그러겠죠. 하지만 사람들 모두 당신처럼 군다고 생각해 봐요. 세상이 뭐가 되겠어요?"

이 쓸모없고 뭐라고 대답할 수도 없는 말싸움에 벤저민은 아무런 대응도 하지 않았다. 그 이후로 부부 사이의 골은 더욱 깊어지기 시작했다. 과거에 그가 아내의 어떤 매력에 빠졌었는지조차 의심스러울 지경이었다.

불화를 부추기려는지, 새로운 세기가 다가오면서 벤저민의 쾌락을 향한 갈증은 강해져 갔다. 그는 볼티모어의 온갖 파티에 참석해 가장 예쁘고 젊은 부인들과 춤을 추고, 가장 인기 있는 새내기 아가씨들과 노닥거리며 즐겼다. 한편 그의 아내는 불길한 미망인처럼 늘 나이 든 노부인들 사이에만 앉아 있었다. 어떨 때는 오만하고 못마땅한 얼굴을 하고 있거나 어떨 때는 침통하고 묘하게 책망하는 눈초리로 남편을 감시했다.

"저기 좀 봐요!" 사람들은 비난했다. "너무 불쌍해요. 저 젊은 친구가 마흔다섯 살 난 여자에게 잡혀 있다니. 부인보다 분명 스무 살은 젊을걸요." 그들은 잊었다. 사람이란 결국 잊어버리듯 1880년에는 그들의 부모 또한 이 한 쌍이 어울리지 않는다고 비난했던 것을.

가정생활에 점점 커져가는 불만을 벤저민은 새로운 관심거리로 해소했다. 골프를 배우자 수준급의 실력을 자랑하게 되었고, 당대 유행하는 춤을 배우자 1906년에는 '보스턴(*역주: 사교 댄스의 일종)'의 전문가가 되었고, 1908년에는 '머시셔(*역주: 브라질의 전통춤)'에 능통했으며, 1909년에 그의 '캐슬 워크(*역주: 사교 댄스)'는 시내 모든 젊은이들이 질투하게 되었다.

이런 사교 활동은 당연히 사업에 지장을 주었다. 그러나 그는 이십오 년이나 철물도매업을 열심히 하였기에 최근 하버드를 졸업한 아들 로스코에게 물려줄 때가 되었다고 여겼다.

그와 아들은 누가 누구인지 종종 혼동되었다. 벤저민으로서는 즐거운 상황이었다. 그가 미국-스페인전쟁에서 돌아온 후에 느꼈던 말 못할 불안감은 얼마 못 가 잊혔고 자신의 젊은 외모를 한껏 즐길 수 있게 되었다. 이 달콤한 상황에 똥파리 같은 것이 하나 끼어들었는데, 아내와 함께 공공장소에 가기 귀찮아진 것이다. 힐데가드는 거의 쉰 살이었고, 그녀의 모습을 자신과 비교하면 부조리하다는 느낌이 들었다…….

9

1910년 9월의 어느 날, 로저버튼철물도매회사를 젊은 로스코 버튼에게 넘겨지고 나서 몇 년 후의 일이다. 스무 살쯤 되어 보이는 남자가 케임브리지의 하버드에 입학했다. 그는 자기가 다시는 쉰 살로 보이지 않을 거라거나 아들이 십 년 전에 바로 이 학교를 졸업했다는 사실 등의 말실수도 하지 않았다.

그는 입학하자마자 바로 그의 학년에서 상당한 위치에 올랐다. 평균 나이가 열여덟 살인 다른 신입생에 비해 조금 더 나이 들어 보였기 때문이다.

무엇보다 그의 성공은 그가 예일대학교와의 풋볼 경기에서 크게 활약하면서부터였다. 그는 번뜩이면서 냉혹하고 무자비하게 경기를 했다. 일곱 번의 터치다운과 열네 번의 득점을 했다. 예일대학교 선수 열한 명 전원이 한 명씩 정신을 잃고 운동장에서 실려 나갔다. 그는 대학에서 최고의 유명 인사가 되었다.

그런데 이상한 일이 벌어졌다. 그는 3학년 때 팀에 '합류'할 수 없을 뻔했다. 코치들은 그의 체중이 줄었다고 했지만 눈에 보이게 몸집이 작아져 있었다. 그가 터치다운을 못했음에도 불구하고 팀에 낄 수 있었던 주된 이유는 그의 이름만 들어도 예일대학교 팀이 두려운 나머지 무너질 것이라는 기대감 때문이었다.

4학년이 되자 그는 아예 팀에 합류하지 못했다. 체구가 왜소해지고 약해져 몇몇 2학년생들이 그를 신입생으로 여긴 사건은 그에게 지독한 수치심을 안겼다. 그는 4학년이지만 결코 열여섯 살 이상은 되어 보이지 않아서 일종의 영재로 알려졌다. 그는 몇몇 동급생들의 속물적인 면이 충격적이었고, 공부도 어려워졌다. 학업 수준이 지나치게 높은 듯했다. 그는 친구들이 대학입학 준비를 했던 유명한 예비학교인 '세인트 마이더스'에 대해 이야기하는 것을 들었다. 그래서 그는 졸업 후에 세인트 마이더스에 들어가기로 결심했다. 거기에서 비슷한 몸집의 소년들 속에 숨어 살 수 있다는 것이 마음에 들었기 때문이다.

1914년 대학을 졸업한 벤저민은 하버드 졸업장을 주머니 속에 품고서 볼티모어의 집으로 돌아갔다. 힐데가드는 당시 이탈리아에 머무르고 있었기에 그는 아들과 살러 간 것이다. 남들이 그러듯이 아들에게 환영을 받긴 했지만, 로스코는 아버지에 대해 결코 성의를 보이지 않았다. 심지어 아들은 아버지가 사춘기 소년처럼 집 안에 멍하니 있는 것조차 못마땅해했다. 로스코는 결혼도 하고 볼티모어에서 존경받는 지위를 누리며 안정된 삶을 살고 있어서 자기 집안의 추문이 퍼지는 것을 바라지 않았다.

벤저민은 더 이상 새내기 사교계 아가씨나 젊은 대학생들과 어울릴 수 있는 저명인사가 아니었다. 그러다 보니 그와 놀아줄 열다섯 살 난 이웃 소년 서너 명 정도를 제외하고는 혼자 있을 때가 많았다. '세인트 마이더스' 대학 예비학교에 가야겠다는 생각이 자주 떠올랐다.

"이야기 좀 할까." 하루는 그가 로스코에게 말했다. "예비학교에 가겠다고 벌써 몇 번이나 말했잖니?"

"그럼, 가세요." 로스코가 짧게 대답했다. 그는 이 문제가 구역질나게 싫어서 말하려 하지도 않았다.

"혼자서 갈 순 없어." 벤저민이 무력하게 말했다. "네가 데려다주렴."

"그럴 시간 없어요." 로스코가 퉁명스럽게 못 박았다. 그는 두 눈을 찌푸리고 거칠게 아버지를 바라보았다. "사실…… 아버지, 더 이상 이러지 마세요. 그냥 짧게 끝내는 게 나아요. 그게 나아요. 낫단 말이에요." 그는 멈추고, 벌게진 얼굴로 할 말을 고민했다. "지금 바로 되돌아서 다른 인생을 거꾸로 시작하는 게 낫겠어요. 이건 농담이라고 할 수도 없어요. 더 이상 웃음도 안 나와요. 아버지는, 아버지는 처신 좀 어떻게 해요."

벤저민은 아들을 바라보았다. 눈물이 쏟아질 것 같았다.

"한 가지 더요." 로스코가 다그쳤다. "손님들 앞에서는 절 '삼촌'이라고 하세요. '로스코'가 아니라, '삼촌'. 이해했죠? 열다섯 살짜리 꼬마가 내 이름을 함부로 부르다니 어처구니없잖아요. 아니 항상 '삼촌'이라고 부르는 게 낫겠어요. 그래야 익숙해지죠."

로스코는 아버지를 노려보고는 뒤돌아 나갔다…….

10

아들과의 면담을 끝내고 벤저민은 우울하게 2층에서 서성이다가 거울 속의 자신을 쳐다보았다. 석 달 동안 면도를 하지 않았지만 수염이랄 것도 없어서 굳이 손댈 필요도 없었다. 하버드에서 집에 처음 돌아오자 로스코는 안경을 쓰고 가짜 수염을 붙이라고 했다. 그때 잠시 동안 어린 시절의 우스꽝스러운 일들이 반복되는 듯했다. 그러나 따가운 가짜 턱수염은 수치스러웠다. 그가 울자 로스코는 마지못해 그만두었다.

벤저민은 소년용 책인 『비미니 만의 보이스카우트』를 펼쳐 읽기 시작했다. 그랬더니 전쟁터만 끊임없이 생각났다. 지난달에 미국은 연합군에 합류했는데 벤저민도 다시 지원하고 싶었다. 열여섯 살이 최소 연령이었는데 안타깝게도 그는 그 나이도 안 돼 보였다. 물론 그의 진짜 나이 쉰일곱 살도 자격이 안 되기는 마찬가지였다.

누군가 그의 방문을 똑똑 두드렸다. 집사였다. 그가 가져온 편지 한 귀퉁이에 커다란 공식 인장이 찍혀 있었다. 벤저민 버튼 씨 앞으로 온 편지였다. 벤저민은 신나게 봉투를 뜯고 즐거운 마음으로 내용을 읽었다. 미국-스페인전에 참전했던 예비역 장교들은 진급되어 징집되었는데 벤저민도 미군 준장으로 즉각 부대에 복귀하라는 명령이었다.

열광한 벤저민은 펄쩍 뛰었다. 이것이야말로 그가 원하던 일이었다. 그는 모자를 집어 들었다. 십 분 뒤, 그는 찰스가의 규모 있는 양복점에 갔다. 그리고 변성기의 고음으로 군복을 맞춰달라고 했다.

"얘야, 병정놀이를 할 거니?" 점원은 별생각 없이 물었다.

벤저민은 쏘아붙였다. "뭐요! 내가 뭘 원하는지 신경 쓰지 마시오!" 화난 얼굴이 붉으락푸르락거렸다. "나는 버튼이라는 사람이고 마운트 버논 지역에 살고 있소. 그러니 내가 그럴 만하다는 걸 알 텐데."

"좋아." 점원이 주저하며 인정했다. "그런데 네가 아니라면 네 아버지일 것 같구나."

벤저민은 옷을 맞추었고 일주일 후에 그의 군복은 완성되었다. 그는 장군에 맞는 기장을 힘들게 구했다. 갖고 놀기에는 YWCA 배지가 훨씬 재미있다고 판매상이 고집을 부렸기 때문이다.

로스코에게는 아무 말도 안 하고 그는 어느 날 밤 집을 나왔다. 기차를 타고 사우스캐롤라이나주의 모스비 부대로 출발했다. 그곳의 보병대를 지휘할 것이었다. 4월의 후덥지근한 날 그는 캠프 입구에 도착했다. 기차역에서 부대까지의 택시요금을 치르고 보초병에게 돌아섰다.

"내 짐을 들어줄 사람을 불러주게!" 그가 쾌활하게 말했다.

보초병은 꾸짖는 눈초리였다. "이봐." 그가 물었다. "장군 옷을 입고 어디 가지, 꼬마야?"

미국-스페인전쟁 참전 용사인 벤저민은 불꽃이 이글거리는 눈으로 그를 노려보았다. 하지만 슬프게도 목소리가 변성기였다.

"차렷!" 그는 우레같이 고함치려 했으나 숨이 찼다. 그때 갑자기 보초병이 두 발을 모으고 받들어총 자세를 취했다. 벤저민은 흡족한 미소를 지었다. 그러나 주위를 힐끗 둘러보자 미소가 사라졌다. 보초병이 받들어총 자세를 취하게 한 건 그 때문이 아니라 위풍당당한 포병 대령이 말을 타고 다가오기 때문이었다.

"대령!" 벤저민이 날카롭게 소리쳐 불렀다.

대령이 다가와 말을 세우더니 눈을 반짝이며 그를 차분하게 내려다보았다. "이 작은 친구는 어느 집안 출신인가?" 그가 친절하게 물었다.

"내가 어느 집안 출신인지 곧 보여주지!" 벤저민은 격노해서 대꾸했다. "말에서 내리게!"

대령이 호탕하게 웃음을 터뜨렸다.

"이 말을 원하시나요, 장군님?"

"여기!" 벤저민은 필사적으로 외쳤다. "이걸 읽게." 대령에게 명령서를 내밀었다.

대령은 편지를 읽자 두 눈이 튀어나올 것 같았다.

"이걸 어디서 났지?" 그는 물으면서 자기 주머니에 서류를 넣었다.

"정부로부터 받았네. 곧 자네도 알게 되겠지만!"

"같이 가야겠군. 본부로 가서 이것에 대해 논의해야겠어. 따라오렴." 대령은 그를 이상하다는 듯이 바라보며 말했다.

대령은 말을 돌려서 본부 쪽으로 가기 시작했다. 벤저민은 할 수 있는 한 근엄한 표정으로 그를 따라 걸어가는 수밖에 없었다. 그러면서 그는 제대로 복수해 주기로 작심했다.

그러나 복수는 실현되지 못했다. 이틀 후 아들 로스코가 볼티모어에서 나타났다. 그는 급히 오느라 화가 났지만 군복도 없이 훌쩍거리는 장군을 다시 집까지 호위해서 데려갔다.

11

1920년, 로스코 버튼의 첫아이가 태어났다. 이 축제 분위기의 집안에서 장난감 병정과 서커스 모형을 갖고 노는 열 살쯤 되어 보이는 작고 지저분한 소년이 새로 태어난 아기의 할아버지라고 믿는 사람은 아무도 없었다.

생기 있고 즐거운 얼굴이지만 어딘가 슬퍼 보이는 이 작은 소년을 싫어하는 사람은 없었다. 그러나 로스코 버튼에게는 그의 존재만으로도 고문이었다. 그의 세대의 표현으로 말하자면, 로스코는 '효율적'인 상황이 아니었다. 그는 아버지가 예순 살로 보이기를 거부하며 '붉은 피의 사나이'—로스코가 가장 좋아하는 표현이다.—처럼 행동하지 않고 기괴하고 못되게 구는 것처럼 보였다. 정말이지 이 문제를 반 시간만 생각해도 그는 곧 미쳐버릴 지경이었다. 로스코는 '정력가'는 계속 젊어야 한다고 믿었지만, 이 정도로까지 끌고—끌고—끌고 가는 건 효율적이지 못하다고 여겼다. 로스코가 감당할 수 있는 건 여기까지였다.

오 년 후에 로스코의 어린 아들과 어려진 벤저민은 같은 보모의 보살핌을 받으며 같이 놀이를 할 정도가 되었다. 로스코는 같은 날 이 둘을 유치원에 데려갔다. 벤저민은 색종이 띠로 매트와 고리와 신기하고 아름다운 모양을 만드는 것이 세상에서 가장 신나는 놀이였다. 한번은 벌 받을 짓을 해서 구석에 서 있다가 운 적도 있었다. 하지만 대부분은 놀이방에서 재미난 시간을 보냈다. 햇빛이 창문으로 들어오고 베일리 선생님의 부드러운 손길이 그의 헝클어진 머리를 쓰다듬곤 했다.

로스코의 아들은 일 년 후에 1학년으로 올라갔으나 벤저민은 유치원에 머물렀다. 그는 아주 행복했다. 때로 어린아이들이 이다음에 커서 무엇을 하고 싶은지 조잘거리면 그의 작은 얼굴에 잠시 그림자가 스쳤다. 어린아이의 삶으로 들어선 그는 자신이 그런 것을 절대로 나눌 수 없다는 걸 깨달은 것 같았다.

하루하루가 단조롭게 흘러갔다. 그는 유치원을 삼 년이나 다녔는데 이제는 너무 작아져서 밝은 색의 종잇조각으로 무엇을 만드는지 이해할 수 없었다. 그는 다른 아이들이 자기보다 커서 무섭다며 울었다. 선생님이 그에게 하는 말을 이해하려 했으나 도무지 알아들을 수 없었다.

그는 유치원도 그만두었다. 빳빳한 깅엄 드레스를 입은 보모 나나가 그의 작은 세계의 중심이었다. 화창한 날에 그들은 공원을 산책했는데, 나나가 커다란 회색 괴물을 가리키며 '코끼리'라고 하면 벤저민은 따라했다. 그런 날 밤에 벤저민은 잠자리에 들기 전에 옷을 갈아입고 몇 번이고 반복했다. "키끼리, 키끼리, 키끼리." 가끔 나나는 벤저민이 침대에서 뛰도록 두었다. 침대에 앉았다가 다시 튀어오르는 것이 재미있었다. 침대에서 뛰면서 "아."라고 말하면 목소리가 떨리는 것도 무척 즐거웠다.

그는 모자걸이에 걸린 기다란 지팡이를 가져와 "싸워, 싸워, 싸워."라고 말하면서 의자와 탁자를 치고 돌아다니는 것도 몹시 좋아했다. 그의 집을 방문한 노부인들이 그에게 쯧쯧쯧, 혀를 차는 것도 흥미로웠다. 젊은 부인들이 그에게 뽀뽀하려 하면 그는 귀찮아하면서도 얌전하게 있었다. 긴 하루의 일정이 5시에 끝나고 나나와 2층으로 올라가면 나나가 숟가락으로 오트밀과 부드러운 죽을 떠먹여 주었다.

그가 꾸는 어린아이의 잠에는 대학에서의 용감했던 날들의 속삭임이나 여러 소녀의 가슴을 흔들어놓았던 빛나던 시절의 흔적 같은 괴로운 기억도 없었다. 오직 아기 침대의 하얗고 안전한 난간과 나나, 그리고 이따금 그를 보러 오는 남자, 잠들기 전 나나가 '태양'이라고 부르는 커다란 주황색 공만이 있을 뿐이었다. 해가 지고 그의 눈에 졸음이 오면 어떤 꿈도, 그 어떤 꿈도 그를 괴롭히지 못했다.

지난날, 산후안언덕으로 부하들을 이끌고 용감하게 공격했던 가슴 벅차는 경험, 결혼하고 처음 몇 해 동안 사랑하는 힐데가드를 위해 바쁜 도시에서 여름해가 지도록 늦게까지 일했던 소중한 일상, 몬로 거리에 있던 음울하고 낡은 버튼 저택에서 할아버지와 함께 밤이 깊도록 담배를 피우던 소소한 추억들……. 이제는 이 모든 것이 한갓 의미 없는 꿈처럼 그의 마음에서 사라져갔다. 그런 일이 아예 일어나지도 않았던 것 같았다.

벤저민은 기억을 하지 못했다. 그는 방금 마신 우유가 차가웠는지 따뜻했는지 그리고 하루가 어떻게 흘러갔는지도 또렷하게 기억하지 못했다. 그저 그의 아기 침대와 낯익은 나나의 존재만 느낄 뿐이었다. 배가 고플 때는 울었다. 그게 전부였다. 낮과 밤처럼 숨을 쉬었다. 그의 작은 몸 위로, 그의 귀에 부드러운 웅얼거림과 낮은 속삭임 그리고 어렴풋한 냄새와 빛과 어둠이 있었다.

마침내 모든 것이 깜깜해졌다. 하얀 아기 침대와 누워 있는 그의 위에서 움직이던 희미한 얼굴들, 달콤하고 따뜻한 우유 냄새도 그에게서 모두 사그라졌다.

2

피츠제럴드

해변의 해적

1

이 황당한 이야기는 꿈꾸듯 파랗고 파란 실크스타킹을 펼쳐놓은 듯한 바다에서, 어린아이의 눈망울마냥 푸르른 하늘 아래에서 시작된다. 서쪽 하늘에서는 태양이 작은 황금빛 동전들을 출렁이는 파도 위에 흩뿌리고 있었다. 두 눈을 부릅뜨고 보면 그 동전들이 파도의 물마루를 뛰어다니다가 하늘의 널찍한 황금색 원반 가장자리로 스며들었다. 이 광경은 대략 1킬로미터쯤 뻗어 나가다 마침내 찬란한 일몰을 이룰 것이다. 플로리다 해안과 그 황금빛 가장자리 한가운데에 우아하고 하얀 최신형 증기 요트가 머물러 있었다. 배 갑판 위에는 파랑과 하양 줄무늬의 차양이 드리워져 있었다. 그 아래에 금발의 여인이 긴 왕골 의자에 누워 아나톨 프랑스의 『천사들의 반란』을 읽고 있었다.

열아홉 살쯤 되어 보이는 그 여인은 유연하고 날씬한 몸매에 매혹적인 입술이 당돌해 보였고, 재빠르게 움직이는 회색빛 눈은 호기심으로 반짝였다. 스타킹도 신지 않은 맨발은 다른 의자의 팔걸이에 높이 걸쳐 있었다. 푸른색 공단 슬리퍼가 엄지발가락에 매달려 장신구처럼 흔들렸다. 그녀는 책을 읽으면서 손에 쥐고 있던 레몬 조각을 살짝살짝 빨곤 했다. 다 빨아먹은 나머지 반쪽은 발치에 떨어져서 거의 느껴지지도 않는 파도의 흔들림에 따라 이리저리 굴러다녔다.

손에 들고 있는 남은 레몬 반쪽의 즙도 없어지고, 노란 테두리만 점점 넓어졌다. 그때 요트를 나른하게 감싸고 있던 고요함이 무거운 발소리에 깨졌다. 이어서 단정하게 빗어 넘긴 회색 머리에 하얀 플란넬 양복을 입은 중년 남자가 계단을 올라왔다. 그는 햇빛에 눈이 부신 듯 잠시 걸음을 멈추었다. 햇빛에 눈이 익자 그는 차양 아래의 사태를 보며 못마땅하다는 듯이 길게 혀를 찼다.

그가 혀를 찼다고 해서 어떤 식으로든 바뀌기를 바랐다면 분명 실망했을 것이다. 여인은 태연하게 두 페이지를 넘겼다가 다시 한 페이지를 되돌리고 입에 닿을 정도로 레몬을 쓱 하고 들더니 아주 희미하지만 보란 듯 하품을 했다.

"아디터!" 남자가 야단치듯 불렀다.

아디터는 "흠." 하고 대답도 아닌 소리를 작게 냈다.

"아디터! 아디터!" 그가 다시 불렀다.

아디터는 나른하게 레몬을 들어 올리더니 두 마디를 내뱉었다.

"오, 그만하세요." 그러고는 다시 레몬을 혀에 댔다.

"아디터!"

"왜요?"

"내 말 좀 들어라. 아니면 널 붙잡아오라고 시켜야겠어?"

아디터는 조소하듯 레몬을 천천히 흔들었다.

"글로 써서 주세요."

"그 쓰레기 같은 책 좀 덮고 그 염병할 레몬도 좀 내려놓지!"

"잠시라도 그냥 내버려두면 안 돼요?"

"아디터, 해변에서 전화가 왔는데……."

"전화요?" 그녀가 약간의 흥미를 보였다.

"그래, 그건……."

아디터가 그의 말을 잘랐다. "그러니까 여기에서 전화를 걸 수 있다는 거죠?" 그녀의 호기심이 발동했다.

"그래, 방금 전에……."

"전화선이 다른 보트와 부딪치지 않을까요?"

"아니, 그건 바다 밑바닥에 깔려 있다. 오 분만……."

"와, 대단해요! 과학이란 정말 대단해요. 그렇지 않아요?"

"내 말을 좀 끝내면 안 되겠니?"

"제기랄! 하세요!"

"음, 그래, 그러니까 내가 여기 온 이유는…… 몰런드 대령이……."

그는 말문이 막힌 듯 정신없이 몇 차례 침을 삼켰다.

"그래, 널 꼭 저녁식사에 데려오라는구나. 대령의 아들인 토비 군이 널 만나러 뉴욕에서 온대. 다른 청년 몇 명과 함께 말이다. 마지막으로 네가……."

"안 가요."

아디터가 짧게 대답했다. "절대로 안 가요. 내가 이 염병할 배에 탄 건 오로지 팜비치에 가기 위해서라는 걸 알잖아요, 삼촌! 그 미친 대령이든 토비라는 미친 젊은이든 다른 젊은이든 눈곱만큼도 만날 생각이 없어요. 또 이 미친 주의 그 어떤 미친 도시에도 한 발자국도 들여놓지 않을 거라고요. 그러니까 팜비치까지 데려다주세요. 아님 아무 말 말고 가버리세요."

"그래, 알았다. 이것으로 마지막이다. 넌 절제를 모른다고 소문이 났고, 게다가 네 아버지라면 네 이름을 입에 부르지도 못하게 할 놈에게 정신 못 차리고 있다니! 넌 양가집 규수가 아니라 날라리나 마찬가지야……."

아디터는 빈정거리며 대답했다. "나도 알아요. 이제부터 삼촌은 삼촌의 길을 가세요! 나는 내 길을 갈 테니. 내가 그렇게 잘난 척하는 자들 따위는 거들떠보지도 않는다는 걸 삼촌도 잘 알잖아요?"

그가 울부짖듯 선언했다. "지금부터 넌 내 조카딸도 아니다. 난……."

아디터가 미친 사람처럼 소리를 질렀다. "오, 제발 귀찮게 굴지 좀 말아요! 가버려요! 배에서 뛰어내려 바다에나 빠져버리라고요! 이걸 삼촌에게 던지길 바라나요?"

"네가 감히 어디서 그런……."

『천사들의 반란』이 휙 하고 날아가 그의 코끝을 스치고는 계단 아래로 쾅 하고 요란하게 떨어졌다.

회색 머리의 신사가 본능적으로 한 걸음 뒤로 피했다가 조심스레 두 걸음 앞으로 나왔다.

"네가 감히!" 남자가 기함을 했다.

"저리 가요!"

165센티미터인 아디터가 벌떡 일어나 분노에 찬 회색빛 눈으로 그를 노려보았다.

"제기랄, 이제부턴 내 맘대로 할 거예요!"

"그래! 더 이상 봐주지 않겠다. 네 성질머리는……."

"삼촌이 이렇게 만들었잖아요. 못 돼먹은 아이는 가족 책임이죠. 지금의 내 모습은 바로 삼촌 책임이라고요!"

그녀의 삼촌은 씩씩대며 중얼거리더니 배 뒤쪽으로 가서 운항하라고 크게 외치고는 차양 아래로 돌아왔다. 아디터는 다시 왕골 의자에 기대어 앉아서 레몬을 들여다보았다.

그가 느리게 말했다.

"난 해변으로 돌아간다. 그리고 오늘 밤 9시에 돌아올 거야. 그런 뒤에 우린 뉴욕으로 출발한다. 거기에서 너의 그 생겨먹은 대로의, 아니 결코 생겨먹지 않은 대로의 여생은 네 숙모의 손에 맡기도록 하마."

그는 말을 멈추고 그녀를 바라보았다. 그녀의 순진한 아름다움 앞에 서자 부풀었던 그의 분노가 구멍 뚫린 타이어처럼 수그러들었다. 그는 무기력하고 자신감 없는 얼간이가 되어버렸다.

그가 친절하게 말했다.

"아디터, 나도 안다. 여기저기 다녀봤고, 남자에 대해서도 잘 알지. 무엇보다 난봉꾼이라는 놈들은 별 볼일 없어진 후에야 정신을 차리는 법이야. 그러나 이미 그때는 찬밥신세일 뿐이지."

그는 동의를 구하는 표정으로 그녀를 바라보았다. 그러나 그녀가 무표정한 얼굴로 들은 척도 하지 않자 삼촌은 말을 계속하였다.

"그 작자가 널 사랑할지도 몰라. 그래, 그럴 수 있어. 그자는 지금까지 여러 여자를 사랑해 왔고 또 앞으로도 그럴 거다. 한 달 전에, 아디터, 한 달 전에 말이다. 그 사람은 미미 메릴이라나 뭐라나 하는 빨강 머리 여자와 한바탕 추문을 일으켰어. 러시아의 황제가 자기 어머니에게 선물했던 다이아몬드 팔찌를 그녀에게 주겠다고 했다는데, 너도 신문에서 보지 않았니?"

아디터가 하품을 했다. "삼촌이 조카에게 들려주는 추잡한 소문이라! 영화나 찍으세요. 사교계의 파렴치한 바람둥이가 정숙한 어린 아가씨를 유혹한다. 마침내 정숙한 아가씨는 그의 무시무시한 마수에 유혹되어 팜비치에서 만나기로 약속한다. 걱정하는 삼촌 때문에 바람둥이의 계략은 엉망이 되어버린다."

"도대체 그 사람과 결혼하려는 이유가 뭔지 들어나 보자."

아디터가 퉁명스럽게 대답했다. "글쎄요. 성품이 좋건 나쁘건, 상상력이 뛰어나고 자기 확신에 대한 용기가 있는 남자는 그 사람밖에 없었다는 게 이유겠죠. 아니면 전국에서 내 뒤나 쫓아다니면서 허송세월하는 젊은 바보들에게서 도망치려는 게 이유일 수도요. 어쨌든 그 유명한 러시아 팔찌에 대해서는 안심하세요. 팜비치에서 나에게 준다고 약속했으니까요. 삼촌이 훼방만 안 놓으신다면 말이에요."

"그 빨강 머리 여자는 어떻게 하고?"

그녀가 화를 내며 말했다. "그 여자와는 육 개월 전에 끝났대요. 그런 일 하나도 정리하지 못한 줄 알았어요? 난 내가 원하는 남자와는 무슨 일이라도 할 수 있다는 걸 아직도 몰라요?"

그녀는 도도하게 턱을 치켜세웠지만 레몬을 드는 바람에 포즈가 조금 망가졌다.

"너, 혹시 러시아 팔찌가 탐이 난 거 아니냐?"

그 말에 다시 화가 솟는 것 같았다. "아뇨. 그저 삼촌이 이해할 수 있는 수준에 맞춰서 이야기했을 뿐이란 말이에요. 그러니 제발 좀 가주세요. 절대 마음이 바뀌지 않을 걸 알잖아요. 삼촌이 사흘이나 지겹게 굴어서 머리가 돌겠다고요. 나는 해변엔 절대 안 갈 거예요! 절대로 안 간다고요!"

"잘 알겠다. 그리고 넌 팜비치에도 못 가게 될 거다. 넌 내가 지금까지 본 이기적이고 버릇없고 불쾌하고 어쩔 수 없는 여자애 중에서도……."

철퍽! 레몬 반쪽이 그의 목에 맞았다. 그때 옆에서 큰 소리로 말하는 것이 들렸다.

"출항할 준비가 되었습니다, 파넘 씨."

파넘 씨는 할 말이 많았다. 하지만 화가 너무 나 말문이 막혀 조카딸을 노려보았다. 그리고 뒤돌아서 사다리를 타고 빠르게 배 밖으로 내려갔다.

2

태양에서 5시가 구르듯 내려와 슬며시 바다로 빠져들었다. 황금빛 테두리가 반짝이는 섬처럼 퍼져갔다. 차양의 날개로 장난치고 파란 슬리퍼 한쪽을 까닥거리던 산들바람에 뜬금없이 노랫소리가 실려왔다. 푸른 바다에서 노 젓는 소리를 반주로 화음까지 맞춘 합창이었다. 아디터는 고개를 쳐들고 귀를 쫑긋했다.

당근과 완두콩,
강낭콩은 무릎을 꿇어라,
바다의 돼지들은,
운 좋은 친구들!
산들바람아 우리에게 불어다오,
산들바람아 우리에게 불어다오,
산들바람아 우리에게 불어다오,
큰 소리로.

아디터는 놀라움에 이마를 찡그렸다. 합창단이 2절을 부르자 그녀는 아무 소리도 못 내고 앉아서 넋을 잃고 들었다.

양파와 강낭콩,
보안관과 학장들,
골드버그와 그린,
그리고 코스텔로스,
산들바람아 우리에게 불어다오,
산들바람아 우리에게 불어다오,
산들바람아 우리에게 불어다오,
큰 소리로.

아디터가 환호하며 책을 갑판으로 집어던지고 난간으로 달려갔다. 책이 자빠져 두 다리를 벌린 것처럼 갑판 바닥에 떨어졌다. 15미터 앞에서 큰 보트가 노를 저으며 다가오고 있었다. 배에는 모두 일곱 명이 타고 있었다. 여섯 명은 노를 젓고 한 명은 배 뒤쪽에 서서 악단 지휘봉으로 지휘를 했다.

굴과 바위,
톱밥과 양말,
누가 시계를 만들 수 있지,
첼로에서?

아디터는 호기심에 차 난간 밖으로 몸을 내밀었다가 지휘자와 눈이 마주쳤다. 그가 지휘봉을 휙 휘두르자 노래는 금방 그쳤다. 지휘자만 백인이고 노 젓는 나머지 사람은 모두 흑인이었다.

"안녕하시오, 나르시스호!" 그 남자가 예의 바르게 인사했다.

아디터가 즐겁게 대답했다. "이 불협화음은 뭐죠? 시골 땅콩 농장 출신의 대표팀인가요?"

그때 보트가 요트의 옆면을 긁으며 닿았고, 뱃머리에 앉아 있던 거구의 흑인이 사다리를 붙잡았다. 그러자 배 끝에 있던 지휘자가 사다리를 타고 잽싸게 난간으로 올라왔다. 그는 숨을 헐떡이며 그녀 앞에 섰다. 그녀가 배에 올라오라고 허락하기도 전에 순식간에 벌어진 상황이었다.

"여자와 아이들은 건들지 말고 우는 아기는 모두 물에 던져라! 남자들은 철사로 단단히 묶어!" 그가 빠르게 명령했다.

아디터는 당황해서 드레스 주머니 속으로 손을 감추며 그를 노려보았다. 놀라서 아무 말도 할 수 없었다.

그는 우울하고 예민해 보였다. 냉소적인 입과 파란 눈을 가진 통통한 아기 같은 젊은이였다. 검고 촉촉한 곱슬머리는 그리스 조각상 같은 얼굴을 거무스름하게 보이게 했다. 듬직한 체격에 훌륭한 옷을 입은데다가 민첩한 풋볼 공격수처럼 우아했다.

"이런 개자식!" 그녀가 얼떨결에 내뱉었다.

두 사람은 서로 차갑게 노려보았다.

"배를 양도하겠소?"

"지금 정신 나갔어요? 당신, 바보예요? 아니면 새로 후원단체라도 만들었어요?"

"배를 양도할 거냐고 물었소."

아디터가 쌀쌀하게 쏘아붙였다. "제정신이 아니군요. 매니큐어라도 먹었어요? 당장 이 요트에서 내려요!"

"뭐라고요?" 젊은이가 어처구니없다는 듯 되물었다.

"요트에서 내리라고요!"

그는 그녀의 말뜻이 이해가 안 된다는 듯 잠시 그녀를 바라보았다.

그는 비웃으며 천천히 대답했다. "아니, 난 요트에서 내리지 않을 거요. 우리랑 있기 싫으면 당신이나 내리시지."

그가 뱃전으로 가서 뭐라고 짤막하게 명령하자 그의 부하들이 곧바로 사다리를 타고 올라와 그 앞에 한 줄로 섰다. 숯덩이처럼 검고 단단해 보이는 선원이 한 끝에, 그 반대편 끝에는 키가 150센티미터 정도 되어 보이는 '물라토(*역주: 라틴아케리카의 백인과 흑인 혼혈)'가 섰다. 맞춘 듯한 파란 옷들은 먼지와 진흙투성이의 누더기로 보였다. 어깨에 묵직하고 하얀 자루를 하나씩 메고, 악기 상자 같은 커다란 검은 상자를 들고 있었다.

젊은이가 두 발로 경쾌하게 바닥을 구르며 명령했다. "차렷! 바로 서! 앞으로! 베이브, 한 걸음 앞으로!"

가장 체구가 작은 흑인이 재빨리 한 걸음 앞으로 나와 경례를 했다.

"예!"

"아래로 가서 기관사만 빼고 선원들을 모조리 묶어. 기관사는 여기 데려오고. 그 자루들은 저기 난간 옆으로."

"예!"

베이브는 다시 경례하고는 나머지 부하들에게 모이라고 손짓했다. 그들은 잠시 의논하더니 곧 승강계단으로 소리도 없이 내려갔다.

아디터는 기가 죽어서 입을 다물고 이 장면을 지켜보고 있었다. 젊은이가 밝은 목소리로 그녀에게 말했다.

"자, 당신의 명예는 별 볼일 없겠지만, 그냥 철부지 아가씨 정도의 명예를 걸고 앞으로 사십팔 시간 동안 그 작은 입을 다물겠다고 맹세하시오. 그러면 우리 보트로 해변까지 아가씨 스스로 노를 저어서 가게 해주겠소."

"그렇게 못 하겠다면요?"

"그렇지 않으면 우리랑 함께 배를 타고 바다로 나가는 거지."

젊은이는 아디터가 대들지 못하게 했다고 안심했다. 그는 안도의 한숨을 내쉬더니 조금 전 아디터가 앉아 있던 긴 의자에 앉아 나른하게 기지개를 켰다. 그는 사치스러운 줄무늬 차일과 반짝이는 놋쇠 장식, 갑판의 화려한 부속품들을 감상하고는 입꼬리에 슬쩍 미소를 지었다. 그러고 나서 그의 시선이 책에, 그다음에 다 빨아먹고 껍질만 남은 레몬 조각 위로 떨어졌다.

"흠, 스톤월 잭슨(*역주: 미국 남부 연합군의 장군)은 레몬즙이 머리를 맑게 해준다고 했는데 당신 머릿속도 꽤나 맑아졌겠지?"

아디터는 모욕을 받는 기분에 입을 꽉 다물었다.

"갈 건지 남을 건지 앞으로 오 분 안에 결정하시오."

그는 책을 집어 들더니 호기심 삼아 펼쳤다. 그가 그녀에게 새로운 관심을 보이며 쳐다보았다.

"『천사들의 반란』이라, 꽤 근사해 보이는데! 프랑스 거요? 프랑스인이요?"

"아뇨."

"이름이 뭐요?"

"아디터."

"성은?"

"파넘."

"아, 아디터 파님. 거기 서서 입 안을 잘근거려봐야 뭐 하겠소. 한 살이라도 젊을 때 그런 신경질적인 버릇은 없애는 게 좋아요. 이리 와서 앉으시오."

아디터는 주머니에서 비취 조각 장식이 된 담배 케이스를 꺼내 냉정한 척하며 담배에 불을 붙였다. 손이 약간 떨렸지만 아닌 척했다. 그리고 우아하고 기품이 있는 태도로 옆자리에 앉아 차양을 향해 "후우!" 하고 연기를 내뿜었다.

그녀가 침착하게 말했다. "날 이 요트에서 쫓아낼 수 있을 거 같아요? 그리고 이 요트로 멀리 도망갈 수 있다고 생각해요? 그렇다면 오산이에요. 여섯 시 반이면 삼촌이 이 바다 곳곳으로 무전을 칠걸요."

"흠."

그녀는 그의 얼굴을 흘낏 쳐다보고는 그의 입가에서 아주 희미하게 근심스러운 표정이 어리는 것을 보았다.

그녀가 어깨를 으쓱대며 말했다. "나야 어찌 되든 상관없어요. 어차피 내 요트도 아니고 두어 시간 정도 배 타는 것은 아무렇지도 않아요. 싱싱 감옥으로 당신을 잡아가는 경찰 경비정에서 읽을거리가 필요하다면 저 책을 빌려줄 수도 있고요."

그가 경멸하듯 웃어댔다.

"그런 충고라면 괜찮소. 이 요트를 알기 전부터 계획한 일이니까. 해안에 정박된 배들 중에서 이 배가 아니었다면 다른 배가 표적이 되었을 것이오."

"당신은 누구죠? 뭐 하는 사람이에요?" 그녀가 갑자기 물었다.

"해변엔 안 갈 거요?"

"그런 건 생각도 안 해봤어요."

"사람들에게 보통 우리는, 그러니까 우리 일곱은 '커티스 칼라일과 여섯 명의 흑인 친구들'이라고 알려져 있소. 그 전에는 '겨울 정원과 심야의 장난'이었지."

"가수 이름 같군요."

"오늘까지는 그랬소. 지금은 저기 보이는 하얀 자루들 때문에 도망치고 있는 중이오. 내 추측대로라면 현상금이 이만 달러는 됐을 거요."

"자루 안에 뭐가 들었죠?" 아디터가 궁금해서 물었다.

"흐음, 당분간은 진흙, 플로리다의 진흙이라고 해둡시다."

3

커티스 칼라일이 겁에 질린 기관사와 이야기했다. 십 분 후, 나르시스호는 향기로운 열대의 석양에 물들며 남쪽으로 나아갔다. 칼라일의 묵인하에 작은 물라토 베이브가 상황을 전적으로 지휘하고 있는 것 같았다. 기관사 말고 배에 있던 나머지 선원들인 파넘 씨의 하인과 요리사는 처음에는 저항하다가 곧 밧줄에 묶였고 결국 아래층의 자기들 선실에 들어가 있는 편을 택했다. 체구가 가장 큰 흑인 트롬본 모스는 뱃머리의 '나르시스'라는 이름을 페인트로 지우고 '훌라훌라'로 바꿔 적었다. 나머지는 배 뒤쪽에 모여서 카드게임에 몰두했다.

칼라일은 7시 30분까지 갑판으로 식사를 가져오라고 지시했다. 그런 다음 다시 아디터 옆의 의자에 누워 눈을 반쯤 감고 깊은 생각에 잠겼다.

아디터는 남자를 꼼꼼하게 살펴본 뒤, 곧 그를 '낭만적인 인물'로 분류했다. 밑바탕은 허술하고 결정을 내릴 때마다 주저의 기미가 드러나는 것을 알아챘다. 그러나 오만해 보이는 입술 곡선과 자신감이 넘치는 분위기에 그녀는 관심이 생겼다.

'저 사람은 나와 달라. 어딘가 달라.'

극단적인 이기주의자 아디터는 스스로에 대해 자주 이렇게 생각해 왔다. 즉, 비난의 대상이 된 적이 전혀 없었던 자신의 이기주의를 당연시해 왔고, 자신의 명백한 매력 또한 비난받은 적이 없었다. 열아홉 살이 되어 이제는 조신한 숙녀다워야 하지만 여전히 활기차고 조숙한 어린애처럼 굴었다. 넘쳐나는 젊음과 미모의 광채와 그녀가 부리는 성질머리라는 파도에 주변 사람들은 모두 떠다니는 나무토막에 불과했다. 그녀는 다른 이기주의자도 많이 만났다. 당연히 이기적인 사람들은 그렇지 않은 사람들보다 더 고집스러웠다. 하지만 그녀 앞에서 굴복하지 않은 사람은 없었다.

그러나 이번에는 달랐다. 지금 옆의 긴 의자에 누워 있는 한 이기주의자를 보면서 그녀는 평소처럼 마음의 문을 닫을 수 없었다. 마음의 문을 닫는다는 건 상대를 굴복시키기 위해 준비한다는 뜻이었다. 그런데 지금 이 남자는 공략하기 쉽고 무방비한 상태라는 것을 그녀는 본능적으로 감지했다. 요즘 그녀는 자기답고 싶다는 강렬한 욕구를 느낄 때마다 사람들이 그녀에게 요구하는 관습을 거부함으로써 자기 자신을 확인했다. 이런 태도는 최근의 주된 놀잇거리였다. 반면 이 남자는 자신을 거부하는 일에 몰두하는 것 같았다.

아디터는 자신이 처한 요즘의 상황보다 그의 이런 태도에 더 흥미를 느꼈다. 당돌한 열 살짜리 아이가 한낮에 펼쳐지는 스릴 있는 공연을 기대할 때와 비슷한 기분이 들었다. 그녀는 어떤 일이 생겨도 자신을 책임질 수 있다고 확신했다.

밤이 깊어갔다. 창백한 초승달이 안개 낀 눈으로 바다에게 미소를 보냈다. 해변은 점차 희미해졌다. 먼 수평선을 따라 흩날리는 나뭇잎처럼 먹구름이 일어나고 어느새 거대한 달무리가 요트를 휘감더니 재빠르게 반짝이는 달빛 갑옷의 길을 펴뜨렸다. 누군가 담배에 불을 붙이려 켠 성냥불이 환하게 빛나곤 했다. 그러나 나지막하게 부릉대는 엔진 소리와 고물 주변의 파도 소리마저 없다면 요트는 하늘을 나는 꿈속의 배처럼 고즈넉했을 것이다. 밤바다의 향기가 배 주변에 피어오르고 나른함이 끝도 없이 펼쳐졌다.

어느 순간 칼라일의 한숨 소리가 침묵 속에서 들렸다.

"당신은 운 좋게 태어났소. 난 늘 당신 같은 부자가 되는 게 꿈이었지. 그래서 이런 아름다움을 송두리째 사고 싶었소."

아디터가 하품하며 말했다.

"난 솔직히 당신 같은 사람이 되고 싶은데요."

"하루 정도는 아마도. 어쨌든 애송이 소녀치곤 배짱이 대단하군."

"그런 식으로 날 부르지 말았으면 좋겠네요."

"미안하오."

그녀가 천천히 말했다. "배짱이라면 나의 단점을 보완하는 장점이죠. 하늘에서든 땅에서든 두려운 게 없으니까요."

"흠, 난 두렵소."

아디터가 말했다. "두려움을 느끼려면 아주 훌륭하고 강한 사람이거나 겁쟁이여야 해요. 난 둘 다 아니죠."

그녀는 잠시 말을 멈추더니 더욱 집요하게 물었다. "당신 이야기 좀 해봐요. 도대체 지금까지 뭘 해왔고, 또 일들이 어떻게 벌어진 거죠?"

그가 비웃듯이 물었다. "왜? 나에 대해 소설이라도 쓸 생각이오?"

그녀가 졸라댔다. "빨리 말 좀 해봐요. 달빛 아래에서 거짓말 좀 해보란 말이에요. 거짓으로라도 놀랄 만한 이야기를 해보라고요."

한 흑인이 오더니 차양 밑에 달린 작은 전구들의 불을 켰다. 그러고 나서 배의 식품 저장실에서 가져온 차가운 닭 요리와 샐러드, 아티초크, 딸기잼 등으로 왕골 탁자 위에 풍성한 저녁 식사를 차렸다. 칼라일은 처음에는 주저했지만 그녀가 관심을 보이자 이야기를 시작했다. 아디터는 음식에는 거의 손도 대지 않고 햇볕에 탄 구릿빛 젊은 얼굴만 바라보았다. 준수하고 냉소적이며 약간 무기력해 보이는 그런 얼굴이었다.

그는 테네시주 작은 흑인 마을의 아주 가난한 집안에서 태어났다. 동네에서는 유일하게 그의 가족만 백인이었던 것 같았다. 백인 아이들이 있었는지 전혀 기억할 수 없었기 때문이다. 흑인 아이 십여 명이 열성적인 추종자처럼 그를 따라다녔다.

간혹 그는 못된 장난기가 발동해서 그들에게 골탕을 먹이고는 감쪽같이 무마하였다. 흑인 아이들과 그는 그가 지닌 다소 특별한 음악적 재능으로 기이하게 연결되었다.

커티스 칼라일을 손가락질하던 멋진 백인 아이들을 위한 파티에서였다. 그 파티에서 피아노를 연주하던 벨 포프 캘헌이라는 흑인 여인이 있었다. 누더기 꼴의 작은 '백인 녀석' 칼라일은 그녀의 피아노 옆에 앉아서 한 시간 동안이나 아이들의 장난감 같은 피리로 알토 파트를 연주했다. 그는 열세 살이 되기도 전에 내슈빌 인근의 여러 작은 카페에서 낡은 바이올린으로 〈래그타임〉 춤곡을 연주했다. 팔 년 후에 〈래그타임〉의 열풍이 전국을 강타했다. 그는 흑인 여섯 명과 함께 오르페움 순회공연단에 들어갔다. 그 흑인들 중 다섯 명은 그의 어린 시절 친구들이었고, 나머지 한 명은 뉴욕 부둣가에서 온 작은 물라토 베이브 디바인이었다. 그는 버뮤다의 농장에서 일하다가 20센티미터 길이의 단검으로 주인의 등을 찌르고 도망쳤다. 칼라일은 그 후 브로드웨이까지 진출했다. 사방에서 그에게 거액을 제시하며 계약하자고 제안했다. 그는 꿈꿔 오던 것 이상의 많은 돈을 벌었고, 비로소 성공을 예감할 수 있었다.

그 무렵, 그의 의식에 다소 유별나고 견디기 힘든 변화가 생기기 시작했다. 그는 자신의 동료들과 함께 무대에서 헛소리나

지껄이며 인생의 황금기를 낭비한다고 생각한 것이다. 트롬본 셋과 색소폰 셋, 그리고 그의 플루트로 이루어진 악단은 제법 훌륭했다. 그러나 그는 자신만의 독특한 음악 감각으로 두각을 나타나기 시작하며 문제가 생겼다. 결국 그는 자신과 단원들 사이의 음악적 차이로 점차 과민반응을 일으켰고, 무대에 오르는 일조차 공포를 느낄 정도로 혐오감이 생겼다.

그들은 엄청나게 돈을 벌어들였고, 그는 새로 계약할 때마다 액수를 높였다. 그러나 그는 악단을 해체하고 혼자서 피아노 연주자로 나서기로 했다. 공연장 주인들은 그를 정신 나갔다고 비웃었다. 예술적 자살행위라고 했다. 그는 '예술적 자살행위'라는 표현을 비웃었지만, 그쪽 사람들은 모두 그 말을 대단한 말인 양 여겼다.

하룻밤에 3천 달러를 받고 개인 파티에서 연주한 것도 대여섯 번은 되었다. 이런 공연이야말로 그의 혐오감을 최악으로 치닫게 했다. 고급 클럽이나 개인 저택에서 열린 파티에서 그는 세련된 공연단원, 다시 말해서 멋진 사람들을 지루하지 않게 하는 원숭이 같은 눈요깃거리 역할을 했을 따름이었다. 그는 극장 냄새, 파우더와 립스틱, 분장실의 수다, 생색내듯이 갈채를 보내는 관객들이 역겨워졌다. 그런 곳에 더 이상 자기 열정을 쏟아부을 수 없었다. 사치스럽고 유유자적하는 삶을 살

수 있을 만큼 돈을 벌기에는 아직도 가야 할 길이 너무 멀다는 생각에 머리가 돌 지경이었다. 물론 돈이 차츰 모이는 중이었다. 그러나 아이스크림을 너무 천천히 먹느라 맛도 음미하지 못하는 어린이처럼 그는 삶을 즐길 여유가 거의 없었다.

돈과 시간이 충분하고 책을 읽거나 무언가 즐길 기회가 많았으면 싶었다. 게다가 지금까지 사귀어보지 못한 사람들을 만나고 싶었다. 그를 하찮게 여기는 그런 부류들 말이다. 한마디로 말해서 그는 사람들이 '귀족스럽다'는 부류에 속한 것들을 원했다. 원숭이 노릇을 하며 버는 식의 돈이 아니라, 자신의 가치를 당당하게 인정받으며 버는 돈이라야 그런 것들을 살 수 있을 것 같았다. 당시 그는 스물다섯 살이었고 가족도 없었다. 제대로 교육받지도 못한 그가 사업으로 성공할 가능성 따위는 더욱이 없었다. 그는 도박에 운을 걸었다. 하지만 삼 주 만에 그때까지 모은 전 재산을 몽땅 날렸다.

그때 전쟁이 터졌다. 그는 참전하기 위해 군에 지원하였다. 플라츠버그에 있는 훈련소로 갔는데 거기에서도 그의 운명은 그를 놓아주지 않았다. 어떤 장군이 그를 본부로 부르더니 악단장이 되어 군에 봉사하라고 했다. 그는 전쟁 기간 내내 전선 뒤에서 군악단을 이끌며 유명 인사들을 환대하는 일을 맡아야 했다. 군 생활치고는 그다지 나쁘지 않았다. 하지만 보병들이 참호에서 다리를 절뚝거리며 돌아올 때면 그도 그러고 싶었다. 그들이 뒤집어쓴 진흙과 땀은 영원히 그를 피해 다니는 표식, 귀족스러움의 선명한 상징이었다.

"제대한 후에도 예전의 생활이 다시 시작되었소. 플로리다 호텔연합에서도 일거리를 제안했지. 당시에는 시간만이 문제였소."

그가 말을 멈추었다. 아디터는 기대에 찬 눈빛으로 그를 바라보았다.

"결국 개인 파티가 문제가 되었소." 그는 고개를 저었다. "아니, 그 일에 대해서는 말하지 않는 게 낫겠소. 그걸 너무 즐기고 있기 때문이오. 다른 사람에게 털어놓으면 그 즐거움이 퇴색될까 두렵소. 그들의 눈앞에 대고 내가 소리나 빽빽 지르는 광대가 아니라고 말하던, 그 숨 막히고 영웅적인 순간을 영원히 간직하고 싶거든."

갑자기 나지막한 노랫소리가 들려왔다. 갑판 위에 모인 흑인들의 목소리가 달을 향해 감동 어린 화음으로 솟아올랐다. 귓가에 오랫동안 남아 있을 선율이었다. 아디터는 황홀한 기분으로 노래를 들었다.

오, 아래에,
오, 아래에,
엄마는 나를 은하수로 데려가려 해,
오, 아래에,
오, 아래로,
아빠는 내—애—일이래!
그런데 엄마는 오—늘이래,
그래— 엄마는 오—늘이래!

칼라일은 한숨을 내쉬고는 따뜻한 하늘에서 아크등처럼 빛나는 별 무리를 아무 말 없이 올려다보았다. 노랫소리는 구슬픈 콧노래로 잦아들었다. 일 분마다 달빛은 점점 밝게 침묵은 깊게 늘어나는 것 같았다. 한밤중 환한 달빛 아래에서 인어들이 은빛으로 젖은 곱슬머리를 빗으며, 깊은 바닷속 우윳빛깔 길가에 내려놓은 멋진 난파선 이야기를 하는 소리가 두런두런 들리는 것도 같았다.

칼라일이 부드럽게 말했다. “당신도 느끼겠지만, 이런 것이야말로 내가 원하는 아름다움이오. 아름다움은 이처럼 놀랍고 대단한 것이어야 하오. 그리고 소녀의 고혹적인 눈동자처럼, 꿈처럼 말이오.”

그가 아디터를 향해 고개를 돌렸다. 그녀는 말없이 있었다.

"당신도 알고 있지요. 그렇지 않아요, 아디터……?"

아디터의 조용한 숨소리만 들렸다. 그녀는 곤히 잠들어 있었다.

4

다음 날 정오 무렵, 햇볕이 강렬하게 쏟아지는 바다 위에서 점 하나가 초록색과 회색의 작은 섬으로 천천히 변해갔다. 북쪽 끝에서부터 서쪽으로 1.6킬로미터가량 기울어져 있는 화강암으로 된 거대한 절벽에 파릇한 관목·숲과 수풀이 우거져 있었다. 자잘한 관목과 수풀은 모래사장으로 이어져 찰싹거리는 파도에 나른하게 녹아내리고 있었다. 아디터는 늘 앉는 긴 의자에서 책을 읽고 있었다. 『천사들의 반란』의 마지막 페이지에 이르자 책을 탁 덮고 고개를 들었다. 순간 그녀는 섬을 발견하고 환호성을 올리며 칼라일을 찾았다. 그는 우울한 얼굴로 난간에 기대 있었다.

"여긴가요? 여기가 당신이 말한 곳인가요?"

칼라일이 대충 어깨를 으쓱했다.

"그럴 거요."

그가 목소리를 높여서 물라토 베이브를 불렀다. "어이, 베이브. 저 섬이 자네가 말하던 곳인가?"

베이브의 작은 머리통이 갑판실 옆으로 비쭉 나타났다.

"예! 바로 저깁니다."

칼라일이 아디터 옆에 섰다.

"그럭저럭 재미있을 것 같지 않소?"

그녀도 동의했다. "그래요. 하지만 그다지 좋은 은신처 같지는 않은데요?"

"당신 삼촌이 무전을 여기저기 보낼 거라고 아직도 믿는 거요?"

아디터가 솔직하게 대답했다. "이젠 상관없어요. 지금은 완전히 당신 편이에요. 정말로요. 당신이 안 잡혔으면 해요."

그가 웃었다.

"당신은 우리에게 행운의 여신이오. 당신을 우리 마스코트로 삼아도 되겠소? 당분간이지만."

그녀가 토라져서 말했다. "나보고 헤엄쳐서 돌아가라고요? 그랬다가는 어젯밤 당신이 들려준 그 지루한 이야기로 싸구려 소설을 쓸 거예요."

그의 얼굴이 빨개졌다.

"지루했다면 정말 미안하오."

"아, 아니에요. 당신이 음악을 연주해 주느라 여자들과 춤을 추지 못해서 너무 화가 났다는 마지막 부분만 빼면요."

칼라일이 발끈했다.

"당신, 어떻게 그런 심한 말을!"

아디터가 웃음을 터뜨렸다. "미안해요. 그렇지만 날 즐겁게 해주려고 남자들이 평생의 야망에 대해 이야기하는데, 그런 이야기는 그다지 즐겁지 않아요. 게다가 지나치게 이상적인 꿈을 좇는 삶을 살았다면 말이죠."

"왜죠? 그럼 보통 어떤 이야기로 당신을 즐겁게 해주었소?"

그녀가 하품했다. "아, 보통은 나에 대해서죠. 나를 젊음과 아름다움의 화신이라고들 하지요."

"그러면 당신은 뭐라고 대답하죠?"

"나는 아무 말 없이 인정해 주죠."

"당신이 만난 남자들은 모두 당신을 사랑한다고 했단 말이오?"

아디터가 고개를 끄덕이며 말했다.

"그러면 안 되나요? 인생이란 '당신을 사랑해요.'라는 말을 향해 나아갔다가 물러서는 거죠."

칼라일이 웃으며 자리에 앉았다.

"그건 맞는 말이오. 그런데 그 말이 꽤 괜찮은데, 당신이 생각해 냈소?"

"그래요. 아니, 그보다는 내가 찾아냈다는 게 맞겠네요. 딱히 뭐가 어떻다는 건 아니지만, 좀 기발하죠."

"그런 표현은 당신네 계층의 전유물이오." 그가 딱딱하게 말했다.

그녀가 참지 못하고 끼어들었다. "아, 귀족적인 것에 대한 설교는 그만해요. 나는 이런 멋진 아침에 다른 뭔가에 열중할 수 있는 사람들을 믿지 않아요. 약간 멍한 상태여야 해요. 다시 말해서 아침에 마취된 상태 말이에요. 아침은 잠을 자고 수영하고 느긋하게 지낼 시간이죠."

십 분 후에 배는 섬의 북쪽으로 가기 위해 커다랗게 원을 그리며 돌았다.

아디터는 생각에 잠겨서 중얼거렸다. "뭔가 계획이 있을 거야. 절벽에 배를 댈 수는 없으니까."

배는 단단하고 커다란 암석을 향해 갔다. 높이가 거의 30미터는 되어 보이는 암석이었다. 암석의 50미터 앞까지 갔을 때에야 아디터는 계획을 알아채고 손뼉을 치며 신나 했다. 세상에! 절벽 사이가 갈라져 있었다. 그런데 암석이 교묘하게 그 앞에 겹쳐 있어 먼 거리에서는 전혀 눈에 띄지 않았던 것이다. 배가 갈라진 절벽 사이를 지나자 수정처럼 맑고 좁은 해협이 나타났다. 배는 양쪽으로 높이 솟은 회색 절벽 사이를 통과해 녹색과 금색의 작은 세계 안에 멈추었다. 유리처럼 매끄러운 금박의 작은 해안을 야자나무 숲이 둘러싸고 있었다. 꼬마들이 모래로 만들고 잔가지로 장식한 호수 같았다.

칼라일이 흥분해서 소리쳤다. "오, 괜찮은데! 저 음흉한 녀석이 대서양의 항로를 제대로 아는 것 같군."

그가 즐거워하자 아디터도 덩달아 신이 났다.

"은신처로 완벽해요!"

"정말 그래요! 책에서나 읽었을 그런 섬이오."

노 젓는 보트가 황금 호수 위에 내려지고 그들은 해안으로 나갔다.

발이 푹푹 빠지는 젖은 모래사장에 올라서서 칼라일이 말했다. "자, 탐험하러 갑시다."

1.6제곱킬로미터의 평평한 모래밭이 야자나무 숲을 마을처럼 감싸안았다. 일행은 남쪽으로 걸음을 옮겼다. 누구의 발길도 들어온 적 없는 진줏빛 해변이 펼쳐졌고 이국적인 열대식물들이 모습을 나타냈다. 아디터는 갈색 골프화를 벗어서 던져버리고 맨발로 허우적대며 걸었다. 스타킹은 이제 영원히 신지 않을 모양이었다. 두 사람이 요트로 돌아오니 어느새 베이브가 부지런하게 점심식사를 차려놓았다. 베이브는 북쪽의 높은 절

벽에 바다를 감시할 전망대도 설치했다. 그는 이 섬의 절벽 입구를 아는 사람이 있을 것 같지 않다고 생각하는 듯했다. 사실 그는 이 섬이 표시된 지도를 본 적이 없었던 것이다.

"이 섬을 뭐라고 불러요?"

"이곳은 이름도 없어요. 그냥 섬이죠." 베이브가 웃었다.

늦은 오후에 칼라일과 아디터는 절벽 꼭대기로 올라갔다. 큰 바위에 등을 기대고 앉아서 칼라일은 대강의 계획을 이야기했다. 그는 지금쯤이면 다들 자기를 추적하느라 광분해 있을 거라고 했다. 그는 아직 이야기하지는 않았지만 자기가 반란을 일으켜서 발생한 사건이 대략 100만 달러 규모일 거라고 했다. 그는 이곳에서 몇 주 동안 숨어 지낼 것이고, 일반적이지 않은 항로로 남쪽으로 가다가 혼곶을 지나 페루의 카야오로 갈 거라고 했다. 연료와 식량 조달 등의 세세한 사항은 전적으로 베이브가 맡을 것이라고 했다. 베이브는 커피 무역선의 선실 사환에서 브라질 해적선의 일등항해사까지 온갖 일을 하며 이쪽 바다를 항해한 것 같았다. 그 해적선의 선장은 오래전에 교수형에 처해졌다고 했다.

칼라일이 베이브를 치켜세우며 말했다. "베이브가 백인이라면 남아메리카 어느 나라의 왕이 되었을 거요. 지능으로 보면 부커 T. 워싱턴(*역주: 흑인 노예 출신의 미국인으로 노예해방운동에 앞장선 지도자이며 교육가)도 바보처럼 보였을걸! 베이브는 여러 인종의 기질과 여러 민족의 교활한 면을 모조리 지녔는데, 최소한 그 수가 여섯은 될 것이오. 아니면 날 거짓말쟁이라고 하시오. 이런 그가 날 숭배하는 이유는 이 세상에서 자기보다 〈래그타임〉을 잘 연주하는 사람이 나뿐이기 때문이오. 뉴욕의 부둣가에서 그는 바순, 나는 오보에로 천 년 묵은 아프리카 화음을 넣어 연주하곤 했소. 그러면 기둥으로 기어 올라온 들쥐들이 축음기 앞에서 개들처럼 찍찍거렸지."

아디터가 화가 나서 말했다.

"어떻게 그런 엉터리 같은 말을 할 수 있어요!"

칼라일이 씩 웃었다.

"맹세하건대……."

"카야오에 가면 뭘 할 거죠?" 그녀가 그의 말을 자르고 물었다.

"인도로 가는 배에 탈 거요. 인도의 부유한 왕이 되고 싶소. 진심이오. 아프가니스탄 같은 곳에 가서 돈으로 궁전과 명예를 사들일 것이오. 그리고 오 년 후에 이국적인 억양과 신비로운 과거를 지닌 인물로 영국에 나타날 것이오. 하지만 무엇보다 인도가 우선이오. 사람들이 말하길, 이 세상의 모든 황금이 결국 인도로 흘러 들어간다고 하는 걸 아시오? 그것이 매혹적으로 느껴지오. 또 책을 읽을 시간도 필요하지요. 아주 많이."

"그다음에는?"

그가 의지에 불타듯 대답했다. "귀족이 되는 것이오. 비웃고 싶다면 그러시오. 그래도 나는 나 자신이 뭘 원하는지 알고 있다는 것은 인정해 줘야 할 것이오. 당신 자신에 대해 스스로 알고 있는 것보다도 더 말이오."

아디터가 반박하였다. "정반대죠. 당신을 만났을 때 난 친구들과 친지들 사이에서 일어난 엄청난 소란의 진원지였죠." 그녀는 주머니에서 담뱃갑을 꺼내 들며 말을 이었다. "바로 내가 뭘 원하는지 알기 때문이었어요."

"그게 뭐였소?"

"남자요."

그 말에 그가 놀랐다.

"약혼자를 말하는 거요?"

"어떤 의미에서는요. 당신이 배에 올라오지 않았다면 어제 저녁에 해변으로 몰래 빠져나갈 계획이었어요. 이제는 까마득한 옛날 일같이 되었지만, 팜비치에서 그 사람과 만나기로 되어 있었죠. 그 사람은 지금 러시아 카타리나 여제의 것이었던 팔찌를 들고 날 기다리고 있어요. 당신이 되기 원하는 귀족 같은 건 더 이상 말하지 말아요." 그녀가 얼른 덧붙였다. "그 사람을 좋아하는 이유는 그에게 상상력과 자신의 신념을 이루겠다는 용기가 있기 때문이었어요."

"당신 가족은 허락하지 않았겠군?"

"가족이라고 할 수 있는 게 있다면, 바보 같은 삼촌과 더 바보 같은 숙모뿐이죠. 그 사람은 미미라나 뭐라나 하는 빨강 머리 여자와 염문이 있었어요. 하지만 그건 지나치게 과장된 소문일 뿐이라고 그 사람이 말했죠. 다른 남자들처럼 그 사람도 나에게 거짓말 같은 건 하지 않아요. 어쨌든 그 사람이 뭘 했었는가는 상관없어요. 중요한 건 미래이고, 내 미래는 내가 알아서 할 거예요. 한 남자가 나를 사랑할 때 그는 다른 일 따위는 신경 쓰지 않아야 해요. 핫케이크를 버리듯이 그 여자를 버리라고 했더니 그 사람은 그대로 했죠."

칼라일은 이마를 찌푸리며 크게 웃었다. "좀 질투가 나는데. 미안하지만 나는 당신을 카야오까지 데려가겠소. 그래도 미국으로 돌아갈 경비는 넉넉하게 빌려드리지. 그때쯤이면 당신도 그 신사에 대해 충분히 생각해 본 뒤겠지요."

아디터가 벌컥 화를 냈다. "나에게 그런 식으로 말하지 말아요. 누구라도 부모같이 구는 건 용납 못 해요. 아직도 날 이해하지 못하겠어요?"

그는 미소를 지었다가 그녀의 반발에 당황해했다. 그녀의 차가운 분노에 그의 얼굴이 얼어버린 듯 굳어졌다.

"미안하게 됐소." 그가 애매하게 말했다.

"아니, 사과하지 말아요. 남자다운 척하며 마지못해 '미안해요.'라고 말하는 남자들의 태도는 정말이지 참을 수가 없어요. 그냥 입이나 닥쳐요!"

침묵이 이어졌다. 칼라일은 그런 침묵에 어쩔 줄 몰라했다. 그러나 아디터는 신경도 쓰지 않고 반짝이는 바다만 바라보았다. 그녀는 담배를 맛있게 피우며 만족스럽다는 표정을 지었다. 잠시 후 그녀는 절벽 끝으로 기어가 얼굴을 내밀고 아래를 보았다. 칼라일은 그녀가 어떤 모습으로 있어도 우아하다고 느꼈다.

그녀가 외쳤다. "봐요! 저 아래에 바위 턱들이 많아요. 모양도 다양하고 널찍해요."

그는 그녀 옆으로 다가갔다. 그들은 현기증이 날 정도의 높이에서 바다를 내려다보았다.

"오늘 밤에 우리 수영해요. 달빛을 받으면서요." 그녀가 달아올라서 말했다.

"그러면 맞은편 해변으로 가는 게 어떻겠소?"

"천만에요. 여기서 다이빙을 하고 싶어요. 수영복이 없으면 삼촌 것을 입어도 좋아요. 삼촌은 몸이 축 처져서 당신이 입으면 부대자루 같아 보이겠지만요. 내게는 비드퍼드풀에서 세인

트오거스틴까지 대서양 모든 해안의 원주민들을 놀라자빠지게 할 만한 원피스 수영복이 있어요."

"상어 같아 보이겠군."

"그럴지도 몰라요. 또 그걸 입으면 예쁘기도 하고요. 지난여름에 라이의 한 조각가는 내 종아리가 500달러는 나갈 거라고 말하던데요. 게다가 난 수영을 꽤 잘하는 편이죠."

아디터의 말에 칼라일은 차마 뭐라고 대꾸하지도 못하고 가만히 듣고만 있었다. 그는 속으로 싱긋 미소를 지었다.

5

밤이 푸른색과 은색의 하늘 속으로 내려왔다. 둘은 작은 보트에 올라 노를 저어 반짝이는 수로를 헤쳐 나갔다. 튀어나온 바위에 보트를 묶어두고 절벽을 기어올랐다. 앞쪽의 널찍한 바위는 3미터 정도 높이로 다이빙대로 적격이었다. 그들은 그 위에 앉아 환한 달빛을 받으며 파도치는 모습을 지켜보았다. 물결이 바다 쪽으로 향해서인지 매우 조용했다.

"행복하오?" 그가 느닷없이 물었다.

그녀는 고개를 끄덕였다.

"바다가 있는 곳이라면 늘 행복하죠. 당신과 나는 닮은 구석이 있다고 하루 종일 생각했어요. 이유는 다르지만 둘 다 반란자죠. 이 년 전 내가 막 열여덟 살이 됐을 때 당신은…….”

“스물다섯 살이었소.”

“음, 그때 우리는 말하자면 성공한 사람들이었죠. 나는 사교계에 갓 진출한 소녀였고 당신은 막 임관한 잘나가는 음악가였으니까요.”

“의회의 명을 받은 신사였소.” 그가 빈정거리듯 말했다.

“어쨌거나 우린 잘 적응하고 있었죠. 우리의 모난 성격이 닳아 없어질 일은 없었지만 남들이 알아채지 못하게 안쪽으로 말려 있었죠. 그래도 우린 둘 다 마음속 깊이 그런 것과는 다른 행복을 추구했어요. 그 당시 난 내가 뭘 원하는지도 모르면서 이 남자 저 남자 사이를 헤매고 다니기만 했고 그럴수록 불안하고 참을성도 없어지고 말았죠. 결국 시간이 지날수록 고분고분하지 못하고 불만만 커졌어요. 입 안쪽을 잘근잘근 씹어대는 버릇이나 생겼고요. 그러다 곧 미쳐버릴 거라고 생각했죠. 난 순간적인 것을 잘 감지했어요. 두려울 정도로. 지금 당장 어떤 일이 일어나길 원했으니까요. 내가 저질렀어요. 내가 아름답지 않나요?

“그렇……소.” 칼라일이 모호하게 동의했다.

아디터가 벌떡 일어났다.

"잠깐만요. 이 즐거워 보이는 바다를 한번 시험해 보고 싶어요."

아디터는 높고 널찍한 바위 끝까지 걸어갔다. 그녀는 허공에서 몸을 반으로 접었다가 다시 쭉 펴서 바닷속으로 곧장 돌진했다. 완벽한 잭나이프 다이빙이었다.

잠시 후에 그녀의 목소리가 그에게로 떠올랐다.

"난 밤낮없이 책만 읽었어요. 그러다 사회에 분개하는 마음이 생겼고……."

그가 끼어들었다. "이리 올라와요. 도대체 지금 뭘 하는 거요?"

"물 위에 누워서 떠 있어요. 금방 올라갈게요. 사람들을 놀라게 하는 일만 즐겼죠. 매혹적이지만 엄두도 내기 힘든 차림으로 가장무도회에 가거나 뉴욕 최고의 방탕아들과 놀러 다니면서 지독한 추문에 휘말리는 거였어요."

물소리와 그녀의 목소리가 섞였다. 곧 그녀가 다른 바위로 기어 올라와서 숨을 헐떡였다.

"이리로 건너와요!"

그가 순종하듯 일어나 물속으로 뛰어들었다. 잠시 후 젖은 머리의 물을 튕기며 물 위로 솟아올랐다. 바위로 올라가 보니 그녀가 보이지 않았다. 그는 잠시 당황했다. 그때 3미터 바위 위에서 그녀가 명랑하게 웃는 소리가 들렸다. 그는 그 위로 올라가서 그녀 옆에 앉았다. 그는 두 팔로 무릎을 감싸안은 채 아무 말 없이 있었다. 올라오느라 힘이 들어서 숨이 헐떡거렸다.

그녀가 갑자기 말을 시작했다. "친척들은 아주 성화였어요. 날 결혼시켜서 내보내려고 안달이었죠. 결국 그런 삶은 아무 가치가 없다고 깨닫게 되면서 뭔가를 발견했어요."

그녀의 두 눈이 환희에 차 하늘로 향했다. "뭔가를 찾았다고요!"

칼라일이 재촉하는 눈빛으로 바라보자 그녀가 곧 말을 계속하였다.

"용기, 바로 그것이었어요. 삶의 규칙이자 언제나 지켜야 하는 것. 내 안은 거대한 믿음으로 충만하기 시작했어요. 과거에 내가 숭배했던 것들은 그것들의 용기에 나도 모르게 반했기 때문이라는 걸 깨달았죠. 나는 인생을 용기와 그 외의 것들로 구분하게 되었어요. 용기에는 여러 가지가 있어요. 얻어맞고 피 흘릴수록 더 덤벼드는 투사도 있어요. 남자들에게 권투 경기장에 데려가 달라고 했었죠. 돼먹지 못한 여자가 우리에 갇힌 고양이를 자기 발밑의 진흙처럼 바라보며 지나친 거였어요. 언제나 내 멋대로 살고, 다른 사람의 의견 따위는 철저히 무시한다. 언제나 좋아하는 방식대로 살다 내 방식대로 죽는다……. 담배 있어요?"

그는 담배 한 개비를 건네주고 아무 말 없이 성냥을 건네었다.

아디터는 계속했다. "어쨌든 늙었거나 젊었거나 남자들은 계속 꼬여들었어요. 대부분 정신적으로 육체적으로 덜떨어진 사람들이었죠. 그럼에도 다들 날 차지하고 싶어서 난리였어요. 내가 쌓아둔 이 멋지고 자랑스러운 가치가 탐났던 거죠. 이해할 수 있겠어요?"

"어느 정도는. 당신은 굴복한 적도 미안하다고 한 적도 없겠군."

"단 한 번도요!"

그녀는 바위 끝으로 달려갔다. 두 팔을 넓게 벌리더니 하늘을 배경으로 검은 포물선을 그리며 6미터 아래 은색 파도 속으로 다이빙했다. 완벽했다.

다시 그녀의 목소리가 그에게로 떠오르듯 들렸다.

"나에게 있어 용기란, 인생에 내리는 회색 안개 사이를 뚫고 나아가는 걸 의미하죠. 지루한 사람들과 상황을 건너뛰고 지독하게 황량한 인생까지 넘어서는 거요. 물쩍지근한 인생과 덧없는 것들은 가치가 없다고 우긴다고나 할까요?"

그녀가 다시 올라오는 것이 보였다. 그녀의 말소리와 물에 젖어 뒤로 매끄럽게 잘 넘겨진 금발이 그가 있는 곳으로 다가왔다.

칼라일이 지적했다. "아주 좋아요. 하지만 당신이 그걸 용기라고 부른다 해도, 당신의 용기란 결국 자랑스러운 출생의 기초 위에 세워진 거요. 당신은 그렇게 반항적인 태도를 지니게 키워졌소. 나의 암울했던 시절은 용기조차 어둡고 생기가 없었지.”

그녀는 바위 끝에 두 무릎을 감싸고 앉아 넋을 잃고 하얀 달을 바라보았다. 그는 뒤로 가서 바위 틈새에 괴상하게 생긴 신처럼 쪼그리고 앉았다.

“폴리애나(*역주: 미국 작가 엘리너 포터의 『폴리애나』의 주인공. 낙천주의 표상)처럼 보이고 싶진 않아요. 아직도 당신은 날 이해하지 못했군요. 내 용기는 믿는 거예요. 나의 영원한 저항을 믿는 것, 기쁨과 희망 그리고 자발적 삶이 돌아오리라 믿는 거요. 그때까지 나는 입을 굳게 다물고 턱은 당당히 치켜들고 눈을 크게 부릅뜨고 있어야 한다고 생각해요. 제발, 바보처럼 미소를 짓지 마세요. 나는 불평도 하지 않으면서 지옥 같은 상황을 꽤 잘 버텼어요. 여자들의 지옥은 남자들보다 더 끔찍한 법이죠.”

칼라일이 말했다. “기쁨이나 즐거움 같은 것들이 돌아오기 전에 당신에게 영원한 장막이 드리워진다면 어떡하겠소?”

아디터가 일어났다. 그녀는 힘들게 절벽을 기어오르더니 3, 4미터 정도 더 위의 다음 바위로 올라갔다.

“그러면 내가 이긴 거죠!” 그녀가 말했다.

그는 바위 끝으로 그녀를 보려고 몸을 내밀었다.

"거기에서 뛰어내리지 말아요. 허리 부러져요!" 그가 급히 말했다.

그녀가 깔깔거리며 웃었다.

"난 아니죠."

그녀는 천천히 두 팔을 백조처럼 펴고 섰다. 그녀의 완전한 젊음과 자부심이 칼라일의 마음까지 환히 빛나게 했다.

"우리 두 팔을 크게 펼치고 어두운 대기를 갈라버려요. 두 발은 돌고래 꼬리처럼 쭉 펴고요. 저 아래 은빛 바다로 절대 뛰어들지 못할 거라고 생각하겠지만, 갑자기 나의 주위는 따뜻해지고 파도의 입맞춤과 애무의 손길만 가득할 거예요."

그 말만 남기고 그녀는 허공을 날았다. 칼라일은 자신도 모르게 숨을 멈추었다. 그는 그녀가 거의 12미터 위에서 뛰어내렸다는 것조차 생각할 겨를이 없었다. 시간이 영원히 멈춘 것 같은 순간이 지난 뒤에 빠르고 강렬하게 그녀가 바다로 내리꽂히는 소리가 들렸다.

그가 안도의 한숨을 내쉴 때 바닷물에 젖은 그녀의 촉촉하고 경쾌한 웃음소리가 절벽을 기어올라 불안해하던 그의 귀에까지 들려왔다. 그는 자신이 그녀를 사랑하고 있다는 걸 깨달았다.

6

시간은 도끼자루가 썩을 새도 없는 사흘을 그들에게 쏟아부었다. 해가 뜬 지 한 시간쯤 지나서 햇살이 아디터의 선실 창문을 밝히면 그녀는 즐겁게 잠자리에서 일어났다. 수영복으로 갈아입고 갑판으로 올라가면 흑인들은 일손을 멈추고 자리를 비켜주었다. 그녀가 맑은 바닷속에서 날렵한 피라미처럼 수영하거나 수면에 떠 있을 때 흑인들은 난간에서 수다를 떨며 웃었다. 그녀는 늦은 오후, 날이 좀 서늘해지면 또다시 수영을 하거나 절벽 위에서 칼라일과 함께 담배를 피웠다. 그들은 남쪽 해변의 모래사장 위에 옆으로 누워, 화려하면서도 비극적인 모습의 한낮이 나른한 열대의 밤 속으로 시들어가는 모습을 말없이 지켜보았다.

햇빛 찬란한 한낮의 길고 긴 시간 동안 아디터는 이 모든 일이 우연히 충동적으로 벌어졌고, 사막 같은 현실 속에 돋아난 로맨스라는 잔가지에 불과하다고 생각했었다. 하지만 점점 생각이 바뀌게 되었다. 그가 남쪽으로 떠날 시간이 다가오는 것을 생각하면 두려운 마음이 생겼다. 모든 생각이 갑자기 고민스러워지고 그런 고민은 두려운 결말이 된 것이다. 어찌해야 할지 결정을 내리기조차 힘들었다. 그녀의 이교도적인 영혼이

신에게 '기도'라도 하게 된다면, 칼라일의 나름 용의주도하지만 순수하고 소년다운 생기발랄한 생각과 상상력, 그리고 이런 기질과는 또 다른 그의 편집광적으로 번뜩이는 면모를 기꺼이 받아들일 시간을 잠시라도 달라고 간청했을 터였다.

그러나 이 이야기는 어떤 섬에서의 두 남녀에 대한 이야기도, 외딴 곳에서 싹트는 사랑 이야기는 더욱 아니다. 그보다 두 사람을 표현하고자 하는 이야기일 뿐이며, 멕시코 만류의 야자나무라는 이 목가적인 분위기는 그저 우연일 따름이다. 사람들은 대개 살아가고 자손을 낳는 데 만족하고 그러려고 투쟁한다. 그리고 자신의 운명을 개척해 보겠다는, 뻔한 결말의 시도는 운이 있건 없건 간에 극소수에게만 허락된 것이다. 아디터의 경우에는 그녀의 아름다움과 젊음과 함께 시들게 될 용기만이 흥미로울 뿐이다.

"나도 데려가요." 어느 날 밤 아디터는 넓게 펼쳐진 야자나무 아래 잔디밭 위에 그와 함께 나른하게 앉아 있다가 말했다. 흑인들이 해변으로 악기를 가져와 연주하였다. 묘한 〈래그타임〉 선율은 밤의 따스한 숨결에 맴돌았다. 그녀는 선언하듯 말했다.

"십 년 후에 어마어마하게 부유한 인도의 상류층 귀부인으로 다시 등장하고 싶거든요."

칼라일은 문득 그녀를 바라보았다. 그리고 대답했다.

"당신이라면 그럴 수 있을 거요."

그녀가 웃음을 터뜨렸다.

"지금 청혼하는 거예요? 호외요, 호외! 아디터 파넘이 해적의 신부가 되다! 사교계 여인이 래그타임 은행강도에게 납치되다!"

"은행이 아니라……."

"그럼 어디를 턴 거죠? 왜 말하지 않아요?"

"환상을 깨고 싶지 않아서."

"이봐요, 당신에 대해 환상 따윈 안 해요."

"당신의 자기 자신에 대한 환상 말이오."

그녀가 놀라서 쳐다보았다.

"나에 대해서라고요? 당신이 저지른 범죄가 뭔지 몰라도 그게 나와 무슨 상관이죠?"

"알게 될 거요."

그녀는 손을 뻗어서 그의 손등을 토닥이며 부드러운 목소리로 물었다.

"친애하는 커티스 칼라일 씨, 저를 사랑하나요?"

"그게 중요하다는 듯이 묻는군요."

"당연하지요, 난 당신을 사랑하는 것 같아요."

그는 장난스럽게 그녀를 바라보았다.

"이제 당신 연인의 1월 합계가 나까지 하면 여섯 명쯤이겠군. 당신의 허세에 도전해서 인도에 함께 가자고 부탁한다면?"

"허락할까요?"

그가 어깨를 으쓱했다.

"어쩌면 인도가 아니라 카야오에서 결혼할지도 모르는데?"

"당신은 나에게 어떤 삶을 줄 수 있나요? 어떤 계산 같은 의도가 있어서가 아니에요. 전 진지하게 묻는 거예요. 2만 달러에 욕심이 난 사람들에게 당신이 잡히고 나면 난 어떻게 되는 거죠?"

"당신은 아무것도 두려워하지 않는다고 생각했는데요."

"절대로요. 하지만 내게 두려움이 없다는 걸 한 남자에게 보여주기 위해 내 인생을 포기하고 싶진 않아요."

"당신이 가난했다면 더 좋았을 거요. 따뜻한 황소들의 나라에서 울타리 저 너머를 동경하는 작고 가난한 소녀였다면 말이오."

"그러면 더 나은 일이 있을까요?"

"당신을 놀라게 하고 싶소. 당신의 눈이 휘둥그레지게 진귀한 물건으로 말이오. 당신이 원하는 물건이라도 있다면! 내 말을 이해하겠소?"

"무슨 말인지 알아요. 보석가게 진열창 안을 넋을 잃고 바라보는 그런 소녀처럼 말이죠."

"그래요. 다이아몬드가 촘촘히 박힌 커다랗고 네모난 백금 시계를 원하는 소녀처럼 말이오. 당신은 너무 비싼 것 같다며 겨우 100달러짜리 백금 시계를 고르겠지. 그러면 나는 이렇게 말할 것이오. '비싼 거 같다고? 천만에!' 그러고는 우리는 안으로 들어갈 것이고, 당신 손목에서는 그 다이아몬드 백금 시계가 빛날 것이오."

"너무나 근사한 이야기네요. 천박하지만 재미있기도 하고요. 그렇지 않나요?" 아디터가 중얼거렸다.

"'그렇지 않나요?'라. 여기저기 여행하면서 돈이나 뿌리다가 금방 다른 곳으로 옮겨가서는 벨보이와 웨이터의 숭배나 받으면서? 아, 부자로 사는 단순한 자들은 은총 받은 자들이야. 이 세상의 땅을 유산으로 받았으니!"

"우리도 그렇게 됐으면 좋겠어요."

그가 부드러운 미소를 띠고 말했다. "사랑하오, 아디터."

아디터의 얼굴에서 갑자기 어린애 같은 표정이 사라졌다. 그러더니 진지한 표정으로 말했다.

"당신과 있는 게 좋아요. 지금껏 만난 그 어떤 남자보다 더. 커티스 칼라일, 당신의 있는 그대로의 모습 하나하나를 사랑해요. 당신에게는 용기가 있어요. 내게는 용기가 가장 중요하다는 걸 아시죠? 내 곁에 당신이 있으면 갑자기 키스하고 싶어져요. 또 당신은 되지도 않는 공상이나 하는 철부지 소년에 불과하다고 놀리고 싶은 유혹도 느껴져요. 내가 좀 더 나이가 들었고, 사는 게 좀 더 지루했다면 당신과 같이 갈 거예요. 하지만 돌아가서 다른 남자와 결혼해야겠어요."

은빛 호수 건너 달빛 아래에서 꿈틀거리듯 몸을 흔드는 흑인들의 모습이 보였다. 오랫동안 놀고 있던 몸에 기운이 솟아넘쳐 한바탕 곡예라도 부려야 신이 날 곡예사 같았다. 그들은 한 줄로 동그랗게 서서 목신처럼 악기를 입에 물고 고개를 앞뒤로 흔들며 행진했다. 트롬본과 색소폰이 뒤섞인 가락이 끝없이 흘렀다. 음악은 어느 순간 격렬하다가 유쾌해지고 때로는 아프리카 콩고의 심장에서 울려 나오는 죽음의 춤처럼 구슬픈 몸부림으로 귓가에 맴돌았다.

아디터가 외쳤다. "춤춰요! 저렇게 완벽한 재즈가 연주되는데 가만히 앉아 있을 순 없잖아요."

그는 아디터의 손을 잡고 달빛이 환히 비추는 모래가 단단하고 넓은 곳으로 걸어갔다. 그들은 자욱한 안개 같은 빛 아래 모이는 나방처럼 떠다녔다. 환상적인 음악에 웃고 울고 흔들리고 절망을 하면서 아디터는 마지막 현실감마저 상실했다. 그녀는 한여름 밤의 꿈속에 피어난 향기로운 열대 꽃과 머리 위에 빛나는 하늘 가득한 별빛에 사로잡혔다. 만약 눈을 뜬다면 자신만의 공상의 세계에서 유령과 춤추고 있을 거라고 생각했다.

"이것은 우리만의 춤이오." 그가 속삭였다.

"미칠 것만 같아요. 너무나 즐거워요!"

"우리는 마법에 걸렸기 때문이오. 저기 절벽에 수많은 식인종들이 숨어서 우리를 지켜보고 있소."

"우리가 너무 꼭 붙어서 춤을 춘다고 식인종 여인들은 욕하겠죠. 또 난 코걸이도 안 했으니 바람둥이라고 하겠고요."

그들은 웃으며 즐거워했다. 그때 호수 너머로 트롬본 소리가 놀란 듯 뚝 그치고 색소폰마저 탄식하듯 소리를 죽였다. 그들은 웃음을 멈추었다.

"무슨 일이지?" 칼라일이 긴장해서 말했다.

잠시 정적이 흘렀다. 은빛 호수를 돌아 급하게 뛰어오는 그림자가 보였다. 점점 가까워졌고, 흥분해서 달려오는 베이브였다. 그들 앞에 도착한 그는 숨이 차 더듬거리며 말했다.

"배, 배가 1킬로미터 앞에 있어요. 모스가 감시하고 있었는데 정박한 것 같다고 했어요."

"배라고, 어떤 배지?" 칼라일이 아연해하며 몹시 당황한 목소리로 물었다. 아디터는 그의 표정이 침울해지는 것을 보자, 순간 심장이 멎을 것만 같았다.

"아직 알 수 없대요."

"그 배에서 보트를 내렸나?"

"아뇨."

"높은 데로 올라가 보지."

그들은 조용히 언덕을 올라갔다. 칼라일은 춤이 끝났을 때부터 계속 아디터의 손을 쥐고 있었다. 그는 손을 잡고 있는 것조차 잊고 있었다. 아디터는 가끔씩 손이 너무 아팠지만 일부러 빼지는 않았다. 한 시간 정도 걸려서 그들은 꼭대기까지 올라갔다가 그늘진 평원을 눈치채지 못하게 가로질러 절벽 가장자리까지 기어서 갔다. 칼라일은 주변을 훑어보고는 무의식적으로 혼잣말을 했다. 배 앞뒤에 구경 15센티미터의 기관총으로 무장한 경찰 경비정이었다.

그가 숨을 짧게 들이마셨다. "그들이 찾아냈군! 알아내버렸어! 어딘가에서 단서를 발견한 거야."

"절벽 입구를 발견했을까요? 아침에 섬을 수색하려고 정박했는지도 모르죠. 지금 위치에서는 입구를 볼 수 없을 거예요."

"망원경이 있을 거요." 그가 절망스럽게 내뱉었다. 그러고 나서 손목시계를 내려다보며 말했다.

"2시쯤 되었으니 분명 동틀 때까지 그들은 아무 일도 하지 않을 거요. 물론 그들이 다른 경비정이나 석탄보급선을 기다리는 중일 수도 있지만."

"여기에서 어떻게 될지 기다리는 편이 낫겠어요."

시간은 흘러갔다. 그들은 꿈꾸는 어린아이들처럼 두 손으로 턱을 괴고 나란히 엎드렸다. 따라온 다른 흑인들은 뒤에 쭈그리고 앉았다. 그들은 불가항력적인 잠의 위력에 순응하고 체념하다가 포기한 듯 시끄럽게 코를 골았다. 아프리카인들의 기질은 이런 위험 앞에서도 잠을 참지 못했다.

5시가 될 무렵 베이브는 칼라일에게 다가와서 말했다. 그는 나르시스호에 라이플총이 여섯 자루가 있다고 하였다. 저항하기로 하지 않았느냐고 하면서 제대로 작전만 세우면 당당하게 싸울 수 있을 거라고 했다.

칼라일은 한바탕 웃더니 고개를 내저었다.

"저기 있는 건 오합지졸이 아니라 미국 경찰 경비정이야. 활과 화살로 기관총에 맞서는 꼴이지. 나중에 되찾고 싶다면 저 자루들을 어딘가에 파묻게. 그래봐야 그들이 이 섬을 샅샅이 뒤지면 찾아내겠지. 우린 이미 진 거네, 베이브."

베이브는 아무 말 없이 고개를 떨군 채 가버렸다. 칼라일은 아디터에게 고개를 돌리고 가라앉은 목소리로 말했다.

"베이브는 내 최고의 친구요. 내가 허락하지 않겠지만 날 위해서라면 목숨을 버리는 걸 자랑스러워할 거요."

"포기한 건가요?"

"나에겐 선택의 여지가 없소. 물론 도망갈 길이 하나 있지만 말이오. 확실한 방법이지. 하지만 그건 나중에 해도 늦지 않소. 어쨌든 난 절대로 내 재판을 놓치지 않을 거요. 악명을 높이고 주목을 끌 모험이 될 거요. '해적은 항상 신사답게 자신을 대했다고 파넘 양은 증언했다.'"

"그만 해요! 너무 미안해지잖아요." 아디터가 울먹였다.

밤하늘의 별빛이 사라지고 침침한 파란색이 잿빛색으로 변하기 시작했다. 곧 경찰 경비정 갑판이 소란스러워졌다. 하얀 즈크 바지 차림의 장교들이 난간에 모여서 쌍안경으로 섬을 구석구석 살폈다.

"모든 게 끝났소." 칼라일이 심각하게 말했다.

"에잇!" 아디터가 중얼거렸다. 그녀의 눈가가 눈물에 젖었다.

"나는 요트로 돌아가야겠소. 여기에서 주머니쥐처럼 잡히는 것보다야 그러는 게 낫소."

그들은 언덕 위 평지에서 호수로 내려갔다. 도착한 후 그들은 흑인들과 아무 말 없이 요트까지 보트를 노 저어 갔다. 그들은 지치고 피곤한 몸을 긴 의자에 던지고 기다렸다.

삼십 분쯤 지나자 희끄무레한 회색빛 속에서 경찰 경비정의 뱃머리가 절벽 사이에 나타나더니 곧 멈춰 섰다. 만의 깊이가 너무 얕을까 조심하는 것 같았다. 그들은 평화롭게 정박한 요트 갑판 위 긴 의자에 앉아 있는 두 남녀와 난간에 호기심 어린 표정의 흑인들이 기대 있는 것을 본 듯했다. 그리고 요트에서 아무런 저항도 없을 거라고 판단했는지 보트 두 대를 내렸다. 한 척에는 장교 한 명과 노 젓는 수병 여섯 명이 탔고, 다른 한 척에는 수병 네 명과 선미에 요트용 플란넬 옷을 입은 회색 머리의 남자 두 명이 타고 있었다. 아디터와 칼라일은 의자에서 몸을 일으키더니 무심코 서로를 바라보았다. 그가 갑자기 주머니에 손을 넣더니 그녀에게 반짝이는 둥근 물건을 내밀었다.

"이게 뭐예요?" 그녀가 놀라서 물었다.

"안쪽에 러시아 문자가 새겨진 것을 보니 아마도 당신에게 약속된 팔찌 같소."

"어디…… 대체 어디에서……."

"저 자루에서 꺼낸 것이오. 우리 '커티스 칼라일과 여섯 명의 흑인 친구들'은 팜비치호텔 다과실에서 공연하던 중에 악기를 자동화기로 바꾸고 사람들을 인질로 잡았소. 그리고 예쁘장하고 진하게 립스틱을 바른 빨강 머리 여자에게서 이 팔찌를 뺏었소."

아디터가 얼굴을 찌푸리고는 곧 미소를 지었다.

"그러니까 당신이 했다는 그거였군요! 용기가 대단해요."

그가 인사하듯 몸을 숙이며 말했다.

"잘 알려진 부르주아적 자질이죠."

그때 여명이 갑판에서 역동적으로 지나가다 회색의 그늘진 모퉁이로 숨어들었다. 떠오른 이슬은 꿈결 같은 엷은 금빛 안개로 변하며 그들을 감쌌고, 늦은 밤의 끝없이 허무한 유적처럼 보이다가 어느새 사라졌다. 잠시 바다와 하늘은 숨을 죽였고 여명은 아직 젊은 삶의 입술을 분홍빛 손으로 어루만졌다. 그때 호수에서 노 젓는 소리가 시끄럽게 들려왔다.

동쪽의 나지막한 황금빛 화로 앞에서 갑자기 두 사람의 아름다운 모습이 하나가 되었다. 그가 그녀의 버릇없는 젊은 입술에 키스한 것이다.

"영광스럽소." 잠시 후 그는 속삭였다.

그녀가 그에게 미소 지었다.

"행복해요, 당신은?"

그녀의 한숨은 어떤 축복이기도 했다. 이 순간은 그녀가 아는 그 어느 때보다 더 젊고 아름답다는 확신에 찬 황홀함이기도 했다. 인생은 찬란하고 허상 같은 시간이기에 그 힘이 영원한 그런 순간이었다. 그때 노 젓는 배가 요트의 옆면을 스치면서 긁히고 부딪치는 소리가 났다.

두 명의 회색 머리 남자 그리고 장교 한 명과 권총을 쥔 선원 두 명이 사다리를 허둥지둥 올라왔다. 파넘 씨가 팔짱을 끼고

서서 조카딸을 바라보았다.

"그래서……." 그가 천천히 고개를 끄덕이며 말했다.

한숨을 쉬며 그녀는 팔을 칼라일의 목에서 내려놓았다. 그녀의 눈빛이 바뀌어 배 위의 일행에게 떨어졌다. 아디터의 삼촌은 그녀가 거만하게 윗입술을 천천히 올리는 너무 잘 아는 표정을 보았다.

그가 으르렁거리듯 다시 말했다. "그래, 이것이 네가 로맨스라 생각하는 거였구나. 해적과 도망가기 따위가 말이야."

아디터는 무시하듯 그를 힐끗 쳐다보았다.

"늙은 바보 같으니." 그녀가 작게 중얼거렸다.

"그게 네가 할 수 있는 말이냐?"

그녀는 신중한 척하며 말했다. "아뇨, 더 있어요. 지난 몇 년 동안 우리의 대화 대부분을 끝내게 하는 한 문장이 있죠. 잘 알다시피 그건 '입 닥쳐요!'라는 말이에요."

그녀는 노신사 두 명뿐만 아니라 장교와 선원 두 명을 경멸하듯 힐끗 쳐다보고 당당하게 걸어 승강계단을 내려갔다.

그러나 조금만 더 머뭇거렸더라면 그녀는 삼촌과 대화할 때 들어보지 못한 작은 소리를 들었을 것이다. 그는 진심으로 즐겁다는 듯이 싱긋 웃었고, 다른 노신사도 따라 웃었다.

그 노신사는 흐뭇하게 칼라일을 바라보았다. 칼라일은 수수

께끼 같은 웃음을 지으며 이 상황을 지켜보고 있었다.

"이런, 토비야." 그가 다정하게 말했다. "넌 어쩔 수 없는 멍청이고 무지개만 좇는 낭만적인 녀석이구나. 네가 찾던 사람이 바로 저 여자니?"

"음, 물론이죠. 처음 그녀의 거침없는 경력을 들었을 때부터 완전히 확신했죠. 그래서 지난밤에 베이브에게 폭죽을 쏘아 보내라고 했어요."

"네가 그래줘서 다행이었다." 몰런드 대령이 진지하게 말했다. "네가 저 여섯 명의 낯선 흑인들과 말썽이 생길까 봐 우리는 바로 옆에서 지켜보고 있었지. 그리고 너희 둘이 낯 뜨거운 그런 상황이길 바랐다." 그가 한숨을 내쉬었다. "어쨌든, 괴짜를 잡으려고 괴짜를 덫으로 쓴 셈이로군."

"자네 부친과 나는 최선, 아니면 최악의 결과를 예상하며 밤새도록 있었다네. 자네를 내 조카딸이 반길지는 신만이 아실 것이었으니까. 내 조카딸은 날 돌게 만들지. 내 탐정이 미미라는 여자에게서 가져온 러시아 팔찌는 조카딸에게 주었나?"

칼라일이 고개를 끄덕였다.

"쉿! 그녀가 지금 갑판으로 오네요."

아디터가 승강계단 꼭대기에 나타났고 자기도 모르게 칼라일의 두 손목으로 힐끗 눈길을 주었다. 퍼즐 한 조각이 그녀의 눈에 스쳐 지나갔다. 배 뒤편에서 흑인들이 노래하기 시작했다. 호수는 신선한 새벽바람에 시원해지고 낮은 목소리는 메아리쳤다.

"아디터." 칼라일이 불안하게 말했다.

그녀가 한 걸음 다가왔다.

"아디터." 그는 숨을 죽이고 다시 불렀다. "당신에게 할 말이 있어요. 진실, 진실 말이오. 모든 건 계략이었어요, 아디터. 내 이름은 칼라일이 아니오. 몰런드, 토비 몰런드입니다. 난데없이 플로리다에서 날조했어요."

아디터가 그를 노려보았다. 황당한 놀람과 불신, 분노가 차례차례 빠른 물결처럼 그녀의 얼굴에 스쳐 갔다. 세 남자 모두 숨을 죽였다. 아버지 몰런드가 그녀 앞으로 한 걸음 다가갔고 파념 씨는 입을 헤벌린 채 기다렸다. 충돌이 일어날까 하는 두려움에 얼어붙었다.

그러나 충돌은 없었다. 아디터의 얼굴이 갑자기 밝아졌고, 살짝 웃으면서 아들 몰런드에게 곧바로 걸어왔다. 그녀는 노여운 흔적이라고는 없는 회색빛 눈으로 그를 올려다보았다.

"맹세할 수 있어요?" 그녀가 조용히 물었다. "이게 전부 당신 머리에서 나온 거라고."

"맹세해요." 젊은 몰런드가 간절한 마음으로 대답했다.

그녀는 그의 얼굴을 끌어당겨 부드럽게 키스했다.

"대단한 상상력이군요!" 그녀는 몸이 거의 달아올라 다정하게 말했다. "남은 평생토록 당신은 나에게 그런 달콤한 거짓말을 해야 해요."

흑인들의 노랫소리가 뒤에서 나른하게 흘러와 바람 속에 섞였다.

시간은 도둑이야
기쁨과 슬픔이
잎에 매달리네
노랗게 되도록……

"자루에 있는 건 뭐죠?" 아디터가 부드럽게 물었다.

"플로리다의 진흙이오. 내가 당신에게 말한 두 가지 진실 중의 하나죠."

"나머지 하나는 알 것 같아요." 그녀는 발끝을 세우고 그에게 키스를 했다.

3

피츠제럴드

겨울 꿈

1

캐디들은 가난했다. 그중에서 몇 명은 더욱 궁핍해 앞마당에 있는 헛간에서 신경쇠약에 걸린 암소와 함께 살아야 할 정도였다. 그러나 어린 캐디인 덱스터 그린의 아버지는 블랙베어에서 두 번째로 큰 식료품 가게 주인이었다. 가장 큰 가게는 '더 헙'으로 셰리아일랜드 출신의 부자들이 즐겨 찾는 곳이었다. 그래서 덱스터는 그저 용돈을 벌기 위해 캐디 노릇을 하고 있을 뿐이었다.

잿빛 하늘의 상쾌한 가을이 지나면 미네소타주는 하얀 상자 뚜껑에라도 닫힌 것처럼 기나긴 겨울 속으로 들어섰다. 이때가 되면 덱스터의 스키는 골프장의 페어웨이를 덮고 있는 눈 위를 달렸다. 하지만 마냥 신나는 것만은 아니었다. 겨울 내내 털북숭이 참새 떼가 골프장을 차지해 화가 났던 것이다. 여하튼 여름철에는 울긋불긋한 깃발을 나부끼던 골프 티에 겨울이 오면,

딱딱하게 굳어버린 얼음 속에 무릎 높이의 회양목만이 을씨년스럽게 서 있는 것도 그지없이 황량했다. 언덕을 가로질러 갈 때면 맵찬 바람이 뼛속까지 스며들었다. 비록 어쩌다 해가 뜬다 해도 눈밭에 반사되어 한없이 번쩍이는 가혹한 빛 때문에 눈을 가늘게 뜬 채 뚜벅뚜벅 걸어가야 했다.

4월이 되면 갑자기 겨울이 사라져버렸다. 성급한 골퍼들이 붉고 검은 골프공으로 겨울을 몰아내기도 전에 눈은 녹아버려 블랙베어호수로 흘러들었다. 겨울 막바지에 내리는 영광스러운 겨울비도 없이 추위는 우쭐대지 못하고 허무하게 끝나버리는 것이었다.

덱스터는 이 북부지방에 깃든 가을의 어떤 아름다움을 알고 있었고 봄의 황량한 그 무엇도 잘 알고 있었다. 가을이 되면 그는 두 주먹을 불끈 쥔 채 몸까지 부들부들 떨면서 혼잣말을 하곤 했다. 그러고는 그의 머릿속에서 만들어낸 상상의 관객과 군인들에게 기운차게 명령하는 동작을 취했다. 이럴 때는 영락없이 바보 같아 보였다. 그렇게 10월에는 그 스스로 어떤 희망을 품었고, 11월이 되면 그는 그 희망을 승리감으로 바꾸는 희열에 도취되었다. 이런 조숙한 야망을 품은 그에게는 셰리아일랜드의 인상 깊게 찬란하고 속절없는 여름도 손쉬운 돈벌이를 하는 계절에 불과했다. 그는 골프 챔피언이 되어 수백 번이나 T. A. 헤드릭 씨를 멋지게 이기는 장면을 머릿속에 그렸다. 어떤 때에는 너무나 쉽게 이겼고, 또 어떤 때에는 마지막에 극적으로 역전승하는 장면을 수없이 상상했다. 또는 모티머 존스 씨처럼 피어스 애로 자동차에서 내려 셰리아일랜드 골프 클럽의 라운지로 거들먹거리며 걸어가거나, 환호하는 관객들에 둘러싸여 클럽의 부대(浮臺) 도약판에서 멋지게 다이빙하며 물에 뛰어들기도 했다. 그럴 때면 놀라 입을 벌리고 그를 바라보는 사람들 중에는 모티머 존스 씨가 끼어 있었다.

어느 날 덱스터는 캐디를 그만두겠다고 말했다. 그러자 존스 씨가 두 눈에 눈물까지 글썽거리며 덱스터에게 다가왔다.

"덱스터야말로 클럽에서 가장 뛰어난 캐디야. 자네에게 합당할 대우를 해줄 테니, 그만두지 말게. 다른 캐디들은 죄다 홀에 공을 넣을 때마다 잃어버리곤 하지. 그것도 자주 말이야."

"안 되겠습니다." 덱스터는 단호히 거절했다. 그러고 나서 잠시 있다가 이렇게 덧붙였다. "전 더 이상 하고 싶지 않습니다. 캐디를 하기에는 나이가 너무 많아요."

"자넨 아직 열네 살도 되지 않았는데? 하필이면 왜 오늘 아침에 그만두겠다는 건가? 다음 주에 나랑 주 토너먼트에 출전하기로 약속하고선 말이야."

"아무래도 나이가 너무 많다고 생각합니다."

덱스터는 결국 'A 클래스' 배지를 돌려주고 급료를 받은 뒤 블랙베어에 있는 집으로 걸어갔다.

"내가 만난 캐디 중에서 가장 최고였는데……." 모티머 존스 씨는 그날 오후 술에 취해 소리쳤다. "공 하나 잃어버린 적이 없었어! 똑똑하고! 조용하고! 정직하고! 늘 고마워할 줄 알았단 말이야!"

사실 덱스터가 갑자기 캐디를 그만둔 것은 열한 살짜리 소녀 때문이었다. 어린 소녀들 중에는 흔히 지금은 그저 귀여운 정도지만, 몇 해가 지나면 너무 예뻐져서 수많은 남성의 가슴을 설레게 하기도 한다. 그런데 그 작은 소녀에게서는 벌써 남다른 미모가 엿보였다. 입술 끝을 아래쪽으로 비틀며 웃는 모습이라든지—그리고 맙소사!— 벌써 정열이 깃들기 시작한 눈동자에는 어렴풋이 사악함조차 스며들어 있었다. 그런 여자들은 활력을 타고난다. 가냘픈 몸매는 이미 빛나는 광채를 내뿜고 있었다.

아침 9시에 어린 소녀는 흰 무명옷을 입은 유모와 함께 진지한 얼굴로 골프장에 나왔다. 유모는 작은 새 골프채 다섯 개가 담긴 하얀 캔버스 가방을 들고 있었다. 덱스터가 처음 보았을 때 소녀는 조금 불안한 모습으로 캐디 하우스 옆에 서 있었다. 그녀는 놀란 표정이었다. 불안함을 감추려는지 깜찍하고 우아하게 얼굴을 찡그리며 유모에게 부자연스럽게 말을 걸었다.

"힐더 아줌마, 오늘은 날씨가 참 좋아요." 덱스터의 귀에 그녀의 말소리가 들려왔다. 그녀는 입술 끝을 아래쪽으로 비틀며 미소 짓고는 슬쩍 주위를 둘러보다가 덱스터에게 눈길을 잠시 떨어뜨렸다.

그러고는 유모에게 말했다.

"오늘 아침에는 사람이 별로 없는 것 같아요. 안 그래요?"

그녀는 또다시 미소를 지었다. 빛나지만 뻔뻔스러울 만큼 인위적이면서도 자신감에 찬 미소였다.

"이제 어떻게 해야 될지 모르겠네." 멀뚱한 표정으로 유모가 말했다.

"아, 괜찮아요. 내가 알아서 해볼게요."

덱스터는 약간 입을 벌린 채 돌처럼 꼼짝 않고 서 있었다. 만약 그녀가 앞쪽으로 한 발이라도 움직인다면 그녀를 바라보고 있는 모습을 들킬 것이다. 그러나 뒤로 물러선다면 그녀의 얼굴을 제대로 볼 수 없을 것이다. 순간 그는 그녀가 몇 살일지 궁금했다. 그러다가 문득 작년에 그녀를 몇 번 본 것이 기억났다. 그때 그녀는 블루머 바지를 입고 있었다.

그는 자신도 모르게 짧은 웃음이 튀어나왔다. 그런 자신의 행동에 흠칫 놀라 돌아서서 잽싸게 걸어갔다.

"보이!"

덱스터는 걸음을 멈췄다.

"보이……."

분명 그를 부르는 소리였다. 게다가 그에게 그 이상야릇한 미소까지 짓고 있었다. 적어도 여남은 명의 남자들은 중년이 되어서도 기억할 미소였다.

"보이, 골프 코치가 어디 있는지 아세요?"

"지금 레슨 중인데요."

"그럼 캐디 마스터는 어디 있는지 아세요?"

"아직 출근하지 않았는데요."

"오." 잠시 그녀가 당황했다. 오른발로 서 있다가 왼발로 번갈아가며 서 있기를 반복했다.

"우린 캐디가 필요해요." 유모가 말했다. "모티머 존스 부인이 골프를 치러 가라고 했어요. 그런데 캐디 없이 어떻게 칠지 모르겠군요."

존스 씨의 딸이 언짢다는 눈길로 쳐다보다가 곧 미소를 지었다. 그러자 유모가 말을 멈췄다.

"이곳에 나 말고는 캐디가 없어요." 덱스터가 유모에게 말했다. "그리고 캐디 마스터가 올 때까지 난 여기를 지키고 있어야 해요."

"오."

존스 씨의 딸과 유모는 덱스터로부터 멀리 물러나 열심히 이야기를 나눴다. 그런데 존스 씨의 딸이 골프채 하나를 뽑아들더니 쾅 하고 땅을 치고는 이야기를 끝냈다. 그러다가 화를 참지 못하겠다는 듯 골프채를 다시 들어 유모의 가슴을 냅다 내리치려고 했다. 다행히 유모가 그녀의 손에서 골프채를 빼앗았다.

"이 빌어먹을 늙은 할망구 같으니라고!" 존스 씨의 딸이 사납게 외쳤다.

또다시 다툼이 벌어졌다. 이 장면은 우스운 연극 같아서 덱스터는 몇 번이나 웃음이 나왔다. 하지만 그럴 때마다 웃음소리가 들릴까봐 꾹 참았다. 모처럼 골프 치러 나왔는데 캐디가 없으니 어쩔 수 없다는 유모에게 계집애가 덤벼드는 것도 무리는 아니라는 짓궂은 생각이 들었다.

때마침 캐디 마스터가 나타나 문제가 해결되었다. 유모는 즉시 그에게 호소했다.

"존스 아가씨는 저 캐디 소년을 원해요. 그런데 저 소년은 하지 않겠다는군요."

"맥케너 씨가 당신이 올 때까지 여기를 지키라고 했어요." 덱스터가 재빨리 말했다.

"그렇지만 이제는 그 사람이 왔잖아요." 존스 씨의 딸은 캐디 마스터를 향해 밝게 미소 지었다. 그러고 나서 작은 걸음걸이로 첫 번째 티를 향해 거만하게 걸어갔다.

"뭐하는 거야?" 캐디 마스터가 덱스터에게 말했다. "왜 우두커니 서 있어? 빨리 달려가서 아가씨 골프채를 들어 드리지 않고."

"오늘은 그린에 안 나갈래요." 덱스터가 말했다.

"안 나가겠다고……?"

"캐디를 그만둘 거예요."

덱스터는 그런 엄청난 결정을 간단히 내뱉어버린 자신에게 놀랐다. 그는 인기 있는 캐디였고, 여름 한 달 동안 버는 30달러는 호수 근처 어디에서도 쉽게 벌 수 없는 큰 액수였다. 어린 소녀, 존스 씨 딸의 모습에 그는 크나큰 정신적 충격을 받았고, 이 충격을 견디기 위해서 즉각적이고 격렬하게 반응했던 것이다.

물론 덱스터의 반응에는 그렇게 단순하지 않은 이유가 있었다. 이후에도 그렇지만 덱스터는 겨울 꿈에 잠재적 지배를 받고 있었기 때문이다.

2

이 겨울 꿈은 덱스터가 처한 상황에 따라 질과 의미가 달라지곤 했다. 그러나 그 본질은 여전히 그대로였다. 몇 년 뒤이 겨울 꿈 때문에 덱스터는 주립대학의 경영 강좌를 그만두었다.―그 당시 아버지의 사업이 나아져서 그의 학비를 보탤 수 있었다.―그리고 그에게는 감당하기 힘들 정도로 비싼 학비에 고통을 받았지만, 동부의 유서 깊은 대학에 다니는 겨울 꿈의 혜택을 누렸다. 하지만 그의 겨울 꿈은 처음에는 단지 우연일 뿐인 부자들에 대한 열망과 관련이 있었다. 그렇다고 하여 이 소년을 단순히 속물이라고 속단하지 말기 바란다. 그는 번쩍이는 물건이나 화려한 사람들과 어울리기를 원치 않았다. 그가 원하는 것은 바로 휘황찬란한 물건 그 자체였다. 이따금 그는 뚜렷한 이유도 없이 세상에서 가장 좋은 무엇을 갈망했으며, 때로는 삶에서 쉽게 만나는 신비스러운 거절과 금지라는 벽에 부딪치곤 했다. 이 이야기는 그의 전반적인 생애가 아니라 그런 거절 중의 하나에 관한 것이다.

대학을 졸업한 뒤 덱스터는, 블랙베어호수에 찾아오는 돈 많은 손님들이 사는 그 도시로 돈을 벌러 갔다. 겨우 스물세 살밖에 되지 않고 그 도시에 간 지 이 년도 채 되지 않았는데도 "저기 그 젊은이가 지나가는군……." 하고 사람들이 말할 정도가 되었다. 주위에 있는 부잣집 자식들은 위험천만한 채권 사업을 한다느니, 부모에게 물려받은 유산을 투자한다느니, 『조지 워싱턴 상업 코스』 스물네 권을 독파한다느니 했다. 하지만 덱스터는 대학 학위와 타고난 말솜씨로 1천 달러를 빌려서 작은 세탁소를 공동 명의로 사들였다.

처음 일 년 동안에 그는 가는 모직 골프 스타킹이 줄어들지 않게 하는 영국의 세탁 방법을 배워서, 니커보커 골프바지를 입는 사람들을 상대로 사업했다. 사람들은 마치 골프공을 잘 찾는 캐디를 고집하듯이 셰틀랜드 양말과 스웨터를 그의 세탁소에 맡기기를 고집했다. 그러다가 그들은 아내의 속옷까지 맡기게 되었다. 얼마 안 되어 그는 그 도시의 여러 곳에 지점을 다섯 개나 두게 되었다. 스물일곱 살이 되기 전에 그는 그 지역에서 가장 큰 세탁 체인점을 소유하였다. 이 무렵 그는 세탁 사업을 정리하고 뉴욕으로 갔다. 그러나 우리가 다룰 이야기는 그가 사업을 크게 벌이던 처음 시절로 돌아간다.

그의 나이 스물세 살 때였다. 하트 씨("저기 그 젊은이가 지나가는군." 하고 말하기 좋아하는 머리카락이 희끗한 사람 중 하나였다.)가 그에게 셰리아일랜드 골프 클럽의 주말용 이용권을 한 장 주었다. 그래서 그는 이름을 등록하고 그날 오후 하트 씨, 샌드우드 씨, 헤드릭 씨와 함께 4인조가 되어 골프를 쳤다. 그는 바로 이 골프장에서 언젠가 하트 씨의 골프가방을 메고 캐디를 했고, 그래서 이 골프장 어디에 함정이 있으며, 어디에 도랑이 있는지 두 눈을 감고서도 알 수 있다고 굳이 말할 필요성을 느끼지 않았다. 그러나 그는 뒤따라 다니는 네 명의 캐디들을 흘끗 쳐다보면서 그 시절의 자신을 떠올렸다. 그러면서 현재의 자신과 과거의 자신 사이에 놓여 있는 거리를 좁힐 만한 희미한 기억의 빛이나 익숙한 몸짓이 있는지 살펴보았다.

그날은 이상야릇한 날이었다. 갑작스럽게 낯익은 장면들이 불쑥불쑥 스쳐 지나갔다. 한순간 그는 자신이 어린 시절에 만들곤 했던 상상 속의 침입자라는 생각이 들었다. 그러다가 다음 순간 헤드릭 씨에게 말할 수 없는 우월감을 느꼈다. 이제 헤드릭 씨는 아주 시시한 존재였으며 심지어 옛날처럼 골프를 잘 치지도 못했다.

그때 열다섯 번째 그린 근처에서 엄청난 사건이 일어났다. 하트 씨가 잃어버린 공 때문이었다. 러프의 뻣뻣한 잔디밭을 뒤지고 있을 때 뒤쪽 언덕 너머에서 "공이 날아가니 조심하세요!" 하는 소리가 낭랑하게 들려왔다. 그 소리에 놀라 몸을 돌리는 순간, 밝은 색 공이 날아와서 헤드릭 씨의 배를 맞혔다.

"어이쿠!" 헤드릭 씨가 비명을 질렀다. "이런 미친 여자들은 골프장에서 쫓아내야 한다니까. 점점 더 미쳐 날뛴단 말이야."

언덕 너머에서 목소리와 함께 머리 하나가 나타났다.

"공 좀 찾아봐도 괜찮을까요?"

"당신의 공이 내 배를 맞혔단 말이야!" 헤드릭 씨가 화난 목소리로 항의했다.

"그랬어요?" 그 젊은 여자가 다가왔다. "죄송합니다만, 공이 날아가니 조심하라고 소리쳤는데요."

그녀는 아무 관심 없다는 표정으로 남자들 한 사람 한 사람을 힐끗 쳐다보았다. 그러더니 공을 찾아 페어웨이를 뒤졌다.

"제 공이 러프에 떨어졌나요?"

그 물음이 재치 있는 것인지 아니면 악의적인 것인지 도저히 판단할 수 없었다. 그러나 잠시 뒤 언덕을 넘어오는 파트너에게 유쾌하게 소리치는 것을 보면 그녀의 뻔뻔스러움은 조금도 의심의 여지가 없었다.

"저 여기 있어요! 제 공이 무엇을 맞히지 않았더라면 전 벌써 그린에 가 있을 거예요."

그녀가 공을 치려고 자세를 잡았다. 덱스터는 그녀를 가만히 살펴보았다. 그녀는 목과 어깨에 하얀 가두리가 달린 푸른색 깅엄 골프복을 입고 있었다. 햇볕에 그을린 피부가 유난히 돋보였다. 정열적인 눈과 아래쪽으로 비틀며 미소 짓는 입이 우스꽝스럽게 보였던 열한 살짜리의 말라깽이 꼬마 소녀는 이제 찾아볼 수 없었다. 그녀는 매혹적인 처녀로 자라 있었다. 두 뺨의 색깔은 마치 그린 듯 뺨 가운데 집중해 있었다. 말하자면 수시로 변하다가 금방이라도 사라져버릴 은은한 빛깔이었다. 그래서 끊임없이 변하는 정열적인 삶의 활력이 느껴졌다. 변하지 않은 것은 언제 보아도 슬픈 듯 관능적인 두 눈뿐이었다.

그녀는 귀찮은 일을 급하게 해치우듯이 공을 쳐서 반대편 그린의 모래밭으로 보냈다. 그러고는 가식적인 미소를 지으며 건성으로 "고맙습니다!" 라고 말하고는 공을 잡으러 갔다.

그녀가 순서를 무시하고 앞서 가기를 기다리는 그 얼마 동안 헤드릭 씨가 말했다. "저런 말괄량이 주디 존스! 그녀를 엎어놓고 한 여섯 달쯤 볼기를 쳐서 버르장머리를 고쳐준 다음 고리타분한 기병대 대위에게나 시집을 보내야 해."

"맙소사. 그러기엔 저 여자가 너무 예쁜데요!" 서른이 갓 넘은 샌드우드 씨가 말했다.

"예쁘다고?" 헤드릭 씨가 경멸하듯이 대꾸했다. "언제나 누가 키스해 주기를 기다리는 헤픈 얼굴이야! 읍내에 있는 머저리들에게 저 암소 같은 커다란 눈을 빙글빙글 돌리면서 말이야!"

헤드릭 씨가 과연 모성 본능에 대해 언급하려고 했는지는 의문이었다.

"저 여자는 조금만 노력하면 골프를 꽤 잘 칠 걸요." 샌드우드 씨가 말했다.

"폼이 엉망이야." 헤드릭 씨가 거칠게 대꾸했다.

"하지만 몸매는 날씬한데요." 샌드우드 씨가 말했다.

"공을 더 빨리 날려 보내지 않은 게 천만다행이지." 하트 씨가 덱스터에게 눈을 찡긋하며 말했다.

그날 오후 황금색과 푸른색, 주홍색 등이 요란스럽게 섞인 해는 느지막이 서쪽으로 기울며 서부지방 특유의 메마르고 살랑거리는 여름밤을 불러왔다. 골프 클럽의 베란다에서 덱스터는 보름달 아래 미풍에 나부끼는 은빛 밀밭처럼 잔잔히 겹쳐지는 호수의 물결을 바라보고 있었다. 곧 달의 여신이 조용히 하라고 속살거린 듯 호수는 투명하고 고요한 풀장으로 바뀌었다. 덱스터는 수영복을 입고 가장 멀리 있는 부대까지 헤엄쳐 갔다. 그러고는 축축한 발판 위에 물을 뚝뚝 떨어뜨리며 두 팔을 뻗고 누웠다.

호수 위로 물고기가 한 마리 뛰어오르고, 하늘에서 별이 하나 반짝거렸다. 호수 주위에는 불빛이 희미하게 빛나고 있었다. 컴컴한 호수 저 너머에서 누군가 지난여름과 지지난 여름에 유행하던 곡을 피아노로 연주하는 소리가 들려왔다. 물 위를 건너오는 피아노 소리가 아름답게 들렸다. 덱스터는 가만히 누워 음악 소리에 귀를 기울였다.

지금 연주되는 피아노곡은 덱스터가 대학 2학년이던 오 년 전만 하더라도 경쾌하고 새로웠다. 언젠가 한번은 이 음악이 대학 무도회에서 연주되었다. 돈이 없어 참석하지 못한 그는 무도회장의 바깥에 서서 들을 수밖에 없었다. 그때 이 선율은 그에게 어떤 환희를 가져다주었고, 지금 그는 바로 이런 환희를 맛보며 자신이 이룬 성공을 즐기고 있었다. 몹시 고맙다는 기분이 들었다. 자신이 더할 나위 없이 조화로운 삶을 살고 있으며, 그를 둘러싼 모든 것이 신비로운 광채와 매력을 내뿜고 있다는 느낌마저 들었다.

납작하고 희끄무레한 장방형의 물체가 갑자기 저편 섬의 어둠 속에서 떨어져 나오더니 경주용 모터보트 소리가 요란스레 울려 퍼졌다. 흰 리본 장식 같은 두 갈래 물줄기를 뒤로 펼치면서 보트가 달렸다. 곧 피아노 소리는 물보라를 내뿜는 소리 속으로 잠겨버렸다. 두 팔을 기대고 몸을 일으키면서 덱스터는 보트 키를 잡고 서 있는 어떤 사람의 검은 두 눈이 자신을 쳐다보고 있다는 것을 느꼈다. 보트는 그를 지나쳐 달리다가 호수 한가운데서 물보라를 일으키며 커다랗게 원을 그렸다. 그러고는 물보라의 원을 뭉개면서 덱스터가 있는 쪽으로 달려왔다.

"누구세요?" 보트를 운전하던 여자가 엔진을 끄며 물었다. 그녀가 덱스터에게 가까이 다가왔기 때문에 유행하는 핑크빛 수영복을 입고 있는 것이 보였다.

보트 앞부분이 부대에 부딪쳤고, 부대가 심하게 기울었다. 그 바람에 그가 그녀를 향해 곤두박질쳤다. 두 사람은 상대방을 알아보고는 각기 다른 흥미를 느꼈다.

"오늘 오후 골프장에서 봤던 사람이군요?" 그녀가 물었다.

그는 그렇다고 대답했다.

"그런데 모터보트를 운전할 줄 아나요? 제가 서핑보드를 탈 수 있도록 모터보트를 운전해 주셨으면 해서요. 전 주디 존스라고 해요." 그녀는 그에게 미소 비슷한 것을 지어 보였지만 우스꽝스러웠다. 어쩌면 억지웃음과 비슷한 것이라고 해야 할지도 모르겠다. 왜냐하면 비록 입꼬리를 아래로 비틀었지만 그것은 그로테스크하기보다 너무 아름다웠기 때문이다.

"그러고 전 저 섬에 있는 집에 살아요. 그 집에는 저를 기다리는 남자가 있지요. 그 사람이 문 앞으로 자동차를 몰고 왔을 때, 전 부두에서 이 보트를 몰고 나와 버렸어요. 왜냐하면 제가 자기의 이상형이라지 뭐예요!"

호수의 잔잔한 물 위로 물고기 한 마리가 펄떡 뛰어올랐고, 밤하늘에는 별 하나가 반짝거렸으며, 호수 주위의 불빛이 은은하게 빛나고 있었다. 어느새 덱스터는 주디 존스의 옆에 앉아 있었다. 그녀는 보트를 어떻게 운전하는지 설명해 주었다. 그러고 나서 물에 들어가 서핑보드까지 헤엄쳐 갔다. 그는 그녀의 모습을 편안한 마음으로 쳐다보았다. 마치 나뭇가지가 흔들거리는 것이나 갈매기가 날아가는 것을 보듯 전혀 부담스럽지

앉았다. 햇볕에 갈색으로 탄 두 팔이 백금같이 흐릿한 잔물결 사이로 리드미컬하고 익숙하게 움직였다.

그들은 호수 한가운데로 나아갔다. 덱스터가 뒤를 돌아보니 그녀는 서핑보드 뒷부분에 무릎을 꿇고 있었다.

"좀 더 빨리 달려요." 그녀가 소리쳤다. "전속력으로요!"

그녀가 시키는 대로 그는 레버를 앞으로 당겼다. 뱃머리에 하얀 물보라가 일었다. 다시 뒤돌아보자 그녀는 팔을 크게 벌리고 눈은 달을 향한 채 서핑보드 위에 서 있었다.

"너무 추워요." 그녀가 소리쳤다. "당신 이름은 뭐예요?"

그가 그녀에게 이름을 말해 주었다.

"내일 저녁 드시러 오실래요?"

그녀의 갑작스러운 초대는 그의 심장을 보트의 프로펠러처럼 뒤집어놓았고 그녀와의 우연한 만남은 그의 삶을 두 번째 새로운 방향으로 틀어놓았다.

3

이튿날 저녁 그녀가 1층에 내려오기를 기다리는 동안, 덱스터는 부드럽고 그윽한 여름용 방과 그곳에서 통하는 테라스에 주디 존스를 사랑했던 사내들의 환영으로 가득 채웠다. 그는 그들이 어떤 부류의 사내들인지 잘 알고 있었다. 그가 대학에 입학했을 때 그들은 건강하게 여름을 보낸 갈색 피부에 우아한 옷을 입은 대학 예비학교 입학생들이었다. 당시 그는 경제적으로 어려웠다. 하지만 어떤 의미에서 그는 그들보다 자신이 더 우월하다고 믿었다. 그들은 진부해 보였고 나약했지만 자신은 좀 더 새롭고 힘이 셌던 것이다. 그러나 자기 자식들은 그들과 같아지길 바라는 것을 보면, 결국 자신은 그런 종류의 자식들을 빚어내는 투박하고 질긴 재료에 지나지 않는다는 사실을 인정하는 셈이었다.

이제 그들처럼 우아한 옷을 입을 수 있는, 성공의 시절이 되었다. 덱스터는 미국에서 가장 유명한 양복점 주인이 누구인지 알고 있었다. 오늘 저녁 입고 있는 양복은 미국에서 가장 훌륭한 양복점에서 주문한 것이다. 그는 다른 평범한 대학에서는 좀처럼 볼 수 없는, 그가 다닌 대학 특유의 과묵함을 배웠다. 그러한 태도가 자신에게 도움이 된다는 것을 잘 알고 있었다. 그래서 그는 그렇게 행동했다. 그는 옷이나 태도에 관심을 기울이는 것보다 무관심한 척하는 것이 더 큰 효과가 있다는 것을 알고 있었다. 그러나 그런 것들에 대해 타고난 무관심은 그의 자식들의 몫이었다. 그의 어머니 이름은 크림스리히였다. 보헤미아의 농부 출신으로 그녀는 죽을 때까지 영어조차 제대로 구사하지 못했다. 하지만 그녀의 아들은 성공하기 위해서는 정해진 패턴을 따르지 않으면 안 되었다.

7시가 조금 지나자 주디 존스가 아래층으로 내려왔다. 푸른색 실크로 된 평범한 옷을 입고 있었다. 그는 처음에 그녀가 멋진 야회복을 입고 자신을 맞이할 것이라 기대했다. 그녀가 짧게 인사하고 식기실로 다가가 문을 열면서 "마서, 저녁을 내와요." 하고 소리치자, 기대는 실망으로 바뀌었다. 그는 집사가 저녁식사가 준비되었다고 알려서 칵테일이 있을 것으로 예상했었다. 하지만 라운지에 앉아 그녀의 아름다운 얼굴을 보자 이런 실망은 뒤로 사라져갔다.

"아버지와 어머니는 지금 집에 없어요." 그녀가 생각에 잠긴 듯 말했다.

덱스터는 그녀의 아버지를 마지막으로 보았을 때를 떠올렸다. 다행히 그녀의 부모가 오늘 밤 집에 계시지 않았다. 그녀의 아버지는 이곳에서 북쪽으로 50마일 떨어진 미네소타주의 '키블'이라는 작은 마을에서 태어났다. 그는 언제나 자신의 고향이 블랙베어 빌리지가 아니라 키블이라고 말했다. 부유한 도시에 너무 가까이 있어서 얼마나 가난하고 형편없는 동네인지 비교되거나, 유명한 블랙베어호수로 가는 이정표 취급을 당할 바에는 멀리 떨어져서 이름조차 생소한 시골 마을이 차라리 나을 것이다.

그들은 그가 다닌 유명한 대학에 대해 이야기를 나누었다. 그녀는 지난 이 년 동안 그곳에 자주 놀러 갔다고 했다. 또한 셰리아일랜드에 돈을 쓰려고 오는 손님들을 공급해 주는 근처의 부유한 도시에 대해 얘기했고, 다음 날 덱스터가 한창 성업 중인 세탁소로 돌아가야 할지도 이야기했다.

저녁식사 내내 그녀는 우울한 표정을 지었다. 덱스터는 불안했다. 쉰 목소리로 이런저런 불평을 늘어놓는 것도 불편했고 닭 간 요리나 또 별것 아닌 이야기에 거짓 미소를 짓는 것도 불안하게 했다. 그럼에도 불구하고 그녀의 붉은 입술 끝을 유혹적으로 비틀며 짓는 미소는 마치 키스해 달라는 듯했다.

저녁식사를 마치고 나서 그녀는 어두운 포치로 그를 데려갔다. 그녀는 노골적으로 분위기를 잡았다.

"제가 조금 울어도 괜찮겠지요?" 그녀가 물었다.

"제가 따분한가 보네요." 재빨리 그가 대꾸했다.

"당신 때문이 아니에요. 전 당신이 좋아요. 오늘 오후에 정말 끔찍한 일이 있었어요. 제가 사랑하던 남자가 뜬금없이 자신은 무척 가난하다고 고백했거든요. 전에는 그런 암시조차 주지 않았는데 말이에요. 제가 세속적으로 보이죠?"

"처음부터 당신에게 고백하기 두려웠던 모양이지요."

"어쩌면요." 그녀가 대답했다. "하지만 잘못 시작했던 거예요. 설령 그가 가난한 사람이라고 했어도…… 전 가난한 남자들을 좋아했고, 그들 모두 결혼할 만한 남자들이었지요. 하지만 이번 경우에는 그를 좋게 받아들일 생각이 없어요. 그를 용서하고 받아줄 만큼 사랑하지 않거든요. 영락없이 결혼할 남자에게 자신이 과부라고 말하는 격이지요. 그 사람은 내가 과부라도 결혼할 정도로 나를 사랑했지만요……." 그녀는 잠시 말을 끊었다.

"우리 처음부터 잘 시작하기로 해요." 그녀가 다시 말했다. "당신은 어떤 사람인가요?"

덱스터는 잠시 망설였다. 그러고 나서 선언하듯 말했다.

"지금은 별 볼일 없는 사람입니다. 하지만 저는 미래에 모든 것을 걸고 있지요."

"가난한가요?"

"아뇨." 그는 솔직하게 대답했다. "말하기엔 좀 거북하지만 북서부 지방에서 내 또래 어느 누구보다 돈을 많이 벌고 있습니다. 어쨌든 당신이 출발을 잘하자고 충고했으니까요."

잠시 침묵이 흘렀다. 조금 뒤 그녀가 미소 지으며 입술 끝을 매혹적으로 비틀었다. 그녀는 그에게 살며시 몸을 기댔다. 그러고는 그의 두 눈을 쳐다보았다. 덱스터는 침이 바싹 말랐다.

그는 숨을 멈춘 채 실험을 기다렸다. 그들의 입술이라는 요소에서 신비스럽게 생성될 예측할 수 없는 합성물에 직면해서 말이다. 사랑의 맹세보다 더 달콤한 충만이라고 할 키스였다. 그녀는 그의 깊숙한 곳까지 남김없이 흥분시켰다. 그 키스는 그에게 채워지지 않는 갈증이 아니라 끝없이 요구하는 포만을 불러일으켰다. 넘치게 베풀어 오히려 결핍을 느끼게 하는 키스라고나 할까.

그가 자신만만하고 야망을 품은 소년 시절부터 주디 존스를 원했다고 믿는 데는 그렇게 많은 시간이 걸리지 않았다.

4

두 사람은 이렇게 연인이 되었다. 사랑의 멜로디 강도는 조금씩 달랐지만 그렇고 그런 음조로 대단원의 막이 내릴 때까지 계속되었다. 덱스터는 일찍이 만나본 사람들—그러니까 남자든 여자든— 중에서 가장 저돌적이고 파렴치한 여성에게 자신의 일부를 바쳤다. 주디는 자신이 원하는 것을 얻기 위해서는 자신의 매력을 아낌없이 활용했다. 은연중에 요구하거나, 유리한 입장에 서기 위해 술수를 쓰거나, 미리 결과를 생각해보는 일이란 도무지 없었다. 그녀가 하는 어떤 일에서도 정신적인 측면은 찾아보기 힘들었다. 그녀는 남자들에게 단순히 자신의 육체적 아름다움에 넋이 나가게 만들었다. 덱스터는 이런 그녀를 변화시키고 싶지 않았다. 그녀의 정열적인 에너지는 그녀의 모든 결점을 초월하고 정당화시켰다.

처음 사랑을 나눈 밤 주디는 그의 어깨 위에 머리를 올려놓고 속삭였다. "내가 왜 이러는지 모르겠어요. 어젯밤에는 어떤 사람을 사랑한다고 생각했는데 오늘밤에는 당신을 사랑한다고 생각하고 있으니……."

이런 말조차 그에게는 아름답고 낭만적으로 들렸다. 그것은 그의 인생에서 잠시 동안 소유하고 즐길 수 있는 아름다운 흥분이었다. 그러나 일주일이 지난 뒤 그는 그녀의 이런 태도를 다른 각도에서 바라보지 않을 수 없었다. 그녀는 자신의 멋진 오픈카에 그를 태워 피크닉 저녁 파티에 데리고 갔고, 저녁을 먹은 뒤에는 그 차에 다른 남자를 태우고 어디론가 사라져버렸다. 덱스터는 당황했다. 평소의 그의 태도처럼 예의 바르게 사람들을 대할 수 없었다. 그녀는 함께 차를 타고 간 그 사내와는 키스를 하지 않았다고 말했다. 그는 그녀의 뻔뻔한 거짓말을 잘 알고 있었다. 그러면서도 그녀가 애써 거짓말까지 하며 자신을 달래주는 것이 기뻤다.

여름이 끝나기 전에 알았다. 덱스터는 그녀 주위를 서성이는 열두세 명 중의 하나였을 뿐이었다. 그들은 돌아가면서 한 번씩 나머지 사람들보다 조금 더 총애를 받았다. 그중 반 정도는 다시 사랑을 받게 되리라는 기대에 의지하고 있었다. 그녀는 어느 한 명이 오랫동안 애정을 못 받은 탓에 상심하여 그 경쟁을 포기할 조짐이 보이면, 그에게 짧게나마 달콤한 시간을 선사했다. 그러면 그는 다시 일 년이나 그 이상을 버텨가는 것이다. 주디는 아무런 악의도 없었고, 그런 행동에 잘못이라고 의식하지 못했다. 그런 식으로 그녀에게 사로잡힌 남자들은 약탈당했다.

새로운 남자가 읍내에 나타나면 주디의 남자들은 그녀의 곁에서 물러섰다. 당연히 주디와의 데이트는 통보도 없이 취소되었다.

그녀를 온전히 차지할 수 없다는 절망감에도 불구하고 남자들은 그녀에게 끌려 다녔다. 그녀의 불가항력적인 매력에 누구도 저항할 수 없었다. 그녀는 영리한 남자나 매력적인 남자에게 조금도 굴복되지 않았다. 만약 이런 것 중 어느 하나가 강하게 그녀를 공격하면 그녀는 즉시 그것을 단순한 육체적 관계로 전락시켰다. 그녀의 육체적 아름다움의 마술에 걸려 똑똑한 사람들은 물론이고 강한 사람들마저 자존감을 잃어버리고 그저 그녀의 규칙에 따라 결코 이길 수 없는 게임을 했다. 그녀는 오직 자신의 욕망을 충족시키고 자신의 매력을 발산하는 것에만 만족을 느꼈다. 어쩌면 그녀는 너무 많은 사랑에게, 너무 많은 젊은 연인들에게 그녀의 매력을 베푸는 대가로 그들의 열정을 자양분으로 섭취했는지 모른다.

그의 차례가 지나가자 덱스터에게도 불안감과 불만이 찾아왔다. 그녀에게 정신을 빼앗긴다는 것은 아편처럼 무기력하고 절망적인 희열에 마취되는 것이다. 그러나 다행히 그런 순간은 자주 오지 않았다. 아직 겨울 꿈을 꾸고 있는 그에게는 천만다행이었다. 처음 사귀었을 무렵 며칠 동안은 마치 8월 초순의 뜨거운 여름처럼 자연스럽게 서로에게 깊이 빠져들었다. 이를테면 사흘 동안 그녀의 어두운 베란다에서 보낸 길고 긴 저녁이며, 늦은 오후 내내 그늘진 정자 속이나 사람들 눈에 잘 띄지 않는 정원의 등나무 격자 칸막이 뒤에 나누었던 오묘하고 나른한 키스며, 하루가 밝아올 때 그녀가 꿈속에서처럼 신선하고 수줍은 듯 그를 바라보는 눈빛에서 깨어나던 아침이 그러했다. 거기에는 아직 약혼을 하지 않았기에 더욱 빛을 내뿜는 약혼에 대한 환희가 깃들어 있었다. 그 사흘 동안 그는 그녀에게 청혼했다. 그러면 그녀는 "어쩌면 언젠가는…….", "키스해 줘요.", "당신과 결혼하고 싶어요.", "당신을 사랑해요." 등의 말만 늘어놓았다. 말하자면 그녀는 아무것도 말하지 않은 셈이었다.

그런데 이 사흘 동안의 희열은 뉴욕의 한 청년이 9월의 절반 동안 그녀의 집에 머물기로 하면서 중단되었다. 그들과 관련하여 나도는 온갖 루머에 덱스터는 고통스러웠다. 그 청년은 어떤 큰 신탁회사 사장의 아들이었다. 어느 날 밤 그녀는 댄스파티에서 만난 그 지방의 멋쟁이와 함께 밤새도록 모터보트를 탔고, 뉴욕에서 온 사나이는 미친 듯이 그녀를 찾아 클럽을 샅샅이 뒤지고 다녔다. 그녀는 지방의 멋쟁이에게 자기 집에 온 손님이 지긋지긋하다고 말했다. 그로부터 이틀 뒤 뉴욕에서 온 남자는 떠났다. 그녀가 역까지 그를 배웅하러 간 것이 목격되었고, 그가 너무나 슬픈 표정을 하고 있었다는 소문이 나돌았다.

이런 분위기에서 그해 여름은 끝이 났다. 스물네 살이 된 덱스터는 점차 자기가 하고 싶은 대로 할 수 있는 사회적 지위와 여유를 갖게 되었다. 도시에 있는 두 클럽에 가입하여 그중 한 곳에서 살다시피 했다. 클럽에서 여성 동반자와 함께하는 파티에는 거의 오지 않았고 그렇다고 남자들만의 모임에도 끼지 않았다. 그러나 주디 존스가 나타날 것 같은 댄스파티에는 대부분 참석했다. 그는 그 지방 사교계의 초대를 자주 받았다. 그는 이제 딸을 둔 아버지들에게 인기 있는 신랑감 후보였다. 주디 존스와의 연애 사건은 오히려 그를 사교계에 진출할 계기가 되었다. 그러나 그런 사교계에 흥미가 없는 그는 오히려 파티에 가기 위해 목요일이나 토요일 시간을 비워두거나 젊은 부부를 만찬에 초대하는 댄스족을 경멸하는 편이었다. 그때 그는 동부, 그중에서 뉴욕으로 갈 계획이었다. 그렇게 해서라도 주디 존스를 차지하고 싶었다. 그녀가 성장한 세계에 대한 환멸에도 불구하고 말이다.

그녀를 향한 열정을 설명할 수 있는 것은 오직 이런 이유에서만이라는 것을 기억하기 바란다.

주디 존스를 만난 지 십팔 개월이 지났다. 결국 그는 아이린 쉬러라는 여성과 약혼했다. 그녀의 아버지는 덱스터를 사윗감으로 생각해 온 사람 중 하나였다. 연한 갈색 머리카락을 지닌 아이린은 마음씨가 착하고 조금 통통한 아가씨였다. 관심 있는 남자가 둘이나 있었지만 덱스터가 청혼하자 그들을 흔쾌히 포기해 버렸다.

여름이 가고 가을이 가고 겨울이 지나갔다. 그리고 또다시 새로운 여름이 오고 가을이 왔다. 그는 자신의 정력적인 삶 중에서 너무나 많은 부분을 주디 존스의 다루기 힘들고 변덕스러운 입술에 바쳤다. 그녀는 흥미로, 격려로, 악의로, 무관심으로, 경멸로 그를 다루었다. 마치 그를 사랑한 것에 대해 복수라도 하듯 말이다. 그때마다 그는 수많은 상처와 모멸감을 받았다. 그녀는 손짓으로 그를 부른 뒤 그에게 하품을 해 보이고, 실망한 그를 다시 오라는 손짓을 하고는 막상은 눈을 가늘게 뜨며 경멸감을 내보이기 일쑤였다. 그러면 아주 작은 관심이라도 받았다는 말할 수 없는 행복감과 참을 수 없는 마음의 고뇌가 교차했다. 이루 말할 수 없는 불편함과 적지 않은 고통을 수 없이 안겨주었다. 모욕을 줄 때면 그를 밟고 지나가다시피 하기도 했으며, 사업과 주디 존스 자신 중 하나만 선택하라고 강요하기도 했다. 그것도 그저 재미로 그렇게 했을 뿐이다. 그러나 비판하는 일만은 하지 않았다. 그에 대한 노골적이고 철저한 무관심에 먹칠하는 행위라고 여기는 듯했다.

가을이 지나갈 무렵 덱스터는 문득 주디 존스를 더 이상 견딜 수 없다는 생각이 떠올랐다. 그는 마음속으로 받아들이지 못하곤 했으나 마침내 확신을 갖게 되었다. 한밤중에 잠이 깨었다. 그는 한참 동안 이 문제에 대해 생각했다. 그녀로 인해 겪은 고민과 고통을 되새겨보았고, 누가 봐도 알 수 있는 그녀의 결점, 아내로서의 부족한 점을 하나하나 헤아려보았다. 그러고 나서 그는 그래도 역시 그녀를 사랑한다고 중얼거리며 잠이 들곤 했다. 일주일 동안 그는 일부러 늦게까지 열심히 일했고, 밤에는 사무실에 들러 앞으로의 일을 계획했다. 전화선을 타고 들려오는 그녀의 목쉰 소리나 점심을 함께 먹으며 보았던 그녀의 두 눈을 상상하지 않기 위해서였다.

그는 아이린 쉬러와 함께 댄스파티에 갔다. 늦게까지 남아서 그녀와 함께 책과 음악에 대한 이야기를 나누었다. 그는 이 분야에 대해서는 거의 무지하다는 것을 느꼈다. 그는 자신이 젊은 나이에 놀랄 만큼 성공을 거두었으니 이제는 시간 여유를 갖고 그런 것들에 대해 좀 더 알아야겠다고 생각했다. 그렇게 해서 교양을 갖춘 사람처럼 보여야겠다고 마음먹었다.

그 사건은 그가 스물다섯 살이 되던 10월에 일어났다. 1월에 덱스터와 아이린은 약혼했고 6월에 약혼을 발표했다. 그로부터 석 달 뒤에 결혼할 예정이었다.

미네소타주의 겨울은 영영 끝나지 않을 것 같았다. 그러다가 5월이 다 되어서야 바람이 부드러워지고 눈이 녹아 블랙베어호수로 흘러들었다. 일 년 만에 처음으로 덱스터는 마음의 평정을 찾을 수 있었다. 주디 존스는 플로리다주에 머물다 핫스프링스에 있었고, 어디선가 약혼했다가 어디선가 파혼했다는 소식이 들렸다. 덱스터가 그녀를 완전히 포기했음에도 사람들은 두 사람이 아직도 관계를 잇는 줄 알고, 그녀의 소식을 물었다. 그럴 적마다 그는 서글펐다. 하지만 저녁식사 자리에서 아이린 쉬러 옆자리에 앉기 시작하자 사람들은 이제 그에게 주디에 대해 묻지 않았다. 오히려 그들이 그녀의 소문을 전해 주었다. 그는 더 이상 그녀의 남자가 아니었다.

마침내 5월이 되었다. 덱스터는 어둠이 비처럼 축축한 밤거리를 걸으며 별로 한 것도 없는데 숱한 희열의 순간들이 자신에게서 너무 빨리 사라져버렸음을 깨달았다. 그렇게 사라져간 일 년 전 5월을 용서할 수 없었다. 그 날들은 그가 용서해 준 주디가 일으킨 동요들의 사무치는 기록으로 남아 있었다. 그녀가 자신을 겨우 사랑하게 되었다고 생각한 몇몇 시절 중 하나였다. 이 엄청난 깨달음을 얻기 위해 옛날의 작은 행복들은 낭비되었던 것이다. 그러나 그에게 아이린은 기껏 자신 뒤에 드리워진 커튼이며, 반짝거리는 찻잔 사이에서 움직이는 손길일 뿐이며, 아이들을 부르는 목소리에 지나지 않았다. ……열정과 사랑스러움은 이제 사라져버렸다. 마법에 걸린 밤과 기적 같은 시간과 계절의 변화도…… 아래쪽으로 비틀면서 가냘픈 입술이 자신의 입술에 내려와 그녀의 눈동자의 천국으로 자신을 끌어올리는 것도…… 그런 것들은 이제 그의 마음속 깊이 파묻혀버렸다. 그러나 그의 강한 힘과 생명력은 그런 것들을 가볍게 떠나보내지 못했다.

깊은 여름으로 접어드는 길목에서 며칠 동안 날씨가 머뭇거리는 5월 중순의 어느 날 밤, 그는 아이린의 집에 찾아갔다. 일주일 후에 그들은 약혼을 발표할 계획이었다. 이제 어느 누구도 그들의 약혼 발표에 놀랄 사람은 없을 것이다. 그리고 오늘 밤 그들은 함께 유니버시티클럽의 라운지에 앉아 춤추는 사람들을 한 시간 정도 바라보기로 되어 있었다. 그런 곳에는 그녀와 함께 가야 그는 비로소 안정감을 느꼈다. 그녀는 믿음직스러울 정도로 인기 있었고 무척 '멋졌던' 것이다.

"아이린." 그가 불렀다.

쉬러 부인이 거실에서 나와 그를 맞이했다.

"덱스터, 아이린은 두통이 심해서 2층에서 쉬고 있네. 그 애는 자네와 외출하고 싶어 했지만 내가 잠을 자게 했지."

"그렇게 중요한 일이 아닙니다. 전……."

"아, 아냐. 내일 아침이면 다 나아서 자네와 골프도 칠 수 있을 거야, 덱스터. 오늘 하룻밤만 혼자 있게 해줄 수 있겠나?"

그녀가 부드럽게 미소 지었다. 그녀와 덱스터는 사이가 좋았다. 그녀와 그는 거실에서 잠시 이야기하고 작별 인사를 나누었다. 그는 숙소인 유니버시티클럽으로 돌아왔다. 계단 위 문기둥에 기대어 서서 춤추는 사람들을 바라보았다. 한두 사람에게 고개를 끄덕였다. 그러다 하품을 했다.

"어머, 안녕하세요?"

그는 팔꿈치 쪽에서 들리는 낯익은 목소리에 놀랐다. 주디 존스가 동행한 남자의 곁을 떠나 방을 가로질러 그에게 왔다.

주디 존스는 온통 금으로 치장한 가냘픈 에나멜 인형 같았다. 머리의 밴드도 금으로 만들었고, 금빛 드레스 아래 보이는 슬리퍼 코끝도 금이었다. 그를 향해 미소 짓는 가냘픈 얼굴은 환하게 피어나는 꽃 같았다. 커다란 홀 안 가득 따뜻하고 밝은 미풍이 불었다. 턱시도의 호주머니에 들어 있는 두 손이 부들부들 떨다가 굳어졌다. 갑작스러운 흥분으로 그의 몸이 달아올랐다.

"언제 돌아왔어요?" 그가 무심한 듯 물었다.

"이쪽으로 오세요. 그러면 이야기해 줄게요."

그녀는 돌아섰고 그는 따라갔다. 그녀는 이곳을 떠나 있었다. 예전이라면 그는 그녀가 돌아온 것에 감격의 눈물을 흘렸을지도 모른다. 그녀는 마치 주술에 걸린 길거리를 거칠 것 없는 음악처럼 누비고 다녔다. 모든 신비스러운 일, 새롭고 신나는 모든 희열이 그녀와 함께 사라졌다가 그녀와 함께 돌아온 것이다.

그녀가 문가에서 돌아섰다.

"자동차를 갖고 왔나요? 안 가져왔으면 내 차가 있어요."

"쿠페를 갖고 왔어."

그녀는 황금빛 드레스를 바스락거리며 차 안으로 들어왔다. 지금까지 그녀는 그런 식으로 수많은 자동차에 몸을 실었다.

그녀는 늘 이런 식으로, 저런 식으로, 가죽 시트에 등을 기대고, 팔꿈치를 차 문에 얹은 채 그녀에게 사로잡힌 사내를 기다렸다. 만약 그녀를 더럽힐 수 있는 어떤 것이 있다면—그녀 자신을 제외하고— 그녀는 오래전에 더럽혀졌을 것이다. 그러나 지금 그녀는 단지 스스로 감정을 토로하고 있을 뿐이었다.

덱스터는 문을 쾅 하고 닫았다. 그는 마지못해 자동차에 시동을 건 뒤 거리로 나아갔다. 이런 일은 아무 의미도 없다는 생각이 들었다. 그녀는 전에도 이런 식이었다. 이제 그녀는 그의 장부에서 지워진 잘못된 계산에 불과했다.

그는 천천히 시내 쪽으로 차를 몰았고, 일부러 어떤 생각에 골똘히 빠진 척했다. 그러고는 여기저기 사람들이 보이는 상가 지역의 거리를 가로질러 갔다. 영화관에서 사람들이 우르르 몰려나오거나, 허세부리는 젊은 복서들이 당구장 앞에서 빈둥거리고 있었다. 네모난 유리창으로 지저분한 노란 불빛이 새어 나오는 수도원 같은 술집에서는 술잔이 깨지는 소리와 카운터 위를 손으로 치는 소리가 들려왔다.

그녀는 그를 빤히 쳐다보고 있었다. 두렵고 당혹스러운 침묵에 그는 얼결에라도 욕이라도 한마디 하고 싶었지만 무슨 말을 해야 할지 몰랐다. 차를 되돌릴 수 있는 지점에서 그는 유니버시티클럽을 향해 다시 휘청거리며 차를 몰기 시작했다.

"제가 보고 싶었나요?" 그녀가 불쑥 물었다.

"모두들 당신을 보고 싶어 했지."

그녀가 아이린 쉬러를 알고 있을까? 그녀는 바로 하루 전에 고향에 돌아왔다. 그녀가 고향을 떠나 있던 동안에 그가 약혼을 한 셈이다.

"정말 멋진 대답이에요!" 주디가 슬픈 듯한 표정으로 빙긋 웃었다. 물론 슬픔 따위의 감정은 느끼지 않은 채 말이다. 그녀는 그를 뚫어지게 쳐다보았다. 그는 자동차 계기판에 온 신경을 쏟았다.

"전보다 더 멋져 보여요." 그녀가 생각에 잠긴 듯 말했다. "덱스터, 당신은 가장 기억에 남을 만한 눈을 갖고 있어요."

이 말을 듣자 웃음이 나오려고 했다. 그는 웃지 않았다. 그런 말은 대학 2학년들에게나 통할 법한 말이니까. 그러나 이 말은 비수처럼 그의 마음을 찔렀다.

"달링, 이제 난 모든 게 지겨워졌어요." 그녀는 사랑의 감정을 무책임하게 흔들어대고 누구에게나 '달링'이라고 부르며 자신의 숭배자들과 같은 부류로 끈적끈적하게 끌어들이려 했다. "당신이 나와 결혼해 줬으면 좋겠어요."

이렇게 직접 드러내고 말하는 것에 덱스터는 당황했다. 지금 그녀에게 다른 여자와 결혼하기로 되어 있다는 말을 해야 했다. 그런데 차마 할 수 없었다. 그것은 그녀를 사랑한 적이 없노라고 단언하는 것이기 때문이었다.

"우린 계속 사이좋게 지내고 있었을 거예요." 그녀는 조금도 감정의 기복 없이 이어서 말했다. "만약 당신이 나를 잊지 않고 다른 여자와 사랑에 빠지지만 않았어도 말이에요."

그녀의 확신은 대단했다. 이 말은 그의 행동을 도저히 믿을 수 없으며, 만약 그렇다면 그것은 어린애처럼 분별없는 짓을 한 것일 뿐이라고 말하는 것과 같았다. 그러니까 그가 그런 짓을 한 것은 그녀에게 자신을 과시하기 위해서이고 그런 것은 그리 중요한 일이 아니기에 오히려 가볍게 일축해 버릴 것이라는 것이다. 그러므로 그녀는 그를 얼마든지 용서해 줄 수 있었다.

"물론 당신은 나 말고 다른 누구도 사랑할 수 없었을 거예요." 그녀가 말을 이었다. "당신이 나를 사랑하는 방식이 맘에 들어요. 아, 덱스터, 작년의 일을 벌써 잊진 않았겠죠?"

"아니, 잊지 않았어."

"나도 잊지 않았어요!"

그녀가 정말 감동받은 것일까? 아니면 자신의 연기에 도취된 것일까?

"우리 다시 그렇게 됐으면 좋겠어요." 그녀가 말했고, 그는 가까스로 대답했다.

"그렇게 할 수는 없어."

"저도 그렇게 생각해요. ……듣자 하니 아이린 쉬러를 열렬히 사랑한다더군요."

'아이린'이라는 이름을 강조해서 말하지 않았지만 덱스터는 못된 짓을 들켜버린 아이처럼 부끄러웠다.

"아, 집으로 데려다주세요." 주디가 갑자기 큰 소리로 말했다. "그 바보 같은 댄스파티엔 돌아가고 싶지 않아요. ……그 어린애 같은 사람들한테 말이에요."

그가 주택가로 향하는 거리로 접어들자 주디는 조용히 흐느껴 울기 시작했다. 그는 지금껏 그녀가 우는 모습을 한번도 본 적이 없었다.

어두운 거리에 가로등이 켜지면서 부자들의 주택이 나타났다. 그는 희고 커다란 모티머 존스 저택 앞에 쿠페를 세웠다. 그 집은 축축한 달빛의 광휘에 젖어 아름답게 졸고 있는 듯했다. 그는 그 집이 견고하게 지어진 데 놀랐다. 튼튼한 벽과 강철로 된 대들보, 웅장함과 화려함이 자기 옆에 있는 젊은 여성의 가녀린 미모와 대조를 이루는 듯했다. 마치 나비 한 마리의 날개로도 거대한 바람을 일으킬 수 있음을 보여주기 위해서 말이다.

조금만 움직이기라도 하면 그녀가 꼭 자신의 팔에 안길 것 같은 불안감으로 신경이 곤두선 채 그는 꼼짝 않고 앉아 있었다. 눈물 두 방울이 흘러내려 그녀의 윗입술에 맺혀 흔들렸다.

"난 누구보다 예뻐요." 그녀가 슬픔에 잠겨 말했다. "그런데 왜 행복할 수 없나요?" 그녀의 젖은 두 눈이 그의 굳은 마음을 쥐어뜯었다. 그녀의 입술이 아름다우면서 슬픈 표정을 지으며 천천히 아래쪽으로 처졌다. "덱스터, 당신이 나를 받아준다면 당신과 결혼하고 싶어요. 아내로 맞이할 만한 가치가 없다고 생각할는지 모르지만, 난 당신에게 아주 훌륭한 아내가 될 거예요, 덱스터."

수백만 마디의 분노와 자부심과 열정과 증오와 애정의 말들이 그의 입술에서 맴돌았다. 그러나 그런 것들은 완벽한 감정의 파도가 몰아쳐 지혜와 인습과 의구심과 명예의 앙금과 함께 휩쓸어 가버렸다. 지금 말하고 있는 그녀야말로 자신의 여자이자 아름다움의 이상이며 자부심이었던 것이다.

"잠깐 들어가지 않을래요?" 그녀가 갑자기 숨을 들이마셨다.

그는 망설였다.

"좋아, 들어가지." 그의 목소리가 떨리고 있었다.

5

그녀와의 관계가 끝난 뒤에도, 오랜 시간이 지난 뒤에도 그는 그날 밤을 후회하지 않았다. 그는 그것이 이상했다. 그가 주디에게 빠져 있던 십 년이라는 시간 동안, 그녀가 그에게 호감을 준 것은 고작 한 달뿐이었다. 그래도 그런 사실이 대수롭지 않았다. 그리고 그녀에게 굴복함으로써 그가 큰 고통을 겪었으며, 아이린과 그를 다정하게 대해준 아이린의 부모에게 깊은 상처를 주었다는 사실 또한 중요하지 않았다. 아이린의 슬픔에 대해서는 그의 마음에 깊이 새겨질 만큼 생생하게 느껴질 만한 것이라고는 아무것도 없었다.

덱스터의 본성은 강인했다. 자신이 저지른 짓에 대한 도시 사람들의 비난은 그에게 별로 중요하지 않았다. 그 도시를 곧 떠날 것이고, 자신의 문제에 대한 다른 사람들의 어떤 태도도 피상적일 수밖에 없었기 때문도 아니었다. 그는 사람들의 의견 따위에는 완전히 무관심했다. 마찬가지로 주디 존스를 차지하려는 희망은 이제 아무런 소용이 없으며, 그녀 스스로가 자기에게 오게 하거나 붙잡아둘 힘이 자신에게 없다는 사실을 깨달았을 때 그는 그녀에게 어떤 악의도 품지 않았다. 그는 그녀를 사랑했으며, 사랑하기에는 너무 늙게 될 날까지도 그녀를 사랑할 것이다. 그러나 그는 그녀를 아내로 차지할 수는 없었다. 그는 잠시 크나큰 행복감을 맛보았다. 또한 그는 오직 강한 사람들이나 겪기 마련인 엄청난 고통을 맛보았다.

주디가 아이린으로부터 '그를 빼앗아 가고' 싶지 않다는 이유로 약혼을 파기한 것은 궁극적으로 거짓이었다. 그 외에는 달리 내세울 이유가 없었던 것이다. 그럼에도 그는 감정이 상하지 않았고 어떤 반감도 어떤 즐거움도 초월해 있었다.

덱스터는 뉴욕에 거주할 목적으로 2월에 동부로 향했다. 그러나 3월에 미국이 참전하는 바람에 계획을 바꾸지 않을 수 없었다. 그는 서부로 돌아와 세탁소 사업 경영권을 동업자에게 넘겨주고 4월 말에 제1사관훈련소로 향했다. 현실에서 어느 정도 도피할 수 있다는 안도감으로 전쟁을 반겼다. 그도 또한 거미줄처럼 복잡하게 얽힌 감정으로부터 어떻게든 벗어나려고 한 수많은 젊은이 중 한 사람이었던 것이다.

6

여기에서 한 이야기들은 덱스터가 평생에 걸쳐 이루어 나간, 어렸을 때 간직한 꿈과는 아무런 상관이 없어 보인다. 하지만 이 이야기들은 덱스터의 전기가 아니라는 점을 기억해 주기 바란다. 이제 우리는 덱스터와 그의 꿈에 대해서 거의 다 이야기한 셈이다. 남은 것은 그로부터 칠 년 뒤에 일어난 오직 한 가지 사건뿐이다.

뉴욕에서 그는 큰 성공을 거두어 그가 넘어서지 못할 장벽이란 없었다. 그는 서른두 살 때까지 전쟁 직후 비행기로 한 번 여행한 것을 제외하고는 지난 칠 년 동안 서부지방을 간 적이 없다. 디트로이트에서 온 데블린이라는 사나이가 사업 관계로 그의 사무실을 찾아왔다. 그때 이 사건이 일어났다. 말하자면 이로써 그의 삶에서 특별한 한 부분이 종결된 것이다.

"사장님은 중서부 출신이라고요?" 데블린이 무관심한 척하면서도 호기심을 갖고 물었다. "참 신기하군요. 사장님 같은 분들은 월스트리트에서 태어나 자랐을 것이라고 생각되니 말입니다. 그런데 말이지요, 디트로이트에 사는 제 친구의 아내가 바로 사장님과 같은 고향 출신이더군요. 그 친구 결혼식에서 제가 안내를 맡았어요."

덱스터는 앞으로 어떤 말을 듣게 될지 기다렸다. 아무 두려움도 없이.

"주디 심스라고 하지요." 데블린은 무덤덤하게 말했다. "결혼하기 전 성은 존스였다고 하더군요. 주디 존스."

"그래요, 아는 여자입니다." 그에게 단조롭고 지루한 조바심이 밀려왔다. 물론 그는 그녀가 결혼했다는 소식을 얼핏 듣기는 했다. 어쩌면 의도적으로 그녀의 소식을 들으려고 하지 않았는지도 모른다.

"아주 근사하고 멋진 여자지요." 데블린은 그녀의 얼굴이 떠올랐다는 듯 그러나 별 의미 없이 말했다. "그렇지만 그녀가 안됐다는 생각이 들어요."

"그건 왜요?" 그 말을 듣자마자 덱스터 가슴속에서 무엇인가 긴장하였고 관심이 솟아올랐다.

"아, 러드 심스 그 친구의 가정생활이 좀 엉망이 되다시피 했지요. 그렇다고 그녀를 학대한다는 건 아니지만 그 친구는 술이나 퍼마시며 싸다니고……."

"그녀도 싸다니지 않나요?"

"천만에요. 그녀는 아이들하고 집에만 있어요."

"오!"

"그 여자는 그 친구에게는 너무 나이가 많다고나 할까요." 데블린이 말했다.

"나이가 많다고요?" 덱스터가 소리쳤다. "아니, 이것 보세요. 그 여자는 겨우 스물일곱밖에는 되지 않았단 말입니다."

덱스터는 당장 뛰쳐나가 디트로이트행 기차를 잡아탈까 하는 걷잡을 수 없는 생각에 사로잡혔다. 그가 경련을 일으키듯

자리에서 벌떡 일어났다.

"급한 용무가 있으시군요." 데블린이 재빨리 사과하듯 말했다. "그렇게 바쁘신 줄도 모르고……."

"아니에요, 바쁘지 않습니다." 덱스터가 평정을 되찾은 목소리로 대답했다. "바쁘지 않아요. 전혀요. 그러니까 선생님 말은, 그 여자가…… 스물일곱이라고 하셨나요? 아니, 제가 스물일곱이라고 했군요."

"맞습니다. 사장님이 그렇게 말씀하셨어요." 데블린은 냉담해졌다.

"자, 하던 이야기나 마저 하시지요. 계속하세요."

"무슨 이야기 말인가요?"

"주디 존스에 대해서요."

데블린은 난감하다는 듯이 그를 쳐다보았다.

"그런데 그게…… 그 얘긴 다했는데요. 그 친구는 그 여자를 몹시 구박했지요. 아, 그렇다고 이혼이니 뭐 그럴 거 같진 않습니다. 그 친구가 그렇게 유별나게 못되게 굴어도 그 여자는 늘 용서해 주지요. 사실, 그 여자는 그를 사랑하고 있다는 생각이 듭니다. 디트로이트에 처음 왔을 때만 해도 그녀는 얼굴이 참 예뻤는데……."

얼굴이 예뻤다고! 그 말이 덱스터에게는 터무니없게 들렸다.

"그 여자는…… 이제는 예쁘지 않은가요?"

"뭐, 그 정도면 괜찮지요."

"이보십시오." 덱스터가 자리에 털썩 주저앉으며 말했다. "이해가 안 되는군요. '얼굴이 예뻤다'라고 말했다가 이제는 '괜찮다'라고 말하고 있습니다. 그게 무슨 말인지 이해가 가질 않아요. 주디 존스는 그냥 예쁜 정도가 아니라 대단한 미인이었지요. 아무튼, 저는 그 여자를 잘 알고 있지요. 알고 있다마다요. 그녀는……."

데블린은 껄껄 웃었다.

"소동을 벌이려는 건 아니었습니다. 주디는 멋진 여자라고 생각합니다. 나도 그 여자를 좋아하긴 해요. 하지만 어떻게 러드 심스 같은 친구가 그런 여자와 미친 듯 사랑에 빠질 수 있었는지 선뜻 이해가 가지 않아서요. 하지만 그 친구는 그랬지요." 그러고 나서 이렇게 덧붙였다. "그리고 대부분 여자들도 그녀를 좋아하지요."

덱스터는 데블린을 뚫어지게 쳐다보았다. 그는 이 사나이가 둔감하거나 개인적으로 어떤 악의를 품고 있거나 어떤 이유가 있을 것이라고 생각했다.

"많은 여자가 그런 식으로 시들지요." 데블린이 손가락을 탁하고 퉁기며 말했다. "사장님도 그러는 걸 보았을 겁니다. 결혼식 때 그 여자가 얼마나 예뻤는지를 어쩌면 제가 잊어버렸는지도 모르죠. 그 이후로 난 그 여자를 자주 보다보니까 변했다는 걸 몰랐나보군요. 지금도 여전히 눈매만큼은 아주 예뻐요."

말하자면 어떤 둔감함에 눌려진 느낌이었다. 생전 처음 그는 술에 취해 의식을 잃은 느낌이 들었다. 지금 데블린이 하는 말이 무슨 말인지 왜 그 말이 우스운지 알 수 없으면서도 크게 소리 내어 웃고 있었다. 그러고 나서 몇 분 뒤 데블린이 나가자 그는 안락의자에 주저앉았다. 덱스터는 창문을 통해 뉴욕의 스카이라인을 바라보았다. 분홍빛과 황금빛 어스름 속으로 태양이 가라앉고 있었다.

덱스터는 이제는 더 잃어버릴 것이 없다고 생각했다. 그래서 마침내 더 이상 어떤 상처도 받지 않을 것이라 생각했었다. 그러나 주디 존스와 결혼해 자기 눈앞에서 그녀가 시들어가는 모습을 바라보기라도 하듯, 그는 자신의 삶 속에서 그 이상의 어떤 것을 잃어버렸음을 확실하게 알았다.

이제 겨울 꿈은 사라졌다. 그에게서 영원히 없어져버렸다. 어떤 두려움을 느끼며 그는 손바닥을 두 눈에 갖다 대었다. 셰리아일랜드 호숫가를 찰싹찰싹 때리는 물결과 달빛이 비치는 베란다, 그리고 골프장에서 입었던 그녀의 깅엄 골프복과 목덜미의 부드러운 황금빛 솜털과 키스할 때 느껴지던 그녀의 젖은 입술과 우수에 젖은 서글픈 두 눈과 아침이면 느낄 수 있던 새로 짠 좋은 리넨 같은 그녀의 신선함을 불러오려고 애썼다. 아, 이런 것들은 이제 더 이 세상에 없구나! 그것들은 과거에 존재했을 뿐 지금은 더 이상 존재하지 않았다.

몇 년 만에 처음으로 눈물이 그의 뺨을 타고 흘렀다. 그러나 지금은 자신을 위해 흘리는 눈물이었다. 그는 입이며 눈이며 떨고 있는 손 따위는 아랑곳하지 않았다. 그러고 싶었지만 그럴 수 없었다. 그는 멀리 사라져갔고 다시는 되돌아올 수 없었다. 문들은 굳게 닫혀버렸고, 해가 졌으며, 아름다움은 없어졌다. 단지 모든 시간을 견뎌내는 강철의 잿빛 아름다움만 남았다. 심지어 그가 참을 수 있었던 슬픔조차 그의 겨울 꿈이 날개를 활짝 펼치던 환상의 나라, 청춘의 나라, 풍요로운 삶의 나라 뒤편으로 멀리 사라져버렸다.

"오래전에……." 그가 말했다. "오래전에 나에게는 무엇인가 있었지. 하지만 이제는 사라지고 없구나. 이제는 사라져버렸어. 아주 없어져버렸단 말이지. 그런데 나는 울 수 없구나. 마음조차 쓸 수도 없어. 이제 그것은 다시 돌아오지 않을 테니까."

4

피츠제럴드

다시 찾아온 바빌론

1

"캠벨 씨는 어디 계신가?" 찰리가 물었다.

"스위스에 가셨습니다. 캠벨 씨는 몸이 많이 아프시거든요, 웨일스 씨."

"거참 안됐군. 그럼 조지 하트는?" 찰리는 궁금했다.

"미국으로 사업하러 가셨다네요."

"그러면 그 '스노우 버드'란 사람의 소식은 아나?"

"지난주에 들르셨지요. 그분 친구 셰퍼 씨는 아직 파리에 계시고요."

일 년 반 전에 알던 수많은 사람 중에 친한 이름이라고는 겨우 둘뿐이었다. 찰리는 수첩에 주소 하나를 갈겨쓰고는 그 쪽지를 찢어내었다.

"셰퍼 씨를 보면 이걸 전해 주게. 처형 집 주소야. 나는 아직 호텔을 정하지 않았거든."

찰리는 파리가 이토록 비어 있는 것을 알고도 그다지 실망하지 않았다. 그러나 정적에 쌓인 '리츠' 바는 낯설고 불길한 느낌이었다. 더 이상 미국 분위기의 바가 아니었다. 내 집 같은 기분이 아니라 정중한 느낌을 받았다. 프랑스 분위기로 되돌아가 있었던 것이다. 그는 택시에서 내려 호텔 도어맨을 보는 순간 이런 조용한 분위기를 감지했다. 보통 바쁘게 뛰어다녀야 할 시간에, 도어맨은 종업원 전용 입구에서 제복을 입은 심부름꾼과 잡담을 나누고 있었다.

한때 떠들썩했던 여자 화장실 옆 복도를 지나면서, 그는 단 한 사람의 따분한 말소리만 들었을 뿐이다. 바 안에 들어섰을 때도 그는 예전처럼 앞만 바라보며 20피트의 녹색 카펫 위를 지나갔다. 그러고 나서 카운터 아래에 있는 발걸이 난간에 한쪽 발을 굳게 올려놓은 채 몸을 돌려 방 안을 둘러보았다. 하지만 보이는 것은 한쪽 구석에 앉아 읽고 있던 신문 위로 힐끗 올려보는 두 눈동자뿐이었다. 찰리는 총지배인인 폴을 불렀다. 폴, 그는 주가가 한창 오르던 주식 시장 말기에 특별히 주문 제작한 자가용을 타고 출근하면서도 호텔에서 가장 가까운 모퉁이에 차를 세우고 내리는 분별력이 있는 사람이었다. 그런데 오늘은 폴이 시골 별장에 가고 없었다. 대신 앨릭스가 그에게 그간의 소식들을 전해 주었다.

"아니, 더는 안 마시겠네." 찰리가 말했다. "요즈음은 술을 많이 줄였거든."

앨릭스는 그에게 잘됐다고 했다. "몇 년 전에는 참 많이 드셨죠."

"제대로 지킬 거야. 벌써 일 년 반 이상 절제하고 있어." 찰리는 장담했다.

"미국의 상황은 어떻습니까?"

"지난 몇 달 동안 난 미국을 떠나 있었네. 프라하에서 일을 하고 있지. 그곳에 관련된 두세 개 일을 맡아 하고 있어. 그곳 사람들은 나에 대해 잘 몰라."

앨릭스는 미소 지었다.

"여기서 조지 하트가 독신자 파티를 열던 날 밤 기억하지?" 찰리가 물었다. "그런데 클로드 피센든은 별일 없나?"

앨릭스는 조심스레 목소리를 낮추었다. "파리에 계십니다만, 더 이상 이곳에 오시지 않습니다. 폴이 받아주지 않았지요. 일 년 이상이나 술과 점심은 물론이고 저녁식사까지 외상으로 달아놓아 외상값이 3만 프랑이나 되었거든요. 마침내 폴이 외상값을 갚으라고 했는데, 그때 지불해 준 수표가 부도가 났지 뭡니까."

앨릭스는 안타깝다는 듯이 고개를 내저었다.

"이해가 안 돼요. 얼마나 멋진 신사였는데, 지금은 아주 뚱뚱해져서……." 앨릭스는 두 손으로 통통한 사과 모양을 만들어 보였다.

찰리는 시끄러운 남성 동성애자 일행이 한쪽 구석에 자리 잡고 있는 모습을 지켜보았다.

'저들은 어떤 일에도 상관 않겠지.' 그는 생각했다. '주가가 올라가든 떨어지든, 남이야 빈둥거리든 일하든, 저치들은 언제까지나 저러겠지.'

자리가 답답해졌다. 그는 주사위를 가져오라고 하여 앨릭스와 술내기 게임을 했다.

"이곳에 오래 계실 건가요, 웨일스 씨?"

"딸을 만나려고 사오 일 일정으로 왔네."

"오! 따님이 있으시군요?"

밖에는, 조용히 내리는 빗속에서 붉은 불꽃색, 푸른 가스불색, 유령과도 같은 초록색 네온들이 연기처럼 자욱하게 반짝이고 있었다. 늦은 오후였고 거리들은 어슴푸레 불을 밝힌 작은 식당들의 술렁임 속에 있었다. 카푸친 대로 한 모퉁이에서 택시를 잡았다. 위풍당당하게 분홍빛으로 빛나는 콩코드광장을 지나 자연스레 센강을 건넜다. 다리를 건널 때 찰리는 문득 강 왼쪽 둑이 촌스러워 보인다는 생각이 들었다.

갈 길에서 벗어나 찰리는 오페라좌 대로로 가자고 했다. 황홀한 건물 정면이 초저녁 푸르스름에 어둑하게 번지는 모습을 보고 싶었다. 또 〈렌토보다 더 느리게〉의 처음 몇 음절을 끊임없이 울려대는 택시의 경적 소리가 제2제정시대의 트럼펫 소리라고 상상해 보고도 싶었다. 브렌타노서점 앞 창살문은 굳게 닫혀 있었고, 레스토랑 '뒤발'의 소박하게 손질한 관목 울타리 뒤편에는 이미 사람들이 저녁식사를 하고 있었다. 그는 파리의 싸구려 레스토랑에서 식사를 한 적이 정말로 없었다. 그런데 이상하게 포도주까지 곁들인 풀코스 저녁식사가 4프랑 50상팀, 미국 돈으로 겨우 18센트인 그런 걸 먹어보고 싶어졌다.

그는 택시를 타고 계속 왼쪽 제방을 따라가면서, 문득 그것의 촌스러움을 느끼며, 생각에 잠겼다. '난 이 도시에서 나 스스로를 타락시켜버렸지. 그것을 깨닫지 못했고, 하루 또 하루 줄지어 흘러갔고, 이 년이 흘러갔고, 모든 것이 흘러갔고, 나마저 흘러갔어.'

서른다섯 살의 그는 잘생긴 용모를 지녔다. 얼굴에 보이는 아일랜드계의 급한 성격은 미간의 깊은 주름살 때문에 진지해 보였다. 팔라틴가에 있는 처형 집의 현관 벨을 누를 때 그 주름살은 양 눈썹 끝이 서로 닿을 만큼 깊게 파여 있었고, 복부에 경련이 일어나는 것을 느꼈다. 문을 열어준 가정부 뒤에서 아홉 살 난 사랑스러운 여자아이가 "아빠!" 하고 소리 지르며 쏜살같이 나와, 뛰어오르는 물고기처럼, 그의 품속으로 뛰어올랐다. 그리고 아빠의 한쪽 귀를 당겨 얼굴을 옆으로 돌리더니 그 뺨에 자신의 뺨을 비벼댔다.

"내 귀여운 딸!"

"오! 아빠, 아빠, 아빠, 아빠, 아빠, 아빠, 아빠!"

딸은 아빠를 끌고 거실로 들어갔다. 그곳에는 남자아이 하나와 같은 또래인 여자아이 하나, 그리고 처형과 그 남편 등 온 가족이 기다리고 있었다. 그는 처형인 매리언에게 감격도, 싫은 내색도 보이지 않도록 조심스럽게 인사했다. 그녀의 답례는 미적지근했다. 그래도 그녀는 그의 딸에게 눈길을 주는 걸로 그에 대한 결코 바뀌지 않을 불신감을 줄여 보이려 했다. 두 남자는 반갑게 악수를 나누었고, 링컨 피터스는 잠시 찰리의 어깨에 손을 얹었다.

거실은 따뜻했다. 미국적인 안락함이 있었다. 세 아이는 사이좋게 들락거리며 다른 방으로 통하는 길쭉하고 노란 공간에서 놀고 있었다. 난롯불에서 탁탁 튀는 소리와 부엌에서 프랑스 요리를 만드는 소리가 6시경의 즐거운 분위기를 한껏 드높여주었다. 그러나 찰리는 마음을 편히 가질 수 없었다. 몸속에서 심장이 딱딱하게 굳어지는 듯했고, 그가 사준 인형을 팔에 안고 그에게 이따금 다가오는 딸에게서 용기를 얻을 뿐이었다.

"정말로 굉장히 만족스럽습니다. 그곳에는 전혀 돌아가지 않는 회사가 많지요. 그러나 우리 회사는 오히려 그전보다 잘 돌아가고 있어요. 진짜 우라지게 잘돼요. 저는 다음 달에 미국에 있는 누이를 데려와 집안일을 맡길 겁니다. 작년 수입은 돈을 만지던 시절보다 더 많았으니까요. 아시다시피, 이 체코 사람들이라는 게……." 링컨의 질문에 찰리는 대답을 분명히 했다.

그의 자랑은 특별한 목적이 있었다. 하지만 다음 순간 그는 링컨의 눈에 어렴풋이 불안한 기색이 감도는 것을 알아차리고는 화제를 바꾸었다.

"아이들이 대견합니다. 잘 키우셨어요. 예의도 바르고요."

"오노리어도 착한 아이라네."

매리언 피터스가 부엌에서 돌아왔다. 키가 크고 소심한 그녀는 한때는 미국적인 신선한 매력을 지닌 여자였다. 그러나 찰리는 한번도 그런 면에 세심함을 보인 적이 없었고, 사람들이 옛날에 그녀가 무척 예뻤다고 말하는 것을 들을 때마다 언제나 의아하게 생각하곤 했다. 처음부터 두 사람 사이에는 본능적인 반감이 있었던 것이다.

"오랜만에 오노리어를 보니 어때요?" 그녀가 물었다.

"대단해요. 열 달 만에 저렇게 많이 자라다니 깜짝 놀랐습니다. 아이들이 모두 좋아 보이네요."

"올해는 병원에 가본 적이 없어요. 파리에 다시 오니 어떠세요?"

"미국 사람이 거의 없어 아주 묘한 기분이 듭니다."

"난 오히려 신이 나는데요." 매리언이 격한 말투로 말했다. "적어도 이제는 상점에 가도 백만장자 취급을 받지 않으실 거예요. 우리도 다른 사람들처럼 어려움을 겪었지만 지금은 전반적으로 전보다 좋아졌어요."

"하지만 그때가 좋았지요." 찰리가 말했다. "우리는 확실히 어떤 마력을 지닌 왕과도 같았으니까요. 오늘 오후에 바에 갔었는데……." 그는 말실수한 것을 깨닫고 멈칫했다. "아는 사람이 하나도 없더군요."

그녀가 날카롭게 그를 쏘아보았다. "술집이라면 신물 날 거라 생각했는데요."

"아주 잠깐 들렀을 뿐입니다. 오후마다 한 잔만 마시죠. 그 이상은 절대 아니에요."

"저녁식사 전에 칵테일 한 잔 마실 텐가?" 링컨이 권했다.

"오후에 한 잔씩만 할 뿐인데, 오늘은 벌써 마셨습니다."

"계속 그럴 수 있길 바랄게요." 매리언이 말했다.

그녀의 차가운 말투에는 혐오감이 역력했으나 찰리는 단지 미소로만 답했다. 그에게는 더 중요한 이유가 있었기 때문이다. 지나치게 시비를 거는 그녀의 태도는 오히려 자신에게 유리하며, 충분히 기다려야 한다는 것을 알고 있었다. 무엇이 그를 파리로 오게 했는지 그들도 알 테니까. 찰리는 그들 쪽에서 그 논의를 시작하기를 바랐다.

저녁을 먹으면서 찰리는 오노리어가 자신을 닮았는지 아니면 엄마를 닮았는지 판단할 수 없었다. 자신들을 파멸로 이끈 둘의 성격이 섞여 있지 않다면 다행일 것이다. 보호본능이라는 거대한 파도가 그에게 몰아쳤다. 그녀를 위해서 무엇을 해야 할지 잘 알고 있다고 그는 생각했다. 그는 인간성이라는 것을 믿었다. 즉, 한 세대 이전으로 훌쩍 거슬러 뛰어넘고, 영원한 가치가 있는 것은 인간성이라 다시 믿고 싶었다. 다른 건 다 사라져버렸다.

저녁식사를 마치자마자 나왔으나 숙소로 돌아가지 않았다. 이전의 날들보다 좀 더 선명하고 분별 있는 눈으로 파리의 밤을 보고 싶은 호기심이 생겼다. 그는 '카지노'의 보조석 표를 한 장 사서 조세핀 베이커(*역주: 1920년대 파리에서 명성을 떨친 미국계 흑인 무용수)가 추는 초콜릿 아라베스크를 구경했다.

한 시간 뒤 극장에서 나온 그는 몽마르트언덕을 향해 피갈가를 거쳐 블랑슈광장으로 산책했다. 비는 그쳤고, 카바레 앞에서 야회복 차림을 한 몇 사람이 택시에서 내리고 있었다. 창녀들도 혼자 또는 둘씩 짝을 지어 어슬렁거리고 있었다. 그리고 많은 흑인들도 보였다. 음악이 흘러나오는 환한 입구를 지나가다 그는 친근한 느낌에 발길을 멈추었다. '브릭탑'이었다. 그가 많은 시간과 돈을 날려버렸던. 서너 집을 더 지나 한때 단골이었던 술집을 찾아낸 그는 경솔하게도 고개를 들이밀고 말았다. 순간 열렬한 오케스트라가 소리를 터뜨려댔고, 직업 댄서 한 쌍이 발을 껑충 뛰었고, 호텔 매니저가 그에게 덮치듯이 와서는 부르짖었다.

"사장님, 손님들이 막 왔습니다!"

그러나 찰리는 재빨리 물러섰다. '더럽게 취하려면 몰라도.' 그는 속으로 생각했다.

'젤리' 술집 문은 닫혀 있었다. 그 주변의 을씨년스럽고 불결한 싸구려 호텔들도 어두컴컴했다. 블랑슈가에 이르자 불빛은 좀 더 밝았는데, 사투리를 쓰는 이곳 토박이들이 있었다. '시인의 와인바'는 없어졌지만, '천국의 카페'와 '지옥의 카페'는 거대한 아가리를 여전히 벌리고 있었다. 그가 바라보고 있는 사이, 관광버스가 싣고 온 빈약한 먹이를 단숨에 집어삼켜버렸다. 독일인 한 사람, 일본인 한 사람, 그리고 미국인 남녀 한 쌍이었다. 그들은 겁먹은 눈으로 그를 힐끗 보았다.

손님을 끄는 몽마르트의 노력이나 비상한 재주에 대해서는 이쯤 해두자. 사악함과 낭비를 부추기는 것이 영락없이 어린애 수준이다. 갑자기 그는 '날려버린다'라는 말의 의미를 실감했다. 엷은 공기 속으로 흩어져버리는 것, 무엇인 것을 아무것도 아닌 것으로 만들어버리는 것 말이다. 짧은 밤 시간 동안 여기저기 장소를 옮겨 다닌다는 것은 하나같이 엄청난 인간적인 도약이며, 따라서 동작이 점점 더 느려지는 특전을 얻으려면 요금이 점점 더 올랐다.

그는 악단에게 곡 하나 연주해 달라고 1,000프랑짜리 지폐를 몇 장 주거나, 택시를 불러 달라고 도어맨에게 100프랑짜리 지폐를 몇 장 쥐어주었던 일이 떠올랐다. 그러나 그것은 아무 의미 없이 날려버린 돈은 아니었다.

심지어 미친 듯이 날려버린 돈조차 이제는 항상 기억하게 될 것들, 최악의 기억을 추억하지 않도록 운명에게 지불한 제물이었다. 자신의 품안에서 빼앗긴 그의 딸, 그리고 버몬트주의 묘지 속으로 도망쳐버린 그의 아내 말이다.

어느 싸구려 식당의 번지르르한 조명 속에서 한 여자가 그에게 말을 걸어왔다. 그는 그 여자에게 달걀 몇 개와 커피를 샀다. 그런데도 대놓고 빤히 쳐다보는 그녀의 눈길을 모면하려고

20프랑짜리 지폐를 한 장 쥐어주고는 택시를 타고 호텔로 돌아왔다.

2

화창한 가을날이었고, 풋볼하기 좋은 날씨였다. 그는 느긋한 기분으로 깨어났다. 어제의 암울함은 사라지고, 길거리에 있는 사람들조차 좋아졌다. 정오에 '르 그랑 바텔'에서 오노리어와 마주보고 앉았다. 2시에 시작하여 노을의 물결이 번지는 황혼녘에 끝나는 긴 점심과 샴페인을 곁들인 저녁식사를 추억하지 않게 하는 레스토랑은 이곳뿐이었다.

"채소는 어때? 채소도 좀 먹어야 되지 않겠니?"

"네, 좋아요."

"시금치와 꽃양배추, 당근, 그리고 강낭콩이 있단다."

"전 꽃양배추가 좋아요."

"두 가지 먹어보지 않을래?"

"점심때는 늘 한 가지만 먹어요."

웨이터는 지나치게 가식적으로 아이를 좋아하는 척했다. "아주 예쁜 꼬마 아가씨군요. 프랑스 말도 꼭 프랑스 사람처럼 하고요."

"디저트는 어떻게 할까? 기다렸다가 정할까?"

웨이터가 자리를 떴다. 오노리어는 기대에 차 아버지를 살폈다.

"우리 뭐 할 거예요?"

"우선, 생토노레가에 있는 장난감 상점에 들러 네가 좋아하는 걸 사고, 앙피르극장에 가서 보드빌(*역주: 노래와 춤을 곁들인 통속적인 공연물)을 보자."

오노리어가 머뭇했다. "보드빌은 좋지만, 장난감 상점은 싫어요."

"왜?"

"음, 아빠가 이 인형을 사주셨잖아요." 아이는 그가 사준 인형을 갖고 있었다. "그리고 다른 것도 많이 있어요. 이제 우린 더 이상 부자가 아니잖아요?"

"우린 그런 적이 없었단다. 하지만 오늘은 네가 원하는 걸 사도록 하자."

"그럼 좋아요." 오노리어가 마지못해 동의했다.

아이의 엄마와 프랑스인 유모가 있던 시절에 그는 엄격한 편이었다. 하지만 지금은 모든 걸 받아주는 데 온 힘을 써야 했다. 그는 딸에게 엄마와 아빠라는 두 가지 역할을 해야 했고 딸과의 소통도 끊어져서는 안 되었다.

"전 아가씨와 친해지고 싶군요." 그는 무게를 잡고 말했다. "먼저 제 소개를 하지요. 프라하에 사는 찰스 J. 웨일스라고 합니다."

"어머, 아빠." 오노리어가 까르르 웃었다.

"그런데 아가씨는 누구신가요?" 그가 계속하자 아이도 곧 상대역을 했다.

"오노리어 웨일스라고 해요. 파리 팔라틴가에 살고 있지요."

"결혼은 하셨나요, 아니면 미혼이신가요?"

"아뇨, 결혼하지 않았어요. 독신입니다."

찰리는 인형을 가리켰다. "하지만 아이가 있군요, 부인."

오노리어는 자기 아이가 아니라고 하기 싫어서 얼른 인형을 가슴에 꼭 안으며 말했다. "네, 결혼했어요. 하지만 지금은 혼자인걸요. 남편과 사별했답니다."

그도 재빨리 말을 이어 나갔다. "아이의 이름은 뭐죠?"

"시몬이랍니다. 제일 친한 학교 친구의 이름을 따다 붙였어요."

"학교생활을 잘하고 있다니, 아주 기쁩니다."

"이번 달에 3등을 했어요." 오노리어가 뽐내듯이 말했다.

"엘지는(그녀의 사촌) 겨우 18등 정도이고, 리처드는 거의 바닥이지요."

"리처드와 엘지를 좋아하겠지요, 그렇죠?"

"아, 네. 리처드는 아주 좋아하는 편이고, 뭐 엘지도 싫지는 않아요."

찰리는 조심스럽게 슬쩍 물어보았다. "그럼 매리언 이모와 링컨 이모부…… 둘 중에서 누가 더 좋은가요?"

"음, 링컨 이모부 같네요."

그는 오노리어의 존재감을 점점 더 깨달아갔다. 그들이 레스토랑에 들어오면서부터 "어머, 귀엽기도 해라." 하며 소곤대는 말이 따라다녔고, 지금은 옆 테이블에 앉은 사람들도 아무 말 없이 마치 오노리어가 한 떨기 꽃이라도 되는 듯 넋을 잃고 바라보고 있었다.

"난 왜 아빠랑 같이 살 수 없어요?" 아이가 불쑥 물었다. "엄마가 돌아가셨기 때문에요?"

"넌 여기 살면서 프랑스어 공부를 좀 더 해야 한단다. 아빠가 너를 잘 보살펴주기는 힘들 거 같거든."

"전 누가 보살펴주지 않아도 돼요. 뭐든지 혼자서 할 수 있어요."

그들이 레스토랑을 나오는데 한 남자와 한 여자가 느닷없이 그에게 손을 흔들었다.

"이런, 옛 친구 웨일스네!"

"그래, 잘 지내나, 로레인. ……딩크도."

갑자기 과거에서 튀어나온 망령들이었다. 덩컨 셰퍼는 대학 때부터 친구이고, 로레인 쿼리스는 삼십 대의 옅은 금발 미인이다. 삼 년 전, 한 달을 하루처럼 흥청망청 허비하는 데 일조한 많은 무리 중 하나였다.

"남편은 올해 올 수 없었어요." 로레인이 그의 안부 인사에 대답했다. "우린 끔찍한 가난뱅이니까요. 남편은 저에게 매달 200달러씩 보내주면서 그걸로 멋대로 하라고 했어요……. 이 앤 당신 딸인가요?"

"다시 들어가 자리에 앉는 게 어때?" 덩컨이 물었다.

"그럴 수 없어." 그는 거절할 수 있어 기뻤다. 항상 그랬듯이 로레인의 정열적이고 도발적인 매력에 잠깐 흔들렸지만, 그는 달라져 있었다.

"저런, 저녁식사는 어때요?" 그녀가 물었다.

"그럴 여유가 없군. 주소를 주면, 내가 연락하지."

"찰리, 당신 술이 깬 것 같은데." 그녀가 재판관 같은 태도로 말했다. "딩크, 찰리가 진짜로 술 취한 것 같지 않아요. 술이 깼는지 저 사람을 한번 꼬집어봐요."

찰리는 머리로 오노리어를 가리켰다. 두 사람이 웃어댔다.

"자네 어디에 묵고 있나?" 덩컨이 찜찜한 표정으로 물었다.

그는 호텔 이름을 가르쳐주기 싫어서 머뭇거렸다.

"아직 숙소를 정하지 못했어. 내가 전화하는 편이 낫겠군. 우리는 지금 앙피르극장으로 보드빌을 보러 가는 길이야."

"바로 그거예요! 나도 그걸 보고 싶어요." 로레인이 말했다. "광대하고 곡예사하고 마술사가 있는 것! 덩크, 우리도 그거 보러 가요."

"우린 먼저 심부름이 있어서." 찰리가 말했다. "어쩌면 그곳에서 보겠군."

"좋아요 좋아. 잘난 척하기는……. 안녕, 예쁜 꼬마 아가씨."

"안녕히 가세요."

오노리어가 예의 바르게 머리를 숙여 인사했다.

어쨌든 피하고 싶은 마주침이었다. 그들이 그를 좋아하는 것은, 그가 잘 굴러가기 때문이며 그가 진지하기 때문이었다. 두 사람이 그를 만나고 싶어 하는 이유도 그가 자신들보다도 권력이 있기 때문이고, 그의 힘에서 자신들을 지탱해 줄 무언가를 끌어내고 싶기 때문이었다.

앙피르극장에서 오노리어는 그가 접어놓은 코트 위에 앉으라는 것을 점잖게 사양했다. 벌써 딸아이는 자신의 규범을 지닌 인격체가 되어 있었다. 그래서 찰리는 그 아이가 완전히 커버리기 전에 조금이라도 자신을 그녀 안에 있게 하고 싶은 욕망에 빨려들었다. 이렇게 짧은 시간 안에 딸아이를 이해하려는 것은 기대하기 어려운 일이었다.

막간에 그들은 악단이 음악을 연주하고 있는 로비에서 덩컨과 로레인을 다시 마주쳤다.

"한잔할까?"

"좋아. 하지만 카운터에서는 말고 테이블을 잡기로 하지."

"완벽한 아버지군."

로레인의 말을 의식 없이 들으며, 찰리는 오노리어가 자신들의 테이블에서 시선을 돌리는 것을 보았다. 오노리어가 무엇을 바라보았을지 궁금해하면서 생각에 잠겨 아이의 시선을 좇아 방 여기저기를 둘러보았다. 아버지의 시선과 마주치자 아이가 미소를 지었다.

"레모네이드 맛있었어요." 오노리어가 말했다.

딸은 무엇을 말한 것일까? 그는 무엇을 기대한 것일까? 그 뒤 택시를 타고 집으로 돌아오면서 그는 자신의 가슴에 딸의 머리를 편안하게 기대어주었다.

"오노리어, 넌 엄마를 생각하니?"

"네, 가끔은요." 오노리어가 모호하게 대답했다.

"아빠는 네가 엄마를 잊지 않았으면 좋겠구나. 엄마 사진 가지고 있지?"

"네, 가지고 있을 거예요. 어쨌든 매리언 이모는 갖고 있어요. 엄마를 잊으면 왜 안 되나요?"

"엄마는 너를 무척 사랑했으니까."

"나도 엄마를 사랑했어요."

두 사람은 한동안 조용히 있었다.

"아빠, 난 아빠랑 같이 살고 싶어요." 느닷없이 오노리어가 말했다.

찰리는 가슴이 뛰었다. 이렇게 되기를 그는 바라고 있었던 것이다.

"넌 행복하지 않니?"

"아뇨. 하지만 전 누구보다 아빠를 사랑해요. 아빠도 누구보다 저를 좋아하시죠? 엄마는 이미 돌아가셨으니까요."

"그야 그렇지. 하지만 넌 언제까지나 아빠를 제일 좋아하지는 않을 거다. 너는 클 거고, 네 또래의 누군가를 만나고 그 사람과 결혼하겠지. 그리고 아빠가 있었다는 것도 잊어버릴 거야."

"네, 그게 맞겠죠." 딸은 차분하게 동의했다.

그는 딸과 함께 집 안으로 들어가지 않았다. 예정된 밤 9시에 돌아왔고, 그 순간에 해야 할 말을 온전히 지키고 싶기 때문이었다.

"집 안에 무사히 들어가면, 저 창문으로 네 모습 좀 보여주렴."

"네, 그럴게요. 그럼 안녕. 아빠, 아빠, 아빠, 아빠."

딸아이가 2층 창가에 나타나 사랑스럽고 간절한 모습으로 손가락 입맞춤을 보낼 때까지 그는 어두운 길거리에서 기다렸다.

3

그들은 기다리고 있었다. 매리언은 상복을 떠올리게 하는 검은 만찬 드레스를 격식 있게 차려입고 커피세트 뒤에 앉아 있었다. 링컨은 이미 얘기를 하고 있던 사람처럼 활기차게 왔다 갔다 하고 있었다. 그들도 그 못지않게 그 문제를 꺼내고 싶어 초조해했다. 그래서 찰리는 곧바로 이야기를 시작했다.

"제가 두 분을 무엇 때문에 보자고 하는지 아시겠지만…… 제가 왜 파리에 왔는지 말입니다."

매리언은 목걸이의 검은 별을 만지작거리며 눈살을 찌푸렸다.

"전 정말로 가정을 갖고 싶습니다. 오노리어를 데리고 있기를 간절히 원하지요. 그 아이의 엄마를 위해 오노리어를 맡아주신 것에 대해 감사합니다만, 이젠 사정이 달라졌습니다." 그는 머뭇거리다 좀 더 강하게 말을 계속했다. "저 자신이 근본적으로 바뀌었으니 두 분은 이 문제에 대해 재고하시길 바랍니다. 삼 년여 전 제가 엉망으로 행동했다는 걸 부정한다면 그건 바보 같은 짓이겠지요……."

매리언이 딱딱한 눈빛으로 그를 쳐다보았다.

"……하지만 다 지난 일입니다. 얘기한 대로 일 년 넘게 술을 하루에 한 잔 이상 마시지 않고 있습니다. 그 한 잔도 일부러 마실 뿐입니다. 머릿속에 알코올에 대한 환상이 지나치게 커지지 않도록 말이지요. 제 생각을 아시겠습니까?"

"아뇨." 매리언이 간명하게 대꾸했다.

"제 자신을 아슬아슬 곡예 부리게 하는 거지요. 문제를 조절하기 위해서요."

"알겠네." 링컨이 말했다. "술의 유혹에도 자네가 끌리지 않는다는 걸 확신하고 싶은 것이군."

"그런 어떤 것이지요. 가끔 잊어버리고 마시지 않기도 해요. 하지만 일부러 마시려고 애씁니다. 어쨌든, 저의 위치는 술이나 마실 입장이 아닙니다. 제가 대표로 있는 회사 사람들은 그동안의 제 업적에 무척 만족하고 있습니다. 그래서 저는 벌링턴에 있는 여동생을 데려와 집안일을 맡길 생각입니다. 오노리어도 꼭 데려가고 싶습니다. 아시다시피 그 아이의 엄마와 사이가 안 좋았을 때도 우린 어떻게 해서든 오노리어에겐 영향을 주지 않으려고 했어요. 오노리어가 저를 의지한다는 걸 알고 있고, 저 아이를 보살필 능력도 있습니다. 그리고…… 뭐, 아시겠지요. 두 분의 생각은 어떠십니까?"

이제는 비난받을 차례라는 걸 그는 알고 있었다. 한두 시간 정도 고통스럽고, 치밀어오르는 억울함을 감추고 참회한 죄인이 벌 받는 시늉을 하면, 결국에는 자신의 요구를 받아줄 것이다.

'화내지 말자.' 그는 자신에게 다짐했다. 자신의 행위를 정당하게 보이려 하지 말자. 다만 원하는 것은 오노리어를 데려가는 것일 뿐이다.

링컨이 먼저 말을 꺼냈다. "지난달 자네 편지를 받고 우리는 자네에게 오노리어를 돌려보낼지 줄곧 얘기했다네. 우린 오노리어를 데리고 있는 게 행복하네. 그 앤 아주 사랑스러워. 그래서 우린 기꺼이 그 애를 돌봐줄 수 있지. 물론 문제는 그게 아니지만……."

불쑥 매리언이 물었다. "제부는 언제까지 술을 안 마실 수 있겠어요?"

"영원히 그럴 것입니다."

"어떻게 장담할 수 있지요?"

"처형도 아시겠지만, 모든 일을 접고 파리에 오기 전엔 술에 빠지지 않았습니다. 여기 오고부터 헬렌과 전 흥청거리며 쏘다니기 시작했고……."

"제발 헬렌 얘긴 빼주세요. 제부 입에서 제 동생 얘기가 나오는 건 참을 수 없어요."

그는 얼굴을 일그러뜨리며 매리언을 빤히 쳐다보았다. 아내가 살아 있을 때 결코 처형과 좋은 자매 사이였다고 할 수 없었다.

"제가 술에 빠져 있던 건 겨우 일 년 반 정도밖에 안 됩니다. 그러니까 이곳에 온 뒤부터 제가…… 쓰러질 때까지 말입니다."

"그걸로도 충분했죠."

"옳으신 말씀입니다." 그는 그 말에 동의했다.

"제가 책임감을 느끼는 건 오로지 헬렌뿐이에요." 매리언이 말했다. "헬렌은 내가 어떻게 하기를 바랄까, 난 그것만 생각하고 있어요. 솔직히 말해서 제부 따위는 내게 존재하지 않았어요. 제부가 내 동생에게 그런 잔인한 짓을 한 그날 밤부터요. 그건 당연하지요. 헬렌은 내 혈육이니까요."

"맞습니다."

"죽어가면서 헬렌은 내게 오노리어를 부탁했어요. 만약 그때 제부가 알코올중독으로 요양소에 있지 않았다면, 문제는 좀 더 잘 풀렸을지도 몰라요."

그는 이런 폭언에도 항변하지 않았다.

"비에 젖은 채 몸을 덜덜 떨면서 헬렌이 우리 집 문을 두드리던 그날 아침을 난 평생 잊을 수 없어요. 제부는 헬렌이 그런 상태로 밖에 서 있는데 안에서 문을 잠갔더군요."

찰리는 의자 팔걸이를 꽉 움켜잡았다. 예상보다 너무 심했다. 그때의 상황을 세세하게 해명하고 설득하려다 꾹 참았다. 그저 간단히 말했다. "제가 문을 잠근 그날 밤은……."

그녀가 즉시 그의 말을 잘랐다. "그딴 변명은 두 번 다시 듣지 않겠어요."

잠시 동안 침묵이 흐른 뒤 링컨이 말했다. "얘기가 불필요한 논쟁으로 갔군. 지금 자네는 매리언에게 법적 후견인을 포기하고 오노리어를 자네에게 보내달라고 부탁하는 거라네. 그런데 이 사람은 자네를 신용할 수 있느냐 없느냐 하는 걸세."

"전 처형을 탓하는 건 아닙니다." 찰리가 천천히 말했다. "어쨌든 저를 완전히 믿어주셔도 됩니다. 삼 년 전까지만 해도 전 남한테 손가락질 받는 일이 없었습니다. 물론 저도 인간이기에 어쩌다 그런 잘못을 저지른 것이고요. 하지만 이 문제가 너무 오래 가면 오노리어의 어린 시절을 놓치게 되고, 저도 가정을 가질 기회를 영영 잃게 됩니다." 찰리는 고개를 흔들었다. "오노리어를 완전히 잃게 된다는 거지요. 아시겠습니까?"

"그래, 무슨 얘기인지 알겠네." 링컨이 대답했다.

"왜 진작 그런 생각을 하지 않았죠?" 매리언이 물었다.

"가끔씩 그런 생각을 했지만, 헬렌과 제 사이가 나빠지고 있었습니다. 헬렌이 처형을 후견인으로 정할 때, 전 요양소에 누워 있었고, 주식이 폭락하는 바람에 빈털터리가 되었지요. 물론 그 당시도 잘못 처신한다는 걸 알고 있었습니다. 그래서 헬렌에게 어떤 마음의 평화라도 줄 수 있다면, 무슨 일이든지 해 줄 생각이었던 거지요. 하지만 이제는 사정이 다릅니다. 사람 구실도 하고, 처신도, 제기랄 제법 잘하고 있다고요……."

"제 앞에서 욕지거리를 늘어놓지 마세요." 매리언이 쏘아붙였다.

찰리는 깜짝 놀란 표정으로 그녀를 쳐다보았다. 설득할수록 그녀의 혐오감은 더 강해졌다. 그녀는 자신의 고달픈 인생에 대한 모든 분노를 가지고 벽을 쌓았고 그것이 찰리 때문이라고 여기고 있었다. 이런 터무니없는 책망은 어쩌면 몇 시간 전 요리사와 뭔가로 옥신각신한 분풀이일지도 모른다. 찰리는 이렇듯 자신에 대한 적대감으로 가득 차 있는 분위기 속에 오노리어를 맡겨두는 것이 불안했다. 그런 적대감은 어떤 때는 그에 대해 이야기할 때 가시 돋친 말로, 어떤 때는 그에 대한 모든 것을 부정하여 경멸에 차 고개를 젓는 모습으로 조만간 나타날 것이다. 또한 그런 불신감의 일부는 은연중에 오노리어에게도 심어질 것이다. 그러나 그는 얼굴에서 노여움을 지우고 가슴속에 분노를 가두었다. 그런 태도는 그를 좀 더 유리한 입장에 서 있게 했다. 왜냐하면 링컨조차 아내의 말이 억지라는 것을 깨닫고, "언제부터 '제기랄'이라는 말에 그토록 반대했지?"라고 농담했기 때문이다.

"한 가지 더 말씀드릴 게 있습니다." 찰리가 말했다. "이젠 저도 그 아이에게 뭐든지 해줄 수 있어요. 전 프랑스인 가정교사를 프라하로 데려갈 계획입니다. 새 아파트도 얻었고……."

그는 실수한 것을 깨닫고 입을 다물었다. 자신의 수입이 또다시 그들의 수입보다 두 배가 되었다는 사실을 그들이 곱게 받아들일 리 없었기 때문이다.

"물론 우리보다 제부가 저 아이를 호강시켜 줄 수 있겠지요." 매리언이 말했다. "제부가 헤프게 돈을 뿌리던 시절에 우리는 단돈 10프랑도 아까워 벌벌 떨면서 살았으니까요……. 또다시 그런 식으로 살기 시작하겠군요."

"아니, 절대로요." 그가 대답했다. "그동안 많이 반성했습니다. 아시다시피, 저도 십 년 동안 열심히 일했습니다. 주식 시장에서 요행을 잡을 때까지는 말이지요. 그땐 엄청나게 재수가 좋았어요. 이제 그런 행운은 오지 않을 겁니다. 그래서 주식을 그만뒀지요. 다시는 그런 일이 일어나지 않을 겁니다."

아주 잠시, 길고 끔찍한 침묵이 흘렀다. 세 사람 모두 신경이 곤두서 있다는 게 날카롭게 느껴졌다. 찰리는 일 년 만에 처음으로 축배의 술을 마시고 싶어졌다. 링컨 피터스가 오노리어를 넘겨줄 거라는 확신이 들었다.

갑자기 매리언이 부르르 떨었다. 찰리의 두 발이 온전히 땅을 딛고 있다는 것을 그녀도 어쩔 수 없이 인정해야 했고, 자신의 모성애에 비추어볼 때도 그러는 것이 당연하다고 인정해야만 했다. 그러나 그녀는 뿌리 깊은 편견을 갖고 있었다. 여동생은 결코 행복할 리 없다는 이상야릇한 불신에 근거를 둔 것으로, 그 끔찍한 밤의 충격 때문에 찰리에 대한 증오심으로 변질된 편견 말이다. 동생에게 그 일이 일어났을 때에 매리언은 생활고에 시달리고 건강이 나빠진 이유가 악당이나 그들의 소행 때문이라고 믿게 되었던 바로 그 시기였다.

"난 그렇게 생각할 수밖에 없어요!" 그녀가 갑자기 소리 질렀다. "제부가 헬렌의 죽음에 얼마나 책임이 많은지 내가 알 수 없어요. 제부 자신이 제일 잘 알겠지요. 그건 양심과 해결해야 할 문제니까요."

고통이 전류처럼 그의 몸을 타고 흘렀다. 하마터면 자신도 모르게 분노의 말이 목구멍까지 치밀어올라 그 자리에서 일어날 뻔했다. 그러나 한 순간, 또 한 순간 자신을 억눌렀다.

"자네가 참게나." 링컨이 불안한 듯 말했다. "난 한번도 그 일에 자네가 책임이 있다고 생각한 적이 없네."

"헬렌은 심장병으로 사망한 겁니다." 찰리가 목이 잠겨 말했다.

"맞아요. 심장병이었지요." 매리언이 마치 그 병의 원인이 찰리 때문이라는 듯 말했다.

그렇게 그녀는 감정을 깡그리 퍼붓고 나서 덤덤한 표정으로 찰리를 쳐다보았다. 하지만 그제야 그가 상황을 장악하게 되었다는 사실을 깨달았다. 그녀는 남편을 바라보았다. 그러나 그도 더 이상 자기편이 아니라는 것을 깨달았다. 그러자 마치 그것이 그다지 중요한 것이 아니라는 듯 갑자기 시치미를 떼듯 패배를 인정했다.

"제부 맘대로 하세요!" 그녀는 의자에서 벌떡 일어나면서 소리쳤다. "오노리어는 제부의 아이니까요. 난 제부를 방해나 하는 사람이 아니에요. 만약 저 애가 내 자식이라면, 차라리 나는 저 아이에게……." 그녀는 가까스로 자신을 억제했다. "두 분이 알아서 하세요. 난 도저히 참을 수가 없어요. 몸이 좋지 않아서 좀 쉬어야겠어요."

그녀는 서둘러 방에서 나가버렸다. 잠시 뒤 링컨이 말했다.

"오늘은 아내에게 힘든 하루였다네. 자네도 알다시피, 여자란 얼마나 단호한지……." 거의 변명에 가까운 말투였다. "일단 어떤 생각을 머리에 간직하면 말일세."

"그렇겠지요."

"잘 풀릴 걸세. 아내도 동의할 거라고 생각하네. 자네가……저 아이를 돌볼 수 있다는 걸 말일세. 우린 자네나 오노리어의 인생에 간섭할 수 없지 않은가."

"형님, 고맙습니다."

"아내가 어떤지 보러 가야겠네."

"그럼 저는 돌아가겠습니다."

길에 나와서도 그의 몸은 한동안 떨렸다. 보나파르트가를 따라 강변으로 내려가자 마음이 차분해졌다. 강변의 가로등 빛에 새롭고 산뜻하게 보이는 센 강변을 가로질러 갈 때는 어떤 승리감마저 느꼈다. 그러나 숙소에 돌아온 그는 잠을 이룰 수 없었다. 헬렌의 모습이 떠올랐다. 끝없이 사랑했던 헬렌이지만 어리석게도 두 사람은 서로의 사랑을 모욕하기 시작했고, 마침내 산산조각으로 부숴버리고 말았다.

매리언이 생생하게 기억하고 있는 그 끔찍한 2월의 밤에도 사소하고 지루한 말다툼이 몇 시간이나 계속되었다. 그녀는 '플로리다' 카페에서 한바탕 소동을 일으켰다. 그녀를 집으로 데려가려 했지만 그녀는 갑자기 테이블에 앉아 있는 웹이라는 청년에게 키스를 했다. 그러고 나서 히스테리를 일으키며 떠들어댔다. 분노를 참지 못하고 집으로 돌아간 그는 문을 잠가버렸다. 한 시간 뒤 그녀가 혼자 돌아올 줄이야. 휘몰아치는 눈보라 속에서 정신이 나가 택시도 잡지 못하고 슬리퍼를 신은 채 헤매고 다닐 줄을 누가 상상이나 했겠는가?

그 때문에 그녀는 폐렴에 걸렸을 것이다. 기적적으로 살아났고 두 사람은 '화해'라는 것을 했다. 하지만 헬렌은 병을 이기지 못했고, 그것은 파국의 시작이었다. 그리고 그 사건을 직접 자기 눈으로 확인하고, 그것은 단지 동생이 겪은 불행한 결혼생활의 수많은 사건 중 하나에 불과하다고 단정지어버린 매리언은 결코 그날을 잊을 수 없게 된 것이다.

그때의 일을 회상하자 헬렌이 점점 친밀하게 느껴졌다. 새벽 무렵 희미하고 부드러운 빛 속에서 그는 어느새 헬렌과 대화를 나누고 있었다. 그녀는 오노리어를 돌보려는 그의 바람처럼 오노리어가 그와 함께 살기를 바랐다. 그리고 그가 성실한 아버지가 되려 하고 일도 잘 풀려가고 있어 기쁘다고 말했다. 그 밖에도 그녀는 많은 얘기를 했다. 함께 있으면서 행복한 얘기들 말이다. 그녀는 새하얀 드레스를 입고 그네를 타고 있었다. 그런데 그네가 점차 빨리 흔들렸고, 그가 깊은 잠에 빠지면서 그녀의 말은 희미해져 갔다.

4

찰리 웨일스는 행복한 기분으로 깼다. 세상의 문이 다시 활짝 열린 것이다. 앞으로의 여러 가지 계획과 기대를 가지고 오노리어와 자기 자신의 앞날을 상상했다. 그러다 갑자기 헬렌과 함께 세웠던 모든 계획이 떠오르자 그는 슬퍼졌다. 그녀에게 죽음 따위는 상상조차 하지 못했는데 말이다. 중요한 것은 현재 해야 할 일들과 사랑해야 할 딸아이 문제였다. 그러나 너무 지나치게 사랑해서는 안 된다. 지나친 애착에 익숙해진 자식은 뒷날 나이가 들어 결혼 상대에게 같은 식의 맹목적인 사랑을 당연시할 것이고, 그것을 얻지 못하면 사랑에도 인생에도 등을 돌릴 것이 아닌가.

화창하게 갠 산뜻한 날씨였다. 그는 링컨 피터스의 근무처인 은행으로 전화를 걸었다. 그가 오노리어를 데려가는 것으로 생각해도 좋겠느냐고 물어보았다. 링컨은 더 이상 미룰 이유가 없다고 했다. 다만 한 가지, 매리언은 좀 더 법정 후견인 권한을 갖고 있기를 원했다. 그 논쟁의 패배로 인한 충격으로 그녀는 아직도 당황한 상태에 있었고, 그래서 앞으로 일 년 정도 더 자신이 이 문제에 대한 주도권을 쥐고 있다는 느낌을 갖는다면 아마 일이 원활하게 진행되리라는 것이다. 찰리로서는 눈으로 볼 수 있고 손으로 만져볼 수 있는 자신의 딸을 원할 뿐이기 때문에 그의 말에 동의했다.

그다음 문제는 가정교사였다. 찰리는 을씨년스러운 소개소에 앉아서 무뚝뚝한 베아른 출신 여자와 덩치가 크고 둔해 보이는 브르타뉴 처녀를 만났지만 마음에 들지 않았다. 다른 지원자들은 다음 날 만나기로 했다.

찰리는 '그리퐁'에서 링컨 피터스와 함께 점심을 먹으면서 들뜬 기분을 애써 억제했다.

"이 세상에 자기 자식만 한 것은 없지." 링컨이 말했다. "하지만 자네는 매리언의 기분도 이해해 줘야 하네."

"처형은 제가 미국에서 칠 년 동안 얼마나 열심히 일했는지 잊고 있습니다." 찰리가 말했다. "단지 그날 밤의 사건만 기억하고 있지요."

"꼭 그 일 때문만은 아니야." 링컨이 머뭇거리며 말했다. "자네가 헬렌과 유럽을 흥청대며 쏘다니던 시절, 우리는 가까스로 생계를 이어가고 있었지. 난 그 호경기에도 아무런 행운을 잡을 수 없었어. 보험금도 겨우 부을 정도였지. 매리언은 그게 뭔가 부당하다고 느낀 것 같아……. 막판에 자네들은 놀면서도 점점 더 부자가 되었으니 말일세."

"빨리 들어온 만큼 빨리 사라져버렸지요."

"그랬지. 그 많은 돈이 웨이터나 색소폰 연주자나 호텔 지배인의 주머니로 들어갔지……. 어쨌든 그런 사치스러운 놀이도 이제는 끝장이 났네. 내가 이런 말을 꺼내는 이유는, 자네와 헬렌이 제정신이라곤 말할 수 없었던 지난 몇 년 동안의 방탕에 대해 매리언이 어떻게 생각하고 있는지 설명하려는 걸세. 오늘 밤 6시쯤 오게. 매리언이 피곤해하기 전에 구체적인 일을 결정하세."

찰리가 호텔에 돌아와 보니 속달 편지가 기다리고 있었다. 찰리가 주소를 남겨놓은 '리츠' 바에서 보내준 것이었다.

찰리 보세요.

지난번 만났을 때 당신은 나를 냉랭하게 대했죠. 그래서 내가 잘못한 일이라도 있나 했어요. 비록 그랬다 해도 난 뭔지 모르겠어요. 사실, 작년 한 해 동안 당신이 무척 그리웠어요. 이곳에 오면 혹시 당신을 만날 수 있지 않을까 하고 언제나 마음속으로 기대했지요. 그해 봄에 당신과 나는 즐거운 시간을 미친 듯이 보냈지요. 한밤중에 당신과 둘이서 정육점 주인의 차를 몰래 훔쳐 타고 다녔던 일이라든가, 당신이 낡은 중산모자의 테두리만 쓰고 철사 지팡이를 짚고서 대통령에게 가자고 하던 때도 있었잖아요. 몇 년 사이에 훅 늙어버린 얼굴 같아 보이겠지만, 기분만큼은 젊었을 때 그대로예요. 옛날 기분 그대로 오늘 만날 수 없을까요? 지금은 지난밤에 먹은 술이 덜 깨서 맥도 못 추고 있지만, 오후에는 좀 나아질 것 같아요. 5시경에 '리츠' 바에서 당신을 찾아보겠어요.

언제나 헌신적인 로레인

편지를 받자마자 찰리는 과거의 잘못이 떠올라 두려웠다. 앞뒤 분별없이 남의 차를 훔쳐 타고 다니며 다른 여자와 함께 밤새 에투왈광장을 돌아다니며 놀았으니 말이다. 돌이켜보면 그야말로 악마에 홀렸던 시간 같았다. 문을 잠가 헬렌을 못 들어오게 한 사건은 그의 평소 모습이라 할 수는 없으나, 차를 훔친 짓을 보면 멀쩡한 아내를 학대하고도 남을 인간으로 보일 것이다. 그토록 무책임한 타락과 방탕의 밑바닥에 얼마나 오랜 시간 빠져 있었던가.

그 무렵 그는 로레인에게 빠져 있었다. 아주 매력적인 여자였다. 비록 아무 말도 하지 않았지만 아내는 그 일로 불행했었다. 어제 레스토랑에서 만났을 때 로레인은 평범하고 진부하고 지쳐 있는 것처럼 보였을 뿐이다. 그는 절대로 그녀와 엮이고 싶지 않았다. 앨릭스가 그녀에게 호텔 주소를 알려주지 않은 것은 천만다행이었다. 찰리는 이제 진정으로 의지하고 싶은 사랑스러운 딸 오노리어를 떠올리니 안심이 되었다. 일요일부터는 딸과 함께 지내고, 아침에는 아침 인사를 하며, 밤에도 유일한 가족인 딸과 함께 자신의 집에 살 것을 생각하니 마음이 진정되었다.

5시에 찰리는 처형 식구들에게 줄 선물을 샀다. 조카들에게 줄 예쁜 봉제 인형과 상자에 든 로마 병정, 매리언에게 줄 화려한 꽃다발과 링컨에게 줄 큼직한 고급 리넨 손수건을 샀다.

처형네 아파트에 들어서자 찰리는 처형이 이제는 현실을 받아들이고 있다는 것을 알았다. 지금까지와는 달리 두려운 이방인이 아닌 성가신 친척이라는 듯 그를 맞이했다. 오노리어는 아버지에게 간다는 얘기를 이미 알고 있었다. 그런데도 눈치를 살피며 좋아하는 내색을 보이지 않으려 했다. 찰리는 다행이라고 생각했다. 그의 무릎에 올라앉을 때 딸은 기뻐하는 빛을 보였다. 그리고 작은 목소리로 "언제 가요?" 하고는 곧 다른 아이들이 있는 곳으로 가버렸다.

그는 잠시 동안 매리언과 둘이서 방 안에 있었고, 충동에 이끌려 불쑥 말을 꺼냈다.

"가족 간의 의견충돌은 견디기 어렵군요. 감정이 앞설 수밖에 없으니까요. 통증이나 상처와는 달라요. 오히려 달라붙을 살이 없어서 아물지 않는, 벌어져 고통스러운 상처 같다고나 할까요. 앞으로는 처형과 좀 더 원만하게 지내고 싶습니다."

"어떤 일은 잊을 도리가 없는 법이니까요. 문제는 상대방을 믿을 수 있느냐 하는 거지요."

찰리가 대꾸를 못하자 곧 그녀가 물었다. "언제 오노리어를 데려갈 생각인가요?"

"가정교사를 구하는 대로……. 생각 같아서는 모레쯤이면 좋겠습니다만."

"그건 불가능해요. 저 애의 물건도 정리해야 하고, 아무리 빨라도 토요일 전에는 안 돼요."

그는 그 말을 받아들였다. 링컨이 방에 들어오며 그에게 술을 권했다.

"그럼 오늘 분량의 위스키를 한 잔 마시겠습니다." 그가 말했다.

이곳의 공기는 포근했다. 식구들이 난롯가에 모여 있는 모습은 가정이라는 느낌을 안겨주었다. 엄마와 아빠는 조심스럽게 아이들을 돌보고 있었고, 아이들은 자신들이 소중하게 보호받고 있다고 느끼고 있었다. 이 가족에게는 찰리의 방문보다 아이들에게 해주어야 할 일들이 더 중요했다. 결국 매리언은 찰리와 오노리어의 문제보다 자신의 아이들에게 약 한 숟가락을 먹이는 것이 더 중요한 것이다. 그들은 무미건조한 사람들은 아니었지만 하루하루 근근이 버티며 살아가는 데 찌들어 있었다. '매일 똑같은 은행원 생활에서 링컨을 벗어나도록 도와줄 일은 없을까?' 하고 그는 생각했다.

그때 현관의 벨이 길게 울렸다. 프랑스인 가정부가 현관으로 나갔다. 다시 한 번 벨이 길게 울리자 현관문이 열리면서 크게 떠드는 목소리가 들려왔다. 거실에 있던 세 사람은 현관 쪽으로 고개를 돌렸다. 링컨은 누구인지 보기 위해 복도로 나갔고, 매리언은 자리에서 일어났다. 그러자 가정부가 방으로 되돌아왔고, 그 뒤에 누군가의 목소리가 계속 들려왔다. 그 법석대는 불청객들이 밝은 불빛 아래로 들어왔다. 그 소음들은 다름 아닌 덩컨 셰퍼와 로레인 쿼리스로 바뀌었다.

두 사람은 기분이 좋다고 법석대며 한바탕 큰 소리로 웃고 떠들어댔다. 순간 찰리는 당황해서 어찌할 바를 몰랐다. 이들이 어떻게 피터스의 주소를 찾아냈는지 도무지 알 수 없었다.

"아—아—하!" 덩컨은 짓궂게 찰리에게 손가락을 흔들어댔다. "아—아—하!"

두 사람은 또다시 요란하게 웃어댔다. 불안하고 당혹스러운 상황을 진정시키고자 재빨리 그들과 악수한 뒤 링컨과 매리언에게 소개했다. 매리언은 예의상 고개만 숙이며 인사했다. 그녀는 난로 쪽으로 한 발짝 물러섰다. 어린 딸이 옆에 서 있었고, 매리언은 한 팔로 그 애를 보호하려는 듯 어깨를 감쌌다.

찰리는 이 무례한 침입에 대해 분노를 느끼면서 그들이 어떤 변명이라도 하기를 기다렸다. 잠시 멈칫한 덩컨이 먼저 입을 열었다.

“자네를 우리의 저녁식사에 초대하러 왔네. 죄지은 양 거처를 숨기는 일을 그만두었으면 하네.”

찰리는 두 사람을 밖으로 밀어낼 기세로 바싹 다가갔다.

“미안하지만 그럴 수 없네. 어느 식당인지 알려주면 삼십 분 뒤에 전화하겠네.”

그러나 두 사람은 들은 척도 하지 않았다. 로레인은 주인의 허락도 없이 의자 팔걸이에 걸터앉으며 어린 조카인 리처드를 보고 큰 소리로 말했다. “어머, 귀여운 도련님이시군! 이쪽으로 오시죠, 꼬마 신사.” 리처드는 질린 듯 엄마의 얼굴을 올려다볼 뿐이었다. 로레인은 이것 보라는 듯이 어깨를 으쓱하고 다시 찰리에게 몸을 돌렸다.

“우리 저녁이나 먹으러 가요. 당신 친척들은 상관없잖아요. 왜 이렇게 얼굴 보기가 힘들어요. 아니, 너무 목에 힘을 주시네.”

“지금은 안 돼.” 찰리가 무뚝뚝하게 대꾸했다. “저녁식사는 둘이서 하게나. 내가 나중에 연락하지."

결국 로레인은 기분이 상했다. "좋아요, 가겠어요. 하지만 난 아직 잊지 않고 있어요. 당신이 새벽 4시에 우리 집 문을 요란하게 두들기며 들어왔을 때 난 당신에게 술까지 주었어요. 그렇게까지 잘해 주었다고요. 자, 가요, 덩컨."

정신없고 화가 난 두 사람은 어정쩡한 모습으로 천천히 걸어 나갔다.

"잘 가요." 찰리가 말했다.

"잘 있어요!" 로레인이 힘주어 대답했다.

찰리가 응접실로 돌아오자 매리언은 그 자리에 여전히 서 있었고, 그녀의 딸과 아들이 그녀의 양 옆에 바짝 붙어 서 있었다. 링컨은 여전히 오노리어를 안고 좌우로 흔들며 달래고 있었다.

"어떻게 이런 무례한 일이!" 찰리가 발끈 화내며 말했다. "도대체 예의범절이라곤 모르는 인간들이야!"

부부는 아무런 대답도 하지 않았다. 찰리는 팔걸이의자에 털썩 앉은 뒤 아까 마시려던 술잔을 들었다. 하지만 다시 내려놓으며 말했다.

"이 년이나 연락을 끊었던 사람들인데 그렇게 뻔뻔스럽게……."

그는 입을 다물었다. 매리언이 화가 나서 "오오!" 하고 경멸스럽다는 듯 내뱉고는 그의 눈앞에서 휙 하고 등을 돌려 방에서 나가버렸기 때문이었다.

링컨이 오노리어를 내려놓으며 말했다. "너희는 안에 들어가서 수프를 먹으렴."

아이들이 나가자 그는 찰리에게 말했다.

"매리언은 심약해서 이렇게 황당하기 짝이 없는 충격을 견디지 못하네. 저런 부류의 사람들은 보기만 해도 병이 나버리지."

"저는 저자들을 부르지 않았습니다. 어디선가 여기 주소를 알아낸 겁니다. 저들은 일부러……."

"하여튼 이 일로 자네 문제가 꼬이게 되었어. 다시 원점으로 돌아갈 것 같단 말이야. 잠깐 실례하겠네."

찰리는 긴장한 채 응접실에 남아 있었다. 식당에서는 아무 일도 없었다는 듯 저녁식사를 하는 아이들의 이야기 소리가 간간이 들려왔다. 그리고 안쪽 방에서는 작은 목소리로 이야기하는 소리가 들려왔고, 이어서 찰칵 하고 수화기를 드는 소리가 들려왔다. 엿듣는 것처럼 보일까 당황한 찰리는 목소리가 들리지 않는 구석진 곳으로 자리를 옮겼다.

잠시 뒤 링컨이 돌아왔다. "찰리, 저녁식사는 다음에 하지. 매리언이 많이 흥분해 있네."

"저한테 화가 난 겁니까?"

"당연하지 않겠나?" 그가 거칠다 싶을 정도로 대꾸했다. "그녀는 건강이 좋지 않은데다가……."

"그러니까 오노리어의 일에 대해 마음이 변했다는 건가요?"

"지금은 몹시 화나 있어서 내가 뭐라 할 수 있는 상황이 아니네. 내일 은행으로 전화하게."

"형님이 잘 좀 설명해 주십시오. 그 사람들이 여기까지 쳐들어올 줄은 꿈에도 몰랐다고요. 두 분 못지않게 저도 화가 납니다."

"지금 매리언은 그런 변명을 들어줄 상태가 아니네."

찰리는 자리에서 일어났다. 그리고 코트와 모자를 집어 들고 복도를 따라 걸어갔다. 그런 뒤 식당 문을 열고 지치고 쉰 목소리로 "애들아, 잘 있어라." 하고 인사를 했다. 평소와 다른 기묘한 목소리였다.

오노리어가 자리에서 벌떡 일어났다. 식탁을 냉큼 돌아 달려와 그에게 안겼다.

"잘 있어, 아가야." 그가 자신감을 잃은 목소리로 말했다. 잠시 목소리를 좀 더 부드럽게 가다듬고는 믿어달라는 듯이 덧붙였다. "잘 있어라, 애들아."

5

찰리는 로레인과 덩컨을 그냥 두지 않을 생각으로, 곧장 '리츠' 바로 달려갔다. 그러나 두 사람은 그곳에 없었다. 설령 그들을 찾아낸다 해도 그들을 어찌할 수 없다는 사실을 깨달았다. 처형인 매리언의 앞에서는 술을 입에 대지 않았지만 절망감에 빠진 그는 위스키소다를 주문했다. 웨이터인 폴이 그에게 다가왔다.

"좋은 시절은 완전히 갔어요." 폴이 아쉬워하며 말했다. "지금은 그때의 반 정도밖에는 장사가 안 돼요. 소문에는 미국에 돌아가서 파산한 분들도 많다더군요. 첫 증권 폭락에서 살아남았던 사람들도 두 번째 때 당한 모양입니다. 친구분이신 조지 하트 씨도 한 푼 안 남기고 깨끗하게 털렸다고 들었습니다. 찰리 사장님도 미국에서 주식 일을 하시나요?"

"아니, 난 지금 프라하에서 사업을 하고 있네."

"사장님도 주식 폭락으로 큰 손해를 입었다고 들었는데요."

"그랬지." 그리고 진지한 말투로 덧붙였다. "하지만 내 모든 소중한 것을 잃어버린 건 경기가 좋을 때였다네."

"공매 때문이군요."

"뭐, 그와 비슷한 것이지."

또다시 그 시절의 기억들이 악몽처럼 엄습해 왔다. 여행하며 만났던 사람들, 덧셈도 제대로 못하고 말도 조리 있게 할 줄 모르던 사람들, 선상 파티에서 헬렌이 댄스 상대로 허락했는데도 그녀에게 모욕을 주던 키 작은 사나이, 술이나 마약에 취해 비명을 지르면서 강제로 끌려 나가던 중년 여성과 아가씨들, 1929년의 눈은 진짜 눈이 아니라며 자기 아내를 눈 내리는 바깥으로 내쫓은 남자들, 그런 인간들은 돈 몇 푼만 집어주면 되었던 것이다.

찰리는 처형의 집에 전화를 걸었다. 링컨이 받았다.

"아무래도 그 일이 마음에 걸리는군요. 처형은 뭐라고 말씀하시던가요?"

"매리언은 아직도 몸이 좋지 않다네." 링컨이 짤막하게 대답했다. "이번 일은 전적으로 자네 잘못만은 아니라는 걸 알지만, 그렇다고 아픈 아내에게 힘든 결정을 하라고 떠밀 순 없네. 여섯 달 정도는 그냥 미루는 수밖에 없을 것 같아. 그 안에는 아내를 또다시 이런 문제로 아프게 할 순 없어."

"잘 알겠습니다."

"미안하게 됐네, 찰리."

그는 다시 테이블로 돌아왔다. 술잔은 비어 있었다. 앨릭스가 한 잔 더 하겠냐는 듯 잔을 쳐다보았지만 그는 고개를 내저었다. 이제는 오노리어에게 선물 같은 것을 보내주는 것 말고는 그가 달리 할 수 있는 일이 없었다. 내일 여러 가지 물건을 사서 보내주기로 하자. 그 모든 것이 결국 함부로 써버린 돈 때문이라고 생각하자 화가 더 치밀어 올랐다. 그는 지금까지 너무 많은 사람에게 돈을 주지 않았던가.

"아니, 그만 하겠네." 그는 다른 웨이터에게 말했다. "술값이 얼마인가?"

언젠가 그는 또다시 이 타락과 방탕의 도시에 돌아와서 해야 할 일이 있다. 그러므로 함부로 돈을 낭비할 수 없었다. 그는 아이를 이곳에서 데려가기를 원했고, 그 사실을 제외하고는 더 이상 중요한 일이 아무것도 없었다. 이전에 가졌던 그렇게 많은 멋진 생각과 꿈을 꾸는 젊은이가 아니다. 헬렌도 그가 이렇게 외로움을 겪는 것을 원하지 않을 것이다. 그것을 찰리는 조금도 믿어 의심치 않았다.

5

챈들러

협박자는 쏘지 않는다

1

연한 청색 양복—볼리바 클럽의 불빛 아래에서는 연한 청색으로 보이지 않았지만—을 입고 있는 사내는 키가 크고 눈 사이가 넓은 회색 눈과 날카로운 콧날에 바위 같은 턱을 지니고 있었다. 좀 더 정확히 말하자면 입술 모양이 매우 섬세했다. 소심하게 손질한 뻣뻣한 검은 머리에 회색 머리카락이 희끗 보였다. 입고 있는 옷도 낡은 것이 오히려 그의 영혼에 맞아 보였다. 그의 이름은 말로리였다.

그는 강하고 신중해 보이는 손가락 사이에 시가를 쥐고 다른 쪽 손은 손바닥을 편 채 식탁보 위에 올려놓고 있었다. 그가 말했다.

"이 편지는 만 달러짜리는 되겠네요, 미스 파. 아주 비싸진 않습니다."

그는 테이블 건너편의 여자를 잠시 쳐다보았다. 그러고는 빈

테이블 앞쪽에서 댄서들이 형형색색의 조명을 받으며 돌아다니는 하트 모양의 무대를 바라보았다.

웨이터들은 균형을 잡느라 구슬땀을 흘리며 손님들이 북적대는 테이블 사이를 돌아다니고 있었고, 댄서들도 바로 그 속으로 밀려들었다. 하지만 말로리가 서 있는 테이블에는 손님이 겨우 네 명뿐이었다.

번들거리는 붉은 목덜미에 축축한 솔 같은 수염이 난 뚱뚱한 남자가 앉아 있는 테이블을 지나서는 마르고 가무잡잡한 여자가 하이볼 칵테일을 마시고 있었다. 그 여자는 허벅지 위의 은색 장갑을 만지작거리며 술잔을 시무룩하게 응시하고 있었다. 먼 쪽에는 지루해서 찌푸린 얼굴의 두 남자가 서로 아무 대화도 없이 가느다란 시가를 피우고 있었다.

말로리는 생각에 잠긴 듯 말했다. "만 달러면 괜찮은 겁니다, 미스 파."

론다 파는 매우 아름다웠다. 그녀는 하얀 엉겅퀴색 모피의 목깃만 빼고 온통 까만 드레스를 입었고 야회용 숄을 둘렀다. 그리고 어린 소녀처럼 보이게 변장을 하려는 듯 하얀 가발을 썼다. 그녀의 눈은 수레국화 같은 파란색이었고 피부는 꿈같이 흐른 세월의 흔적이 엿보였다.

그녀는 고개도 들지 않고 고약하게 말했다. "웃기는군."

"왜 웃기죠?" 말로리는 꽤 짜증이 났지만 살짝 놀랐다는 듯 물었다.

론다 파는 고개를 쳐들고 대리석처럼 굳은 표정을 지었다. 그녀는 테이블 위에 놓여 있던 은제 담뱃갑에서 담배 한 개비를 꺼내어 가늘고 긴 새까만 홀더에 끼웠다. 그녀는 말을 이었다.

"유명배우의 연애편지라고? 아주 웃기지도 않잖아. 사람들은 착하고 늙은 여자에게 눈요기 삼아 긴 레이스 팬티를 입히는 짓 따위는 그만둬야 해."

취기가 돌아 불그레해진 그녀의 파란 눈에서 경멸스러운 빛이 춤을 추었다. 말로리는 쌀쌀맞게 쳐다보았다.

"하지만 그런 사람들 이야기나 하려고 여기 오신 건 아니잖아요. 지금 우리가 만나는 이유와는 상관없는 남자들에 대해서요."

그녀는 담배 홀더를 흔들며 말했다. "내가 머저리가 됐군."

말로리는 입술은 그대로인 채 눈으로만 미소 지었다. "아니지요, 미스 파. 진짜 빌어먹게도 그렇잖아요. 그게 뭔지 말해줄까요?"

론다 파는 화가 나서 그를 쳐다보았다. 그러고는 그를 잊었다는 듯 눈길을 돌려버렸다. 그녀는 담배 홀더를 잡고 있는 손을 들어 잠시 바라봤다. 반지를 끼지 않은 아름다운 손이었다.

그처럼 아름다운 손은 올이 나간 스타킹을 신은 흔하디흔한 예쁜 얼굴들의 도시에서 이국의 귀한 자카란다 꽃만큼이나 드물었다.

그녀는 고개를 돌려 그녀 뒤쪽의 무대 주변에 있는 무리를 굳은 눈으로 흘낏 보았다.

"난 이런 졸부들을 경멸해." 그녀는 날이 서 말했다. "그들은 어두워지고 나서야 존재하는 거 같아. 시체나 뜯어먹으러 나오는 악귀들같이. 그런데 여기 오는 사람들은 물어뜯어 먹는 건 고사하고 너절하게 모든 걸 토해낸단 말이야." 그녀는 하얀 숄 쪽으로 손을 내렸다. "아, 그래. 그 편지들, 뭐가 그것들을 그렇게 위험하게 만들었을까, 협박인가?"

말로리는 귀에 거슬리는 껄끄러운 소리로 웃었다. "멋지군요." 그가 말했다. "이 편지들은 아마 그렇지 않을걸요. 그저 그런 거겠죠. 유혹을 받고는 끝없이 그 이야기를 해대는 여학생의 체험담 따위 말이에요."

"정말 형편없군." 론다 파는 얼어붙은 벨벳 같은 목소리로 대답했다.

"편지를 쓴 사람이 중요하겠죠." 말로리는 차갑게 대꾸했다. "지금 얘기하는 그치들이야 협잡꾼, 노름꾼, 어린 벼락부자들이겠지만요. 그러다가 얻는 게 없다 싶으면 꺼져버리겠죠. 입방아에 오르지 않은 녀석이라고 해봐야, 아이스크림이나 핥고 있을 테고요."

"협박자에게는 말하지 않겠어. 그에겐 몇 년이나 말하지 않았지. 처음 알게 되었을 때의 랜드리는 잘생기고 멋진 소년이었지. 우리 대부분은 뛰어들기보단 뒤로 숨겨놓는 게 나은 뭔가가 있지. 내 경우에 그건 뒤처지는 거야."

"아, 예? 난 딸기로 하죠." 말로리는 불쑥 조롱하듯 대답했다. "그에게 편지들을 되돌려달라고 하세요."

그녀의 머리가 홱 돌아갔다. 그녀의 얼굴은 산산조각 나서 어떻게 할 수 없는 표정이 되었다. 1초 정도 그녀의 눈은 비명을 지르기 직전의 상태였다.

곧 그녀는 평정을 되찾았다. 그녀의 눈은 말로리의 것처럼 회색으로 흐르는 듯했다. 그녀는 손가락에 끼고 있던 검은 담배 홀더를 허세 부리는 듯한 몸짓으로 내려놓았다. 손가락 마디가 하얗게 보였다.

"랜드리를 잘 알아?" 그녀가 통곡하듯 물었다.

"이 바닥에 있다 보니, 자연스레 알게 되었지요……. 자, 어쨌든 당신하고 나는 이 거래를 하든지 그게 안 된다면 계속 서로 으르렁거리는 사이가 되겠지요?"

"편지는 어디서 났지?" 그녀의 목소리는 아직도 떨리고 갈라져 있었다.

말로리는 어깨를 으쓱했다. "우리는 사업상 그런 걸 말하지 않아요."

"난 물어볼 이유가 있잖아. 다른 누군가 그 빌어먹을 편지를 나에게 팔려고 했지. 그래서 내가 여기 있는 거야. 그게 궁금하지만 가격을 슬슬 올리는 짓으로 날 겁주려는 그들 중 하나가 너인 것 같단 말이야."

말로리는 말했다. "아니, 난 혼자 해요."

그녀는 고개를 끄덕였다. 그녀의 목소리는 속삭이는 것보다 작았다. "그건 좀 낫군. 아마도 내 편지를 개인적으로 출판하려는 좀 눈부신 생각이 들었나보군. 사진 복사……. 저런, 나는 돈을 주지 않을 거야. 내게서 뜯어가지 못해. 거래는 없어. 감히 날 협박해? 내게서 꺼져버려. 그리고 한밤중에 그 한심한 편지들과 함께 바닷속으로 뛰어 들어가!"

말로리는 코를 찡끗하고 주의 깊게 집중하듯 눈을 가늘게 뜨고 내려다보았다. "말 참 잘했어요, 미스 파. 하지만 우리에게서 아무것도 얻어갈 게 없을 겁니다."

그녀는 신중하게 말했다. "그런 뜻은 아니었어. 거래를 좀 더 잘하고 싶었는데. 손잡이에 진주가 박힌 작은 총을 가져왔더라면 총을 겨누고 말했을 거야. 그러고는 같이 보내버렸겠지! 하지만 난 그런 식으로 언론의 주목을 받고 싶지는 않거든."

말로리는 여윈 두 손가락을 들고는 조심스럽게 살펴보았다. 그는 재미있어했다. 거의 즐기는 듯 보였다. 론다 파는 그녀의 가녀린 손을 하얀 무릎 위에 잠시 놓았다가 늘어뜨렸다.

조금 떨어진 테이블에 앉아 있던 남자가 벌떡 일어서더니 그들에게 다가왔다.

그는 부드러운 검은 모자를 허벅지쯤에서 흔들며 가볍고 유연한 걸음으로 재빨리 왔다. 윤이 나는 야회복 차림이었다.

그가 다가오는 동안 론다 파는 말했다. "여기에 나 혼자 오리라는 생각은 안 했겠지, 그렇지? 난, 나이트클럽에 혼자 가지 않아."

말로리는 소리 없이 입을 활짝 벌리고 웃었다. "자기는 그러면 안 되지." 그가 건조하게 대답했다.

그 남자가 테이블로 왔다. 그는 키가 작았고 어두운 색으로 맵시 있게 차려입었다. 말쑥하고 창백한 얼굴에 검고 작은 공단처럼 윤이 나는 콧수염을 길렀다.

그가 연기하듯 부드러운 몸짓으로 테이블 건너편에 기댄 뒤에 말로리의 은제 담뱃갑에서 한 개비를 꺼냈다. 그러고는 과장된 몸짓으로 불을 붙였다.

론다 파는 손으로 입을 가리면서 하품을 했다. 그녀가 말했다. "이쪽은 에르노라고 내 경호원이야. 날 보호해 주지. 멋지지 않아?"

그녀는 천천히 일어섰다. 에르노가 숄을 잡고 부축했다. 그러고는 입술을 벌리고는 억지웃음을 지으며 말로리에게 말했다.

"안녕, 이 자식아!"

어둡고 불투명한 그의 두 눈은 뜨거운 불빛을 담고 있는 것 같았다.

론다 파는 숄을 여미고 고개를 살짝 끄덕였다. 그녀의 섬세한 입술에 빈정거리는 미소가 잠시 스쳤다. 그러고는 테이블 사이의 통로로 돌아섰다. 그녀는 당당하게 고개를 쳐들고 약간 긴장한 채 주위를 살피며 위기에 처한 여왕처럼 걸어갔다. 두려워하기는커녕 무시하는 듯 보였다. 훌륭한 연기였다.

지루해하던 두 남자가 그녀에게 관심을 보였다. 가무잡잡한 여자는 힘들게 하이볼 칵테일을 섞으며 침울하게 곱씹고 있었다. 땀투성이 턱의 뚱뚱한 남자는 거의 잠든 듯 보였다.

론다 파는 현관으로 향하는 진홍색 카펫이 깔린 다섯 개의 계단을 올라가 고개를 숙이고 있는 급사를 지나갔다. 그녀는 금빛 커튼을 빙 돌아서 사라졌다.

말로리는 그녀가 사라지는 것을 지켜보고 나서 에르노를 쳐다보았다. 그는 말했다. "이런, 쓰레기 같은 놈, 무슨 생각을 하는 거냐?"

차가운 미소를 지으며 모욕하듯 말했다. 에르노는 긴장했다. 장갑을 낀 그의 왼손이 꿈틀거리는 바람에 담뱃재가 떨어졌다.

"무슨 헛소리야, 자식이?" 그가 잽싸게 물었다.

"뭐라고, 이 쓰레기 같은 놈아!"

붉은 조명이 에르노의 창백한 뺨을 비추었다. 그는 째진 검은 눈을 치켜떴다. 그는 장갑을 끼지 않은 오른손을 살짝 움직였다. 동그랗게 말아쥔 손가락의 손톱이 반짝였다. 그는 나지막하게 말했다.

"자식아, 편지에 관한 건 잊어버려! 끝났어, 이제 끝났다고!"

말로리는 그를 비아냥거리며 유심히 쳐다보았다. 손가락으로 뻣뻣한 검은 머리카락을 쓸어 넘겼다. 그가 천천히 말했다.

"무슨 소린지 모르겠는데, 땅꼬마야."

에르노는 웃었다. 금속성의 껄끄럽고 끔찍한 소리였다. 말로리는 그런 소리—어딘가에서 총소리의 전주곡처럼 울리는—를 알고 있었다. 그는 에르노의 오른손을 지켜보았다. 그는 귀에 거슬리게 말을 했다.

"어디 해봐, 벌겋게 달아올랐군. 네 녀석 주둥이가 뭉개지게 한 대 갈겨주지."

에르노의 얼굴이 일그러지며 뺨이 놀랄 정도로 붉게 빛났다.

그는 담배를 쥔 손을 천천히 들어올렸다. 그리고 불붙은 담배를 말로리의 얼굴을 향해 휘둘렀다. 말로리는 머리를 살짝 움직였고 하얀 담배는 그의 어깨 위로 원을 그었다.

"조심해, 이 쓰레기야. 그러다 사람 다치겠어."

에르노는 여전히 껄끄러운 금속성의 웃음소리를 냈다. "협박자는 쏘지 않지, 자식아." 그가 으르렁거렸다. "그렇지?"

"쳐봐, 이 더럽고 쪼끄만 이태리 똥개야!"

싸가지 없게 조롱하는 이 말투에 에르노는 격분했다.

그는 오른손을 뱀이 가격하듯 날렸다. 어깨에 맨 권총집에서 총을 뽑았다. 그러자 말로리는 꼼짝 못하고 서서 노려보기만 했다. 말로리는 몸을 앞으로 조금 구부리고 주먹 쥔 두 손을 테이블 모서리에 댔다. 그의 입가에 희미한 미소가 스쳤다.

가무잡잡한 여자 쪽에서 둔하게 거슬리는 소리가 들렸다. 에르노의 핼쑥한 뺨에 조명 빛이 흘러 스며들었다. 그의 분노에 찬 목소리가 속삭였다.

"좋아, 이 자식. 밖으로 나가자고, 행진하듯!"

세 테이블 떨어진 곳에서 지루해하던 남자 중 하나가 느닷없이 움직였다. 그 모습이 에르노의 눈에 띄었다. 눈을 깜박이며 힐끗 보았다. 그 순간 테이블이 그의 배를 향해 솟구쳐 가격했고, 그는 바닥에 큰 대자로 뻗어버렸다.

그건 가벼운 테이블이었고 말로리의 몸무게는 가볍지 않았다. 퍽퍽 하고 치는 듯한 소리가 났다. 접시 몇 개와 은그릇들이 쨍강거렸다. 에르노는 허벅지 위에 쓰러진 테이블과 함께 바닥에 널브러졌다. 그의 총은 오그린 그의 손에서 한 발 정도 거리에 떨어져 있었다. 그의 얼굴에 경련이 일어났다.

잠잠해지는 동안 상황은 뻔했고 바뀐 것은 없었다. 가무잡잡한 여자는 다시 시끄럽게 귀에 거슬리는 소리를 냈다. 모든 것은 부산한 움직임 속으로 휘말려 들어갔다. 구석구석마다 사람들이 서 있었다. 두 명의 급사가 허공에 팔을 휘저으며 나폴리 사람이 얻어맞은 이야기를 떠들어대기 시작했다. 비명횡사하는 것보다 급사장이 더 무서운지 테이블 정리 담당 소년은 땀범벅이 되도록 급하게 치워댔다. 옥수수 색깔의 통통하고 불그레한 남자가 계단을 급히 내려와 메뉴판 뭉치를 흔들었다.

에르노는 다리를 휙 하고 움직이더니 무릎을 굽히며 그의 총을 와락 움켜쥐었다. 총의 원형탄창을 돌리고는 욕지거리를 내뱉었다. 말로리, 바벨탑 속 한가운데의 외로운 별종인 그는 몸을 구부리고 에르노의 엉성한 턱을 강한 주먹으로 깨버렸다.

에르노의 눈빛은 의식을 잃고 사라졌다. 그는 반쯤 채워진 모래자루처럼 무너졌다.

말로리는 그를 잠시 조심스럽게 지켜보았다. 그리고 바닥에서 그의 담뱃갑을 집어 들었다. 아직 두 개비가 남아 있었다. 그 중 하나를 꺼내 입에 물고 담뱃갑을 던져버렸다. 에르노의 바지 주머니에서 돈을 꺼내 세로로 접어서 급사에게 찔러주었다.

그는 서두르지 않고 그곳을 빠져나와 출구 방향의 진홍색 카펫이 깔린 다섯 개의 계단으로 향했다.

살찐 턱살의 남자는 생선 같은 눈을 조심스럽게 떴다. 술에 취한 여자는 흥분해서 낄낄대며 일어섰다. 그녀는 비틀거리며 보석으로 치장한 손으로 얼음조각 통을 가져오더니 에르노의 배에 쏟아부었다.

2

말로리는 가벼운 모자를 겨드랑이에 끼고 차양 밑으로 해서 밖으로 나왔다. 문지기가 호기심에 차서 그를 쳐다보았다. 그는 머리를 흔들고 반원형의 개인 전용도로에 맞닿은 굽어진 곁길로 걸어갔다. 그는 굽은 길 끝의 어둠 속에 서서 심각하게 생각했다. 그는 고급 이소타 프라치니 자동차를 천천히 몰았다. 그것은 할리우드식의 크고 으스대려고 만든 폭스바겐 오픈카였다. 입구의 불빛들을 지나가자 지그펠트의 코러스같이 흐릿한 회색과 은색으로 번들거렸다. 제복을 입고 챙이 있는 모자를 건달같이 비스듬히 젖혀 쓴 운전사가 운전석에 빳빳하게 앉아 있었다. 론다 파는 차양이 반쯤 덮인 뒷좌석에 왁스인형같이 굳어서 꼼짝 않고 앉아 있었다.

그 차는 돌기둥 사이를 지나 소리 없이 도로로 미끄러져 가서 대로의 불빛 속으로 사라졌다. 말로리는 무심코 모자를 썼다.

그의 뒤쪽, 키 큰 이탈리아산 사이프러스 사이의 어둠 속에서 무언가 수상쩍은 움직임이 느껴졌다. 그는 주위를 둘러보다가 희미하게 빛나는 총을 보았다.

총을 든 남자는 키가 크고 몸집이 거대했다. 그는 각을 잡은 펠트 모자를 머리 뒤로 젖혀 쓰고 있었다. 어슴푸레 보이는 외투는 배 부분이 열려 있었다. 짙은 눈썹 아래 좁은 창문 같은 눈이 희미하게 빛났고 매부리코였다. 그의 뒤에 또 다른 남자가 있었다.

그가 말했다. "이건 총이야, 친구. 이게 빵—빵 하면 모두 쓰러지지. 한번 해볼까?"

말로리는 멍하게 그를 쳐다보다가 말했다. "나잇값을 해야지, 짭새야. 이게 무슨 짓이야!"

몸집 큰 남자가 웃었다. 안개 속에서 바다가 바위에 부딪치듯 둔중한 웃음소리였다. 그는 고약하게 빈정댔다.

"똑똑한 꼬마가 우릴 알아보는군, 짐. 우리 중 하나는 경찰 같거든." 그는 말로리를 보며 덧붙였다. "저 안에서 작은 녀석을 박살냈더군. 잘한 짓 같아?"

말로리는 담배를 멀리 튕겨버리고 그것이 포물선을 그리며 어둠 속으로 사라지는 것을 지켜보았다. 그는 조심스럽게 말했다.

"20달러면 못 본 걸로 해주겠소?"

"오늘 밤은 아냐, 선생. 다른 날 밤이면 되겠지만."

"100달러면?"

"그것도 충분하지 않아, 선생."

"이거, 빌어먹게 생겼군." 말로리는 심각하게 말했다.

몸집 큰 남자가 조금 다가서며 다시 웃었다. 그 뒤에 있던 남자가 그림자 속에서 휘청거리며 나와서 말로리의 어깨에 통통한 손을 얹었다. 말로리는 옆으로 미끄러지듯 피했다. 그자의 손이 떨어졌다. 그가 말했다.

"내게서 손 치워, 형사!"

다른 남자는 으르렁거렸다. 무언가 쌩하고 공기를 갈랐고 말로리의 왼쪽 귀 뒤로 아주 심한 충격이 가해졌다. 그의 무릎이 꺾였다. 무릎이 흔들렸고 머리가 격렬하게 떨렸다. 조금 뒤 눈을 뜨자 인도의 마름모꼴 모양이 보였다. 말로리는 그의 발 가까이로 천천히 갔다.

그는 곤봉으로 친 남자를 보며 필사적으로 정신을 차렸다. 그가 휙 돌아서자 녹은 고무처럼 축 처진 입술을 움직여 탁하고 둔한 목소리로 욕을 했다.

몸집 큰 남자가 말했다. "재수 없는 놈이군, 이봐 짐! 지옥 맛 좀 보여주지."

짐이라고 불린 남자는 부드럽고 통통한 손을 입에 대고 물어뜯었다. 그는 곤봉을 그의 외투 속에 넣었다.

"잊어버려!" 그가 말했다. "자, 빨리 빨리 서둘러. 난 좀 마셔야겠어."

그가 길을 재촉했다. 말로리는 천천히 돌아서서 한쪽 머리를 문지르며 그의 뒤를 눈으로 좇았다. 몸집 큰 남자는 총을 치우고 거래를 하듯 말했다.

"걸어, 친구. 우린 달빛 속에서 차를 타야겠어."

말로리는 걸었다. 몸집 큰 남자는 그의 옆에, 짐이라고 불린 남자는 다른 한쪽에서 걸었다. 그는 배를 통처럼 힘껏 두들기며 말했다.

"난 술이 필요해, 맥. 술독에 뛰어들 지경이야."

몸집 큰 남자는 태평하게 말했다. "안 그런 사람 있나? 불쌍한 친구야."

그들은 투어링 카로 갔다. 대로 끝의 낮은 기둥들 근처에 자리를 두 개나 차지하고 세워져 있었다. 말로리를 친 남자는 운전석 뒤에 앉았다. 몸집 큰 남자가 뒷자리에 타라고 말로리를 쿡 찌르고는 그 옆에 앉았다. 그는 그의 커다란 넓적다리를 가로질러 총을 잡고 있었다. 그는 모자를 조금 더 뒤로 젖히고 구겨진 담뱃갑에서 한 개비를 꺼내 왼손으로 조심스럽게 불을 붙였다.

차는 불빛의 바닷속으로 들어가 동쪽으로 향한 짧은 길로 달려갔다. 그러고는 남쪽으로 돌려 긴 경사면을 따라 내려갔다. 도시의 불빛은 끝없이 반짝이며 퍼져 있었고 네온 간판들은 은은하다가도 번득이곤 했다. 전조등의 빛줄기는 흐릿하게 높은 구름들을 힘없이 찌르고 있었다.

몸집 큰 남자가 그의 커다란 콧구멍으로 담배연기를 내뿜으며 말했다. "우린 널 알아봤어. 넌 정신 나간 파에게 가짜 편지를 팔아먹으려고 했지."

말로리는 착잡한 듯 피식 웃었다. 그는 말했다. "이 짭새가 내 머릴 쑤시게 하는군."

몸집 큰 남자는 좀 더 생각해 보는 듯 앞을 노려보고 있었다. 그의 펑퍼짐한 얼굴에 전등 불빛이 빠르게 물결치며 지나갔다. 잠시 후 그가 말했다.

"괜찮은 친구군. 업무 중에 이 일들을 알게 되었지."

어둠 속에서 말로리의 눈이 가늘어졌다. 입술에는 미소가 지어졌다. 그가 말했다. "형사양반, 무슨 사건인데?"

몸집 큰 남자가 입을 크게 벌렸다가 이가 부딪치는 소리를 내며 다물었다. 그리고 말했다.

"자네와 이야기 좀 해야 할 거 같군, 영리한 친구. 이제부터 아주 끝내주는 시간이 될 거야. 짐하고 나는 함께하긴 어렵지 않지만 조심은 해야 될 거야."

말로리가 대답했다. "경사, 무슨 이야기를 할까?"

몸집 큰 남자는 소리 없이 웃기만 하며 대답하지 않았다. 차는 라 치에네가(街)의 대로 한복판에 서 있는 유정을 지나치고 야자수에 둘러싸인 조용한 도로로 꺾어서 들어갔다. 그들은 반쯤 내려가서 빈 주차장에 차를 세웠다. 짐이 엔진과 조명을 껐다. 그러고 나서 앞주머니에서 납작한 병을 꺼내어 입에 대고는 깊게 한숨을 쉬었다. 그러더니 병을 어깨 너머로 건넸다.

몸집 큰 남자는 한 모금 마시고 병을 흔들며 말했다.

"우린 여기서 친구를 기다려야 해. 내 이름은 맥도날드이고 형사과에서 일하지. 자넨 파 아가씨를 흔들어놨어. 그리고 그녀 앞에서 경호원을 짓밟아놨지. 그를 두들겨팼잖아. 그건 아주 흔한 일이고 아주 잘한 거야. 하지만 다른 건 마음에 안 들었어."

짐이 뒤로 손을 뻗어 위스키 병을 가져다 다시 마셨다. 그는 목을 풀고 말했다. "우린 널 숨겨주러 온 거지만 그런 곳에서 남들이 보는 데도 그럴 거라곤 생각하지 못했지. 이런, 이 자식이 귓등으로 듣고 있군."

말로리는 차 옆에 기대어 조용하고 푸른 별이 빛나는 하늘을 쳐다보았다. 그가 말했다. "너무 많이 아는군, 경찰양반. 그런데 미스 파에게서 쓸 만한 걸 얻지 못했군. 유명 배우는 협박 편지 때문에 경찰에 가지는 않지."

맥도날드는 그의 큰 머리를 획 돌렸다. 어두운 차 안에서 그의 눈이 거슴츠레 빛났다.

"단서를 어떻게 찾았는지 말 안 했는데, 똘똘한 친구. 그래서 그녀를 그렇게 흔들어놨나, 응?"

말로리는 심각하게 말했다. "미스 파는 내 오랜 친구야. 누군가 그녀를 협박했지만 난 아냐. 난 단지 짐작했을 뿐이라고."

맥도날드는 빠르게 말했다. "그 이탈리아 개가 네게 총을 겨눈 건 뭐지?"

"그는 날 싫어하지." 말로리는 지겹다는 듯 말했다. "그에게 좀 못되게 군 것뿐이야."

맥도날드는 말했다. "무슨 말이야!" 그는 화가 나서 중얼거렸다. 앞자리의 남자가 말했다. "머리통을 한 대 갈겨주지, 맥.

그냥, 그렇게."

말로리는 너무 오래 앉아서 쥐가 난 것처럼 팔을 아래로 쭉 펴면서 어깨를 비틀었다. 그는 자동권총이 그의 왼팔 밑에 닿는 것을 느꼈다. 그는 천천히 말했다.

"네 입으로 내가 가짜 편지로 협박을 했다고 했어. 그게 가짜라고 생각한 게 뭣 때문이지?"

맥도날드는 부드럽게 말했다. "진짜가 어디 있는지 우리가 안다면."

말로리는 느릿느릿 말했다. "그게 바로 내가 생각하고 있던 거지, 경찰양반."

맥도날드가 갑자기 휙 하고 주먹으로 그의 얼굴을 가격했다. 그러나 그리 강하지는 않았다. 말로리는 다시 웃으며 귀 뒤쪽 다친 곳을 손가락으로 조심스럽게 쓰다듬었다. "다 끝났나?" 그가 말했다.

맥도날드는 더듬거리며 욕을 했다. "이봐, 또 그렇게 약삭빠르게 굴면 어찌 될지 알게 될 텐데?"

그는 침묵했다. 앞자리의 남자가 모자를 벗더니 회색 머리를 긁어댔다. 반 구역쯤 떨어진 대로에서 자동차의 스타카토 경적 소리가 들려왔다. 전조등 불빛들이 도로 끝으로 흘러 지나갔다. 시간이 지나고 그중 두 개의 하얀 광선이 야자수 밑을 찌르

듯 크게 돌았다. 어둡고 커다란 네모난 물체가 미끄러져 투어링 카 앞으로 미끄러져 왔다. 전조등이 꺼졌다.

한 남자가 내리더니 곧장 다가왔다. 맥도날드가 말했다. "이봐, 슬리피. 잘 있었나?"

큰 키에 마르고 모자를 눌러쓴 남자의 얼굴은 어두웠다. 그가 혀 짧은 소리로 말했다.

"별일 없지. 아무도 안 미쳤으니까."

"좋아." 맥도날드가 투덜댔다. "누군 이 따위 고물차를 끌고 다니느라 아주 열받았지."

짐이 뒷자리로 와서 말로리 왼쪽에 앉더니 뾰족한 팔꿈치로 찔러댔다. 홀쭉한 남자가 운전석으로 미끄러지듯 들어왔다. 그는 엔진에 시동을 걸고 라 치에네가로 되돌아갔다. 그러고 나서 윌쉬어 남쪽으로 가다가 동쪽으로 향했다. 그는 빠르고 거칠게 차를 몰았다.

그들은 빨간 신호등을 무작정 통과했고 전조등을 끈 채 커다란 영화관과 비어 있는 유리로 된 개찰구 앞을 지나갔다. 그리고 베벌리힐스를 거쳐 다른 도시로 연결된 도로로 올라갔다. 2차선의 높은 언덕에서 자동차 배기통이 요란한 소리를 냈다. 맥도날드가 갑자기 말했다.

"빌어먹을 짐! 이 녀석 몸수색하는 걸 잊었군. 총 좀 잠깐 가지고 있어봐."

그는 위스키 냄새가 섞인 입김을 말로리의 얼굴에 뿜어대며 몸을 기울였다. 커다란 손이 주머니를 뒤지고 외투 속 엉덩이에서 왼쪽 겨드랑이까지 훑었다. 곧 어깨의 권총집이 있는 곳에서 잠시 멈추었다가 다른 쪽을 샅샅이 수색했다.

"됐어, 짐. 이 녀석에게 총 같은 건 없군."

말로리의 머릿속 깊은 곳에서 기적처럼 날카로운 빛이 눈짓을 했다. 그의 눈썹이 꿈틀대고 입술이 바짝 말랐다.

"저, 담배 한 대 피워도 되겠나?" 잠시 후 그가 물었다.

맥도날드는 정중한 척 놀려댔다. "지금 제가 왜 그래야 하죠, 이쁜이?"

3

아파트는 웨스트워드 빌리지 위쪽 언덕에 서 있었다. 새 건물이지만 허름해 보였다. 맥도날드와 말로리, 짐이 내리자 투어링 카는 모서리를 돌아 사라졌다.

세 남자는 조용한 로비를 통과하고, 마침 아무도 없는 전화 교환대를 지나서 승강기를 타고 7층으로 올라갔다. 그들은 복도를 따라 걸어가 어떤 문 앞에 멈추어 섰다. 맥도날드는 주머니에서 열쇠 꾸러미를 꺼내 문을 열었다. 그들은 안으로 들어갔다.

방은 아주 새것이었고 매우 밝았으나 담배연기로 자욱했다. 가구는 요란한 색의 천으로 덮여 있었고, 초록과 노랑의 마름모꼴 무늬가 있는 두툼한 카펫이 깔려 있었다. 또한 병이 놓여 있는 벽난로가 있었다.

두 남자가 기다란 유리잔이 놓인 팔각형의 테이블에 앉아 있었다. 한 명은 빨간 머리에 매우 짙은 눈썹과 깊고 어두운 눈 때문에 얼굴이 과장되게 하얘 보였다. 다른 한 명은 말이 안 될 정도로 크고 둥글납작한 코에 눈썹이 전혀 없고 머리색은 정어리 통조림 속 같은 빛깔이었다. 그는 카드 몇 장을 천천히 내려놓고 커다란 미소를 지은 채 방을 가로질러 왔다. 털털하고 사람 좋아 보이는 입이 정감 있는 표정을 짓고 있었다.

"아무 문제없었나, 맥?" 그가 물었다.

맥도날드는 그의 뺨을 문지르고 머리를 불쾌하다는 듯 흔들었다. 그는 마치 코 때문에 그가 싫다는 듯 쳐다보았다. 큰 코의 남자는 계속 미소를 지으며 말했다.

"몸수색은?"

맥도날드는 조롱하듯이 입술을 비틀며 벽난로 쪽으로 성큼성큼 걸어갔다. 그는 험악하게 말했다.

"저 영리한 놈은 총을 가지고 있지 않았어. 그는 머리로 일해, 아주 약삭빠르지."

그는 갑자기 방을 가로질러 되돌아와서는 손등으로 말로리의 입을 때렸다. 말로리는 힘없이 미소를 지었다. 그는 화가 나서 붉어진 얼굴로 담즙 색의 점박이 무늬가 있는 커다란 소파 앞에 똑바로 서 있었다. 그는 두 손을 양쪽으로 늘어뜨렸다. 손가락 사이에 쥔 담배에서 연기가 피어올라 둥근 천장 여기저기에 이미 짙게 드리운 연기와 섞였다.

"가만있어, 맥." 큰 코의 남자가 말했다. "네 역할은 끝났어. 너하고 짐은 이제 나가봐. 됐으니까 나가라고."

맥도날드는 으르렁거렸다. "누구한테 명령이야, 거물이라서? 난 끝까지 붙어서 이 사기꾼이 어떻게 되는지 볼 거야, 코스텔로."

코스텔로라고 불린 남자는 어깨를 살짝 으쓱했다. 테이블에 앉아 있는 남자는 의자를 조금 돌려서 말로리를 쳐다보았다. 핀으로 고정한 딱정벌레를 연구하는 수집가 같은 비인간적인 표정이었다. 그는 깔끔한 검은색의 담뱃갑에서 담배를 꺼내 금제 라이터로 조심스레 불을 붙였다.

맥도날드는 벽난로로 되돌아가 병에서 위스키를 따라 그대로 마셨다. 그는 벽난로에 등을 기대고 눈을 부릅떴다.

코스텔로는 앙상한 손가락 마디를 꺾으며 말로리 앞에 섰다. 그가 말했다. "어디서 왔지?"

말로리는 꿈꾸는 듯 그를 쳐다보며 입에 담배를 물었다. "맥닐 섬." 그는 막연하게 즐거운 느낌이 들었다.

"얼마나 됐지?"

"열흘."

"거긴 왜 있었지?"

"위조죄." 말로리는 재미있다는 듯 자신에 대해 술술 불었다.

"여기 이전에는?"

말로리가 대답했다. "난 여기서 태어났지. 몰랐나?"

코스텔로의 목소리는 점잖았고 조금은 부드러웠다. "그, 그래, 몰랐지." 그가 말했다. "열흘 전에는 뭘 했지?"

맥도날드가 두꺼운 팔을 흔들며 다시 다가왔다. 그의 두 번째 주먹질이 말로리의 입을 가로질러 후려치는 바람에 코스텔로의 어깨가 빗맞았다. 코스텔로의 얼굴이 붉어졌다. 그는 머리를 앞뒤로 흔들었다. 그의 눈에 희미하게 불꽃이 튀었다.

"이런, 코스텔로. 이 조무래기는 맥닐 출신이 아냐. 널 가지고 놀고 있는 거야." 맥도날드의 목소리가 쩌렁쩌렁 울렸다. "이 녀석은 브루클린이나 K. C.같이 다리병신 경찰만 있는 시끄러운 동네에서 온 그냥 싸구려 위조범이야."

코스텔로는 맥도날드의 어깨에 손을 얹고 점잖게 밀었다. 그가 말했다. "넌 여기에 필요 없어, 맥." 억양 없는 밋밋한 목소리였다.

맥도날드는 화가 나서 주먹을 불끈 쥐었다. 그러고 나서 그는 웃으면서 앞으로 달려들어 말로리의 발을 짓밟았다. 말로리는 "젠장!" 하고 소리치며 소파에 털썩 앉았다.

방 안 공기는 숨이 막혔다. 벽 하나에 창문이 있으나 무거운 커튼으로 줄곧 가려져 있었다. 말로리는 손수건을 꺼내 이마를 닦고 입술을 두드렸다.

코스텔로가 말했다. "맥, 너하고 짐은 나가." 밋밋한 목소리였다.

맥도날드는 머리를 숙이고 눈을 치떠 그를 계속 노려보았다. 그의 얼굴은 땀으로 번들거렸다. 그는 초라해지고 싶지 않아서 외투를 움켜쥐었다. 코스텔로는 고개조차 돌리지 않았다. 잠시 후 맥도날드는 벽난로 쪽으로 돌아가 비켜 서 있는 회색 머리 경찰을 팔꿈치로 밀었다. 그러고는 사각 스카치 술병을 잡았다.

"두목을 불러, 코스텔로." 그는 어깨 너머로 고함을 쳤다. "넌 이 거래를 할 만한 머리가 없다고. 얘기를 좀 해봐야겠어!"

그는 짐의 등을 툭 치고는 비웃듯 말했다. "한 잔 더 마실래, 경관?"

"여기 왜 왔나?" 코스텔로가 말로리에게 다시 물었다.

"패거리를 찾으려고." 말로리는 그를 올려다보며 느릿느릿 대답했다. 그의 눈에서 불빛이 사라져 있었다.

"아주 웃기는 방법이군."

말로리는 어깨를 으쓱했다. "잘만 하면 괜찮은 사람들을 만날 수 있을 거라 생각했지."

"만약 틀렸다면." 코스텔로가 나직하게 말했다. 그는 눈을 맞대고 손톱으로 코를 문질렀다. "이건 언제든 생각조차 하기 힘든 일이야."

맥도날드의 거친 목소리가 꽉 막힌 방 안에 울렸다. "그 영리한 놈은 실수하지 않아, 선생."

코스텔로는 눈을 크게 뜨고 어깨 너머로 붉은 머리 남자를 힐끗 보았다. 붉은 머리 남자는 의자에 늘어져 앉아 빙글 돌았다. 그는 오른손을 그의 다리에 아주 느리게 반쯤 올려놓았다. 코스텔로는 다른 쪽으로 고개를 돌려 맥도날드를 똑바로 쳐다보았다.

"밖으로 꺼져!" 그는 차갑게 쏘아붙였다. "지금 당장 밖으로 꺼지라고, 이 주정뱅이야. 너랑 실랑이하지 않겠어."

맥도날드는 벽난로에 어깨를 비벼대고 겉옷 옆 주머니에 손을 넣었다. 그의 모자는 구겨진 채 그의 커다랗고 네모난 머리 뒤통수에 얹혀 있었다. 회색 머리 경찰 짐은 그에게서 조금 물러서서 긴장한 채 쳐다보며 욕을 하였다.

"코스텔로, 두목을 불러!" 맥도날드가 소리쳤다. "나한테 명령하지 말란 말이야. 너랑은 함부로 말해도 될 사이가 아냐."

코스텔로는 망설이다가 전화기 쪽으로 갔다. 그의 눈은 벽 높은 곳을 응시하고 있었다. 그는 맥도날드에게 등을 돌리고 번호를 돌렸다. 그리고 벽에 기대어 말로리에게 희미한 미소 지어 보였다. 그는 잠시 기다렸다.

"여보세요. 네…… 코스텔로입니다. 맥 문제를 빼면 다 잘되고 있어요. 그는 좀 사납죠. ……안 나가겠다는데요. 아직 모릅니다……. 시골 출신 녀석이죠. 알겠습니다."

맥도날드가 손짓을 하며 말했다. "끊지 마……."

코스텔로는 미소 지으며 망설임 없이 수화기를 내려놓았다. 그를 보는 맥도날드의 눈에 푸른 불꽃이 번쩍였다. 그는 의자와 벽 사이 구석에 침을 뱉었다. 그가 말했다.

"더럽다, 더러워. 넌 여기서 몬트로즈에 전화하지 못할 거야." 코스텔로는 슬며시 손짓하였다. 붉은 머리 남자가 일어섰다. 그는 테이블에서 걸어 나와 건들거리며 섰다. 그는 담배연기가 눈에 들어가지 않게 고개를 뒤로 젖혔다.

맥도날드는 화가 나서 발을 굴렀다. 그의 붉게 상기된 얼굴 때문에 턱선이 하얗게 보였다. 그의 눈은 깊고 무섭게 빛났다.

"이런 식으로 놀아보겠다는 거군." 그는 작정한 듯 말했다. 그런 다음 아무렇지도 않은 듯 주머니에서 리볼버를 꺼냈다.

코스텔로는 붉은 머리 남자를 보고 외쳤다. "앤디, 저 자식 잡아!"

긴장한 붉은 머리 남자는 입에 물고 있던 담배를 뱉어버리고 번개같이 손을 번쩍 쳐들었다.

말로리가 말했다. "그리 빠르지 않군. 여기 좀 봐."

그는 거의 움직이지 않은 것처럼 잽싸게 움직였다. 그는 소파 위로 몸을 약간 숙였다. 그는 자동권총의 길고 검은 총신으로 붉은 머리 남자의 배를 정확하게 겨누었다.

붉은 머리 남자의 손이 옷깃에서 천천히 내려왔다. 방은 아주 조용했다. 코스텔로는 맥도날드를 지긋지긋하게 구역질난다는 듯 한번 쳐다보고 두 손의 손바닥을 위로 한 채 앞으로 내밀었다. 그는 허탈한 미소를 지으며 내려다보았다.

맥도날드는 불쾌해서 천천히 말했다. "납치는 나보다 한 수 위지, 코스텔로. 난 그러고 싶지 않아. 그는 리볼버를 겨누고 말했다. "이 살벌한 장난감이 움직이면 저 영리한 녀석을 내 옆에 잡아둘 수 있지."

말로리는 일어나서 붉은 머리 남자를 향해 갔다. 그가 회색 머리 경찰인 짐에게서 반쯤 떨어졌을 때였다. 짐이 고함을 지르며 맥도날드에게 달려들더니 그의 주머니를 움켜잡았다. 맥도날드는 깜짝 놀라 그를 쳐다보았다. 그는 커다란 왼손으로 짐의 멱살을 잡고 높이 들어 올렸다. 짐은 두 주먹을 휘둘러 맥도날드의 얼굴을 두 번 가격했다. 맥도날드는 입을 오므렸다. 그러고 말로리에게 말했다. "이 새끼들 좀 봐." 그는 아주 침착하게 벽난로 위에 총을 내려놓고 짐의 겉옷 주머니에서 곤봉을 꺼냈다. 그가 말했다.

"짐, 이 비열한 놈. 넌 언제나 비열했어."

그는 아무 유감도 없이 꽤나 깊이 생각한 듯 말했다. 그러고 나서 곤봉을 휘둘러 회색 머리 남자의 옆머리를 가격했다. 회색 머리 남자의 무릎이 축 늘어졌다. 그는 맥도날드의 외투자락을 마구 잡았다. 맥도날드는 몸을 구부리고 곤봉으로 같은 부위를 아주 강하게 다시 가격했다.

짐은 옆으로 무너져 쓰러졌다. 바닥 위에 모자가 벗겨진 채 입을 벌리고 누웠다. 맥도날드는 곤봉을 옆으로 천천히 흔들었다. 땀방울이 그의 콧등을 타고 흘렀다.

코스텔로가 말했다. "맥, 넌 거친 놈이야, 그렇지?" 그는 아주 흥미로운 일이 있었다는 듯 느리고 덤덤하게 말했다.

말로리는 붉은 머리 남자를 향해 계속 다가갔다. 그의 뒤에 서자 말했다.

"손들어, 청부업자."

붉은 머리 남자가 말을 따르자 말로리는 그의 손을 어깨 너머 겉옷 속으로 넣었다. 그는 어깨에 맨 권총집에서 총을 꺼내 그의 뒤 바닥으로 떨어뜨렸다. 다른 쪽 주머니도 툭툭 치며 뒤졌다. 그는 뒤로 물러나서 코스텔로도 수색했다. 코스텔로는 총이 없었다.

말로리는 맥도날드 옆으로 가서 방 안에 있는 사람들을 앞에 두고 말했다.

"누가 납치된 거지?"

맥도날드는 총을 집어 들고 위스키 잔을 들었다. "파 아가씨." 그가 대답했다. "집으로 가는 길에 그런 것 같아. 볼리바 클럽에서 만났던 이탈리아 경호원에게 정보를 알아내고 계획을 짰을 거야. 어디서 그녀를 잡았는지는 모르겠군."

말로리는 발을 넓게 벌리고 서서 코를 찡그렸다. 그는 루거 권총을 느슨하게 잡고 말했다.

"네 역할은 뭐였지?"

맥도날드는 험악하게 말했다. "네 얘기 좀 해봐. 잠깐 시간을 주지."

말로리는 고개를 끄덕이고 말했다. "확실히…… 너도 이유가 있겠지. 난 론다 파의 편지를 찾으라고 고용되었지." 그는 코스텔로를 쳐다보았지만 그는 아무 감정도 보이지 않았다.

맥도날드는 말했다. "난 괜찮아. 난 그게 무슨 계획이라고 생각했지. 그래서 기회를 잡은 거고. 난 조직에서 나가려는데, 그게 다야." 그는 방 안에 있는 것을 잡으려는 듯 손을 내둘렀다.

말로리는 잔을 들고 깨끗한지 보고 나서 스카치를 조금 따라 홀짝이고는 입 안에서 혀로 굴렸다.

"납치에 대해 이야기하지." 그가 말했다. "코스텔로가 전화한 게 누구지?"

"아킨슨. 할리우드의 거물 변호사야. 저놈들 대리인이지. 미스 파의 변호사이기도 하고. 멋진 친구지. 아킨슨은. 비열한 자식."

"납치에 관련이 있나?"

맥도날드가 웃으며 대답했다. "물론."

말로리는 어깨를 으쓱하고 말했다. "내겐 멍청한 수작 같은데."

그는 맥도날드를 지나서 코스텔로가 서 있는 벽을 따라 걸어갔다. 그는 자동권총의 총구를 코스텔로의 뺨에 대고 거친 회벽으로 그의 머리를 밀었다.

"코스텔로는 오래된 좋은 친구야." 그는 깊이 생각하는 듯 말했다. "그는 여자를 납치하지 않지. 아마 조금 조용히 돈을 뜯어내면 아무도 다치지 않을 거니까. 그렇지, 코스텔로?"

코스텔로의 눈은 공허해졌다. 그는 침을 삼키고 이를 악물고 말했다. "닥쳐. 웃기지도 않는군."

말로리는 말했다. "점점 더 웃길 거야. 그런데 넌 그걸 절대 모를 거고."

그는 총을 들고 총구로 코스텔로의 커다란 콧등을 심하게 그었다. 하얀 자국이 곧 빨갛게 부어올랐다. 코스텔로는 조금 불안해 보였다.

맥도날드는 거의 가득 찬 스카치 병을 외투 주머니에 쑤셔넣으면서 말했다.

"일하러 가지!"

말로리는 머리를 옆으로 진지하게 흔들고 코스텔로를 바라보았다.

"너무 시끄럽군. 넌 이 자리가 어떻게 됐는지 알지? 봐야 할 놈은 아킨슨이야. 언제든 그를 보게 되면……."

짐은 눈을 뜨고 바닥을 손으로 치며 일어서려고 했다. 맥도날드는 커다란 발을 들어 회색 머리 남자의 얼굴을 마구 짓밟았다. 짐은 다시 뻗어버렸다. 그의 얼굴은 진흙 같은 회색으로 범벅이 되었다.

말로리는 붉은 머리 남자를 힐끗 보고 전화기가 놓인 곳으로 건너갔다. 그는 수화기를 들고 왼손으로 전화번호를 서툴게 돌렸다.

그가 말했다. "저를 고용한 분에게 전화 드립니다만……. 그는 크고 빠른 차를 가지고 있고요…… 우린 이놈들을 잠깐 손봤습니다……."

4

랜드리의 크고 검은 캐딜락이 몬트로즈로 향하는 긴 도로를 소리 없이 굴러가고 있었다. 계곡을 따라 도는 도로의 왼편으로 가로등이 낮게 비추고 있었다. 공기는 차고 깨끗했고 별빛들은 아주 밝았다. 랜드리는 앞자리 등받이에 팔을 걸치고 뒤를 돌아보았다. 하얀 장갑을 낀 팔은 검고 길었다.

그가 서너 번 말했다. "몸수색을 철저하게 했다고? 잘했군. 잘했어. 잘했어!"

그는 부드럽고 신중하게 웃었다. 그의 모든 행동이 그랬다. 랜드리는 키가 컸고 창백한 얼굴에 하얀 이와 새까만 눈동자가 실내등 아래 반짝였다.

말로리와 맥도날드는 뒤에 앉아 있었다. 말로리는 아무 말도 하지 않고 밖을 응시하고 있었다. 맥도날드는 차 바닥에 네모난 스카치 병을 끌어안은 채 몸을 숙이고 잃어버린 마개를 찾느라 더듬으며 욕지거리를 하고 있었다. 마개를 찾자 뒤로 기대어 랜드리의 실크 스카프를 두른 깨끗하고 창백한 얼굴을 침울하게 바라보았다.

그가 말했다. "아직도 하이랜드 도로에 집을 가지고 있나?"

랜드리가 대답했다. "그래, 가지고 있지만 그다지 좋지 않아."

맥도날드는 으르렁대며 말했다. "그건 염치도 없는 짓이야."

그러고는 등받이 덮개에 머리를 대고 눈을 감았다.

캐딜락은 고속도로를 벗어났다. 운전사는 어디로 가는지 정확히 알고 있는 듯 보였다. 그는 잘 지은 집들이 여기저기 모여 있는 풍경을 빙 돌았다. 오렌지색의 작은 봉우리가 보이는 어둠 속에서 나무개구리의 울음소리가 들렸다.

맥도날드는 눈을 뜨고 앞으로 기댔다. "모퉁이 집." 운전사에게 말했다.

집은 넓은 곡선 도로에서 떨어져 있었다. 빼곡한 타일로 만든 지붕에 노르만 아치 양식의 현관과 문 양편에 주철로 만든 등이 타오르고 있었다. 인도 옆 철책은 덩굴장미로 덮여 있었다. 운전사는 전조등을 끄고 철책에 차를 능숙하게 올렸다.

말로리는 하품을 하고 차문을 열었다. 차들은 모퉁이 근처의 길가를 따라 주차되어 있었다. 푸르스름한 어둠 속에 대기 중인 운전사들의 담배 불빛 두세 개가 점을 찍고 있었다.

"놀자고." 그가 말했다. "기분 좋아질 거야."

그는 나와 서서 잠시 잔디밭 너머를 보고 있었다. 그러고 나서 주변에 풀이 무성하게 자란 허름한 벽돌이 깔린 진입로를 향해 부드러운 잔디 위를 걸었다. 그는 주철로 된 현관 등과 초인종 사이에 멈추어 섰다.

모자를 쓰고 앞치마를 두른 가정부가 문을 열었다. 말로리는 말했다.

"아킨슨 씨에게는 방해가 되겠지만 중요한 일이라서요. 맥도날드라고 합니다."

가정부는 문을 조금 열어두고 집 안으로 되돌아 들어갔다. 말로리는 문을 살며시 밀어 열고는 인디언 러그가 깔린 널찍한 복도와 벽을 들여다보았다. 그는 들어갔다.

출입구 복도를 몇 미터 지나자 책으로 둘러싸인 어두침침하고 향긋한 시가 냄새가 나는 방이 나왔다. 모자들과 겉옷들이 의자 위에 펼쳐져 있었다. 집 뒤편으로부터 라디오에서 춤곡이 윙윙거리며 들려오고 있었다.

말로리는 자동권총을 꺼내들고 문기둥 안쪽에 기대어 섰다.

야회복을 입은 남자가 현관을 따라 걸어오고 있었다. 통통하고 숱이 많은 하얀 머리에 예민한 분홍색 얼굴이 민첩해 보였다. 멋지게 만든 양복의 어깨선이 복부가 강조되는 바람에 망쳤다. 그는 두터운 눈썹을 찡그리고 있었다. 걸음걸이가 빠르고 미친 듯 보였다.

말로리는 현관문에서 나와 아킨슨의 배에 총을 들이댔다.

"날 찾고 있었군." 그가 말했다.

아킨슨은 잠시 멈춰 서서 목이 멘 소리를 냈다. 그는 놀라서 눈이 커졌다. 말로리는 권총을 들어올려 양쪽 옷깃이 정확히 V자가 되는 부분의 아킨슨의 목구멍에 총구를 댔다. 변호사는 총을 밀어버리려는 것처럼 한쪽 팔을 약간 들어올렸다. 그는 팔을 허공에 든 채 아주 조용히 서 있었다.

말로리가 말했다. "말하지 마. 그냥 생각만 해. 넌 끝장이야. 맥도날드가 널 미행했거든. 코스텔로와 다른 두 녀석은 웨스트 워드에 묶어놨지. 우리는 론다 파를 원해."

아킨슨의 눈은 희미한 푸른색에 생기가 없었다. 론다 파에 대한 말이 그에게 아무런 느낌도 주지 않은 것 같았다. 그는 총 때문에 꿈지럭거리며 말했다.

"왜 나에게 온 거지?"

"그녀가 어디 있는지 네가 알 거라 생각했거든." 말로리는 밋밋하게 말했다. "하지만 여기서 이야기하지 말고 밖으로 나가지."

이킨슨은 몸을 뿌리치더니 덜덜 떨며 말했다. "아니…… 여긴 아무도 없어."

말로리는 차갑게 말했다. "우리가 원하는 사람은 여기 없겠지." 그는 총을 밀었다.

아킨슨의 얼굴에 갑자기 감정이 요동쳤다. 그는 조금 뒤로 물러서더니 총을 와락 붙잡았다. 말로리의 입술에 힘이 들어갔다. 그는 그의 손목을 돌려 꺾고 총으로 아킨슨의 입을 후려쳤다. 그의 입술에서 피가 흘러내렸다. 그의 입술이 부어오르기 시작했고 얼굴이 창백해졌다.

말로리가 말했다. "머리 조심해, 뚱보야. 오늘 밤 무사하고 싶으면."

아킨슨은 돌아서서 열린 문으로 무턱대고 나가려 했다.

말로리는 그의 팔을 잡아 왼쪽의 잔디 위로 휙 밀쳤다. "천천히 해." 그는 부드럽게 말했다.

그들은 철책을 돌아갔다. 아킨슨은 손을 앞으로 내밀고 차 앞에서 허우적거렸다. 긴 팔이 열린 차문에서 나와 그를 잡았다. 그는 차 안으로 끌려가 자리에 쓰러뜨려졌다. 맥도날드는 그의 얼굴을 철썩 때리고는 좌석 덮개에 짓눌렀다. 말로리는 차에 타며 문을 쾅 닫았다.

타이어에서 삐익 소리가 나게 차는 급출발했다. 운전사는 전조등을 켜지 않고 한 구역을 갔다. 그러고 나서 고개를 약간 돌리고 말했다. "어디로 갈까요, 대장?"

말로리가 말했다. "어디든. 시내로 돌아가든지, 편한 대로."

캐딜락은 고속도로 쪽으로 다시 돌아가서 긴 차선을 탔다. 불빛들은 계곡을 다시 한 번 더 보여주었다. 작고 하얀 불빛들이 계곡의 분지 위에서 아주 천천히 움직였다. 전조등들이었다.

아킨슨은 자리에 누워 손수건을 꺼내 입술을 살살 두드렸다. 그는 맥도날드를 찬찬히 보더니 침착한 목소리로 말했다.

"뭘 할 거지, 맥. 몸수색이라도 할 건가?"

맥도날드가 걸걸하게 웃었다. 그러고는 딸꾹질을 했다. 술을 조금 마셨으나 목이 막힌 듯 말했다.

"젠장, 그 자식들은 오늘 밤에 미스 파를 매달 거야. 그녀의 친구들이야 그걸 바라지 않지. 넌 그것에 대해 아무것도 몰랐을 테지?" 그가 조롱하듯 웃었다.

아킨슨은 천천히 말했다. "웃기는군…… 나야 몰랐지." 그는 하얀 머리를 높게 쳐들고 있었다. "이 친군 누구지?"

맥도날드는 대답하지 않았다. 말로리는 성냥불이 꺼지지 않게 손을 오므리고 담배에 불을 붙였다. 그는 천천히 대답했다.

"그게 왜 중요한데? 론다 파가 어디서 잡혔는지 알고 있든지 아니면 네가 그리로 우릴 안내하든지 둘 중 하나야. 잘 생각해 봐. 시간은 많아."

랜드리는 고개를 돌리고 뒤를 바라보았다. 그의 창백한 얼굴이 어둠 속에서 흐릿하게 보였다.

"너무 많은 걸 묻지 마쇼, 아킨슨 씨." 그는 진지하게 말했다. 그의 목소리는 차분하고 상냥하고 정중했다. 그는 장갑 낀 손가락으로 등받이를 톡톡 두드렸다.

아킨슨은 잠시 그를 응시하더니 머리를 등받이 덮개에 댔다.

"내가 그 일에 대해 아무것도 모를 수 있다고 생각해 봐."

맥도날드는 손을 쳐들어 그의 얼굴을 갈겼다. 변호사의 머리가 쿠션에 나가떨어졌다. 말로리가 달갑지 않은 목소리로 차갑게 말했다.

"작작 좀 해, 짭새야."

맥도날드는 그에게 욕을 하고는 고개를 돌렸다. 차는 계속 달렸다.

그들은 계곡으로 갔다. 공항의 삼색 신호등이 그리 멀지 않은 하늘에서 흔들리고 있었다. 어두운 언덕들 사이 계곡이 시작되는 곳에 나무로 된 경사로가 나 있었다. 뉴홀 터널을 빠져

나온 기차가 으르렁거리며 속도를 올리더니 산산이 부서질 듯 지나갔다.

랜드리가 운전사에게 뭐라고 지시했다. 캐딜락은 길을 벗어나 흙길로 갔다. 운전사는 전조등을 끄고 달빛에 의지해서 차를 몰았다. 흙길은 덤불이 듬성듬성하고 누렇게 말라죽은 잔디가 있는 지점에서 끝났다. 땅바닥에는 낡은 깡통과 찢어지고 색이 바랜 신문지들이 어렴풋이 보였다.

맥도날드는 술병을 꺼내들고 남은 양을 재더니 벌컥벌컥 들이켰다. 아킨슨이 쉰 목소리로 말했다.

"죽을 맛이야. 한 모금만 주게."

맥도날드는 돌아보며 술병을 집어 들더니 으르렁거렸다. "어라, 염병할!" 그러고는 술병을 외투 속에 집어넣었다. 말로리는 차문 주머니에서 손전등을 꺼내 딸깍하고 켜고는 아킨슨의 얼굴에 빛을 비추었다. 그가 말했다.

"말해."

아킨슨은 무릎에 손을 얹고 손전등의 불빛을 똑바로 응시했다. 그의 눈은 무표정했고 뺨은 피에 젖어 있었다. 그가 말했다.

"이건 코스텔로의 생각이야. 난 다는 몰라. 하지만 만약 코스텔로라면, 슬리피 모간이라는 놈과 관련이 있겠지. 그는 볼드윈 힐에 판잣집을 가지고 있거든. 거기에 론다 파를 잡아두고 있을 거야."

그는 눈을 감았다. 손전등 불빛에 눈이 부셔 눈물이 나왔다. 말로리는 천천히 말했다.

"맥도날드도 그걸 알겠지?"

아킨슨은 눈을 감은 채 말했다. "그렇겠지." 그의 목소리는 불분명하고 아무 느낌도 없었다.

맥도날드는 처음에는 당황해서 휘청거렸다. 그러고는 다시 그의 얼굴을 가격했다. 변호사는 신음 소리를 내더니 한쪽으로 축 늘어졌다. 말로리는 손전등을 든 채 손을 홱 움직였다. 그는 분노에 찬 목소리로 말했다.

"또 그러면 배에다 총알을 박아버리겠어. 그렇게 하게 좀 도와줄래?"

맥도날드는 움츠리고 바보처럼 웃었다. 말로리는 딸깍하고 손전등을 껐다. 그는 아주 나직하게 말했다.

"진실을 말한 것 같군, 아킨슨. 슬리피 모간의 판잣집을 조사해야겠어."

운전사는 차를 뒤로 돌려서 고속도로로 되돌아가는 길로 들어섰다.

5

하얀 말뚝 울타리가 전조등을 끄기 전에 보였다. 그 뒤로 앙상한 모습의 기중기 두세 대가 하늘을 향해 더듬거리며 솟아 있었다. 어두운 차는 앞으로 천천히 가다가 작은 목조 가옥이 있는 도로 건너편에 멈추었다. 도로 주변에는 다른 주택이 없었고 석유 유정과 차 사이에도 아무것도 없었다. 집에는 불빛이 없었다.

말로리는 차에서 내려 길을 가로질러 갔다. 자갈이 깔린 도로는 문도 없는 헛간으로 이어져 있었다. 헛간 아래에 투어링카가 세워져 있었다. 가늘고 메마른 잡초가 도로를 따라 있었고 집 뒤의 잔디였을 무언가가 알아볼 수 없게 뭉그러져 있었다. 빨랫줄과 작은 발판이 딸린 현관과 녹슨 방충망 문이 있었다. 달은 이 모든 것을 비추고 있었다.

작은 발판을 지나 현관 너머에 장막이 쳐진 창문 하나가 있었다. 말로리는 마른 잡초와 흙길을 소리 안 나게 걸어서 차로 되돌아왔다.

그가 말했다. "아킨슨, 가지."

아킨슨은 무겁게 밖으로 나와 반쯤 잠든 사람처럼 휘청거리며 길을 건너갔다. 말로리는 그의 팔을 잡아주었다. 두 사람은 나무 계단을 올라가 조용히 현관을 지났다. 아킨슨은 더듬거리며 초인종을 찾아 눌렀다. 윙윙하는 소리가 집 안에서 희미하게 들렸다. 말로리는 방충망 문을 열 때 막히지 않게 벽에 붙었다.

소리 없이 문이 열리고 방충망 안에 누군가의 모습이 희미하게 나타났다. 그의 뒤에는 아무 불빛도 없었다. 변호사는 우물거렸다.

"아킨슨이오."

방충망의 고리가 풀리고 바깥쪽으로 열렸다.

"무슨 큰일이라도?" 말로리가 들어본 혀 짧은 목소리였다.

말로리는 권총을 허리쯤에 들고 움직였다. 현관문의 남자가 그에게 돌아섰다. 말로리는 재빨리 안으로 들어가서 그의 앞에 섰다. 그리고 움직이지 말라는 몸짓을 했다.

"총 같은 건 없겠지, 슬리피?" 그가 말하며 총으로 쿡하고 찔렀다. "천천히 돌아서, 슬리피. 등에 뭔가 닿으면 앞으로 계속 가는 거야. 우린 바짝 붙어 있어."

흐느적거리는 남자는 손을 올리고 돌아섰다. 그는 어두운 집 안쪽으로 들어갔다. 말로리의 총은 그의 등을 겨누었다. 작은 거실에서 먼지와 요리하는 냄새가 났다. 문 아래에는 등이 있었다. 남자는 여전히 흐느적거리며 한 손으로 천천히 문을 열었다.

천장 한가운데 갓을 씌우지 않은 전구가 매달려 있었다. 더러운 하얀 덧옷을 입은 마른 여자가 팔을 늘어뜨린 채 서 있었다. 산발을 한 걸레 같은 머리에 흐릿한 눈이었다. 그녀의 손가락들은 자기도 모르게 떨면서 경련을 일으키고 있었다. 굶주린 고양이 같은 청승맞은 소리가 가느다랗게 흘러나왔다.

흐느적거리는 남자는 방의 반대편 벽으로 가서 손바닥을 대고 섰다. 그는 의미 없는 미소를 지으며 그대로 있었다.

랜드리의 목소리가 뒤에서 들렸다. "아킨슨의 친구는 내가 지키지."

그는 장갑 낀 손에 커다란 기관총을 들고 들어왔다. "멋진 집이군." 그는 재미있다는 듯 덧붙였다.

방 한구석에는 철제 침대가 있었다. 론다 파가 그 위에 재갈을 물린 채 갈색 군용 담요 속에 누워 있었다. 하얀 가발이 벗겨져 있는 부분에 눅눅해진 곱슬머리가 보였다. 빨갛게 바른 입술이 번들거렸고 가면을 쓴 듯 푸르스름하게 하얀 얼굴이었다. 그녀는 코를 골고 있었다.

말로리는 담요 속으로 손을 넣고 맥박을 쟀다. 눈꺼풀을 들추고 동공의 반응을 살폈다.

그가 말했다. "약에 취했군."

덧옷을 입은 여자의 입술이 축축하게 젖어 있었다. "모르핀을 한 대 놨어요." 여자는 힘없는 목소리로 말했다. "해롭진 않을 거예요, 선생님."

아킨슨은 등받이에 더러운 수건이 걸쳐진 딱딱한 의자에 앉았다. 갓이 없는 전등 불빛 아래 그의 고급 셔츠가 화려하게 빛났다. 그의 얼굴 아래쪽은 피로 얼룩져 있었다. 흐느적거리는 남자는 더러운 벽지에 손을 붙이고서 그를 경멸적으로 바라보았다. 그때 맥도날드가 들어왔다.

그의 붉은 얼굴에서 땀이 흐르고 있었다. 그는 조금 휘청거리더니 문기둥을 잡았다. "이봐. 친구들." 그는 멍하게 말했다. "이것 좀 보여줘야겠는데."

흐느적거리는 남자의 얼굴에서 미소가 가셨다. 그는 재빨리 옆으로 피하면서 총을 쐈다. 총소리, 엄청난 총소리가 방 안에 가득 울렸다. 그리고 다시 총성이 울렸다.

흐느적거리는 남자가 미끄러지듯 머리를 처박고 쓰러졌다. 그는 벗겨진 카펫 위에 한가로운 표정을 하고 사지를 뻗었다. 반쯤 뜬 한쪽 눈이 맥도날드를 쳐다보는 것 같았다. 덧옷을 입은 마른 여자는 입을 쩍 벌리더니 소리 없이 빠져나갔다.

맥도날드는 문기둥에 손을 대고 앞으로 기대더니 기침을 하기 시작했다. 그의 뺨에서 선홍색 피가 흘러내렸다. 문기둥을 잡은 손이 천천히 내려왔다. 그의 어깨가 앞으로 불쑥 나오더니 부서지는 파도 속을 수영하듯 굴렀다. 얼굴을 바닥에 부딪쳤지만 모자는 헝클어진 뒤통수의 쥐색 머리에 여전히 쓰여 있었다.

말로리가 말했다. "두 명이 쓰러졌군." 그러고는 랜드리를 역겹다는 표정으로 쳐다보았다. 랜드리는 그의 커다란 기관총을 내려다보고는 그의 어두운 색의 엷은 외투 옆주머니 속에 감추었다.

말로리는 몸을 구부리고 맥도날드의 관자놀이를 만져보았다. 맥박이 없었다. 경동맥의 혈관도 마찬가지였다. 맥도날드는 죽었지만 지독한 위스키 냄새는 여전했다.

전구 아래 연기가 희미하게 남았고 화약의 매캐한 냄새가 났다. 마른 여자가 허리를 구부리고 문으로 재빨리 갔다. 말로리가 그녀의 허리를 잡아 뒤로 내동댕이쳤다.

"그대로 있어!"

아킨슨은 두 손을 무릎에서 떼고 손에서 아무 느낌도 느낄 수 없다는 듯 문질러댔다. 랜드리는 침대로 가서 장갑 낀 손으로 론다 파의 머리카락을 만졌다.

"안녕, 자기. 본지 오래군." 그가 가볍게 말했다. 그러고는 문을 나가면서 말했다. "이쪽으로 차를 가져오지."

말로리는 아킨슨을 바라보았다. 그가 무덤덤하게 물었다.

"누가 편지를 가지고 있지, 아킨슨? 론다 파 거 말이야."

아킨슨은 멍한 얼굴을 천천히 들고는 맞아서 부은 가늘어진 눈으로 빛을 보려고 했다. 그는 아득하고 떨리는 목소리로 자신 없이 말했다.

"난, 난 코스텔로를 몰라. 난 그를 본 적이 없어."

말로리는 냉혹한 표정을 지은 채 거칠고 짧게 웃었다. "그게 사실이라면 진짜 웃기는 소리지."

그는 침대에 몸을 숙이고 론다 파를 갈색 담요로 감싸주었다. 그가 일어나자 그녀는 코골이를 멈추었지만 깨어나지는 못했다.

6

아파트 앞쪽의 창문 한두 개에서 빛이 보였다. 말로리는 손을 위로 들고 안쪽에서 빛이 새어 나오는 것을 보고 있었다. 3시 반이 되자 희미하게 손이 보였다. 그는 차로 돌아가서 말했다.

"십 분 정도 있다가 빨리 와. 내가 문을 잡고 있을 테니까."

아파트 문 세 개는 잠겨 있었다. 말로리는 만능열쇠로 자물쇠를 풀고 걸쇠를 고정시켰다. 접대실 안쪽은 바닥등과 스위치 위에 덮개가 있는 작은 등이 빛을 비추고 있었다. 스위치 옆의 의자에서 주름이 쪼글쪼글한 하얀 머리의 작은 남자가 자고 있었다. 벌어진 입으로 길게 내쉬면서 아픈 짐승이 내는 소리처럼 코를 골고 있었다.

말로리는 카펫이 깔린 계단을 날듯이 걸어 올라갔다. 그는 승강기의 2층 단추를 눌렀다. 승강기가 흔들리면서 내려오더니 7층 단추가 반짝였다. 그는 하품을 했다. 그의 눈은 피곤으로 멍했다.

승강기가 휘청하면서 멈추었다. 말로리는 밝고 조용한 복도에 들어섰다. 그는 회색 올리브 나무 문 앞에 멈추어 서서 문에 귀를 댔다. 그리고 만능열쇠를 자물쇠 속으로 넣고 천천히 돌렸다. 문을 2, 3센티미터 정도 열었다. 다시 귀를 기울였다가 들어갔다.

안락의자 옆에 서 있는 빨간 갓을 씌운 등이 켜져 있었다. 한 남자가 의자 위에 흐트러진 자세로 있었고 빛이 그의 얼굴에 쏟아지고 있었다. 그의 손목과 발목은 넓은 접착테이프로 묶여 있었다. 그의 입에도 접착테이프가 붙어 있었다.

말로리는 걸쇠를 풀고 문을 닫았다. 그는 빠르고 조용히 방을 가로질러 갔다. 의자에 있는 남자는 코스텔로였다. 입술에 하얀 테이프가 덕지덕지 붙은 얼굴은 보라색이었다. 그의 가슴은 요동치고 있었고 그의 큰 코에서는 코고는 듯한 숨소리가 들렸다.

말로리가 코스텔로의 입에서 테이프를 잡아 뜯자 엉망이 된 뺨이 드러났다. 그는 간신히 입을 벌렸다. 호흡이 돌아왔다. 코스텔로의 가슴이 진정되었고 보라색 얼굴도 창백해졌다. 그는 충격으로 신음 소리를 냈다.

말로리는 벽난로 선반에서 1파인트짜리 호밀 위스키 한 병을 꺼내들고 뚜껑을 감싼 금속 띠를 이로 뜯어냈다. 그는 코스텔로의 머리를 뒤로 젖히고 벌린 입에 술을 붓고는 얼굴을 세게 때렸다. 숨이 막혔던 코스텔로는 경련을 일으키며 삼켰다. 위스키가 조금 그의 콧구멍으로 흘러나왔다. 그의 눈이 떠지고 초점이 돌아왔다. 그는 무언가 혼란스럽게 웅얼댔다.

말로리는 문 안쪽을 가로질러 매달아 놓은 벨루어 커튼을 지나 작은 홀로 갔다. 첫 번째 문은 2인용 침대가 있는 방으로 연결되어 있었다. 불이 켜져 있었고 한 남자가 묶인 채 누워 있었다.

회색 머리 형사 짐은 그때까지 의식을 잃고 자는 듯 누워 있었다. 그의 옆머리는 엉겨붙은 피가 굳어 뻣뻣해 보였다. 얼굴 피부는 지저분한 회색이었다.

붉은 머리 남자의 화가 나서 크게 뜬 눈은 다이아몬드같이 빛났다. 그는 입을 막은 테이프를 물어뜯고 있었다. 그는 침대 끝으로 굴러가 있었다. 말로리는 그를 가운데로 밀고 말했다.

"원래 다 그런 거야."

그는 거실로 돌아와 불을 좀 더 켰다. 코스텔로는 의자에서 몸부림치고 있었다. 말로리는 주머니칼을 꺼내 그의 손목을 묶은 테이프를 잘랐다. 코스텔로는 투덜대며 손을 홱 벌리더니 테이프에 털이 뽑힌 손목 위를 문질렀다. 그리고 몸을 숙여 발목에서 테이프를 뜯어내고 말했다.

"이래봐야 소용없지. 난 멍청이니까." 그의 목소리는 어눌했고 밋밋했다.

그는 일어서서 위스키를 유리잔에 반쯤 따라서 벌컥벌컥 마시고 다시 의자에 앉아 머리를 높게 기댔다. 그의 얼굴에는 생기가 돌아왔고 씻은 듯한 눈은 윤기가 났다.

그가 말했다. "새 소식은?"

말로리는 얼음이 담긴 물그릇에서 숟가락으로 얼음을 떠서 술잔에 담고 얼굴을 찌푸리며 약간의 위스키를 단숨에 들이켰다. 그는 손가락 끝으로 그의 왼쪽 머리를 부드럽게 문지르고 움찔했다. 그러고는 자리에 앉아서 담배에 불을 붙였다.

그가 말했다. "몇 가지 있지. 론다 파는 집으로 갔고, 맥도날드와 슬리피는 총에 맞아 죽었어. 하지만 그건 중요한 게 아니야. 네가 론다 파에게 팔아먹으려고 했던 편지를 찾고 있었는데, 그것을 알아냈지."

코스텔로는 머리를 쳐들고 끙끙거리며 말했다. "난 그 편지를 가지고 있지 않아."

말로리가 말했다. "편지를 내놔, 코스텔로. 지금 당장." 그는 초록과 노란색의 격자무늬 카펫 가운데에 조심스레 담뱃재를 떨었다.

코스텔로는 불안에 떨었다. "난 안 가지고 있어." 그는 우겼다. "난 한번도 본 적이 없어."

말로리의 눈이 차갑게 가늘어지고 목소리가 뒤틀어졌다. "그러는 게 불쌍할 뿐이지……. 난 피곤해, 코스텔로. 실랑이할 기분이 아니란 말이야. 총구에 맞아서 네 큰 코가 얼굴 옆으로 돌아가면 흉해 보이겠지?"

코스텔로는 통통한 손을 들어 테이프에 피부가 쓸려서 빨개진 입 주변을 문질렀다. 그는 방을 힐끗 보았다. 문을 가로지른 벨루어 커튼이 바람이 그런 것처럼 약간 움직였다. 그러나 바람은 불지 않았다. 말로리는 카펫을 내려다보았다.

코스텔로는 의자에서 천천히 일어나며 말했다. "나한테 벽금고가 있어. 그걸 열지."

그는 방을 가로질러 문이 있는 바깥쪽 벽으로 갔다. 벽에서 그림을 떼어 내리고 작고 둥근 금고의 다이얼을 돌렸다. 그는 금고문을 열고 그 안에 팔을 밀어넣었다.

말로리가 말했다. "그대로 있어, 코스텔로."

그는 느릿느릿 방을 지나 왼손으로 코스텔로의 팔을 치웠다. 진주 손잡이의 작은 자동권총이 들려 있었다. 그는 입으로 '쉿!' 소리를 내고 작은 총을 주머니에 넣었다.

"배워먹질 못했군, 코스텔로. 그렇지?" 그는 피곤한 목소리로 말했다.

코스텔로는 어깨를 으쓱하고 방으로 되돌아갔다. 말로리는 금고 속으로 손을 깊게 찔러넣었다가 그 안에 든 것들을 바닥으로 끄집어내었다. 그는 한쪽 무릎을 꿇었다. 길고 하얀 편지 봉투와 종이집게로 묶은 종이 뭉치, 좁고 두툼한 수표책, 작은 사진첩, 주소록, 쓸모없는 종이 몇 장, 수표가 첨부된 노란 은행 내역서 몇 장이 있었다. 말로리는 별 흥미 없이 기다란 봉투를 펼쳤다.

맨 안쪽 문의 커튼이 다시 움직였다. 코스텔로는 벽난로 앞에 긴장하고 섰다. 작은 손에 쥔 권총이 커튼 사이로 아주 침착하게 나왔다. 날씬한 몸이 따라 나왔고 이글거리는 눈의 하얀 얼굴이 나타났다. 에르노였다.

말로리는 일어서서 손을 들었다. 빈손이었다.

"이 봐, 더 높이." 에르노가 꺽꺽거리는 쉰 목소리로 말했다. "훨씬 더 높이."

말로리는 조금 더 손을 들었다. 그의 이마는 찡그려져 주름이 잡혔다. 에르노는 방으로 들어왔다. 그의 얼굴은 번들거렸다. 기름 바른 검은 머리카락 하나가 한쪽 눈썹 위에 흘러내려 있었다. 그는 이를 드러내고 활짝 웃었다.

그가 말했다. "바로 여기서 그걸 네게 주려 했는데 말이야, 이 양다리야."

그의 목소리는 코스텔로의 확인을 기다리는 듯 미심쩍은 말투였다.

코스텔로는 아무 말도 하지 않았다.

말로리는 머리를 조금 움직였다. 입 안이 말라왔다. 그는 에르노의 긴장한 눈을 지켜보았다. 그가 더 조급하게 말했다.

"얼간아, 넌 훼방을 놨지만 난 아무렇지도 않아."

에르노는 비아냥거리며 활짝 웃었다. 그가 머리를 뒤로 돌렸다. 곧 방아쇠를 잡은 집게손가락이 하얘졌다. 밖에서 소음이 들려오더니 문이 열렸다.

랜드리였다. 그는 어깨로 문을 밀쳐 닫고는 연기하듯 기대었다. 그의 양손은 얇은 겉옷 주머니에 넣고 있었다. 그의 두 눈은 가벼운 모자 아래에서 악마같이 빛나고 있었다. 그는 즐거워 보였다. 정장용 실크 스카프를 조심스레 두른 그의 뺨이 실룩거리고 있었다. 그의 잘생긴 창백한 얼굴은 오래된 상아를 깎아서 만든 듯했다.

에르노는 그의 총을 약간 치우고 기다렸다. 랜드리가 흥분해서 말했다.

"네가 먼저 바닥에 나가떨어지는 데 걸지."

에르노의 입술이 윤이 나는 작은 콧수염 아래에서 경련을 일으켰다. 두 개의 총이 동시에 발사되었다. 랜드리는 돌풍을 맞은 나무처럼 흔들렸다. 그의 옷자락에 가려진 무거운 45구경 기관총이 요란하게 소리를 울려댔다.

말로리는 침대 뒤로 굴러 몸을 숙이고 권총을 앞으로 겨누었다. 그러나 에르노의 얼굴은 이미 텅 빈 듯 무표정한 상태였다.

그는 천천히 주저앉았다. 그의 가벼운 몸은 오른손의 권총 무게 때문에 쓰러지는 것 같았다. 쓰러지며 무릎을 굽혔고 그대로 바닥으로 고꾸라졌다. 그의 등이 한 번 휘더니 축 늘어졌다.

랜드리는 겉옷 주머니에서 왼손을 꺼내 들고 뭔가를 멀리 밀어내듯 손가락을 활짝 폈다. 천천히 그러나 힘들게 그의 겉옷 다른 주머니에서 커다란 기관총을 조금씩 꺼내면서 발끝으로 돌았다. 그는 뻣뻣하게 굳어 있는 코스텔로 앞으로 돌더니 방아쇠를 다시 당겼다. 벽의 석회 조각이 코스텔로의 어깨에 튀었다.

랜드리는 모호하게 웃으며 부드러운 목소리로 말했다. "젠장."

그는 눈을 치켜떴고 덜덜 떨리는 손가락에서 총이 굴러떨어져 카펫 위에서 튀었다. 랜드리 몸의 모든 관절이 한 마디씩 부드럽고 우아하게 주저앉았다. 그는 무릎을 꿇고서 한쪽으로 쏠리기 전에 흔들리더니 아무 소리도 없이 바닥에 사지를 뻗었다. 말로리는 코스텔로를 바라보며 격하게 화난 목소리로 말했다. "운이 좋군!"

진동 벨이 끈질기게 울려댔다. 스위치 위에 있는 세 개의 작은 불빛이 빨갛게 빛났다. 하얀 머리 작은 남자는 그의 입을 꽉 다물고 일어서려고 졸음과 싸우고 있었다.

말로리는 머리로 그를 다른 쪽으로 밀쳤다. 그리고 로비를 지나 아파트 현관을 나왔다. 그는 세 개의 대리석 계단을 내려와 인도와 차도를 가로질렀다. 랜드리 차의 운전사는 시동을 걸고 출발 준비를 하고 있었다. 말로리는 그의 옆에 훌쩍 올라타고는 숨을 몰아쉬면서 차문을 세게 닫았다.

"빨리 가." 그가 거칠게 말했다. "큰길은 피해. 오 분 안에 경찰이 올 거야."

운전사는 그를 쳐다보고 말했다. "랜드리는? 총소리를 들었는데."

말로리는 권총을 들고 차갑게 말했다. "운전해."

기어를 넣자 캐딜락이 앞으로 튀어나갔다. 운전사는 곁눈으로 총을 보며 난폭하게 모퉁이를 돌았다.

말로리가 말했다. "랜드리는 우릴 이끌지 못해. 그의 몸은 이미 차게 식었거든." 그는 권총을 운전사의 코에 들이댔다. "하지만 내 총이 그런 건 아냐. 냄새를 맡아봐. 발사된 적 없잖아."

"이런!" 운전사가 말했다. 산산이 부서진 목소리였다. 차는 조금씩 균형을 잃고 거칠게 흔들렸다.

날이 새고 있었다.

7

론다 파가 말했다. "언론들 말이야, 자기. 아무것도 없는 것보단 뭐라도 있는 게 나아. 새로 재계약될 거 같지 않거든. 지금 나에겐 뭐든지 필요해."

그녀는 크고 기다란 방의 깊숙한 의자에 앉아 있었다. 그녀는 보랏빛 푸른 눈으로 말로리를 느긋하고 무관심하게 바라보며 길고 김이 서린 유리잔에 손을 내밀었다. 한 모금 마셨다.

방은 웅장했다. 바닥에는 가벼운 색의 천 조각으로 만든 중국식 깔개가 있었다. 티크나무와 붉은 칠을 해서 만든 가구들이 아주 많았다. 벽 높이 걸린 금빛 액자들이 번쩍거렸고 천장은 뜨거운 날의 황혼처럼 아득히 멀리 있었다. 손으로 깎아서 만든 라디오는 소리 없이 튀어나와 비현실적인 중압감을 주었다.

말로리는 코를 찡긋거리고 건성으로 즐기는 듯 바라보았다. 그가 말했다.

"넌 끔찍한 쥐새끼 같은 년이야. 난 네가 싫어."

론다 파가 대답했다. "아, 그래. 그렇지. 자기는 나한테 완전히 미쳤으니까."

그녀는 웃으면서 푸른 옥색의 잠옷 색에 맞춘 홀더에 담배를 끼웠다. 그러고 나서 선이 아름다운 손을 뻗어 옆의 티크나무로 만든 낮은 자개 테이블 위에 놓인 초인종의 단추를 눌렀다. 하얀 옷을 입은 일본인 집사가 어느새 조용히 들어와 하이볼 칵테일을 더 만들고 있었다.

"자기는 현명한 사내야, 그렇지?" 그가 다시 나가려 하자 론다 파가 말했다. "그리고 주머니 속엔 나에게 영혼과 몸을 바친 편지가 들어 있을까? 그런 건 없어, 그런 것은 없지." 그녀는 갓 만든 하이볼을 홀짝였다. "네가 가진 편지는 가짜야. 그건 한 달 전에 쓰인 거지. 랜드리는 보지도 못했어. 그는 아주 오래전에 편지들을 되돌려주었거든……. 네가 가진 건 소품일 뿐이야." 그녀는 아름다운 곱슬머리에 손을 대었다. 지난밤의 흔적이라곤 전혀 남아 있지 않았다.

말로리는 그녀를 조심스레 쳐다보며 말했다. "어떻게 증명할 거지?"

"편지지라……. 내가 증명해야 한다면 말이야, 네 번째 남자하고 그런 일에 애를 쓴 누군가가 나오지."

말로리가 물었다. "필체는?"

론다 파는 희미하게 웃었다. "네가 시간만 좀 들이면, 필체 따위는 속이기 쉬워. 너 따위가 해도 편지 필체는 내가 말한 것처럼 꾸미는 건 쉽단 말이야. 대충 말하자면 이런 거야."

말로리는 고개를 끄덕이며 자기 잔의 하이볼을 한 모금 마셨다. 그는 가슴 안주머니에 손을 넣고 납작한 마닐라지로 만든 보통 크기의 편지봉투를 꺼내 무릎 위에 내려놓았다.

"이 가짜 편지 때문에 어젯밤에 네 사람이 총에 맞아 죽었지." 그가 조심스레 말했다.

론다 파는 그를 순하게 바라보았다. "죽은 네 명 중 세 명은 사기꾼 둘과 양다리 걸친 경찰이지. 이 쓰레기 같은 편지 때문에 어젯밤 잠을 설쳤단 말이야! 물론 랜드리는 유감이야."

말로리는 점잖게 말했다. "랜드리에 대해 미안해하는 게 좋을 거야."

그녀는 태평하게 대답했다. "전에 한번 말한 대로 랜드리는 영화계에 들어오려던 몇 년 전만 해도 멋진 소년이었지. 하지만 그는 다른 일에 손을 댔어. 그리고 그 일 때문에 가끔 총알받이가 되어야 했고."

말로리는 뺨을 문질렀다. "웃기는 건 그가 네 편지를 되돌려 주었다는 걸 기억하지 못한다는 거야. 너무 웃기지."

"그는 주의하지 않았어. 그는 한 사람의 연기자야. 그리고 보여주는 걸 좋아했지. 난 그에게 멋지게 폼을 잡을 기회를 주었는데 그는 그런 끔찍한 걸 좋아했지."

말로리의 얼굴에 심각하고 역겨워하는 표정이 나타났다. "그 일이란 건 내 일 같은 거겠지. 난 랜드리에 대해 많이 모르지만 그는 시카고에 있는 내 친한 친구를 알더군. 그는 너에게 빠져 있는 소년들을 생각하였지. 난 그의 예감에 따라주었고. 그런 건 쉽게 일어나지. 하지만 요란하기도 하고."

론다 파는 빛나는 작은 손톱으로 빛나는 작은 이를 톡톡 두드리다 말했다. "자긴 살던 데서 뭘 했지? 사설탐정이라고 하는 친구들 중 하난가?"

말로리는 몸을 흔들며 거칠게 웃으면서 손가락을 억센 머리카락 속으로 넣었다. 그는 부드럽게 말했다. "가지."

론다 파는 흠칫 놀라며 그를 쳐다보더니 찢어질 듯 웃었다. "미쳤군, 그렇지?" 그녀는 쉰 목소리로 말했다. "아킨슨은 몇 년 동안이나 이렇게 저렇게 날 쥐어짰어. 난 편지를 준비했고 그가 집어갈 만한 곳에 두었는데 사라졌지. 그러고 얼마 후 그들 중 하나가 거친 목소리로 나에게 전화를 했고 압박하기 시작했어. 난 내버려두었고. 어떻게든 난 아킨슨을 공격하고 내 평판과 함께 내게 피해가 너무 크지 않게 언론에 흘릴 생각이었지. 그런데 상황은 건잡을 수 없게 되었고 나는 상처를 입게 된 거야. 그래서 랜드리에게 구해달라고 부탁할 생각을 하게 됐지. 그가 기꺼이 그럴 거라고 확신했거든."

말로리가 거칠게 말했다. "간단하군. 직설적이야, 염병할!"

"넌 이 할리우드의 썩어빠진 바닥에 대해 너무나 모르는군." 론다 파가 말했다. 그녀는 머리를 옆으로 내려놓고 부드럽게 흥얼거렸다. 댄스 악단의 하릴없는 선율이 조용한 공기 속을 떠다녔다. "아주 아름다운 가락이야. 베버의 소나타에서 훔친 거지……. 여기서는 언론한테 조금 다쳐줘야 해. 그렇지 않으면 아무도 안 믿지."

말로리는 일어나면서 무릎에 있던 마닐라 봉투를 집어 들었다. 그것을 그녀의 허벅지 위에 던졌다.

"5천 달러 지불해." 그가 말했다.

론다 파는 뒤로 기대어 다리를 꼬았다. 작은 초록색 실내화가 그녀의 맨발에서 깔개 위로 떨어졌고 마닐라 봉투도 그 옆에 떨어졌다. 그녀는 어느 것도 집으려 하지 않았다.

그녀가 말했다. "왜?"

"난 사업가야. 일한 대가를 받거든. 랜드리는 지불하지 않았어. 5천 달러가 가격이야. 그게 그의 가격이고 지금은 네가 지불할 가격이지."

그녀는 수레국화 같은 푸른 눈으로 아무 생각 없이 반쯤 평안하게 그를 바라보다가 말했다. "아무리 협박해도 협상은 없어……. 볼리바 클럽에서 너에게 고맙다고 했지만, 난 내 돈은 날 위해 쓸 뿐이야."

말로리는 퉁명스럽게 말했다. "날려버리는 좋은 방법이 될 거야."

그는 몸을 기울이고 그녀의 하이볼 잔을 집어 들고는 조금 마셨다. 그는 잔을 내려놓고 잠시 두 손가락의 손톱으로 톡톡 두드렸다. 그의 입술 끝이 긴장하면서 작은 미소가 지어졌다. 그는 담배에 불을 붙이고 성냥을 히아신스 화병에 던졌다.

그가 천천히 말했다. "랜드리의 운전사가 말했지. 랜드리의 친구들이 날 보고 싶어 한다고. 그들은 랜드리가 웨스트워드에서 어떻게 지워졌는지 알고 싶어 하지. 경찰도 한동안 내 주변을 감시할 거야. 누군가 그들에게 찔렀을 게 분명해. 난 지난밤에 피살자 네 명 옆에 있었고 그들을 떠나려 하지 않았으니까.

난 아마 모두 다 불어야 할 거야. 경찰은 널 언론에 충분히 실어주겠지. 랜드리의 친구들, 난 그들이 어떻게 할지 몰라. 그러나 무척 많이 다칠 거라고 장담할 수 있어."

론다 파는 발끝으로 초록색 실내화를 더듬거리며 발을 움직였다. 그녀의 눈이 휘둥그레졌다.

"넌…… 날 팔아먹을 거야?" 그녀는 심호흡을 했다.

말로리는 웃었지만 눈이 매섭게 빛났다. 그의 시선은 스탠드등이 비추는 불빛이 퍼지는 바닥을 따라갔다. 그가 지루한 목소리로 말했다.

"염병할. 왜 내가 널 보호해야 하지? 난 너에게 빚진 게 없어. 게다가 넌 너무 짜게 날 고용했고. 너의 그 잘난 법률쟁이 친구가 나 같은 족속을 얼마나 좋아하는지 너도 알 거야. 그리고 랜드리의 친구들은 좋은 사내애가 더러운 수작에 걸려들어 개죽음당한 걸 알게 되겠지. 그런데 내가 왜 너 같은 사기꾼을 보고 있어야 하지?"

그는 화가 나서 코웃음을 쳤다. 그의 볕에 그을린 뺨이 붉어졌다.

론다 파는 조용히 서서 머리를 천천히 가로저으며 말했다. "협박이나 하는 인간하고는…… 거래 안 해." 그녀의 목소리는 지쳐서 작아졌지만 그녀의 볼은 겁이 없고 강해 보였다.

말로리는 손을 뻗어 모자를 집어 들었다. "넌 지독한 악질 같은 년이야." 그는 씩 웃으며 말했다. "빌어먹을 것. 하지만 너 같은 할리우드 약골은 그들하고 지내기 힘들 거야."

그는 갑자기 앞으로 숙이고 그의 왼손을 그녀의 뒷머리에 대더니 입에 강하게 키스를 했다. 그러고 나서 그녀의 볼을 손가락 끝으로 가볍게 쳤다.

"넌 멋진 애야. 어떤 면에선." 그는 말했다. "그리고 공정한 거짓말쟁이지. 확실히 공정해. 어떤 것도 가짜 편지가 아녔어. 아킨슨은 그따위 속임수로는 무너지지 않아."

론다 파는 상체를 구부리고 깔개에서 마닐라 봉투를 움켜쥐었다. 그 속에서 얇은 금색 모노그램이 찍힌 전지 회색 종이에 쓰인 꽤 많은 것들이 쏟아졌다. 그녀는 콧구멍을 씰룩거리며 내려다보았다.

그녀가 천천히 말했다. "돈 보내줄게."

말로리는 그녀의 볼에 손을 대고 머리를 뒤로 밀었다.

그는 좀 더 점잖게 말했다.

"농담한 거야. 난 나쁜 버릇이 있거든. 그런데 이 편지들에게 재미있는 게 두 가지 있지. 봉투도 없고, 누가 쓴 건지 알 수 있는 게 아무것도 없어, 전혀. 두 번째 것은 랜드리가 죽을 때 그의 주머니 안에 있었다는 거지."

그는 머리를 끄덕이고 돌아서서 갔다. 론다 파가 날카롭게 말했다. "기다려!" 그녀의 목소리에서 공포가 느껴졌다.

말로리가 말했다. "끝나고 보자. 술이나 마셔."

그는 방을 내려가다가 고개를 돌리고 말했다. "가야 해. 난 아주 위험한 상황에 처했어……. 꽃이나 보내. 야생화로, 푸른 꽃, 네 눈동자 같은."

그는 둥근 현관으로 나갔다. 문이 무겁게 열렸다가 닫혔다. 론다 파는 꼼짝 않고 한참 동안 앉아 있었다.

8

담배연기가 공기에 실처럼 감겨들었다. 야회복을 입은 한 무리의 사람들이 칵테일을 홀짝이고 있었다. 그들은 도박을 하는 방으로 연결된 커튼이 열려진 한구석에 서 있었다. 커튼 뒤의 룰렛 테이블 한쪽 끝에는 조명이 비추고 있었다.

말로리는 바에 팔꿈치를 얹고 있었다. 바텐더는 파티 의상을 입은 두 아가씨를 놔두고 매끄러운 나무판 위를 하얀 수건으로 닦으면서 그 앞으로 와서 물었다.

"뭘로 할까요, 손님?"

말로리가 말했다. "맥주 작은 걸로."

바텐더는 웃으면서 맥주를 건네고 두 아가씨에게 되돌아갔다. 말로리는 맥주를 마시며, 바 뒤편을 꽉 채운 기다란 거울을 얼굴을 찌푸리고 들여다보았다. 거울은 앞으로 비스듬히 기울어져 있었다. 벽 문이 열리고 저녁 정장을 입은 남자가 나왔다. 그는 주름진 갈색 얼굴에 강철 양모 같은 머리카락을 가지고 있었다. 그는 거울 속의 말로리를 흘낏 보고는 고개를 끄덕이며 방을 가로질러 왔다.

그가 말했다. "내가 마도네입니다. 오셔서 반갑습니다." 그의 목소리는 부드러운 허스키였다. 목소리만으로는 뚱뚱할 것 같지만 전혀 그렇지 않았다.

말로리가 말했다. "인사나 하러 온 건 아닙니다."

마도네가 대답했다. "사무실로 갑시다."

말로리는 맥주를 조금 더 마시고 찌푸린 표정을 펴고는 유리잔을 바 위쪽으로 밀어 보냈다. 그들은 문을 지나 중간쯤에 다른 내부 계단과 연결된 카펫이 깔린 계단을 올라갔다. 열린 문에서 나온 빛이 층계참을 비추고 있었다. 그들은 빛이 새어 나오는 곳으로 들어갔다.

침실이 딸린 방은 사무실과 구분되어 있지 않아서 불편해 보였다. 회색 벽에는 얇은 액자에 넣어진 복사한 그림이 두세 점 있었다. 커다란 서류함과 튼튼한 금고, 의자가 있었다. 양피지 갓을 씌운 등이 호두나무 책상 위에 세워져 있었다. 진한 금발의 젊은이가 책상 모서리에 앉아서 다리를 흔들고 있었다. 그는 동성애 띠를 두른 가벼운 모자를 쓰고 있었다.

마도네가 말했다. "헨리, 할 일이 좀 있네."

금발 머리 젊은 남자는 책상에서 일어나 하품을 하고 손목으로 추파를 던지는 시늉을 하며 손을 그의 입에 대었다. 그의 손가락에는 커다란 다이아몬드가 끼워져 있었다. 그는 말로리를 보고 미소 짓고 천천히 방을 나가서 문을 닫았다.

마도네는 푸른 가죽 회전의자에 앉았다. 그는 가느다란 시가에 불을 붙이고 시가보관함을 책상의 매끄러운 나뭇결 위로 밀었다. 문과 열려 있는 한 쌍의 창문 사이에 책상이 있었다. 말로리는 그 책상 가장자리에 놓인 의자에 앉았다. 다른 문도 있었는데 금고가 앞을 막고 있었다. 그는 담배에 불을 붙이고 말했다.

"랜드리는 나에게 줄 돈이 있어요. 5천 달러죠. 여기 있는 누구도 관심이 없나요?"

마도네는 갈색 손을 의자 팔걸이에 올려놓고 앞뒤로 흔들었다. "우린 그 일에 대해 모릅니다."

말로리가 말했다. "좋습니다. 뭘 알아야 하죠?"

마도네의 흐릿한 눈이 가늘어졌다. 그는 밋밋하고 억양 없는 목소리로 말했다. "랜드리가 어떻게 죽었는가이지요."

말로리는 담배를 입에 물고 두 손을 얼굴 앞에 맞잡았다. 그는 담배를 뻐끔대며 마도네 머리 위 벽을 향해 이야기를 했다.

"그는 자기 자신뿐만 아니라 모든 사람과 꼬였지요. 너무 많은 역할을 하느라 뒤죽박죽이 됐습니다. 게다가 자주 총질이나 해댔죠. 그는 손에 총이 있으면 누굴 쏴야 했어요. 누군가 되받아 쏜 거죠."

마도네는 계속 흔들면서 말했다. "좀 더 자세히 말해 줄 수 있겠소?"

"물론 해드리지요……. 어떤 편지를 쓴 여자에 관한 이야기입니다. 그녀는 사랑에 빠졌다고 생각했어요. 그들은 조심성 없이 편지를 주고받았죠. 그녀는 감당할 수 없는 용기를 가지고 편지를 쓴 그런 종류의 여자였던 거예요. 시간이 지나 그 편지들은 협박꾼들 시장에 들어가게 됐습니다. 몇몇 작업자들이 그녀를 흔들기 시작했죠. 그녀를 심하게 괴롭히지 않았는데 그녀는 거칠게 굴고 싶어 하는 듯 보였죠. 랜드리는 그녀를 구해야겠다고 생각했습니다. 그는 계획을 세웠고, 말쑥하고 격식을 아는 이 동네 출신이 아닌 사람이 필요했죠. 그는 날 선택했고요. 나는 시카고의 작은 탐정사무소에서 일하고 있습니다."

마도네는 창문 앞으로 의자를 굴렸다. 그런 뒤에 나무 몇 그루의 꼭대기를 바라보았다. "시카고의 사설탐정이라고?" 그는 덤덤하게 중얼거렸다.

말로리는 고개를 끄덕였다. 그는 잠시 그를 쳐다보고 고개를 돌려 벽 위의 같은 곳을 바라보았다. "그리고 적당한 수준을 생각했죠. 마도네, 최근까지 내가 있던 사무실과 관계있다고 생각하진 마십시오."

마도네는 금방 짜증을 냈지만 아무 말도 하지 않았다.

말로리는 계속했다. "이런. 난 호의적이었는데, 처음 맡은 일이 최악의 실수였죠. 갈취가 납치로 바뀌었을 때 난 어느 정도 진행 중이었는데, 안 좋았죠. 나는 랜드리에게 연락을 했고 그는 나와 함께 보여주기로 결심했지요. 우린 큰 어려움 없이 여자를 찾아서 집에 데려다주었죠. 그때까지도 편지를 찾아야 했는데 내가 엿보는 동안 그 나쁜 놈들 중 하나라고 생각한 녀석이 돌아와 총격전이 벌어진 거죠. 랜드리는 멋지게 들어와서 자세를 잡고 그들과 정면으로 붙었죠. 그는 우두머리를 보냈는데 굉장했어요. 댁이 그런 걸 좋아하면 내가 곤란하게 되겠죠. 내가 편견이 좀 있어요. 난 빠져나와야 했고 생각을 정리해야 했죠."

마도네의 흐릿한 갈색 눈은 감동했다는 듯 깜빡거렸다. "여자 이야기는 흥미롭군요." 그는 차분하게 말했다.

말로리는 담배연기의 창백한 구름을 불어 보냈다. "그녀는 마약에 중독되어 아무것도 몰랐죠. 그러니 그녀가 하려 해도 할 말이 없을 수밖에요. 그리고 난 그녀의 이름도 몰라요."

"그러지요." 마도네는 말했다. "랜드리의 운전사도 그리 말했죠. 그러니까 그 일에 대해서는 댁을 괴롭히지 않도록 하죠."

말로리는 차분하게 이야기했다. "그건 밖으로 알려진 사실무근 동화이고, 사실은 더 웃기고 더 끔찍하게 더럽죠. 여자는 랜드리에게 도와달라고 요청한 적은 없지만 그는 갈취당하고 있다는 걸 알고 있었어요. 그는 편지를 가지고 있었던 적이 있습니다. 그들이 보냈기 때문이죠. 그의 계획은 나 때문에 그들이 그녀를 잘못 지나치게 하고 그리고 내가 편지를 가지고 있다고 그녀가 생각하게 하려는 거였죠. 나이트클럽에서 그녀를 만나서 이야기하면 누가 그녀에게 작업을 하고 있는지 알 수 있을 거라 생각했습니다. 그녀가 왔어요. 그녀는 그런 부류니까요. 클럽 안에서 그녀는 금방 눈에 띄었죠. 그리고 그 안에는 그녀의 가정부와 운전사, 그 밖에 경호원 같아 보이는 것들이 있었으니까요. 녀석들은 나를 궁금해했어요. 그들이 날 끄집어냈는데 난 어쩔 수 없는 척했죠. 난 사기치고 있는 게 누군지 알아야 했거든요. 괜찮은 작전이었지 않아요?"

마도네는 차갑게 말했다. "좀 허술한데…… 계속해 봐요."

"미끼가 움직이자 그걸 물었다는 걸 알았지요. 난 기다리고 있었는데 그래야 할 시간이기 때문이었죠. 좀 지나서는 이번엔 싫은 역할도 즉흥적으로 해야 했는데, 주눅 든 깡패들에게 부정하게 돈을 받고 애들을 궁지에 몰아넣는 나쁜 경찰 때문이었어요. 그는 갈취할 마음은 조금도 없었지만 늦은 밤에 체포할 때 미친놈이 되더군요. 마침 일이 잘 풀리고 있었죠. 랜드리도 다치지 않았고요. 경찰이 똑똑한 놈은 아니었거든요. 랜드리가 상대한 놈들도요. 내 생각엔 그렇다는 거죠. 골칫거리가 하나 있긴 했는데 그건 심지어 그가 역할에 정신을 빼앗겼다는 거죠."

마도네는 구매상이 판매상의 수다에 안절부절못하듯 의자 팔걸이를 갈색 손으로 톡톡 두드렸다. "당신은 그런 걸 이런 식으로 추측하나요?" 그가 비웃으며 말했다.

"난 머리를 씁니다, 마도네. 금방은 아니어도 그렇게 합니다. 추측에 의존하지 않으면 어느 것도 설명되지 않아요. 내가 눈치채고 있던 건 랜드리가 운이 없었다는 거죠. 그도 그걸 알았어야 했어요. 몰랐다면 나는 그의 곁에 있는 정직한 낯선 놈이 됐겠죠."

마도네가 부드럽게 말했다. "랜드리는 돈이 많아요. 머리도 좀 있고. 충분하진 않지만 조금은 있죠. 그는 그런 싸구려 양아치 짓에 끼어들지 않거든요."

말로리는 거칠게 웃었다. "마도네, 그에게 난 싸구려가 아닌데요. 그는 여자를 원했지만 그녀는 그를 떠났어요. 그는 밑바닥이니까요. 그는 헤어날 수 없었지만 그녀를 끌어내릴 수는 있었죠. 그 편지는 그녀를 끌어넣기에는 충분하지 않았어요. 납치한 척했다가 풀어주는 척했다가 하는 것은 협잡질을 할 때나 써먹는 낡은 수법이니까. 말하시는 그런 거친 이야기처럼 심각하진 않겠죠. 그런데 이 이야기가 새어 나가면 그녀는 일을 못하게 될 거예요. 그러니 입을 다무는 대가가 얼마일지 아시겠죠?"

마도네는 "음, 흠." 하면서 창밖만 바라보았다.

말로리가 말했다. "이제 모든 건 소매 끝에 달렸어요. 난 편지를 얻어내기 위해 고용됐는데 랜드리가 죽었을 때 그의 주머니에 있던 그 편지를 갖고 있었다는 거죠. 난 수고한 대가를 받고 싶은 겁니다."

마도네는 의자를 돌리더니 손바닥으로 책상 위를 짚었다. "훑어보지요." 그가 말했다. "그게 나에게 어떤 가치가 있는지 보겠소."

말로리의 눈이 가늘게 찢어졌다. "문제는 당신은 계속 치고 올라갈 사람을 알아보지 못한다는 거요……. 그 편지는 검은 시장에서 빼냈어요. 그들은 그걸 너무 돌려대다 닳아버린 거지요."

"달콤한 망상이군요." 마도네가 빈정댔다. "누구라도, 랜드리가 내 사람이고 내가 그를 무척 생각한다는 걸……. 그래서 당신이 그 편지를 포기하면 랜드리가 총질을 한 것에 대해 내가 당신에게 대가를 지불하겠소. 그리고 그걸 내 일기에 적어둘 것이오. 내 짐작에는 당신이 이미 충분히 대가를 받았다는 거지요. 미스 론다 파에게서 말이오."

말로리는 비꼬듯이 말했다. "난 그게 당신하고 관계있다고 생각했는데. 이런 거보다 더 나은 이야기를 듣고 싶다면……. 그 여자는 랜드리가 주변에 서성이는 걸 피곤해했지요. 그녀는 편지를 조작해서 그녀의 똑똑한 변호사가 그걸 볼 수 있는 곳에 두었고 그걸 변호사는 가끔 자신의 사업에 이용하는 강력계에 넘길 사람에게 전해 주었죠. 여자는 랜드리에게 편지를 썼고 그는 날 고용한 겁니다. 그런데 여자가 더 나은 값을 불렀죠. 여자는 랜드리가 주목받게 해달라고 했고요. 그가 나에게 집적거리는 척하면서 살인청부업자 밑에 숨을 때까지 난 그를 따라다녔죠. 기회가 오자 그럴듯하게 보이려고 내가 랜드리의 총으로 청부업자를 쐈어요. 그리고 나서 한잔하고 집에 가서 좀 잤죠."

마도네는 책상 위의 진동 벨을 누르고 말했다. "난 그 이야기가 더 마음에 듭니다. 나도 낄 수 있을지 궁금하군요."

"가능하죠." 말로리는 느긋하게 대답했다 "댁이 통과하려는 곳이 처음은 아닐 거요."

9

방문이 열리고 금발 머리 젊은이가 어슬렁거리며 들어왔다. 즐겁게 웃으며 활짝 벌어진 입술 사이로 혀를 내밀었다. 그는 기관총을 들고 있었다.

마도네가 말했다. "더 이상 바쁜 일은 없네, 헨리."

금발 머리 젊은이는 문을 닫았다. 말로리는 일어서서 벽 쪽으로 뒷걸음질을 쳤다. 그가 험악하게 말했다.

"이게 무슨 짓이야?"

마도네는 갈색 손가락으로 그의 뺨에서 살집 있는 곳을 꼬집었다. 그가 퉁명스럽게 말했다.

"여기서 총질은 안 해. 이 집은 점잖은 사람들이 오는 데거든. 네가 랜드리를 쏘지 않았어도 네가 얼쩡거리는 걸 원하지 않아. 내 길을 막고 있잖아."

말로리는 뒤로 계속 가다가 벽에 부딪혔다. 금발 머리 젊은

이가 얼굴을 찌푸리고 그에게 다가왔다. 말로리가 말했다.

"거기 그대로 있어, 헨리. 난 생각할 방이 필요해. 네가 나에게 총알을 박아도 내 총을 막을 수는 없을 거야. 총소리에 질린 적은 없거든."

마도네는 책상 위에 몸을 숙인 채 옆으로 보고 있었다. 금발 머리 젊은이가 속도를 늦추었다. 입술 사이로 여전히 혀가 보였다. 마도네가 말했다.

"여기 돈이 좀 있소. 헨리에게 그중 10달러를 줄 거요. 그가 당신과 호텔까지 같이 가서 짐 싸는 것도 도울 거고. 동부행 기차를 타면 돈을 전해 줄 거요. 그러고 나서 당신이 돌아오면 새로운 은밀한 거래가 되겠지요." 그는 손을 천천히 내리더니 책상 서랍을 열었다.

말로리는 금발 머리 젊은이에게서 눈을 떼지 않았다. "헨리 상태가 계속 바뀌는데." 그가 상냥하게 말했다. "헨리가 좀 불안해 보이는군요."

마도네는 서랍에서 손을 꺼냈다. 그는 책상 위에 돈 뭉치를 던지고 말했다.

"그런 거 같지 않은데요. 헨리는 말할 때 보통 그러죠."

말로리는 뻣뻣하게 활짝 웃었다. "혹시 그건 무섭다는 건가요?" 그가 말했다. 그의 여전히 활짝 웃는 얼굴이 더 모호해졌다. 그의 창백한 입술 사이로 이가 번들거렸다. "마도네, 당신이 랜드리를 많이 생각했다고 했는데, 터무니없는 소리요. 단돈 10센트 어치도 돌봐주지 않았잖아요. 이제 그는 죽었소. 당신은 바로 반쯤 발을 들였고 아무도 이유를 묻지 않았소. 그건 암시장에서나 그렇게 하는 거요. 나보고 떠나라고 했는데, 그건 아직도 당신이 그걸 적당한 곳에서 팔아먹을 수 있다고 생각하기 때문이지요. 이 작은 만남으로 일 년 안에 수익을 좀 더 올리게 될 테니까. 하지만 당신은 그걸 팔 수가 없어요. 가게는 문을 닫았거든요. 엎지르든 안 엎지르든 아무도 당신에게 땡전 한 푼 내지 않을 거요."

마도네는 슬며시 헛기침을 했다. 그는 또다시 책상 위로 몸을 조금 숙였다. 그리고 두 손은 그 위에 두고 그 사이에 돈뭉치를 둔 채 그대로 있었다. 그는 입술을 핥으며 말했다.

"다 좋아요, 선생. 그런데 왜 아니지요?"

말로리는 오른 손가락으로 빠르게 의미심장한 손짓을 했다.

"이 거래에서 나는 호구이고 당신은 똑똑한 놈이지요. 처음에 내가 당신에게 곧바로 이야기를 했을 때 랜드리 혼자 짠 달콤한 계획이 아니라는 예감이 들었소. 당신이 그걸 그 기름진 목구멍으로 집어삼키려 한다는……. 그런데 랜드리가 편지를 만지게 두면서 당신은 뒤로 빠졌지요. 그 여자는 이제 말할 수 있소. 많지는 않더라도 백만 달러짜리 명성을 잃지 않으려고 불장난에서 되돌아오기에 이유가 충분하다는 것을 몇몇 싸구려 노름꾼들이 영리하게 알아차린 것이오……. 돈 가지고 다른 소리를 한다면 당신의 송곳니와 발톱을 몽땅 뽑아버리고 심지어 할리우드조차 덮어버릴 달콤한 맛을 보게 될 것이오."

그는 잠깐 쉬면서 번개같이 금발 머리 젊은이를 힐끗 보았다. "가끔은, 마도네. 자신이 총질만 아는 얼간이인 걸 생각해 보시죠. 여기 동성애 숭배자는 그의 금고 속 답장을 잊었으니까."

마도네는 선 채로 얼어버렸다. 금발 머리 젊은이의 눈이 찰나 움찔했다. 말로리는 벽을 따라 뛰면서 총을 뽑아들었다. 금발 머리 젊은이는 긴장한 얼굴로 총을 쐈다. 권총을 발사하자 총알이 금발 머리 동성애자 모자 옆의 벽에 박혔다. 헨리는 우아하게 앉으면서 방아쇠를 당겼다. 벽에 기댄 말로리의 뒤를 맞혔다. 그의 왼쪽 팔이 마비되었다. 그의 입술이 분노로 뒤틀렸다. 그는 버티면서 재빨리 두 발을 쐈다.

금발 머리의 팔이 튕겨지면서 총이 벽 높이 날아갔다. 그의 눈이 커지면서 고통으로 비명을 질렀다. 그는 휙 몸을 돌려 문을 비틀어 열고는 층계참으로 뛰쳐나갔다.

방의 불빛이 그를 따라 비추었다. 어디선가 누군가 소리쳤다.

문이 쾅 하고 닫혔다. 말로리는 마도네에게 차분하게 말했다.

"팔을 맞았어! 저 빌어먹을 놈을 네 번쯤 죽이고 싶군!"

마도네는 책상에서 파란색 연발권총을 들어올렸다. 말로리의 발치 바닥에 총탄이 뿌려졌다. 마도네는 술에 취한 것처럼 휘청거리더니 총을 불에 달군 무엇인 양 던져버렸다. 그러고 나서 손을 더듬더듬 들어올렸다. 그는 겁에 질려 뻣뻣해져 있었다.

말로리가 말했다. "앞장 서, 두목. 난 여기서 나갈 거야."

마도네는 책상 뒤에서 나왔다. 그는 줄에 매단 인형처럼 비틀거렸다. 말로리는 옆으로 비켜서서 보지도 않고 문에 총을 쏘았다. 그러나 자동권총 소리는 산탄총의 엄청난 폭발음에 묻혔다. 태울 듯한 화염이 말로리의 오른쪽에 구멍을 내었다. 나머지 총탄은 마도네가 맞았다.

그는 얼굴부터 문에 거꾸러졌다. 그는 쓰러지기 전에 죽었다.

총신을 자른 산탄총이 열린 문 안에 떨어졌다. 소맷자락이 풀어진 셔츠를 입은 배불뚝이 남자가 문기둥을 움켜잡고 구르면서 쓰러졌다. 흐느끼는 소리가 끊기고 정장 셔츠 앞 주름에 피가 번졌다.

아래쪽에서 갑자기 소음이 터졌다. 외치는 소리, 달리는 발소리, 껄끄러운 웃음소리, 날카로운 비명이 들렸다. 차들이 출발하고 차바퀴가 도로 위를 긁어댔다. 손님들은 도망갔다. 어디선가 창문 유리가 깨지고 길가에서 달그락거리는 구둣발 소리가 들렸다.

불빛이 아무 움직임도 없는 계단참을 가로지르고 있었다. 문가에서 죽은 남자 뒤에 금발 머리가 신음하고 있었다.

말로리는 몸을 질질 끌며 방을 가로질러 가서 책상 끝에 있는 의자 속으로 숨어들었다. 눈으로 흐르는 땀을 총 손잡이 끄트머리로 닦았다. 그는 책상에 갈비뼈를 기대고, 헐떡거리며, 문을 지켜보았다.

왼팔이 욱신거렸고 오른쪽 다리는 이집트의 재앙처럼 무차별로 고통스러웠다. 피가 옷자락 속에서 손으로 흘러내려 두 손가락 끝에 맺혔다.

잠시 후 그는 문에서 눈을 떼고 책상 위의 전등 아래에 놓여 있는 공책 묶음을 보았다. 팔을 뻗어 자동권총 총신으로 그것들을 서랍 속으로 밀어넣었다. 고통으로 입을 크게 벌린 채 몸을 충분히 기대고 서랍을 잡아당겼다. 눈을 재빨리 여러 번 깜박이고 짜내듯 꽉 감았다가 크게 떴다. 머리가 조금 맑아졌다. 전화기를 앞으로 끌어당겼다.

아래층은 조용했다. 말로리는 자동권총을 내려놓고 수화기를 들었다.

그는 크게 말했다. "이봐, 너무 나쁘군. 아마도 결국 내가 망친 것 같아……. 비열한 놈은 그나마 널 다치게 할 용기가 없지. 이런…… 이제 이야기를 끝내야겠군……."

그리고 그는 다이얼을 돌리기 시작했고 사이렌의 울부짖음이 커졌다.

10

제복 경관이 타자기 책상 뒤에서 녹음기에 말을 하고 말로리를 쳐다보았다. 그러고는 그의 엄지손가락을 '형사반장 사무실'이라고 써 붙인 유리문을 향해 홱 움직였다.

말로리는 딱딱한 의자에서 결리는 듯 일어났다. 그는 방을 가로질러 가서 유리문을 열려고 벽에 기대었다가 안으로 들어갔다.

그가 들어간 방에는 더러운 갈색 리놀륨이 깔려 있고 지방자치제만이 해낼 수 있는 기괴하고 추악한 흉물들로 갖추어져 있었다. 형사반장 캐스카트는 적어도 20년은 됨직한 뚜껑 달린 책상과 탁구경기하기에 충분할 커다란 테이블 사이에 혼자 앉아 있었다.

캐스카트는 아일랜드계 남자로 몸집이 크고 후줄근했다. 부드러운 인상이었으나 입술은 축 처진 채 헤벌리고 있었다. 콧수염 가운데는 담배 진으로 얼룩져 있었고 손은 무사마귀투성이였다.

말로리는 고무마개가 붙은 무거운 지팡이를 짚고 그에게 다가갔다. 그의 오른쪽 다리는 부어서 열이 났고 그의 왼팔은 검은 실크 스카프로 어깨에 매어 있었다. 말끔하게 면도한 얼굴은 창백했고 눈은 어두운 회색이었다.

그는 형사반장 맞은편에 앉았다. 지팡이는 테이블 위에 놓고 담배를 테이블에 두드리고는 불을 붙였다. 그러고 나서 덤덤하게 말했다.

"반장님, 판결은 어떻게 됐습니까?"

캐스카트는 활짝 웃었다. "자네는 좀 어떤가? 울적해 보이는데."

"나쁘진 않아요. 조금 쑤시는 정도입니다."

캐스카트는 고개를 끄덕이고 목을 가다듬었다. 앞에 있는 종이들을 불필요하게 손으로 더듬거리더니 말했다.

"자넨 깨끗해. 뛰어나다는 거지. 그런 일이 있고도 깨끗하니까. 시카고에서 자네에게 깨끗한 서류를 보내왔네. 빌어먹게도 아주 깨끗해. 자네 자동권총은 전과 2범 마이크 코리스를 잡았더군. 총은 내가 기념으로 갖도록 하지, 어떤가?"

말로리는 고개를 끄덕였다. "좋습니다. 전 25구경 구리 총알을 쓰는 저격용 총을 가지고 있는데 반동도 없고 야회복에 잘 어울리죠."

캐스카트는 잠시 동안 얼굴을 가까이 대고 보다가 계속 말했다. "마이크의 지문이 산탄총에서 나왔네. 산탄총은 마도네를 쏘았지. 아무도 그 일에 대해 떠들지를 않아. 금발 머리 꼬마는 심하게 다치진 않았어. 그 기관총은 우리가 바닥에서 찾았지, 그 녀석 지문과 함께. 그게 녀석을 한동안 감방에서 보살핌을 받게 해줄 거야."

말로리는 지쳐서 뺨을 문질렀다. "다른 놈들은요?"

반장은 헝클어진 눈썹을 치켜올렸고 눈동자가 멍해졌다. "자네가 거기에 연루되었는지 난 아무것도 모르네, 어떤가?"

"전혀 아니지요." 말로리는 변명하듯 대답했다. "전 그냥 궁금했을 뿐입니다."

반장은 단호하게 말했다. "궁금할 거 없어. 짐작하지도 말고. 누군가 묻는다면…… 볼드윈 힐 건이나 얘기해. 맥도날드는 공무 중에 살해된 걸로 우린 생각하고 있거든. 마약상인 슬리피 모간을 그와 함께 잡으려다가 말이야. 슬리피의 마누라는 우리가 잡았다지만 난 그런 것 같지 않아. 맥은 마약 정보가 없거든. 하지만 그건 야간 비번일 때였고. 그는 야간 비번 중에도 수사를 한 대단한 녀석이야. 맥은 그의 일을 사랑했지."

말로리는 미소 짓는 척하며 점잖게 물었다. "그랬습니까, 설마?"

"그래." 반장이 대답했다. "다른 하나는 랜드리가 아는 도박꾼인데, 그도 마도네 부하지. 웃기는 우연이지만 그가 웨스트워드로 가서 코스텔로라는 이스턴 경마장의 사설 마권업자 녀석에게 수금하러 갔지. 짐 랄슨이라고 우리 중 하나인데 그랑 같이 간 거야. 그러면 안 되는 거지만 그는 랜드리를 잘 알고 있었거든. 그리고 거기서 돈 때문에 문제가 있었지. 짐은 곤봉으로 두들겨맞았고 랜드리와 패거리들은 서로 총질을 해댄 거야. 거기엔 다른 녀석이 하나 더 있었지만 우린 흔적을 놓쳤어. 우린 코스텔로를 잡았는데 입을 열지 않고 있어. 그런데 우린 늙은이를 두들겨패는 걸 좋아하지 않거든. 어쨌든 곤봉으로 혼이 나면 애원하겠지 뭐."

말로리는 뒷목을 의자에 올려놓고 고꾸라져 있었다. 그는 담배연기를 얼룩덜룩한 천장을 향해 내뿜으며 말했다.

"그저께 밤에는 어땠나요? 재수가 옴 붙은 건지 골탕을 먹은 건지?"

형사반장은 축축한 양쪽 뺨을 기분 좋게 문질러댔다. 그런 뒤에 커다란 손수건을 힘들게 끄집어내서 콧숨을 내뿜는 말처럼 코를 풀었다.

"아, 그거." 그가 무관심하게 대답했다. "아무것도 없었지. 노란 머리 꼬마 헨리 안슨은, 뭐 다 자기 잘못이라더군. 그 애는 마도네의 경호원인데 누굴 쏘려고 그랬던 건 아니라고 했어. 어쨌든 그건 처리됐지. 죄다 실토하게 다독여주었으니까."

반장은 잠시 멈추고 말로리를 노려보았다. 말로리는 입을 활짝 벌리고 웃는 시늉을 했다. "물론 자네는 이런 이야기는 별로겠지……." 반장은 쌀쌀맞게 이야기를 계속했다.

말로리가 대답했다. "아직까지 들어본 적이 없어서요. 하지만 좋아할 것 같은데요. 진짜로."

"잘됐군." 캐스카트는 기분이 누그러져서 웅얼거렸다. "좋아, 이 안슨이 말하길 마도네가 진동벨로 자기를 자네와 두목이 이야기 중인 곳으로 불러서 가보니까 자네가 소란을 피우고 있더란 거야. 삐뚤어진 바퀴가 아래층으로 굴러간 꼴이지. 책상에 돈이 좀 있었는데 안슨이 보기엔 갈취하고 있는 것 같더라는 거지. 그에겐 자네가 너무 서두르고 있는 거 같았고 그래서 너무 긴장한 나머지 자네가 탐정인지도 몰랐다는 거야. 그는 총을 치웠는데 자네가 엉뚱한 델 쏘는 바람에 근처에 있던 다른 세 번째 얼간이가 자네에게 총알을 박은 거지. 그리고 자넨 그의 어깨에 구멍을 내고, 그럴 건 아니었겠지만. 혹여 내게 그런 일이 일어났다면 그 녀석 배짱에 엄청 치밀었을 거야. 산탄총을 든 놈이 쓸데없이 쳐들어왔으니까. 묻지도 궁금하지도 않은 채 간 거지. 마도네가 죄다 맞았고 자넨 한 발만 맞고 뻗은 거야. 우린 처음에 어떤 놈이 마도네에게 고의로 그랬다고 생각했는데 그 꼬마가 아니라는 거야. 그가 문가에서 서성이는데 이런……. 우린 그 모든 총질이 자네 때문이라고 생각하지 않아. 자넨 거기서 외부인이잖아. 하지만 남자는 부당한 공격에 자신을 지켜야 하기도 하지."

말로리는 점잖게 말했다. "검시관이라는 시한폭탄이 있지요. 그는 뭐랍니까? 전 여기 올 때처럼 깨끗하고 싶습니다."

캐스카트는 더러운 리놀륨 바닥에 눈살을 찌푸리고 그의 엄지손가락을 맛있다는 듯 물어뜯었다

"검시관은 그 쓰레기에 대한 건 개똥도 주지 않아. 그 시한폭탄이 즐거워지고 싶어 한다면 난 그자에게 그의 사무실이 그렇게 아주 깨끗하지 않다는 몇 가지 사건을 얘기해 줄 거네."

말로리는 테이블에서 지팡이를 집어 들고 앉아 있던 의자를 밀고는 지팡이에 온몸의 무게를 싣고서 일어났다. "반장님은 여기 경찰국의 명사시겠어요." 그가 말했다. "뭔가 숨긴다고 생각할 수가 절대로 없네요."

그는 바깥문을 향해 갔다. 반장이 그의 등에 대고 말했다.

"시카고로 가나?"

말로리는 그의 아프지 않은 오른쪽 어깨를 으쓱했다. "근처에 머무를 수도요." 그가 말했다. "영화사 하나가 나에게 제안을 했어요. 개인 신상을 털어서 갈취하는 거죠. 협박자 뭐 그런 거."

반장은 활짝 웃었다. "바람이 들었군." 그가 말했다. "이클립스영화사는 보기에 대단하지. 항상 대단해 보였지……. 잘해보게, 협박. 험한 속으로 뛰어 들어가야 할 걸세."

말로리는 진지하게 고개를 끄덕였다. "일일 뿐이죠, 반장님. 거의 여자 같다고나 할까요. 무슨 뜻인지 아신다면."

그는 밖으로 나가서 승강기를 타고 현관 홀로 내려갔다. 그는 택시에 올라탔다. 택시 안은 더웠다. 그는 약간 어지러움을 느끼며 호텔로 돌아갔다.

6

챈들러

스페인 혈통

1

빅 존 매스터스는 큰 키에 기름기가 번들거리는 비대한 사람이었다. 푸르스름한 처진 턱살에 마디마다 보조개가 파인 듯한 손가락을 가졌고 갈색 머리는 위로 넘겼다. 손수건을 꽂는 가슴 주머니가 있는 와인색 양복과 와인색 타이, 갈색 셔츠 차림이었다. 그의 입에는 빨간색과 금색 띠가 감긴 시가가 물려 있었다.

그는 콧등을 찌푸리며 바닥에 엎어놓은 자신의 카드를 슬쩍 보고는 지그시 미소를 참았다.

"다음 패를 줘봐, 데이브. 시청을 통째로 주지 말고."

4와 2였다. 데이브 에이지는 테이블 건너편의 카드들을 진지하게 보다가 다시 자기 손안의 카드를 보았다. 각진 얼굴에 젖은 모래색 머리카락의 그는 마르고 큰 키였다. 그는 손바닥에 카드들을 가지런히 한 다음 천천히 윗장을 집어 테이블 건너편으로 튕겨 보냈다. 스페이드 퀸이었다.

존 매스터스는 시가가 흔들리게 벌어진 입으로 껄껄거렸다.

"돈이나 내. 이번 한번만은 저 여자 덕 좀 봤네." 그는 신이 나서 자신의 카드를 뒤집어 보였다. 5였다.

데이브 에이지는 부드럽게 미소 지으며 가만히 있었다. 그때 높게 솟은 창에 드리워진 실크 커튼 뒤에서 전화 소리가 들려왔다. 그는 피우던 담배를 옆쪽의 낮은 탁자 가장자리에 살짝 내려놓고 커튼 뒤로 손을 넣어 수화기를 들었다.

그는 오랫동안 상대방의 이야기를 들으며 거의 안 들리는 낮은 목소리로 조용히 전화를 받았다. 길쭉한 얼굴은 굳어 있었고 초록색 눈동자는 미동도 하지 않았다. 초조해진 매스터스는 시가를 질끈 씹었다.

긴 시간이 흐른 뒤에 에이지가 대답했다. "그래, 연락하지." 그는 커튼 뒤로 손을 뻗어 수화기를 내려놓았다. 그러고는 담배를 집어 들고 귓불을 만졌다.

매스터스가 재촉했다. "뭘 우물거려, 이제 와서. 얼른 십 달러나 내놔."

에이지는 메마른 미소를 지으며 등을 기댔다. 그러고는 음료를 조금 마신 뒤 내려놓고, 담배를 들고 말했다. 골똘히 생각하느라 멍해진 사람처럼 느리게 움직였다. "존, 우리는 똑똑한 사람이겠지?"

"물론. 그러니까 이 도시가 우리 손아귀에 있는 거지. 블랙잭을 같이하기엔 별로지만 말이야."

"존, 선거가 두 달 남았군."

존 매스터스는 그를 째려보며 주머니를 뒤지더니 새 시가를 꺼내 입속 깊이 쑤셔넣었다.

"근데?"

"우릴 거의 따라붙은 바로 이런 때에, 반대파에 무슨 일이 생긴다면 그게 좋은 일일까, 아닐까?"

"허!" 매스터스의 둥글넓적한 얼굴이 무겁고 짙은 눈썹을 가까스로 들어올리는 듯했다. 그는 잠시 불쾌한 얼굴로 생각에 잠겼다. "좋을 게 없지, 당장 그놈을 못 잡으면. 빌어먹을, 유권자들은 우리가 시킨 일이라고 할 거야."

"지금 살인 얘기를 하고 있군, 존." 에이지가 침착하게 말했다. "난 살인에 대한 어떤 얘기도 안 했는데."

매스터스가 눈썹을 내리고 길게 자라 삐져나온 까만 코털을 뽑았다.

"좋아, 뭔지 뱉어봐!"

에이지는 미소 지으며 담배연기로 고리를 만들었다. 그는 가늘게 피어올랐다가 흩어지는 연기를 지켜보았다.

"조금 전에 받은 전화 말이야." 그가 아주 조용히 말했다. "도네건 마르가 죽었다는군."

매스터스가 천천히 움직였다. 그는 더 이상 카드 테이블 앞으로 몸을 움직일 수 없자 턱을 내밀었다. 턱 근육이 두툼한 철사처럼 두드러졌다.

"헛, 뭐라고?" 목소리가 탁해졌다.

에이지는 얼음처럼 차갑게 끄덕였다. "살인이라네, 존. 반 시간 전쯤에, 자기 사무실에서 당한 모양이야. 아직 누가 그랬는지는 몰라."

매스터스는 무거운 어깨를 으쓱하고 뒤로 기댔다. 그러고는 바보 같은 표정으로 주위를 둘러보았다. 그러다 뜬금없이 웃기 시작했다. 그의 웃음소리는 두 사람이 앉아 있는 작은 포탑 같은 방 안을 돌아 뒤쪽의 높은 천장의 확 트인 응접실을 지나서, 육중하고 어두운 색의 나무 가구들과 등이 잔뜩 켜 있는 회랑과 금색의 커다란 액자에 끼워져 있는 두 줄의 유화들 사이를 이리저리 메아리쳤다.

에이지는 조용히 앉아 있었다. 그는 어두운 재만 남을 때까지 탄 담배를 천천히 재떨이에 비비고 나서 가느다란 손가락을 털고 기다렸다.

매스터스의 웃음소리는 시작할 때처럼 느닷없이 멈췄다. 실내는 정적에 감싸였다. 매스터스는 피곤한 듯 그의 큰 얼굴이 일그러졌다.

"뭔가 해야겠어, 데이브." 그가 조용히 말했다. "이러다 잊어버리겠어. 빨리 처리해야 해. 이건 폭탄이야."

에이지는 다시 커튼 뒤로 손을 뻗어 전화기를 가져와 흩어진 카드 위로 밀어놓았다.

"자, 어떻게 해야 하는지 알지?" 그가 조용히 말했다.

빅 존 매스터스의 누런 눈이 교활하게 번뜩였다. 그는 입맛을 다시며 전화기로 큰 손을 뻗었다.

"그래, 데이브. 이럴 때 우리는 이렇게 해야지!" 그는 나지막이 내뱉었다.

그는 구멍에 겨우 들어가는 살찐 손가락으로 다이얼을 돌렸다.

2

그 상황에서도 도네건 마르의 얼굴은 냉정하고, 침착하고, 정돈되어 보였다. 옅은 회색의 머리카락은 젊고 혈색이 좋았을 얼굴 위로 빗질되어 있었고, 머리색과 어울리는 가벼운 플란넬 회색 양복을 입고 있었다. 일어섰을 때 머리카락이 내려와 가려질 피부는 창백했고, 나머지 부위는 햇빛에 그을려 있었다.

그는 사무실용 파란색 쿠션 의자에 기대앉아 있었다. 가장자리가 청동 사냥개로 장식된 재떨이에는 다 피운 담배가 놓여 있었다. 왼손은 의자 옆으로 축 늘어뜨리고 오른손은 책상 위의 총을 느슨하게 잡고 있었다. 잘 다듬어진 손톱이 등 뒤 큰 창문으로 들어오는 햇빛에 반짝였다.

윗옷 왼쪽으로 피가 흘러나와 회색 플란넬이 검게 얼룩져 있었다. 숨이 멎은 지 몇 시간은 된 것이다.

큰 키에 구릿빛 피부의 깡마른 남자가 갈색 마호가니 서류 캐비닛에 기대어 시체를 조용히 응시했다. 두 손은 말쑥한 청색 서지 양복 주머니에 넣고 있었다. 밀짚 중절모를 머리 뒤쪽으로 가볍게 걸쳐 쓰고 있었다. 그러나 눈빛이나 일자로 꽉 다문 입은 전혀 가볍지 않았다.

몸집이 큰 모래색 머리카락의 남자가 푸른색 양탄자 위를 더듬고 있었다. 그는 엎드린 채 잠긴 목소리로 말했다. "샘 선배, 탄피가 없는데?"

큰 키에 구릿빛 피부의 샘 델라게라는 가만히 있을 뿐, 대답하지 않았다. 몸집이 큰 모래색 머리카락의 피트 마커스는 바닥에서 일어나 하품을 하더니 의자 위의 남자를 바라보았다.

"빌어먹을, 냄새가 나는데. 젠장, 선거가 두 달 앞인데 누구

좋으라고 이렇게 된 거람."

델라게라가 느릿하게 말했다. "이 친구와 나는 같은 학교를 다녔고 무척 친했어. 같은 여자를 쫓아다녔는데 이 친구가 차지했지. 그래도 우리 셋은 친구로 곧잘 어울렸어. 이 친구는 항상 너무 잘나서 그렇지만…… 그만큼 멋진 면도 있었거든."

모래색 머리 마커스는 아무것도 건드리지 않으며 조심스레 방을 조사했다. 그는 몸을 굽혀 책상 위에 놓인 총의 냄새를 맡더니 고개를 가로저었다. "이 총은 발사된 적이 없군." 그는 코를 찡그리고 주변 냄새를 맡았다. "샘 선배, 에어컨이 꼭대기 세 개 층에 설치됐다는데. 방음도 최신식으로. 이 건물 전체가 리벳 하나 안 쓰고 전기용접으로만 되었다는군. 샘 선배는 그런 거 들어봤어?"

구릿빛 피부의 남자는 가만히 고개를 저었다.

"혼자 저지른 게 아닐 거야." 모래색 머리 남자가 계속 말했다. "이런 거물이면 여자가 한둘이 아닐 테니까."

구릿빛 피부 남자는 다시 고개를 저었다. "내 생각엔 주변에 여자라고는 그 여비서가 다일 거야. 게다가 그녀는 점심 먹으러 나갔잖아. 그는 고독한 늑대 타입이지, 피트. 이 친구는 아주 예리해. 주변에 사람을 많이 두질 않았어. 몇 년 안에는 시장도 됐을 거야."

모래색 머리 남자는 이번에는 책상 뒤로 가서 죽은 남자의 어깨에 몸이 닿을 정도로 숙였다. 그러고는 갈색 가죽 덮개의 수첩을 내려다보았다. 그는 또박또박 말했다. “임레이라는 사람이 12시 15분에 오기로 되어 있다는 약속만 적혀 있군.”

그는 자기 손목의 싸구려 시계를 곁눈으로 보았다. “지금 시간이 1시 반. 한참 됐군. 임레이가 누구지? 잠깐, 어디 보자! D. A. 임레이라는 지방검사가 있는데, 매스터스—에이지 선거 본부의 판사 임용 명단에 끼어 있는 사람이거든. 혹시…….”

그때 노크 소리가 날카롭게 울렸다. 사무실은 매우 길어서 두 남자는 세 개의 문 중 어느 것인지 잠시 생각해야 했다. 잠시 후 모래색 머리 남자가 가장 멀리 있는 문 쪽으로 걸어가며 고개만 돌리고 물었다. “검시관이겠군. ‘네가 좋아하는 기자 놈들한테 까발렸다가는 이 짓도 끝이다’ 이렇게 으름장 놔도 되겠지?”

구릿빛 피부의 남자는 대답하지 않았다. 그는 책상 쪽으로 천천히 다가가 몸을 숙이고 죽은 남자에게 부드럽게 말했다.

“잘 가게, 도니. 다 내려놓게. 그건 내가 다 처리하겠네. 벨도 잘 돌봐주겠네.”

잠시 후 사무실 가장 끝에 있는 문이 열리고 바빠 보이는 남자가 가방을 들고 들어왔다. 그는 푸른색 카펫을 발끝으로 빠르게 지나 책상 위에 그의 가방을 올려놓았다. 모래색 머리 남자가 문가에서 기웃거리는 사람들의 얼굴 앞에 대고 문을 닫아버렸다. 그는 책상으로 되돌아왔다.

검시관이 고개를 한쪽으로 기울여 시신을 검사했다. "두 발이군." 그가 중얼거렸다. "32구경 같은데…… 합금이네요. 심장 가까이지만 정확히 맞히진 못했고요. 오래 안 갔을 겁니다. 일이 분 정도?"

구릿빛 피부의 남자는 괴로운 신음 소리를 내고 창문 쪽으로 걸어갔다. 방을 등지고 서서 고층 건물 꼭대기와 따사로운 푸른 하늘을 쳐다보았다. 모래색 머리 남자는 검시관이 시신의 눈꺼풀을 들어올리는 모습을 지켜보았다. 그가 말했다. "지문 감식반이 있어야겠는데. 전화 좀 써야겠어. 이 임레이라는 사람이……."

구릿빛 피부의 남자가 고개를 돌려 맥이 빠진 미소를 지으며 대답했다. "그래, 쉬쉬할 수 있는 사건도 아니지."

"흠, 글쎄요." 검시관은 시신의 손목을 휘어보더니, 그의 손등을 시신의 얼굴 피부에 대보았다. "생각하시는 것처럼 그런 빌어먹을 정치판 싸움이 아닐 수도 있어요, 델라게라 형사님. 상태가 너무 깨끗해요."

모래색 머리 남자는 수화기를 조심스레 손수건으로 감싸고 책상 위에 내려놓은 다음 다이얼을 돌리고, 손수건으로 감싼 채 귀에 대었다.

잠시 후 그는 입을 가리고 말했다. "피트 마커스입니다. 웨이크 경감님 쪽으로 돌려주세요." 그는 하품을 하고, 다시 기다리더니 다른 말투로 말했다. "마커스와 델라게라 형사입니다. 경감님, 도네건 마르 사무실에서 전화합니다. 기자나 사진기자는 아직 없습니다……. 네?…… 경찰청장님이 오실 때까지 중지하라고요……? 네…… 알겠습니다……. 네, 여기 있습니다."

구릿빛 남자가 돌아섰다. 피트 마커스는 전화기를 들고 그에게 전화를 받으라는 손시늉을 했다. "바꾸라는데, 스페니시."

샘 델라게라는 손수건으로 감싸지 않고 전화기를 받아들었다. 그의 얼굴이 굳어졌다. 조금 뒤 델라게라가 신중하게 대답했다. "분명 제가 아는 사람입니다. 그렇지만 같이 자는 사이도 아니고요……. 여긴 아무도 없어요. 비서 한 명 빼고는……. 여자죠. 그녀가 경찰에 신고했습니다. 수첩엔 이름이 하나 있는데, 임레이라는 사람이고, 12시 15분이라고만 되어 있고요. 아뇨, 아직 아무것도 건드…… 아닙니다……. 네, 알겠습니다. 바로 하겠습니다."

그는 딸깍 소리조차 들리지 않을 정도로 아주 살며시 수화기를 내려놓았다. 한동안 손을 전화기 위에 대고 있다가 갑자기 힘이 빠지는 것을 느꼈다. 목소리가 잠겼다.

"나를 빼버리는군, 피트. 드류 청장이 올 때까지 잘 지키고 있게. 아무도 못 들어오게 하고. 백인이든, 흑인이든, 체로키 인디언이든……."

"선배가 왜 복귀해야 하는데?" 모래색 머리 남자가 화를 내며 소리 질렀다.

"몰라. 명령이야." 델라게라는 무뚝뚝하게 말했다.

검시관은 서류를 적던 손을 멈추고 곁눈으로 델라게라를 유심히 살폈다.

델라게라는 사무실을 지나 옆 방문으로 나갔다. 바깥은 좀 더 작은 사무실로, 칸막이로 나누어진 대기실이 있었다. 안에는 잡지가 놓인 테이블과 가죽 의자가 있었고 접수대 뒤편에는 타자기 책상, 금고, 서류 캐비닛들이 있었다. 책상에는 작고 짙은 갈색 피부의 여자가 두꺼운 손수건에 얼굴을 묻고 앉아 있었다. 모자는 머리 위에 삐뚤게 씌어 있었다. 어깨가 들썩였고, 헐떡거리며 울고 있었다.

델라게라는 그녀의 어깨를 쓰다듬었다. 그녀의 얼굴은 눈물로 범벅되었고 입술은 일그러져 있었다. 그는 무언가 묻는 듯한 표정의 그녀를 내려다보며 다정하게 물었다. "마르 부인에게 전화는 했나요?"

그녀는 대답 대신 울먹이며 고개만 끄덕였다. 그는 비서의 어깨를 다시 다독이고 나서 잠시 그녀 옆에 서 있었다. 그의 검은 눈동자가 강하게 빛났다. 잠시 뒤 입을 꽉 다문 채 그는 밖으로 나갔다.

3

영국풍의 저택은 드니브 레인이라고 불리는 좁고 구불구불한 콘크리트 도로에서 멀찍이 떨어진 곳에 있었다. 잔디밭에는 풀로 반쯤 가려진 디딤돌들로 된 휘어진 길이 있었다. 현관문 위에는 뾰족한 지붕이 있었고 벽은 담쟁이로 덮여 있었다. 저택 가까이 나무가 둘러싸고 있어서 조금은 어둡고 따로 떨어져 있는 듯 보였다.

드니브 레인 주변의 집들은 외진 느낌이 들게 계산된 것 같았다. 그러나 높은 나무 울타리는 차도를 가리도록 되어 있었고 차고 쪽은 푸들 모양으로 아주 잘 다듬어졌다. 그리고 안쪽에 핀 노랗고 빨갛게 타오르는 듯한 글라디올러스에는 어둡거나 숨겨진 분위기는 없었다.

델라게라는 지붕이 없는 황갈색 캐딜락 투어링 카에서 내렸다. 무겁고 지저분한 구식이었다. 뒷부분은 캔버스 천으로 팽팽하게 덮여 있었다. 그는 하얀 리넨 모자에 어두운 선글라스를 쓰고 청색 서지 양복 대신 회색 외출복과 조끼 스타일의 지퍼 재킷을 입고 있었다.

그는 경찰처럼 보이지 않았다. 그는 도네건 마르의 사무실에서도 전혀 경찰 같지 않았다. 그는 디딤돌을 천천히 밟고 가서 현관의 청동 노크 손잡이를 만졌다. 그러나 손잡이로 노크를 하지 않고 담쟁이에 숨겨지다시피 한 벨을 눌렀다.

긴 기다림이었다. 너무 덥고 조용했다. 벌들이 따스하고 밝은 잔디 위를 날아다녔다. 잔디 깎는 기계 소리가 어딘가에서 왱왱 들려왔다.

문이 천천히 열리고 검은 얼굴이 나타났다. 라벤더색 분 화장 위로 긴 눈물자국이 난, 슬픈 흑인의 얼굴이었다. 검은 얼굴은 애써 웃음을 지었으나 더듬거리며 겨우 말했다. "잘 계셨어요, 미스터 샘? 이렇게 오셔서 정말 좋아요."

델라게라는 모자와 선글라스를 벗었다. "안녕, 미니. 유감이에요. 마르 부인을 만나러 왔어요."

"들어오세요, 미스터 샘."

하녀가 비켜서자 그는 타일이 깔린 그늘진 복도로 들어갔다. "기자들은 왔나요?"

여자는 천천히 고개를 저었다. 따뜻한 갈색 눈은 망연자실해 있었다.

"아직 아무도 없어요……. 사모님도 말 한마디 안 했어요. 햇빛도 들지 않는 일광욕실에 서 있기만 해요."

델라게라는 끄덕이며 말했다. "누구에게도 말하면 안 돼요, 미니. 당분간 신문에 알려지지 않게 하고 있으니까요."

"아, 정말 안 해요. 미스터 샘, 절대로 안 해요."

델라게라는 그녀에게 미소를 짓고, 고무바닥 신발로 소리 없이 복도를 지나 저택 반대편까지 갔다. 옆 복도로 들어서서 문을 두드렸지만 아무 대답이 없었다. 그는 손잡이를 돌렸다. 창문이 많았음에도 좁고 어두운 방이었다. 창문 가까이 자란 나무의 잎들이 유리창에 닿았다. 몇몇 창문에는 긴 휘장용 천이 가려져 있었다.

키 큰 여자가 방 한가운데 서 있었다. 그녀는 돌아보지도 않고 두 주먹을 꼭 쥔 채 창밖만 바라보았다.

주변의 모든 빛을 빨아들인 그녀의 붉은색을 띤 갈색 머리카락이 냉정하고 아름다운 얼굴에 빛을 발하는 듯했다. 활동적이게 재단된 푸른색 벨벳 정장의 가슴 주머니에는 세련된 남자들처럼 조심스럽게 멋을 부린 파랗고 하얀 손수건이 꽂혀 있었다.

델라게라는 눈이 어둠에 익숙해지기를 기다렸다. 조금 지나자 침묵을 깨고 그녀가 낮고 쉰 목소리로 조용히 물었다.

"저런…… 그들이 그에게 그런 짓을 했어요, 샘. 결국 그들이 그에게. 그가 그토록 미움을 받았나요?"

델라게라는 부드럽게 말했다. "그는 거칠고 부정한 세계에 있었잖아, 벨. 그가 나름 깨끗하려고 했어도 적이 생기는 건 어쩔 수 없었겠지."

그녀는 천천히 고개를 돌려 그를 바라보았다. 빛에 머리카락 색이 바뀌어 금색이 살짝 반짝였다. 생생하고 놀랍도록 새파란 눈동자였다. 그녀는 불안한 목소리로 말했다. "누가 그를 죽인 거죠, 샘? 누군지 짐작은 가나요?"

델라게라는 끄덕였다. 그러고는 버드나무 의자에 앉아서 무릎 사이에 모자와 선글라스를 놓았다.

"그래, 누가 그랬는지 알 것 같아. 임레이란 남자인데, 지방 검사야."

"세상에!" 그녀는 숨이 막혔다. "세상에, 이렇게 썩어빠진 도시가 어떻게 될까요?"

델라게라는 덤덤하게 계속 말했다. "글쎄, 정말 알고 싶다면……."

"그래요, 샘. 어디에서든 그가 날 계속 보고 있는 거 같아요. 뭔가 해야 한다면서. 그이는 내겐 정말 최고였어요. 물론 우리도 문제가 있었지만…… 그건 아무것도 아니에요."

델라게라는 말했다. "임레이라는 자는 매스터스—에이지 조직의 힘으로 판사직에 도전하고 있다보니 그들끼리 자주 어울렸지. 그러다 나이트클럽에서 스텔라 라 모테라는 여자하고 부정한 관계를 맺은 모양이야. 임레이하고 라 모테가 같이 찍은 사진을 어쩌다 손에 넣었는데, 둘 다 엄청나게 취한 상태인데다 나체였어. 그런데 도니가 그 사진을 입수했지. 벨, 그의 책상에서 사진을 찾았거든. 그 수첩에 오늘 12시 15분에 임레이가 찾아오기로 돼 있었지. 아마도 둘이 말다툼을 하다가 임레이가 그를 보낸 것 같아."

"당신이 그 사진들을 발견한 거예요, 샘?" 여자가 아주 조용히 물었다.

그는 뒤틀린 미소를 지으며 고개를 저었다. "아니. 나라면 치워버렸을 거야. 드류 청장이 찾았지. 내가 수사에서 쫓겨난 뒤에."

그녀의 머리가 그에게 홱 돌아갔다. 그녀의 파란 눈이 휘둥그레졌다. "쫓겨났어요? 도니의 친구라서요?"

"뭐, 너무 크게 생각할 건 없어. 난 경찰이잖아, 벨. 어쨌거나 하란 대로 해야지."

그녀는 더 이상 아무 말도, 그를 쳐다보지도 않았다. 잠시 뒤에 그가 말했다.

"푸마호수에 있는 별장 열쇠를 줄 수 있나? 그곳을 둘러보고 오라는 명령을 받았어. 수색하면 혹시 무슨 증거라도 나올지 몰라. 도니가 거기서 회의를 했거든."

그녀의 안색이 변했다. 거의 경멸스러운 표정이었다. 그녀의 목소리는 쌀쌀했다. "그러죠. 하지만 거기서는 아무것도 못 찾을 거예요. 도니의 오점을 찾아내서 임레이라는 사람의 결백을 증명할 거라면……."

그는 살짝 미소 짓고는 고개를 저었다. 그의 눈에 깊은 슬픔이 가득했다.

"미친 소리. 그렇게 한다면 배지를 돌려줄 거야."

"알겠어요." 그녀는 그를 지나쳐 방 밖으로 나갔다. 그는 그녀가 나가는 동안 가만히 앉아서 벽을 공허하게 바라보았다. 그의 얼굴에는 아픔이 서려 있었다. 그는 아주 낮은 목소리로 맹세를 했다.

그녀가 돌아와 그에게 손을 내밀었다. 손바닥에서 무언가가 딸랑거렸다.

"열쇠요, 경관님."

델라게라는 일어서서 열쇠를 주머니 속으로 떨어뜨려 넣었다. 얼굴은 나무토막 같았다. 벨 마르는 테이블로 다가가 손톱으로 칠보 상자 뚜껑을 매몰차게 할퀴어 열고 담배를 꺼냈다. 등을 돌린 채 그녀가 말했다. "아무 소득도 없을 거예요. 이제껏 그가 협박을 받았다는 것만 밝혀냈다니 너무 형편없네요."

델라게라는 한숨을 내쉬고는 잠시 서 있다가 돌아섰다. "그래." 그는 부드럽게 말했으나 마치 날씨가 좋다고 말하는 듯, 아무도 살해되지 않았다는 듯 무덤덤한 말투였다.

문가에서 그는 다시 돌아섰다. "돌아오면 다시 보러 오지, 벨. 아마 그때쯤이면 기분이 좀 나아지겠지."

그녀는 대답도 하지 않고 움직이지도 않았다. 불도 붙이지 않은 담배를 그녀는 입술 가까이에서 꽉 잡고 있었다. 델라게라가 말을 이었다. "그 사건에 대해 내 기분이 어떤지 알았으면 해. 도니와 나는 한때 형제나 다름없었어. 난, 나는 당신이 그와 좋지 않다고 들었는데…… 그게 아니라니 다행이야. 하지만 스스로를 너무 힘들게 하지는 마, 벨. 내 앞에서도 그렇게 힘들게 굴지 말고."

그는 잠시 대답을 기다리며 그녀의 등을 바라보았다. 그때까지도 그녀는 꼼짝도 않고 말도 없었다. 그는 밖으로 나갔다.

4

고속도로에서 빠져나오니 좁은 바위투성이 비포장도로가 언덕 경사로를 지나 호수 위까지 이어졌다. 소나무 숲 사이로 여기저기 통나무집들의 지붕이 보였고 언덕 옆에 간이 오두막이 보였다. 델라게라는 그 밑에 캐딜락을 세우고 물가로 향한 좁은 길을 내려갔다.

호수는 짙은 푸른색이었지만 굉장히 얕았다. 물 위에 두세 척의 카누가 떠다니고, 호숫가에서 좀 떨어진 곳에서 모터보트의 떨리는 엔진 소리가 들려왔다. 그는 짙은 관목 숲을 지나 소나무 잎을 밟으며, 잘린 나무 그루터기를 피해 내려간 뒤 마르의 통나무집으로 가는 작은 통나무 다리를 건넜다.

별장은 옆으로 쪼갠 통나무로 지어졌고, 넓은 현관은 호수 쪽을 향해 있었다. 아주 외롭고 허전해 보이는 집이었다. 다리 밑을 흐르는 냇물은 별장 뒤편으로 굽어져 내려갔다. 현관 끝은 깎아지른 절벽으로 이어져 있는데 그 아래에는 물이 찰랑이는 넓적한 바위들이 보였다. 물이 많아지는 봄이 되면 바위는 물에 잠길 듯했다.

델라게라는 나무 계단을 올라가 주머니에서 열쇠를 꺼냈다. 무거운 현관문의 자물쇠를 열고, 들어가기 전에 그 자리에 잠시 서서 담배에 불을 붙였다. 별장 주위는 도시의 열기를 뒤로 한 채 아주 조용하고 쾌적하고 또 시원하고 깨끗했다. 어치 한 마리가 나무 밑동에 앉아 날개를 다듬었다. 호수 저 멀리에서 누군가가 우쿨렐레를 연주하고 있었다. 그는 별장 안으로 들어갔다.

그는 먼지가 뽀얗게 앉은 사슴 뿔, 잡지가 아무렇게 놓인 큰 원형 탁자, 구식 라디오와 축음기, 그 옆에 흩어져 있는 레코드판들을 바라보았다. 돌을 쌓아 만든 큰 벽난로 옆 탁자에는 사용한 흔적이 있는 술잔과 반쯤 남은 스카치 병이 있었다. 산 위쪽으로 차가 한 대 지나가다가 조금 떨어진 곳에 멈췄다. 델라게라는 주변을 둘러보다가 맥이 빠져 중얼거렸다. "시간 끌기군." 아무것도 짚이는 것이 없었다. 도네건 마르 같은 남자가 중요한 것을 산속 통나무집에 두고 나오지는 않을 것이다.

침실 두 곳에 들어가 보았다. 간이침대가 두 개인 임시 침실이 하나 있고, 다른 하나는 조립식 침대와 좀 더 나은 가구가 딸린 침실이었다. 침대 위에 여자의 야한 파자마가 던져 있었다. 벨 마르의 물건 같아 보이지 않았다.

뒤편의 작은 주방에는 가솔린 스토브와 나무 스토브가 하나씩 있었다. 그가 뒷문을 다른 열쇠로 열고 뒷마당으로 걸음을 옮기자 통나무 받침대 위에 양날 도끼와 땔나무가 보였다.

별장 옆에서 목재 헛간으로 나무판이 깔린 길이 연결되어 있었다. 숲 사이를 뚫고 나온 햇살 줄기가 길을 비추고 있었다. 그 햇살 속에서 파리 떼가 갈색의 끈끈한 무언가 위에 잔뜩 엉겨붙어 있었다. 파리 떼는 꼼짝하지 않았다. 델라게라는 몸을 숙이고 끈끈한 것을 만져보고 냄새를 맡았다. 그는 충격으로 얼굴이 일그러졌다.

또 다른 갈색 물체가 그곳에서 조금 떨어진 오두막 문 바깥쪽 그늘에 있었다. 그는 주머니에서 재빨리 열쇠를 꺼내 헛간의 큰 자물통에 맞는 것을 찾았다. 그러고는 문을 당겼다.

헛간 안쪽에는 장작이 잔뜩 헤쳐져 있었다. 쪼갠 장작이 아니라 그냥 통나무 묶음이었다. 델라게라는 아무렇게나 흩어져 있는 커다란 묶음들을 한쪽으로 던지기 시작했다.

꽤 많은 통나무 묶음들을 치우고 나자 무명 양말을 신은 차가운 발목 두 개가 보였다. 그는 시체를 밝은 곳으로 끌어냈다.

그는 마르고 키가 크지도 작지도 않았다. 광주리 문양의 맞춤 양복 차림이었다. 광을 낸 구두에 먼지가 살짝 덮여 있었다. 얼굴은 참혹하게 맞아 으깨진 상태로 거의 남아 있지 않았다. 머리 위쪽이 깨져서 뇌와 피가 엉겨 회갈색 얇은 머리카락에 붙어 있었다.

델라게라는 재빨리 정신을 추스르고 탁자 위에 반쯤 남은 스카치위스키가 있는 거실로 돌아갔다. 마개를 열어 들이켰다가 잠시 쉬었다가 다시 들이켰다.

"푸우!" 하고 크게 소리를 내고 그는 신경을 휘젓는 위스키의 느낌에 가볍게 몸을 떨었다.

그는 다시 살펴보려고 헛간으로 돌아갔다. 어디선가 차의 시동 거는 소리가 들렸다. 그는 긴장했다. 그의 몸이 경직되었다. 덜덜거리는 엔진 소리가 커지더니 곧 잦아들며 조용해졌다. 델라게라는 어깨를 으쓱하고 죽은 남자의 주머니를 살폈다. 아무것도 없었다. 세탁소의 표지가 붙어 있는 주머니 하나가 뜯겨 있었다. 코트 안주머니의 양복점 상표도 뜯기고 실밥만 있었다.

남자는 경직되어 있었다. 죽은 지 이십사 시간 아니면 조금 안 됐을 것이다. 얼굴의 피는 완전히 말라붙지 않아서 끈적였다.

델라게라는 시체 옆에 쭈그리고 앉아 잠시 동안 반짝이는 푸마호수와 햇살에 빛나는 카누의 노를 바라보았다. 그러다가 헛간으로 들어가 피가 묻었을 큰 나무토막을 찾아보았다. 하지만 없었다. 다시 집 안으로 되돌아가 정문으로 나왔다. 현관 마루 끝까지 가서 절벽 아래의 크고 평평한 바위를 내려다보았다.

"그렇군." 그는 조용히 말했다.

바위 두 개에 파리 떼가 엄청나게 들러붙어 있었다. 조금 전까지는 미처 알아채지 못했는데, 절벽의 높이는 대략 10미터 정도였다. 제대로 떨어지면 사람 머리가 깨지기에 충분한 충격을 주었을 것이다.

그는 커다란 흔들의자에 앉아 움직이지 않고 몇 분 동안 담배를 피웠다. 골똘히 생각에 잠겼던 그는 마침내 입꼬리에 딱딱하고 냉소적인 미소를 지었다.

그는 집 안으로 들어가 죽은 남자를 다시 헛간으로 옮기고 통나무로 대충 숨겨 마무리했다. 그런 뒤에 헛간에 자물쇠를 채우고, 별장 현관문을 잠근 다음, 좁은 길을 걸어 자동차가 있는 길로 올라갔다.

6시가 지났지만, 운전하는 내내 태양은 아직 밝았다.

5

길가의 맥줏집은 예전에 계산대였던 것을 탁자로 쓰고 있었다. 가게에는 등받이 없는 의자가 세 개 있었다. 델라게라는 문과 가장 가까운 의자에 앉아 빈 맥주잔에 남은 거품을 바라보았다. 유니폼을 입은 눈빛이 수줍고 머릿결이 부드러운 흑인 소년이 바텐더를 하고 있었다. 소년이 더듬더듬 말했다.

"더, 더 드, 드릴까요, 손님?"

델라게라는 머리를 흔들고 의자에서 일어섰다. "불법 맥주라니, 꼬마야." 그는 우울하게 말했다. "금발 머리 창녀 같은 맛이구나."

"포, 포톨라 맥주예요, 손님. 최, 최고라고 하던데요."

"흐음, 최악이야. 계속 그래라. 어차피 영업 허가도 없잖아. 잘 있어라, 꼬마야."

그는 망으로 된 문으로 걸어가서 그림자가 길게 늘어지고 있는 고속도로를 바라보았다. 콘크리트 차도 너머에 하얀 울타리로 둘러싸인 자갈 깔린 공터가 있었다. 그곳에 차 두 대가 주차되어 있었다. 델라게라의 구식 캐딜락, 그리고 흙먼지투성이 고물 포드였다. 녹황색 바지를 입은 마르고 키 큰 남자가 캐딜락 옆에 서서 차를 살펴보고 있었다.

델라게라는 불도그가 조각된 파이프를 꺼냈다. 지퍼 주머니에서 담배를 꺼내 채운 다음, 조심스레 불을 붙이고 성냥을 구석에 튕겨버렸다. 그는 망 밖을 보며 긴장했다.

마르고 키 큰 남자가 델라게라의 차 뒤를 덮은 천을 열었다. 그는 천을 슬쩍 위로 젖히고 속을 내려다보고 있었다.

델라게라는 문을 열고, 큰 걸음으로 도로를 조심스럽게 가로질렀다. 고무창 신발바닥 밑에서 자갈 밟히는 소리가 났지만 마른 남자는 돌아보지도 않았다. 델라게라는 그의 옆으로 다가갔다.

"내 뒤를 쫓아다니는 것 같은데." 그가 건조한 목소리로 말을 걸었다. "뭘 꾸미고 계시나?"

남자는 망설임 없이 돌아보았다. 해초 같은 눈동자 색에 길고 찌든 얼굴이었다. 그는 코트자락을 젖히고 왼쪽 허리에 손을 얹었다. 허리에는 기병대식으로 맨 권총집과 권총이 보였다.

그는 기분 나쁘게 미소 지으며 델라게라를 위아래로 훑어보았다.

"당신 차요?"

"당신 생각은?"

마른 남자는 코트 속주머니에 붙은 구리 배지를 보여주었다.

"난 톨루카 카운티 수렵 감시인이지요. 내 생각에 지금은 사슴 사냥철이 아니고, 암컷 사슴 사냥철도 아닐 것 같은데요?"

델라게라는 시선을 천천히 내리고 차 뒤쪽 천이 젖혀 올라간 곳을 보았다. 잡동사니 위에 어린 사슴 사체가 얹혀 있고 옆에는 라이플총도 하나 있었다. 죽은 동물의 생기 없는 부드러운 눈이 그에게 항의하며 쳐다보는 듯했다. 긴 목에는 피가 말라붙어 있었다.

델라게라는 허리를 펴고 침착하게 말했다. "귀엽군."

"수렵 면허증은 있소?"

"난 사냥 안 해요."

"별로 설득력이 없는데요. 저기 당신 라이플이 있잖소."

"난 경찰이오."

"오, 경찰? 배지는 있소?"

"그렇소."

델라게라는 속주머니에서 배지를 꺼내 소매에 문지르고는 손에 들고 보여주었다. 마른 수렵 감시인은 입술을 혀로 핥으며 보았다.

"형사라……. 시내 경찰청 소속이고." 그는 아무 표정 없이 말했다. "자, 형사님. 3킬로미터 정도만 가면 되니 당신 차로 갑시다. 난 얻어타고 돌아오면 되니까요."

델라게라는 배지를 넣고, 파이프 속 재를 자갈 위로 천천히 털어냈다. 그러고는 차의 천을 다시 대충 덮었다.

"내가 잡힌 거요?" 그가 심각하게 물었다.

"그렇소, 형사님."

"갑시다."

그는 캐딜락 운전석에 탔고 마른 감시인은 그의 옆 조수석에 탔다. 델라게라는 차의 시동을 걸고 후진으로 돌아 나와 고속도로의 콘크리트 위를 부드럽게 달렸다. 저 멀리 깊은 안개에 싸여 있는 계곡과 안개 위로 높게 솟은 봉우리들이 보였다. 델라게라는 차를 거침없이 몰았다. 두 남자는 한동안 말없이 정면만 바라보았다.

시간이 꽤 흐르고 나서 델라게라가 입을 열었다. "푸마호수에 사슴이 있는지 몰랐소. 그렇게 멀리 가보지 않았거든."

"거기 보호지가 있죠, 형사님." 감시인은 조용히 말했다. 그는 먼지 낀 앞 유리창을 바라보았다. "톨루카 카운티 보호림의 일부지요. 알고 있을 텐데요?"

델라게라는 대답했다. "모를 거요. 살면서 사슴을 쏜 적이 없거든. 내가 경찰 일을 한다고 그렇게 잔인하지는 않소."

감시인은 웃을 뿐 말이 없었다. 고속도로는 언덕을 넘어 오른쪽으로 내려가기 시작했다. 왼쪽에는 작은 계곡이 나타났고, 그 사이에 두 줄의 바퀴 자국이 난 비포장도로와 무성한 풀이 보였다.

델라게라는 갑자기 차를 왼쪽으로 돌리더니 마른 풀과 붉은 흙이 있는 공터로 쏜살같이 돌진하다 브레이크를 밟았다. 차가 심하게 흔들리며 미끄러지다가 섰다.

감시인은 오른쪽으로 몸이 쏠리면서 튕겨 앞 유리에 머리를 박았다. 그는 욕을 하며 오른손으로 권총을 꺼내려 했다.

델라게라는 남자의 가늘고 단단한 손목을 잡고 몸 앞으로 비틀었다. 감시인의 구릿빛 얼굴이 하얘졌다. 그는 왼손으로 권총집을 잠시 더듬었지만 곧 축 늘어졌다. 그는 고통스러운 목소리로 말했다.

"이거 개판 만드는 거야. 솔트 스프링스에 비상전화로 네 차와 위치를 설명해 놨어. 암컷 새끼 사슴 시체가 그 안에 있는 것도. 그리고……."

델라게라는 손목을 풀어주었다. 그러고는 남자의 권총집에서 총을 꺼내 차 밖으로 내던졌다.

"꺼져! 말한 대로 대충 얻어타고 돌아가. 뭐가 문제야! 월급으로는 생활이 안 돼? 아까 호숫가에서 네놈이 꾸민 거잖아. 이 빌어먹을 사기꾼아!"

감시인은 천천히 밖으로 나가더니 입을 헤벌린 채 얼이 빠진 얼굴로 섰다.

"용감하시군." 그는 내뱉었다. "경찰 당신, 후회할 거야. 반드시 경찰청에 문제를 제기하겠어."

델라게라는 자리를 건너가 오른쪽 문으로 내렸다. 그러고는 감시인에게 얼굴을 바싹 대고 말했다. "내가 틀릴 수도 있겠지. 누군가 당신한테 신고했을지도 몰라. 그래서 그랬는지도."

그는 감시인을 응시하며 암사슴을 차에서 꺼내 땅에 내려놓았다. 감시인은 가만히 서 있었다. 그는 10미터 정도의 풀 위에 던져진 권총 쪽으로 다가가려는 시도조차 하지 않았다. 해초색 눈은 흐리고 매우 차가워 보였다.

델라게라는 캐딜락으로 돌아가, 브레이크를 풀고 엔진에 시동을 걸었다. 그는 다시 고속도로로 돌아갔다. 감시인은 그때까지도 움직이지 않았다.

캐딜락은 빠르게 언덕을 내려가 사라졌다. 차가 완전히 사라지자 감시인은 권총을 집어 권총집에 넣었다. 그러고는 암사슴을 끌어다 풀숲에 숨기고 나서 고속도로를 걷기 시작했다.

6

숙소인 캘워시 로비 안내소에 있는 여자가 말했다. "여기 적어놓은 남자분이 세 번이나 전화해서 형사님을 찾았어요. 자기 번호는 안 남겼고요. 어떤 여자분은 두 번 전화했는데 이름도 번호도 안 남겼어요."

델라게라는 그녀에게 종이쪽지 세 장을 받았다. 종이에는 '조이 칠'이라는 이름이 적혀 있었다. 전부 다른 시각으로 기록되어 있었다. 그는 편지 두 개를 마저 받고는 손끝을 모자에 대고 안내소 여자에게 인사했다. 엘리베이터를 타고 올라가 4층에서 내려 조용하고 좁은 복도를 걸어가 잠긴 문을 열었다. 전등은 하나도 켜지 않은 채 그는 프랑스식 큰 창문 앞으로 걸어갔다. 그런 뒤에 창문을 열어젖히고 어두운 하늘과 네온의 번쩍이는 불빛, 두 블록 너머 오테가 대로를 지나가는 찌를 듯한 차량 전조등들을 바라보았다.

그는 담배에 불을 붙이고 가만히 서서 반 정도를 피웠다. 어둠 속의 얼굴은 지치고 고통스러워 보였다. 그러다 창가를 떠나 그는 작은 침실로 들어갔다. 탁자 위 등을 켜고 옷을 모두 벗었다. 샤워를 하고 수건으로 몸을 닦고, 깨끗한 속옷으로 갈아입은 후 간이 주방으로 가서 마실 걸 한 잔 만들었다. 옷을 입으며 술을 마시고 담배 한 개비를 더 피웠다. 권총집을 차는데 거실의 전화가 울렸다.

벨 마르였다. 몇 시간이나 울었는지 꽉 막힌 목소리였다.

"다행히 연결되었네요, 샘. 난…… 나는 그런 뜻이 아니었어요. 충격을 받아 너무 놀라서 정신이 없었어요. 그랬던 거 알죠, 샘?"

"그래." 델라게라가 대답했다. "신경 쓰지 마. 어쨌든 당신이 옳았어. 푸마호수에서 막 돌아왔는데, 아무것도 없다는 사실을 알면서도 본부에서 일부러 보낸 것 같아. 날 빼버리려고."

"지금 나에게는 당신밖에 없어요, 샘. 그들이 당신을 해치게 두지는 않을 거죠, 그렇죠?"

"누구?"

"알잖아요. 나도 바보는 아니에요, 샘. 이게 다 꾸민 거라는 걸, 그이를 없애버리기 위한 비열한 정치적 술수라는 사실쯤은 알아요."

델라게라는 전화기를 꽉 쥐었다. 입술에 뻣뻣하게 힘이 들어갔다. 잠시 아무 대답도 할 수 없었다. 그는 입을 열었다. "그저 보이는 게 전부일 수도 있어, 벨. 단순히 사진 때문에 일어난 싸움일지도 몰라. 도니는 그런 작자한테 판사직 도전을 포기하라고 얘기할 권리가 있었어. 그건 협박이 아니지……. 게다가 도니 손에 총까지 있었으니까. 알겠지?"

"가능하면 보러 와요, 샘." 간절함이 묻어나는 그녀의 말끝이 흐려졌다.

그는 책상을 두드리며 망설였지만 다시 입을 열었다. "그럼 가야지. 그런데 푸마호수 별장에 마지막으로 간 사람이 누구지?"

"모르겠어요. 일 년이나 가보지 않아서. 아마 그이가 갔겠죠, 혼자서. 거기서 사람을 만났을 수도…… 글쎄요."

그는 어떤 말을 하다가 잠시 후 전화를 끊었다. 그러고는 책상 너머 벽을 뚫어지게 바라보았다. 감을 잡은 듯 강렬하게 눈이 번득였다. 더 이상 의심의 여지가 없는, 굳건한 표정이었다.

그는 코트와 밀짚 중절모를 가지러 침실로 갔다. 나가면서 그는 '조이 칠'이라는 이름이 쓰인 종이 세 장을 조각조각 찢은 후 재떨이에서 태웠다.

7

피트 마커스, 모래색 머리의 건장한 형사는 책상 두 개가 서로 반대편 벽을 바라보고 놓인 텅 빈 사무실의 작은 책상 앞에 비스듬히 앉아 있었다. 나머지 하나의 책상에는 검은색 펜 세트와 녹색 서류철, 놋쇠로 만든 작은 달력과 전복 껍데기 재떨이뿐이었다.

창문 옆에 동그란 밀짚 쿠션이 과녁처럼 놓여 있는 각진 의자가 있었다. 피트 마커스는 싸구려 펜을 왼손에 잔뜩 들고 쿠션에 멕시코 칼 던지기를 하듯 던졌다. 그는 아무 생각 없이 아무렇게나 던져댔다.

그때 문이 열리고 델라게라가 들어왔다. 그는 문을 닫고 기대어 서서 무표정하게 마커스를 바라보았다. 모래색 머리 남자는 끼익 소리와 함께 의자를 돌리고 등받이를 책상에 기대더니 큰 손톱으로 턱을 긁었다.

"안녕하셔, 스페니시. 여행은 좋았나? 국장이 샘 선배 때문에 난리더군."

델라게라는 조그맣게 툴툴거리며 갈색 입술 사이로 담배를 찔러넣었다.

"그 사진들을 발견했을 때 마르 사무실에 있었지, 피트?"

"어, 하지만 내가 발견한 건 아니고, 청장이 발견했어. 그런데 왜?"

"청장이 사진 발견하는 걸 봤어?"

마커스는 잠시 뚫어지게 바라보다가 조용히 신중하게 말했다. "그가 그걸 다 찾아냈어. 청장이 계획적으로 갖다 놓진 않았지, 그게 그 뜻이라면."

델라게라는 끄덕이며 어깨를 으쓱했다. "총알에 대해선 뭐가 나왔나?"

"응, 32구경이 아니고 25구경인데 주머니 총 같은 거래. 총알은 구리 니켈 합금이고. 자동권총인데, 탄피가 안 나왔다는군."

"임레이가 챙겼겠지." 델라게라는 덤덤하게 말했다. "그런데 살인까지 하게 만든 사진은 두고 갔단 말이지."

마커스는 다리를 바닥에 내리고 앞으로 숙이며 황갈색 눈썹을 치키고 바라보았다.

"그럴 수도 있겠군. 살인 동기는 있는데, 마르의 손에 총이 있었으니까 우발적으로 일어났다, 그거군."

"머리가 잘 돌아가는데, 피트." 델라게라는 작은 창문으로 다가가 밖을 내다보았다. 잠시 후 마커스가 따분하다는 듯 말했다. "나한텐 아무 일도 안 주는군, 스페니시."

델라게라는 천천히 몸을 돌려 마커스의 곁에 다가와 그를 내려다보았다.

"섭섭할 거 없어, 친구. 자네는 내 파트너잖아. 나는 본부에서 마르 쪽 사람으로 꼬리표가 붙었어. 그러니 자네한테도 영향이 있겠지. 자네는 가만히 앉아 있게 하고, 나는 푸마호수까지 쓸데없이 갔다 오게 했지. 사슴 시체를 내 차 뒤에 실어놓고 수렵 감시인이 그걸로 날 괴롭히게 했다는 것을 제외하면 말이야."

마커스는 아주 천천히 일어나, 양손의 주먹을 쥐었다. 무거운 회색 눈이 크게 열리고 코끝이 하얘졌다.

"여기에서 그렇게까지 할 사람은 없어, 샘 선배."

델라게라는 머리를 흔들었다. "나도 그렇게 생각하지만 날 보냈다고 누군가에게 암시를 줄 수는 있지. 밖의 누군가가 나머지를 알아서 했을 테고."

피트 마커스는 다시 앉았다. 그는 뾰족한 펜 중 하나를 들고 동그란 밀짚 쿠션을 향해 화풀이하듯 던졌다. 뾰족한 끝이 박

히더니 부러져 바닥에 떨어졌다.

"들어봐, 선배." 그는 올려보지 않고 탁한 목소리로 말했다. "이건 그냥 밥벌이일 뿐이야. 그게 다지. 난 경찰에 대한 사명감 따위 없다고. 샘 선배가 하라고 하면 이 망할 배지 같은 거, 그 늙은이 얼굴에 던져버릴 거야."

델라게라는 몸을 숙이고 그의 갈비뼈를 툭 쳤다. "자, 자 그냥 넘어가시지, 마커스 경관님. 내게 생각이 있어. 그러니 집에 가서 술이나 마셔."

델라게라는 문을 열고 밖으로 급히 나갔다. 그는 맞은편에 문 세 개가 나란히 있는 대리석 복도를 따라 걸어갔다. 가운데 문에는 '형사국장'이라는 팻말이 걸려 있었다. 그는 문을 열고 들어가 작은 대기실을 가로질러 갔다. 접수대 뒤에서 경찰 속기사가 고개를 들더니, 안쪽 문을 향해 슬쩍 고개를 돌렸다. 델라게라는 접수대 문을 열고 내실 문을 두드리고 나서 들어갔다.

두 남자가 넓은 사무실에 앉아 있었다. 육중한 책상 뒤에 앉아 있던 형사국장 테드 맥킴은 델라게라를 보자마자 눈빛이 사나워졌다. 그는 몸집이 크고 살이 처졌다. 길고 괴팍하게 생긴 얼굴의 눈 한쪽이 어딘가 삐딱했다.

신사처럼 차려입고 각반까지 차고 있는 남자가 책상 끝 동그란 등받이 의자에 앉아 있었다. 다른 의자에는 진주색 모자와 회색 장갑, 흑단 지팡이가 놓여 있었다. 엉클어진 흰머리는 부드러워 보였고, 방탕해 보이는 잘생긴 얼굴은 계속 문질러대어서 불그스름했다. 긴 호박 홀더로 담배를 피우던 그는 즐거운지 빈정대는지 알 수 없는 미소를 델라게라에게 보냈다.

델라게라는 맥킴 맞은편에 앉았다. 그러고는 흰머리 남자를 잠깐 쳐다보고 인사했다. "안녕하십니까, 청장님."

드류 청장은 아무 말 없이 고개만 까딱했다.

맥킴은 몸을 앞으로 기대고 손톱을 물어뜯은 뭉툭한 손을 매끈한 책상 위에서 맞잡았다. 그러고는 낮은 목소리로 물었다. "시간은 충분히 줄 테니 보고해 보게. 찾은 게 있나?"

델라게라는 무표정한 눈으로 한참동안 그를 쳐다보았다.

"그러라고 보낸 게 아니잖습니까……. 제 차 안에 있던 사슴 시체 빼고요."

맥킴의 표정에는 아무런 변화도 없었다. 근육 하나 움직이지 않았다. 드류 청장은 잘 다듬은 분홍색 손톱을 목젖 앞으로 끌어모으고 혀를 찼다.

"상관한테 대들면 안 되지, 이 젊은 친구야."

델라게라는 계속 맥킴만 바라보며 기다렸다. 맥킴은 안됐다는 듯 천천히 말했다. "자네 이력은 좋아. 자네 조부께선 이

지역 역대 최고의 보안관이셨지. 오늘 자네는 거기에 재를 잔뜩 뿌렸어. 수렵법 위반에 톨루카 카운티 공무원의 공무집행 방해에다 체포 불응 혐의까지, 자네는 기소될 거야. 뭐라 할 말 있나?"

델라게라는 무뚝뚝하게 물었다. "구속영장은 있습니까?"

맥킴은 천천히 고개를 가로저었다. "경찰 자체 조치야. 접수된 고발장은 없어. 증거 불충분이겠지." 언짢아하며 그는 메마른 미소 같은 표정을 지었다.

"이 일로 배지를 반납하라는 거군요." 델라게라가 조용히 물었다.

맥킴은 대답 대신 고개를 끄덕였다. 드류가 말했다. "국장 자네, 방아쇠를 좀 일찍 당기는 거 같아. 너무 빨리 처리하는군."

델라게라는 배지를 꺼내 소매에 문지르고 나서 바라보다가 반질한 책상 위에 놓았다.

"좋습니다, 국장님." 그는 아주 차분하게 말했다. "제 혈통은 스페인계입니다. 순수한 스페인계죠. 스페인계 멕시코인도 아니고, 야쿠이계 멕시코인도 아닙니다. 제 조부님이라면 이런 상황에선 말이 아니라 총으로 해결하셨을 겁니다. 그렇다고 제가 이런 상황이 우습다는 건 아닙니다. 예전에 도네건 마르와 가까운 친구였다고 누명을 쓰게 됐지만, 국장님도 알고 저도 알듯이 그런 이유가 업무 수행에 문제되지 않습니다. 청장님과 청장님의 정치적 후원자들은 안 그렇게 생각하시지만."

드류가 벌떡 일어섰다. "맙소사, 나에게 그 따위로 말하지 말게!" 그가 소리 질렀다.

델라게라는 천천히 미소 지었고, 드류 쪽은 전혀 쳐다보지도 말도 하지 않았다. 드류는 얼굴을 찡그리고 숨을 힘들게 몰아쉬며 다시 앉았다.

잠시 후 맥킴은 배지를 들어서 책상 가운데 서랍에 넣고 일어섰다.

"델라게라, 자네는 직무 정지네. 연락은 되게 하게." 맥킴은 뒤도 돌아보지 않고 안쪽 문을 지나 훌쩍 밖으로 나갔다.

델라게라는 의자를 뒤로 빼고 모자를 똑바로 썼다. 드류는 화해하자는 듯 미소를 보내고 목청을 가다듬어 입을 열었다. "내가 좀 성급했군. 아일랜드 혈통이라 말이야. 나쁜 감정은 갖지 말자고. 자네의 지금 상황은 누구나 힘들게 배워야 하는 교훈이라 생각하게. 내가 조언 하나 할까?"

델라게라는 일어섰다. 그리고 나무토막처럼 굳은 얼굴에 입꼬리만 살짝 올리며 메마른 미소를 그에게 보냈다.

"그게 뭔지 압니다, 청장님. 도네건 마르 사건에서 손을 떼라는 거죠."

드류는 아주 재미있다는 듯 웃었다. "그런 게 아니고, 마르 사건은 끝났네. 임레이는 대리인를 통해서 총격을 인정했네. 정당방위라고 주장하더군. 아침이면 출두할 걸세. 내 조언은 다른 무엇이지. 톨루카로 되돌아가서 감시인에게 사과하게. 필요한 건 그게 전부라네. 사과부터 하고 보세."

델라게라는 조용히 걸어가 문을 열었다. 그러다가 갑자기 뒤돌아서서 이를 드러내며 웃었다.

"전 한번 보면 사기꾼인지 압니다, 청장님. 그자는 이미 애쓴 거에 대한 보상을 받았을 겁니다."

델라게라는 방을 나갔다. 드류는 닫히는 문을 조용히 지켜보았다. 그의 얼굴은 분노로 얼어붙었고 분홍색 피부가 잿빛으로 굳어졌다. 호박 홀더를 든 손이 부들부들 떨렸고, 매끈하게 주름을 잡은 바지의 무릎 위로 재가 떨어졌다.

"맙소사." 그는 정적 속에서 작심을 한 듯 내뱉었다. "입만 살아 있는 스페인 놈이군. 유리판같이 아주 반듯해 보여도 쿡 찌르면 쉽게 깨질 거야!"

그는 화가 나 힘들게 일어나서, 바지에서 재를 조심스레 떨어내고는 모자와 지팡이를 찾았다. 매끈하게 손질한 손가락들이 떨리고 있었다.

8

싸구려 옷가게, 전당포, 슬롯머신이 모여 있는 뉴턴가의 3번지와 4번지 사이에 있는 허름한 호텔 앞에서 눈빛이 수상한 남자가 담배를 문 채 입술도 움직이지 않고 교묘하게 중얼거리고 있었다.

그 블록의 가운데쯤에 '스톨당구장'이라고 씌어 있는 나무판이 차양 위에 돌출되어 붙어 있었다. 길가에 지하로 내려가는 입구가 있었다. 델라게라는 계단을 내려갔다.

당구장 앞쪽은 어두컴컴했다. 당구대들은 천으로 덮였고 큐는 가지런히 정리되어 있었다. 그러나 안쪽은 불빛이 밝았다. 하얀 전등 아래 사람들의 모습이 보였다. 떠드는 소리, 다투는 소리, 판돈을 거는 소리가 들렸다. 델라게라는 빛을 향해 걸어갔다.

갑자기 마치 신호라도 한 듯 소음이 멈추고, 침묵 속에서 당구공들이 부딪치는 소리, 쿠션에 공이 닿는 둔한 소리, 그리고 쓰리쿠션 게임의 마지막 공이 부딪치는 소리가 들려왔다. 소음이 다시 시작되었다.

델라게라는 천으로 덮인 탁자 옆에 서서, 지갑에서 십 달러짜리 지폐를 꺼내고는 쪽지를 주머니에서 꺼내 붙였다. 그리고 나서 '조이 칠은 어디?'라고 적었다. 그는 쪽지를 붙인 지폐를 두 번 접고 사람들 틈을 비집고 들어가 당구대 맨 앞까지 조금씩 다가갔다.

가지런하게 가르마를 탄 갈색 머리 남자가 당구대 위를 주의 깊게 바라보며 큐에 초크를 바르고 있었다. 맥스 칠이었다. 얼굴이 창백하고 키가 큰 그는 잠시 후 몸을 굽히고, 하얀 손가락으로 자세를 잡았다. 돈을 거는 떠들썩한 소음이 멈췄다. 남자는 쉽고 부드럽게 쓰리쿠션을 날렸다. "맥스 칠, 40점. 연속 8 득점."

남자는 다시 큐에 초크를 바르며 무심하게 주변을 둘러보았다. 그의 감정 없는 눈길이 델라게라를 스쳐 갔다. 델라게라는 다가가 말했다. "자신만만하군, 맥스. 다음 샷이 실패하는 데에 오 달러."

키 큰 남자는 고개를 끄덕였다. "받지."

델라게라는 접은 지폐를 당구대 가장자리에 올려놓았다. 줄무늬 셔츠를 입은 젊은이가 손을 뻗었다. 맥스 칠은 고의가 아닌 척하며 그를 막고 지폐를 자기 주머니에 꽂고는 기계적으로 말했다. "오 달러 배팅." 그러고는 다음 샷을 하기 위해 몸을 굽혔다.

당구대 위에서는 크게 돌아가는 정교한 샷이 나왔다. 박수가 쏟아졌다. 키 큰 남자는 줄무늬 셔츠를 입은 조수에게 큐를 넘기며 말했다. "타임아웃. 잠깐 갈 데가 있어."

키 큰 남자는 어두운 곳을 지나 'MEN'이라고 쓰인 문으로 들어갔다. 델라게라는 담배에 불을 붙인 후 뉴턴가의 그저 그런 가게 안을 둘러보았다. 맥스 칠의 상대 역시 키 크고 창백하고 무표정한 남자였다. 그는 기록원 옆에 서서 서로 쳐다보지도 않고 말을 하고 있었다. 주변에 둘러선 사람들 틈에서 꽤 잘생기고 거만한 필리핀 사람 한 명이 초콜릿색 담배를 피우고 있었다.

당구대로 돌아온 맥스 칠은 큐를 집어 들고 초크를 발랐다. 그러고는 조끼에 손을 넣고 느릿하게 "오 달러 드려야지, 친구."라며 접은 지폐를 델라게라에게 건넸다.

그는 쓰리쿠션 세 개를 연속해서 성공시켰다. 기록원은 "맥스 칠, 44점. 연속 12득점."이라고 외쳤다.

두 남자가 사람들 틈에서 빠져나와 입구를 향해 가기 시작했다. 델라게라는 뒤에서 그들을 쫓아갔다. 천 덮인 당구대를 지나 계단 아래에 이르자 델라게라는 멈춰 서서 손안에 있던 지폐를 폈다. 쪽지에 갈겨쓴 주소를 읽고 나서는 지폐를 구겨 주머니에 넣으려 했다.

그때 무언가 단단한 것이 그의 등을 찔렀다. 밴조(*역주: 미국의 민속 음악이나 재즈에 쓰이는 현악기) 줄을 뜯는 것 같은 코맹맹이 목소리가 말했다. “어이, 누구 밑에 있나?”

델라게라는 코끝이 떨리고 싸늘해졌다. 가로등 빛을 뒤로 하고 눈앞에 남자 두 명의 다리가 보였다.

“좋아.” 코맹맹이 목소리가 험악해졌다.

델라게라는 몸을 옆으로 비끼면서 날렸다. 팔을 뱀처럼 뒤로 휘둘렀다. 그는 바닥에 넘어지면서 남자의 발목을 움켜잡았다. 남자가 내려친 총이 그의 머리를 빗나가면서 어깨를 가격했다. 왼팔이 엄청나게 고통스러웠다. 호흡이 격해지고 뜨거워졌다. 무언가가 그의 밀짚 중절모를 벗겨냈고, 날카로운 기합 같은 소리가 들려왔다. 그는 몸을 굴리면서 잡은 발목을 비틀었다. 몸 아래로 무릎을 구부렸다가 고양이처럼 유연하게 일어섰다. 그러고는 손에 잡고 있는 발목을 있는 힘껏 멀리 내던졌다.

갈색 양복의 필리핀인이 바닥에 쓰러지며 총을 든 손을 공중에 버둥거렸다. 델라게라는 그 손을 발로 걷어찼다. 총은 당구대 밑으로 굴러갔다. 대자로 누운 필리핀인이 고개를 들었다. 중절모는 그 와중에도 그의 번지르르한 머리카락에 딱 붙어 있었다.

안쪽에서는 여전히 평화롭게 쓰리쿠션 시합이 진행되고 있었다. 무슨 소동이 일어나든 이쪽에는 아무도 관심이 없었다. 델라게라는 바지 뒷주머니에서 가죽 끈이 달린 곤봉을 꺼냈다. 필리핀인의 갈색 얼굴이 일그러졌다.

"좀 더 배워야겠군. 일어서, 애송이."

델라게라의 목소리는 싸늘했지만 여유가 있었다. 갈색 남자는 겨우 일어서서, 왼손으로 자기 오른쪽 어깨를 더듬었다. 델라게라는 가볍게 곤봉을 휘둘러 그의 손을 쳤다. 남자는 배고픈 새끼 고양이같이 작게 비명을 질렀다.

델라게라는 어깨를 으쓱해 보였다. 입에는 냉소적인 웃음이 떠올랐다.

"강도셔, 응? 좋아, 황인종 녀석아. 다음번에 보자고. 난 지금 바쁘거든. 꺼져!"

필리핀인은 당구대 틈으로 물러나서 몸을 숙였다. 델라게라는 곤봉을 왼손으로 잡고 오른손을 권총 손잡이에 가까이 가져갔다. 필리핀인의 눈을 쳐다보며 잠시 그렇게 서 있던 그는 돌아서서 재빨리 계단을 올라갔다.

갈색 남자는 벽을 따라 재빨리 움직이더니 총을 집으러 당구대 밑으로 기어 들어갔다.

9

조이 칠이 문을 벌컥 열어젖혔다. 그는 가늠쇠 없는 짧은 권총을 들고 있었는데 작은 키에 삶에 찌든 얼굴이었다. 더러운 셔츠를 입었고 면도를 안 해 지저분했다. 등 뒤로 보이는 방에서는 역한 가축 냄새가 풍겨 나왔다.

그는 총을 내리고 불쾌할 정도로 활짝 웃으며 뒤로 물러섰다.

"네, 경관님. 여기서는 내키는 대로 하셔도 됩니다."

델라게라가 안으로 들어가 문을 닫아걸었다. 그러고는 철사처럼 뻣뻣한 머리카락 뒤로 밀짚 중절모를 젖히고 무표정하게 조이 칠을 바라보았다. "내가 이 도시에 사는 쓸데없는 놈들 주소를 다 알아야 하나? 응? 네 주소를 맥스한테 얼마나 힘들게 얻었는지 알아?"

키 작은 남자는 혼자 중얼거리며 침대에 벌렁 자빠졌다. 총을 베개 밑에 찔러 넣고는 뒤통수에 깍지를 끼고 천장을 바라보았다.

"혹시 백 달러 있어요, 형사님?"

델라게라는 등받이 의자를 홱 잡아채서 침대 앞에 끌어다 놓고 등받이 쪽으로 다리를 벌리고 앉았다. 그러고 나서 불도그가 조각된 파이프를 꺼내 천천히 담배를 채운 후 못마땅한 눈으로 방 안을 훑어보았다. 굳게 닫힌 창문, 에나멜칠이 벗겨진 침대 프레임, 아무렇게나 구겨진 더러운 침대보, 구석에 있는 지저분한 수건 두 개가 걸려 있는 세면대, 칠도 안 한 옷장, 그리고 옷장 위에 놓인 기드온 성경과 진 반 병…….

"잠수 중인가?" 그는 무관심하게 물었다.

"저한테 좋은 게 있어요, 형사님. 진짜 큰 건데요, 다들 찾고 있을 만한 거죠. 백 달러 가치는 있어요."

델라게라는 담배 주머니를 천천히 치우고, 불붙은 성냥을 파이프로 가져간 다음 뻑뻑거리며 피웠다. 침대 위의 남자는 곁눈질로 슬슬 눈치를 살폈다. 델라게라는 느긋이 말했다. "자넨 괜찮은 정보원이야, 조이. 항상 그래 왔지. 하지만 경찰관에게 백 달러는 엄청난 액수야."

"그만한 가치가 있죠. 마르 살인사건을 제대로 해결하려면 말이죠."

델라게라는 섬뜩한 눈으로 그를 응시했다. 이빨로 파이프를 꽉 물었다. 그는 아주 나직하고 험악하게 말을 뱉었다.

"들어보지, 조이. 가치가 있으면 돈을 내겠어. 그런데 꼭 그래야 할 거야."

작은 남자가 몸을 굴려서 팔꿈치로 몸을 세웠다. "임레이와 속옷 바람에 같이 있던 여자 아세요?"

"이름만 알아." 델라게라가 차분하게 말했다. "사진도 못 봤지."

"스텔라 라 모테라는 가명이에요. 진짜 이름은 스텔라 칠, 제 여동생이죠."

델라게라는 의자 등받이를 끌어안았다. "좋은데? 계속해."

"걔가 그를 가지고 논 거예요, 형사님. 눈 찢어진 필리핀 놈한테 헤로인 몇 봉지 받아내려고 장난 좀 친 거죠."

"필리핀 놈?" 델라게라는 빠르게 반응했다. 몹시 긴장한 표정이었다.

"네, 키 작은 갈색 놈이요. 잘 빼입고 다니고, 약장사하는 녀석인데, 망할 마약중독자예요. 이름은 토리보이지만 화끈한 꼬마라고 하죠. 그놈이 제 여동생하고 맞은편 방에 살면서 제 동생한테 약을 공급해 주었어요. 그러다 그놈이랑 제 동생이 같이 계획을 짰죠. 스텔라가 임레이 술에 약을 잔뜩 풀었고, 임레이가 정신을 잃자 필리핀 놈을 들어오게 해서 미니카메라로 사진을 찍었죠. 약삭빨랐죠, 그렇죠? 그러고 나서 제 동생이 임레이에게 미안해졌는지 어느 날 저하고 제 형에게 다 불더라고요."

델라게라는 뻣뻣하게 고개를 끄덕였다.

키 작은 남자는 작은 이빨을 보이며 차갑게 웃었다. "제가 뭘 했게요? 저도 다른 한편으로 작전을 짰죠. 그 필리핀 놈 뒤를 밟았더니, 형사님, 데이브 에이지가 사는 방돔가의 고층 아파트에 들어가더군요……. 이 정도면 한 장은 될 것 같은데요."

델라게라는 천천히 끄덕이며 재를 손바닥에 떨어뜨리고 입으로 불어 날렸다. "이 일을 누가 또 알고 있지?"

"맥스요. 형사님이 잘만 해주면 형이 뒤를 봐줄 거예요. 단지 이 일엔 끼고 싶지는 않대요. 이런 일은 안 하거든요. 형이 스텔라에게 이 도시를 떠나고 연락도 하지 말라고 돈을 줬어요. 그놈들은 무지 잔인하니까요."

"자네가 그 필리핀 친구를 미행한 곳이 어딘지 맥스는 모르는 것 같던데, 조이."

작은 남자는 벌떡 일어나 앉아 두 발을 땅에 내려놓았다. 그는 시무룩해졌다.

"흰소리가 아닌데요, 형사님. 한번도 그런 적 없어요."

델라게라는 조용히 대답했다. "자네를 믿지, 조이. 증거가 더 있어야겠어, 생각 좀 해봐. 어쩔 거지?"

작은 남자는 콧방귀를 뀌었다. "젠장, 어려운 얘길 하시는군. 그놈은 그전부터 매스터스와 에이지랑 짰거나, 아니면 사진을 찍어 협상하러 간 거겠죠. 그러다가 마르의 손에 그 사진이 들어갔을 거구요. 마르는 애초에 그런 게 있는지도 몰랐을 거고 매스터스나 에이지 쪽에서 그에게 일부러 준 것일지도 몰랐을 거예요. 임레이는 매스터스—에이지 연출로 판사 자리에 도전하고 있잖아요. 그러다가 이제는 치워버려야겠다고 생각했겠죠. 술이나 퍼마시는 성질 더러운 작자인 걸 다들 알거든요."

델라게라의 눈이 조금 반짝였다. 그러나 얼굴은 나뭇조각같이 그대로였다. 입에 물린 파이프도 시멘트로 붙여놓은 것처럼 움직임이 없었다.

조이 칠은 히죽거리며 말을 이었다. "그들은 큼직한 거래를 했을 거예요. 그쪽에선 마르가 어디서 왔는지 모르게 그에게 사진을 보냈겠죠. 그다음에 사진이 어디 있는지 임레이에게 흘리고요. 마르가 그걸 터뜨리려 한다면, 임레이 같은 친구가 뭘 할 거 같아요, 형사님? 사냥하러 가겠죠. 존 매스터스와 그 들러리들은 오리를 차지할 거고."

"아니면 사슴 고기를." 델라게라가 넋이 나가 대답했다.

"네? 좋아요, 그 정도면 됐죠?"

델라게라는 지갑을 찾아서 돈을 꺼내 무릎 위에 놓고 셌다. 그러고서 지폐들을 동그랗게 묶은 다음 침대에 던졌다.

"스텔라하고 연락하고 싶은데, 조이. 어떻게 하면 되지?"

작은 남자는 웃옷 주머니에 돈을 쑤셔 넣으며 고개를 흔들었다. "연락이 안 돼요. 맥스한테 물어보세요. 내 생각엔 여동생은 여길 떠났고, 저 역시 그럴 거예요. 이놈들은 제가 얘기한 대로 살벌한 놈들이라 조심해야겠어요. 요즘 절 쫓아다니는 놈들이 있는 걸 보면, 꼬리를 밟힌 거 같기도 하고요." 그는 일어서서 하품을 하더니 덧붙였다. "진 한 잔 할래요?"

델라게라는 고개를 흔들었다. 작은 남자는 옷장 위 진 병을 들어 두꺼운 유리잔에 가득 따랐다. 그는 잔을 비우더니 내려놓으려 했다.

그때 창문에서 짤랑 하는 소리가 났다. 곧이어 장갑을 끼고 치는 듯 둔한 소리가 들려왔다. 조이 칠의 발치, 카펫 너머 나무 바닥이 드러난 창가에 작은 유리 조각이 떨어졌다.

작은 남자는 이삼 초 정도 아무 움직임 없이 서 있었다. 유리잔이 손에서 떨어져 튀더니 벽까지 굴러갔다. 그리고 다리가 무너졌다. 몸이 느릿느릿 옆으로 기울더니 고꾸라졌다.

왼쪽 눈구멍으로부터 피가 얼굴로 느리게 흘러내렸다. 피는 점점 빨리 나왔고, 구멍이 점점 커지고 붉어졌다. 더 이상 아무 상관도 없다는 듯 조이 칠의 눈은 공허하게 천장을 보고 있었다.

델라게라는 잽싸게 바닥에 엎드렸다. 침대를 따라 기어서 창문 옆 벽까지 갔다. 그는 손을 뻗어 조이 칠의 셔츠 안쪽에 넣었다. 심장 부위에 잠시 손을 대고 있다가 고개를 가로저으며 손을 뺐다. 모자를 벗고 웅크린 채, 창문 모서리에서 아주 조심스럽게 고개를 들었다.

골목 건너편에는 높은 창고 건물이 있었다. 높은 위치에 창문들이 여기저기 나 있는데 불이 켜진 곳은 없었다. 델라게라는 다시 머리를 낮추고 나지막이 중얼거렸다. "소음기 달린 소총일 거야. 그리고 솜씨도 상당히 좋고."

그는 다시 손을 뻗어 조이 칠의 셔츠에서 돌돌 말은 돈뭉치를 꺼냈다. 그러고는 수그리고 벽에 붙어 가서, 손을 뻗어 문에 꽂힌 열쇠를 뽑은 후, 문을 열고, 일어서서 재빨리 나가 밖에서 문을 잠갔다.

그는 더러운 복도를 따라 계단 네 층을 내려가 좁은 로비로 나섰다. 로비는 비어 있었다. 초인종이 있는 탁자가 하나 있었다. 델라게라는 통유리 문 뒤에 서서 건너편 목조 건물을 보았다. 노인 두 명이 현관문 앞의 흔들의자에 앉아 담배를 피우고 있었다. 그들은 평화로워 보였다. 그는 그들을 몇 분 동안 지켜보았다.

밖으로 나간 델라게라는 길 양편을 매서운 눈으로 샅샅이 살피면서, 길 한쪽으로 주차된 차들을 따라 다음 모퉁이까지 걸어갔다. 두 구역을 지난 후 택시를 잡아타고 뉴턴가의 스톨당구장으로 돌아갔다.

당구장 전체에 불이 켜져 있었다. 공들이 부딪치고 구르고, 사람들은 짙은 담배연기 속에서 술렁였다. 델라게라는 주위를 둘러보다가 계산대 옆 높은 의자에 앉아 있는 퉁퉁한 얼굴의 남자에게 다가갔다.

"댁이 스톨 씨요?"

남자가 끄덕였다.

"맥스 칠은 어디 있소?"

"오래전에 갔소만, 형씨. 100점짜리 한 판만 쳤어요. 지금쯤 집에 있겠죠."

"집이 어디요?"

퉁퉁한 얼굴의 스톨이 델라게라를 슬쩍 곁눈질로 보았다.

"알 턱이 없지."

델라게라는 배지가 있던 주머니에 손을 올렸다가 지나치게 빨리 내리지 않으려 신경 쓰며 다시 내렸다. 스톨이 소리 없이 활짝 웃었다.

"경찰이셔? 알았어요. 그랜드가 서쪽으로 세 구역 떨어진 맨스필드호텔에서 지내요."

10

잘생긴 멋쟁이 필리핀인 세페리노 토리보는 전보 사무실 계산대에서 십 센트짜리 두 개와 일 센트짜리 동전 세 개를 집어 들면서 따분해하는 금발 머리 여직원에게 싱글거렸다.

"바로 발신되죠, 자기?"

여자는 차갑게 전보 내용을 힐끗 보았다. "맨스필드호텔? 이십 분이면 도착할 거예요. 자기는 빼시죠."

"알았어요, 자기."

토리보는 우아한 척 꾸물거리며 사무실을 걸어 나갔다. 금발의 여직원은 전보용지를 획 던지며 어깨 너머로 말했다. "정말 멍청한 작자야. 겨우 세 구역 떨어진 호텔로 전보를 치다니."

세페리노 토리보는 초콜릿색 담배에서 나오는 연기를 어깨 너머로 남기며 스프링가를 유유히 걸었다. 4번가에서 서쪽으로 돌아 세 구역을 더 가서 이발소 옆에 있는 맨스필드호텔의 옆문으로 들어갔다. 그런 다음 복층으로 향하는 대리석 계단을 올라가서 서재 뒤쪽을 지나 융단이 깔린 계단을 거쳐 3층으로 올라갔다. 3층에 도착해서는 문 위의 숫자를 보며 엘리베이터를 지나 복도 끝까지 건들거리며 걸어갔다.

엘리베이터를 향해 다시 반쯤 되돌아와 복도 중간 유리창 앞에 유리 테이블과 의자들이 놓여 있는 넓게 트인 공간으로 가서 의자에 앉았다. 새 담배에 불붙은 담배꽁초로 불을 붙이고, 등을 기대고 앉아 엘리베이터 쪽에 귀를 기울였다.

엘리베이터가 멈출 때마다 그는 몸을 앞으로 기울이고 발소리가 들리는지 살폈다. 십여 분이 지나자 누군가 가까이 다가왔다. 그는 일어서서 탁 트인 공간이 시작되는 벽 모퉁이로 다가갔다. 그러고는 오른쪽 겨드랑이 밑에서 총신이 길고 가느다란 총을 꺼내 오른손으로 쥐고 벽에 바싹 붙었다.

벨보이 유니폼을 입은 땅딸막하고 곰보 자국이 있는 필리핀 남자가 손에 작은 쟁반을 들고 있었다. 토리보는 휘파람을 불며 총을 들었다. 땅딸막한 필리핀인이 돌아보았다. 총을 본 그는 입이 벌어지고 눈이 휘둥그레졌다.

토리보가 물었다. "몇 호실이야, 이 자식아?"

땅딸막한 필리핀인은 덜덜 떨며 억지로 미소를 지어 보였다. 그는 다가와서 쟁반 위 노란 봉투를 보여주었다. 봉투에는 연필로 쓴 338이라는 글씨가 보였다.

"내려놔." 토리보가 조용히 속삭였다.

땅딸막한 필리핀인은 전보를 테이블에 내려놓았다. 그의 눈은 계속 총을 주시했다.

"꺼져." 토리보가 말했다. "넌 문 아래에 넣은 거야. 알았어?"

필리핀인은 동그란 검은 머리를 숙이며 다시 겁먹은 미소를 지어 보이고는, 엘리베이터로 부리나케 도망쳤다.

토리보는 총을 겉옷 주머니에 넣고, 하얀색의 접힌 종이를 주머니에서 꺼냈다. 그는 아주 조심스럽게 종이를 펼치고 반짝이는 하얀 가루를 왼손 엄지와 검지 사이 움푹한 곳에 떨어뜨렸다. 가루를 코로 재빨리 들이마신 후, 불꽃색 실크 손수건을 꺼내 코를 닦았다.

그는 아주 잠시 가만히 서 있었다. 곧 눈빛이 멍해지고, 광대뼈 위의 갈색 얼굴 피부가 더 팽팽해지는 것처럼 보였다. 그는 이를 악물고 소리 나게 숨을 쉬었다.

그는 노란 봉투를 집어 들고 복도 끝까지 걸어가서, 마지막 문 앞에 서서 두드렸다.

목소리가 들려왔다. 그는 문에 입술을 가까이 대고 고음으로 변조한 목소리로 말했다.

"편지 왔습니다, 손님."

침대 스프링이 삐걱거렸다. 마루를 건너오는 발소리가 들렸다. 열쇠가 돌아가고 문이 열렸다. 이때 토리보는 다시 총을 꺼내 들었다. 문이 열리자마자 그는 문을 옆으로 밀치고 엉덩이를 흔들며 폼을 잡고 들어갔다. 그리고는 가느다란 총구를 맥스 칠의 복부에 갖다 댔다.

"물러서!" 이제는 늘어진 밴조 줄 같은 금속성 목소리로 으르렁거렸다.

맥스 칠은 총에서 물러났다. 방을 지나 침대까지 뒷걸음치던 그는 다리가 침대 가장자리에 걸리자 침대 위에 주저앉았다. 스프링이 삐걱거리고 신문이 부스럭거렸다. 깔끔하게 빗어 넘긴 갈색 머리 아래 맥스 칠의 창백한 얼굴에는 아무 표정이 없었다.

토리보는 문을 조용히 닫고 자물쇠를 잠갔다. 그러자 맥스 칠은 갑자기 고통스러운 표정으로 얼굴을 일그러뜨렸다. 그의 입술이 떨리기 시작했다.

토리보가 비웃듯 쉿소리 나는 목소리로 말했다. "경찰에 찔러? 잘 가라."

그의 손에서 가느다란 총이 불을 뿜었다. 연달아 뿜어댔다……. 총구에서 희미한 연기가 피어올랐다. 총소리는 못에 망치질하는 소리나 손가락 관절로 나무판을 두드리는 소리보다 작았다. 소음은 일곱 번 울렸다.

맥스 칠은 침대 위에 아주 천천히 누웠다. 발은 여전히 바닥에 닿아 있었다. 눈은 텅 비었고, 입술이 벌어지자 분홍색 거품이 부글부글 흘러나왔다. 헐렁한 셔츠 앞쪽 몇 군데서 피가 보였다.

토리보는 총을 왼손으로 바꿔 잡은 후 겨드랑이에 끼워 넣었다. 그리고 주저하듯 침대로 다가가 맥스 칠을 내려다보았다. 잠시 후 부글거리던 분홍색 거품이 그치고, 맥스 칠의 얼굴에는 죽은 사람의 그것 같은 조용하고 텅 빈 표정이 떠올랐다.

토리보는 뒤로 돌아가 문을 열면서도 계속 침대를 응시하며 밖으로 발걸음을 옮겼다. 그때 등 뒤에서 움직이는 기척이 느껴졌다.

그는 몸을 돌리며 팔을 휘둘렀다. 순간 무언가에 맞아 머리가 핑 돌았다. 눈앞에서 땅바닥이 순식간에 회전하며 얼굴 앞으로 다가왔다. 언제 얼굴이 바닥에 부딪쳤는지도 몰랐다.

델라게라는 문 밖으로 나온 필리핀인의 다리를 방 안으로 차 넣었다. 그는 문을 닫고 잠갔다. 재빨리 침대로 다가가 옆구리에서 곤봉을 빼들었다. 그는 침대 옆에 한참 동안 서 있었다. 그러다 그는 내뱉었다. "청소를 하는군. 흠, 아주 깨끗하게."

델라게라는 토리보에게 되돌아가 그의 몸을 뒤집고 주머니를 뒤지기 시작했다. 신분증이 없는 잘 빠진 지갑, 새 문양이 있는 금 라이터, 금 담배 케이스, 열쇠, 금 연필과 칼, 불꽃색 손수건, 잔돈, 총 두 개와 예비 탄창 그리고 겉옷 앞주머니에서 헤로인 가루 다섯 봉지가 나왔다.

그는 그것들을 바닥 주위에 던지고 일어섰다. 필리핀인은 눈을 감은 채 힘겹게 숨을 몰아쉬었다. 한쪽 뺨에서 경련이 일었다. 델라게라는 주머니에서 얇은 철사 한 묶음을 꺼내 갈색 남자의 손목을 등 뒤로 묶었다. 그를 침대 쪽으로 끌고 가서 침대 다리에 등을 대고 앉히고는 철사로 그의 목을 침대 기둥에 묶었다. 그러고는 불꽃색 손수건을 느슨한 철사에 매달았다.

델라게라는 화장실에서 물 한 잔을 가져와 필리핀인의 얼굴에 있는 힘껏 뿌렸다.

깨어난 토리보는 목에 묶은 줄이 죄어오자 토할 듯 꿈틀거리다 눈을 번쩍 떴다. 그가 비명을 지르려 입을 벌렸다.

델라게라는 그의 목에 감긴 줄을 팽팽하게 잡아당겼다. 스위치를 꺼버린 것처럼 비명이 끊겼다. 조여드는 고통에 끄르륵거리는 소리만 났다. 토리보의 입에서 침이 흘렀다.

델라게라는 철사를 늦춰주고는 자신의 머리를 낮추고 그의 얼굴에 가까이 댔다. 그는 살기를 띤 정중하고 메마른 목소리로 말했다.

"할 이야기가 있겠지, 히스패닉? 바로 지금은 아닐 수도, 나중일 수도 있겠고. 하지만 좀 지나면 얘기하고 싶어질 거야."

필리핀인은 누런 눈알을 굴리다가 침을 뱉었다. 그러고 입을 단단히 닫았다.

델라게라는 희미하고 섬뜩하게 미소 지었다. “사나이군.” 그는 부드럽게 말했다. 그는 손수건을 끌어당겨 토리보의 목젖 위를 철사가 파고들 정도로 세게 조였다.

필리핀인의 다리가 바닥에서 퍼덕거리기 시작했다. 몸이 마구 이리저리 뒤틀렸다. 갈색 얼굴은 짙은 보랏빛으로 변했다. 피가 몰려 눈알이 튀어나올 정도로 부풀었다.

델라게라는 철사를 다시 느슨하게 풀었다.

필리핀인은 다급하게 산소를 들이마셨다. 고개를 숙이다가 침대 기둥에 세게 부딪쳤다. 그는 두려워 떨었다.

“얘기하겠소.” 그는 숨을 내쉬었다.

11

초인종이 울렸다. ‘무쇠 머리’ 투미는 검정 10을 빨강 잭 위에 조심스럽게 내려놓았다. 그는 입술을 다시며 카드를 모두 내려놓고, 식당의 아치 건너 방갈로 앞문을 보았다. 그러고는 천천히 일어섰다. 듬성듬성한 회색 머리와 큰 코를 가진 몸집이 거대한 남자였다.

아치 건너편 거실의 커다란 소파에는 금발 머리의 마른 여자가 빨간 갓을 씌운 램프 아래서 잡지를 읽고 있었다. 그녀는 예쁘지만 너무 창백하고 치켜뜬 눈썹 때문에 깜짝 놀란 표정이었다. 그녀는 잡지를 내려놓고 두려움에 떠는 눈으로 무쇠 머리 투미를 쳐다보았다.

투미는 손가락을 조용히 튕겼다. 여자는 일어서서 아치를 황급히 지나 주방의 회전문을 열고 들어갔다. 그녀는 소리가 나지 않도록 문을 조용히 닫았다.

더 길게 초인종이 다시 울렸다. 투미는 흰 양말을 신은 발에 카펫 슬리퍼를 대충 신고 큰 코에 안경을 쓰고서는 그의 옆에 있는 의자에서 리볼버를 집어 들었다. 그러고는 바닥에서 구겨진 신문을 주워 왼손에 든 총을 대충 가렸다. 그는 느긋하게 현관문으로 다가갔다.

그는 문을 열며 하품을 하고는 졸린 눈으로 안경 너머 현관에 서 있는 키 큰 남자를 보았다.

"그래, 용건이 뭐요?" 그는 귀찮은 듯 말했다.

델라게라는 말했다. "경찰입니다. 스텔라 라 모테를 만나러 왔습니다."

무쇠 머리 투미는 문틀을 굵은 장작 같은 팔로 짚고는 버티고 섰다. 여전히 성가신 표정이었다.

"잘못된 정보를 가지셨군. 여기에 계집 따윈 없소."

델라게라가 말했다. "들어가서 좀 보겠습니다."

투미는 비웃었다. "들어오겠다고? 염병!"

델라게라는 주머니에서 재빠르게 총을 꺼내 투미의 왼쪽 손목을 내려쳤다. 신문지와 커다란 권총이 현관 바닥에 떨어졌다. 투미의 얼굴이 조금 굳었다.

"케케묵은 수작이군." 델라게라가 내뱉었다. "들어가지."

투미는 왼쪽 손목을 흔들더니, 순간 문틀을 짚고 있던 다른 팔을 델라게라의 턱을 향해 휘둘렀다. 델라게라는 머리를 뒤로 십 센티쯤 움직여 피했다. 그러고는 얼굴을 찌푸리고 혀를 찼다.

투미가 그에게 몸을 날렸다. 델라게라는 옆으로 피하며 그의 회색 머리를 총으로 내리쳤다. 투미는 바닥에 배를 깔고 쓰러졌는데 반은 집 안에 반은 현관 밖이었다. 그는 신음 소리를 내며 바닥을 손바닥으로 단단히 짚고 아무 일 없었다는 듯 다시 일어서기 시작했다.

델라게라는 투미의 총을 발로 차서 멀리 보냈다. 그때 집 안에서 주방문이 살짝 삐걱 소리를 냈다. 델라게라가 소리 나는 쪽을 보는 순간, 투미는 한 손으로 무릎을 짚고 일어서 델라게라의 배에 주먹을 날렸다. 델라게라가 신음 소리를 내며 투미의 머리를 강하게 내리쳤다. 투미는 머리를 흔들며 말했다. "이봐, 그래봤자 시간 낭비야."

그는 옆으로 굴러서 델라게라의 다리를 잡아채 들어올렸다. 델라게라는 중심을 잃고 현관 바닥으로 넘어져 문가에 찍혔다. 머리가 부딪쳐 어지러웠다.

금발 머리의 깡마른 여자가 식당 아치에서 소형 자동권총을 손에 들고 달려들었다. 그녀는 델라게라에게 총을 겨누고 미친 듯이 날뛰며 소리쳤다. "잡아! 젠장!"

델라게라는 머리를 흔들며 무어라 이야기하려다가 투미가 발목을 비틀자 숨을 참았다. 투미는 델라게라의 발목을 비트는 것 외에는 하고 싶은 게 없다는 듯 이를 악물고 힘을 주었다.

델라게라의 머리가 젖혀지며 얼굴이 하얘졌다. 입은 극심한 고통으로 일그러졌다. 그는 왼손으로 투미의 머리카락을 움켜잡아서 그의 커다란 머리를 힘껏 들어올렸다. 델라게라는 오른손에 든 콜트 권총 총신으로 있는 힘껏 후려쳤다.

투미가 축 늘어진 흔들거리는 덩어리처럼 델라게라의 다리 위로 쓰러졌다. 투미에게 깔린 그는 바닥에서 움직일 수 없었다. 그는 오른손으로 바닥을 짚고 투미의 육중한 몸으로부터 빠져나오느라 바닥에 떨어진 총을 집을 수 없었다. 금발 머리 여자는 분노로 하얗게 질린 채 눈을 부릅뜨고 가까이 다가왔다.

델라게라가 지친 목소리로 말했다. "바보 짓 하지 말아요, 스텔라. 조이가……."

금발 머리 여자의 표정이 정상이 아니었고 눈빛도 이상했다. 동공이 수축됐고, 기괴하게 번득였다.

"경찰!" 그녀는 거의 비명을 지르다시피 했다. "경찰! 제기랄, 경찰이 너무 싫어!"

그녀의 총에서 요란한 소리가 났다. 소리는 방 안 가득 울리다가 열린 앞문으로 빠져나가 길 건너편 높은 담장까지 가서 사라졌다.

델라게라의 머리 왼쪽에 곤봉으로 맞은 듯한 충격이 가해졌다. 고통이 머리를 휘감았다. 빛이 치솟았고, 온 세상이 하얀 빛으로 가득 채워졌다. 그리고 어두워졌다. 그는 바닥없는 어두움 속으로 소리 없이 떨어졌다.

12

빛은 붉은 안개로 그의 눈앞에 돌아왔다. 머리 옆쪽의 찢어질 듯 격심한 고통이 얼굴 전체에 밀려와 이빨 속까지 파고들었다. 혀를 움직이려 하면 뜨겁고 무거웠다. 손을 움직이려 했다. 그러나 그에게서 멀리 떨어져나간, 전혀 그의 손이 아니었다.

그가 눈을 뜨자 붉은 안개는 사라지고 대신 한 얼굴이 마주 보였다. 커다란 얼굴, 아주 가까이에 있는 거대한 얼굴이었다.

기름지고 푸르스름한 늘어진 턱과 웃고 있는 두툼한 입술 사이에 물린 밝은 색 띠가 감긴 시가가 보였다. 얼굴이 낄낄거렸다. 델라게라는 눈을 감았고 고통이 밀려와 그를 휩쓸었다. 그는 기절했다.

몇 초, 아니 몇 년이 지난 듯했다. 얼굴이 다시 보였다. 탁한 목소리가 들렸다.

"이런, 다시 정신이 돌아왔군. 그래도 좀 센 친군데."

얼굴이 가까이 다가왔고, 시가 끝이 체리색으로 붉게 탔다. 델라게라는 연기에 숨이 막혀 컥컥거렸다. 머리 옆이 벌어져 터진 것 같았다. 뜨거운 피가 광대뼈를 타고 옆으로 흘러내려 이미 딱딱하게 말라붙어 굳어버린 피딱지 위를 덮었다.

"나아졌군." 탁한 목소리가 말했다.

사투리가 섞인 다른 목소리가 뭔가 가볍고 음산한 소리를 했다. 큰 얼굴은 그쪽을 돌아보며 낄낄거렸다.

드디어 델라게라는 완전히 깨어났다. 방 안에 있는 네 명을 확인했다. 큰 얼굴은 빅 존 매스터스였다.

깡마른 금발 여자는 소파 끝에 몸을 웅크리고 앉은 채 마약에 취해 바닥을 내려다보고 있었다. 그녀의 두 손은 쿠션 뒤에 가려져 있었다.

데이브 에이지는 커튼으로 가려진 창 옆에서 길고 쭉 뻗은 몸을 벽에 기대고 서 있었다. 뾰족한 얼굴은 지루해 보였다. 드류 청장은 소파의 반대편 낡은 등 아래 앉아 있었다. 불빛 아래 그의 머리카락은 은색으로 보였고 매우 반짝이는 푸른 눈이 열심히 집중하고 있었다.

빅 존 매스터스는 반짝이는 총을 들고 있었다. 총을 본 델라게라는 일어서려 했다. 그러나 단단한 손이 그의 가슴을 뒤로 밀었다. 구역질이 났다. 탁한 목소리가 거칠게 말했다. "그대로 있어. 어딜 쑤시고 다녀, 실컷 했잖아. 이건 우리 파티야."

델라게라는 입술을 핥으며 말했다. "물 한 잔 주지."

데이브 에이지가 벽에서 떨어져 식당으로 갔다. 유리잔을 들고 와서 델라게라의 입에 대주었다. 델라게라는 마셨다.

매스터스가 입을 열었다. "우린 자네의 배짱을 좋아해. 하지만 제대로 썼어야지. 자넨 좀 눈치 없는 친구 같아. 그건 아주 나쁜 거야. 그게 자넬 이 지경으로 만들지 않았나. 알겠어?"

금발 머리 여자가 고개를 돌려 우울한 눈으로 델라게라를 보고는 다시 눈을 피했다. 에이지는 그가 있던 벽으로 돌아갔다. 드류는 피범벅이 된 델라게라의 얼굴 때문에 자기 얼굴이 아프다는 듯 떨리는 손가락으로 얼굴을 두드렸다. 델라게라는 느릿느릿 말했다. "날 죽여봐야 교수대에 당신 목을 좀 더 높이 매달 뿐이야, 매스터스. 한 판 크게 빨리고도 정신 못 차리는 봉은 그냥 봉이거든. 당신은 결국 아무 이유 없이 두 명을 죽였잖아. 이젠 뭘 감추려고 사람을 죽이는지 당신도 모를 지경이잖소."

빅 존 매스터스가 거칠게 욕하며 총을 들었다가, 곁눈질하며 천천히 내렸다. 에이지가 나른한 목소리로 말했다. "살살 하죠. 말이라도 들어보자구요."

델라게라는 여전히 느린, 아무래도 상관없다는 말투로 말했다. "저기에 있는 아가씨는 당신이 죽인 두 남자의 여동생이지. 저 아가씨가 오라비들에게 다 불었어. 임레이를 함정에 빠뜨린 거하고 누가 사진을 찍었는지, 도네건 마르가 어떻게 엮였는지 말이야. 작은 필리핀 친구가 뭘 해냈는지도 말이오. 난 대략 이해가 갔소. 당신은 임레이가 마르를 쏘리라 확신하지 못했을 거야. 그 반대로 될 수도 있었을 거고. 당신들 입장에서야 어느 편이든 환영이었을 거요. 다만 임레이가 마르를 죽인다면 사건이 빨리 종결되어야 하니까, 거기서 당신이 미끄러진 거지. 무슨 일이 벌어졌는지 알기 전에 덮으려고 했으니까."

매스터스가 거칠게 말했다. "형편없군, 형사. 너절한 소리야. 자넨 내 시간을 낭비하고 있어."

금발 머리 여자가 델라게라 쪽으로 얼굴을 돌려 매스터스의 등을 바라보았다. 이제 그녀의 눈은 증오로 무서운 초록색이 되었다. 델라게라는 약간 어깨를 으쓱하고 계속했다. "맥스 칠과 조이 칠 형제에게 청부살인업자를 붙이는 것쯤 별일 아니겠지. 내가 마르 편이라고 생각해서 날 수사에서 빼버리고, 조작된 혐의를 씌우고, 직무 정지를 시킨 것도 별일 아니었겠지만 임레이가 별안간 사라져버린 건 별일이었을 거야. 그래서 생각이 많아졌고."

매스터스의 싸늘한 검은 눈이 쏟아질 듯 커졌다. 두꺼운 목이 부풀었다. 에이지는 벽에서 몇 발자국 나와 긴장한 채 섰다. 잠시 후 매스터스가 이를 악물고 아주 조용히 말했다. "그건 좋군. 그 얘기 좀 해주게."

델라게라는 두 손가락 끝으로 피범벅이 된 얼굴을 만지고는 손가락을 보았다. 그의 담담한 눈은 속을 알 수 없었다.

"임레이는 죽었소, 매스터스. 마르가 살해당하기 전에 죽었지."

방 안은 아주 조용했다. 그 안의 누구도 움직이지 않았다. 네 명 모두 충격에 얼어붙은 것을 델라게라는 쳐다보았다. 한참이 지난 후 매스터스가 숨을 거칠게 몰아쉬고는 거의 속삭이듯 말했다. "말해 봐, 형사. 빨리 말해. 아니면 빌어먹을 내가……."

전혀 아무 감정도 없는 델라게라의 목소리가 그의 말을 냉정하게 끊었다. "임레이는 바로 마르를 찾아갔지. 왜 안 그러겠소? 임레이는 자기가 이중으로 걸려든 걸 몰랐으니까. 임레이는 오늘이 아니라 어젯밤에 찾아갔어. 그는 푸마호수의 별장까지 마르와 차를 같이 타고 갔지. 잘 풀어보려고 했겠지만, 웃기는 짓이었어. 그리고 거기에서 터진 거지. 싸움이 벌어졌고 임레이가 죽었어. 현관 끝에서 마르에게 밀린 임레이는 절벽 아래 바위로 떨어져 머리가 박살난 거지. 마르 별장의 헛간에 가보면 임레이가 죽어 있을 거요……. 그래. 마르는 그를 죽이고 시내로 되돌아왔어. 그런데 오늘 임레이라는 사람이라면서 12시 15분에 만나자는 전화가 왔지. 마르가 뭘 했겠소? 핑계. 당연히 점심이나 먹으라고 여직원을 내보내고, 재빠르게 잡을 수 있는 곳에 총을 놓아두었지. 그는 문제가 생길 때를 대비한 거죠. 다만 방문자가 마르를 속였고, 마르는 총을 쏘지 못했지만."

매스터스가 우악스럽게 내뱉었다. "젠장, 이봐, 네가 이 모든 걸 다 알아낼 수는 없잖아!"

그는 드류를 뒤돌아보았다. 드류는 긴장으로 얼굴이 잿빛이었다. 에이지는 벽에서 조금 더 떨어져 드류 가까이에 섰다. 금발 머리 여자는 까딱하지 않았다.

델라게라는 지친 듯 말했다. "물론 추측이지. 하지만 사실에 맞추어 한 추측이야. 그렇게 되어야 말이 되지. 마르는 총을 잘 다루는 사람이고 모든 준비도 돼 있었지. 그런데 왜 쏘지 않았을까? 왜냐하면 전화한 사람이 여자였거든."

그는 팔을 들어 금발 머리 여자를 가리켰다. "너희의 살인자가 저기 있잖아. 저 여자는 임레이를 사랑하면서도 함정에 밀어넣었어. 저 여자는 마약중독이거든. 약쟁이들이란 그렇지. 저 여잔 미안하고 슬프고, 그래서 스스로 마르를 쫓아간 거요. 물어봐!"

금발 머리 여자가 날쌔게 덤벼들었다. 쿠션 뒤에 감추고 있던 오른손으로 델라게라를 쏘았던 작은 자동권총을 꺼내 들었다. 그녀의 창백한 녹색 눈은 공허하게 노려보았다. 매스터스가 돌아서며 번쩍이는 리볼버로 그녀의 팔을 내리치려 휘둘렀다.

그녀는 순간의 망설임도 없이, 그를 두 번 똑바로 대고 쏘았다. 그의 두꺼운 목에서 피가 솟구쳐 코트로 흘러내렸다. 그는 휘청거리며 델라게라 발 가까이 리볼버를 떨어뜨리고 델라게라가 앉아 있는 의자 뒤의 벽을 향해 쓰러졌다. 매스터스가 넘어지면서 벽을 친 손은 천천히 미끄러져 내려갔다. 그는 육중하게 무너져 다시는 움직이지 않았다.

리볼버는 델라게라 가까이에 있었다.

드류가 일어서서 고함쳤다. 여자는 델라게라를 의식하지 못한 듯 천천히 에이지 앞으로 돌아섰다. 에이지는 겨드랑이에서 루거 기관총을 꺼내며 드류를 밀쳐냈다. 자동권총과 루거 기관총이 동시에 으르렁댔다. 작은 총이 빗나갔다. 여자는 왼손으로 가슴을 움켜쥐고 소파 위로 나가떨어졌다. 그녀는 눈알이 돌아간 채 총을 다시 올리려 했다. 그러다 쿠션 위로 쓰러졌고, 가슴을 움켜쥔 손이 늘어졌다. 금세 드레스 앞이 피로 흥건해졌다. 그녀의 눈은 떠진 채 움직이지 않았다.

에이지는 델라게라를 향해 루거 기관총의 총구를 돌렸다. 극도의 긴장감으로 눈썹이 일그러져 마치 웃는 듯했다. 잘 빗은 모래색 머리가 비쩍 마른 대머리 위로 마치 그림을 그린 것처럼 찰싹 붙어 있었다.

델라게라는 자동소총이 드르륵거리는 것만큼이나 재빨리 에이지에게 네 번 쏘았다.

쓰러지기 전 아주 짧은 순간 동안 에이지의 얼굴은 노인처럼 홀쭉해지고 생기가 없어졌으며, 그의 눈은 얼빠진 바보의 눈처럼 변했다. 아직 루거 기관총을 손에 든 채 기다란 몸이 바닥으로 잭나이프처럼 꺾어졌다. 뼈가 없는 듯 한쪽 다리가 접혔다.

방 안 공기 속에는 화약 냄새가 찌릿했다. 총소리로 인해 귀가 얻어맞은 듯 먹먹했다. 델라게라는 천천히 일어서서 번쩍이는 리볼버로 드류에게 지시했다.

"당신네 파티 말입니다, 청장님. 원하던 대로 됐습니까?"

드류는 떨면서 허옇게 뜬 얼굴로 끄덕였다. 그는 침을 삼키며 마루를 건너 에이지의 뻗어버린 죽은 몸뚱이를 지나갔다. 소파 위의 여자를 내려다보며 고개를 흔들었다. 그는 매스터스에게로 넘어가서 한쪽 무릎을 꿇고 만져보았다. 그는 다시 일어났다.

"다 죽었군. 내 생각엔 그런 거 같네."

델라게라는 대답했다. "그거 멋지군요. 그런데 그 덩치는 어떻게 됐습니까? 투미 말입니다."

"매스터스가 어디론가 보내더군. 내, 내 생각엔 델라게라 자네를 죽이려는 의도는 아니었을 거야."

델라게라는 고개를 조금 까닥했다. 그의 표정이 부드러워지기 시작했다. 사납게 찡그렸던 주름살들이 사라졌다. 피범벅이 되지 않은 쪽의 얼굴은 다시 사람의 것처럼 보이기 시작했다. 손수건으로 얼굴을 닦았다. 선홍색 피가 묻어 나왔다. 그는 손수건을 버리고 헝클어진 머리를 손가락으로 가볍게 매만졌다. 머리카락 일부는 마른 피 속에 엉겨 있었다.

"그 망할 놈들이 그럴 생각이었다면 곤란하죠." 그는 대답했다.

집은 아주 고요했다. 밖에서도 아무 소음이 없었다. 드류는 귀를 기울이고 냄새를 맡아보더니 앞문으로 가서 바깥을 둘러보았다. 거리는 어둡고 조용했다. 드류는 델라게라에게 되돌아왔다. 미소가 그의 얼굴에 천천히 지어졌다.

"이거 죽여주는 이야긴데." 드류가 입을 열었다. "경찰청장이 스스로 비밀공작원이 되자 고지식한 형사는 청장을 돕기 위해 함정에 빠진다……."

델라게라는 아무 표정도 없이 그를 쳐다보았다. "그렇게 꾸미고 싶습니까?"

드류는 이제 차분하게 말했다. 그의 얼굴은 분홍색으로 되돌아왔다. "경찰청과 우리 경찰들을 위해 그리고 이 도시를 위해 좋은 일을 하자는 거지. 그리고 우리들 스스로를 위해 그리 하는 것만이 현명한 방법일 게야."

델라게라는 그를 똑바로 쳐다보았다.

"저도 그러는 게 아주 좋겠군요." 그는 믿기지 않는다는 듯 말했다. "그대로 된다면야, 바로 그렇게만."

13

차를 세운 마커스는 커다란 나무들의 그늘 속에 있는 저택을 감탄하며 쳐다보았다.

"엄청 멋있는걸. 저런 데 가서 푹 쉬고 싶군."

델라게라는 결리고 피곤한 몸으로 천천히 차에서 나왔다. 밀짚 중절모는 쓰지 않고 옆구리에 끼고 있었다. 밀어낸 왼쪽 머리 한 부분의 꿰맨 자리는 거즈와 반창고를 붙여서 가리고 있었다. 거즈 끝에 뻣뻣한 심지 같은 머리카락이 우스꽝스럽게 서 있었다.

"그래, 하지만 난 이딴 곳에 오래 있진 않을 거야. 여기서 기다리게."

그는 풀 사이를 가로지른 돌길을 따라 걸어갔다. 아침햇살 속에서 나무들이 잔디 위로 길게 그림자를 드리웠다. 차양막이 내려진 저택은 고요했고, 문에 달린 놋쇠 손잡이에는 어두운 화관이 걸려 있었다. 델라게라는 정문을 향해 올라가지 않았다. 창문 아래의 다른 길로 돌아서 글라디올러스 화단이 있는 저택의 옆으로 난 길을 따라 걸었다.

저택 뒤에는 나무들이 좀 더 있었다. 잔디밭도 좀 더, 꽃밭도 좀 더, 햇살과 그늘도 좀 더 있었다. 그 안에 수련이 피어 있는 연못과 커다란 돌 개구리도 있었다. 그 너머에 타일로 덮은 철제 탁자 주변에는 정원용 의자가 반원 모양으로 놓여 있었다. 의자 하나에 벨 마르가 앉아 있었다.

그녀는 헐렁하고 편한 흑백의 드레스를 입고 적갈색 머리에는 챙 넓은 정원용 모자를 쓰고 있었다. 그녀는 잔디밭 너머를 바라보며 조용히 앉아 있었다. 그녀의 얼굴은 희었다. 화장으로 눈부셨다.

천천히 고개를 돌린 그녀는 희미한 미소를 지으며 그녀 옆의 의자를 가리켰다. 델라게라는 앉지 않았다. 그는 밀짚 중절모를 겨드랑이에서 꺼내 들고 챙을 손가락으로 톡톡 건드렸다.

"사건이 종결됐어. 이제 검시니 조사니 할 테고 언론에서 떠들어대고 사람들은 촉각을 세우고 서로 비난할 거야. 한동안 신문에 크게 나겠지만 뭐가 가려졌든 밝혀졌든 종결된 사건이야. 이젠 잊어버려도 돼."

여자는 파란 눈을 크게 뜨고 그를 보았다가 풀밭 너머로 눈을 돌렸다.

"머리는 많이 아파요, 샘?" 그녀가 조용히 물었다.

델라게라는 대답했다. "응, 괜찮아……. 그러니까 어떻게 된 일이냐면, 라 모테라는 여자가 매스터스를 쏘고 그리고 도네건을 쐈지. 에이지가 그 여자를 쐈고, 내가 에이지를 쐈고. 서로 다 죽였어. 빙빙 돌며 한바탕 논 거야. 임레이가 어떻게 죽었는지는 우리도 모르지만 이제는 그게 중요할 것 같지는 않아."

델라게라를 쳐다보지도 않고 그녀가 나직이 물었다. "별장에 있던 시체가 임레이라는 걸 어떻게 알았어요? 신문에서는……." 그녀는 갑자기 몸서리를 치며 말을 끊었다.

그는 긴장한 채 손에 든 모자를 응시했다. "몰랐어. 여자가 도네건을 쐈다고 생각했지만, 호숫가에 있던 시체가 임레이라는 건 직감 같은 거였어. 인상착의가 맞아떨어졌으니까."

"도니를 살해한 게 여자라는…… 건 어떻게 알았어요?" 작게 속삭이듯 그녀는 주저하며 물었다.

"그냥 알았지."

그는 몇 걸음 걸어가 서서 나무를 바라보았다. 그는 다시 그녀의 의자 옆으로 돌아와 섰다. 그의 얼굴은 심각했다.

"우리, 서로 잘 지냈지? 우리 셋 다. 당신과 도니 그리고 나. 인생이란 가혹한 거지. 이제 전부 사라졌어. 좋은 건 다."

그녀의 목소리는 속삭이듯 했다. "다 사라진 건 아닐 거예요, 샘. 이제부터 우리는 자주 만나도록 해요."

모호한 미소가 그의 입 끝에 스쳐 지나갔다.

"이건 처음으로 내가 조작한 사건 결과야." 그는 나지막이 말했다. "이것이 마지막이기를 바랄 뿐이야."

벨 마르의 머리가 조금 흔들렸다. 의자 팔걸이를 움켜잡은 그녀의 손은 니스를 칠한 나무에 대조되어 새하얗게 보였다. 그녀의 온몸이 굳어버린 듯했다.

잠시 후 델라게라는 주머니에서 금빛으로 반짝이는 무언가를 꺼내어 손에 들었다. 그는 그것을 멍하니 바라보았다.

"배지를 되찾았어." 그는 말했다. "예전처럼 깨끗하진 않아.

그래도 다른 대부분의 경찰만큼이지. 그 정도라도 지키도록 할 거야." 그는 배지를 다시 주머니에 넣었다.

벨 마르는 천천히 일어나 그의 앞에 섰다. 그녀는 턱을 들고 그를 오랫동안 응시했다. 붉은 립스틱과 대비된 얼굴이 더 하얗게 보였다.

그녀가 입을 열었다. "맙소사, 샘……. 나 이제야 깨닫기 시작했어요."

델라게라는 그녀의 얼굴을 보지 않았다. 그는 그녀의 어깨 너머 멀리 희미한 어딘가를 보았다. 어쩐지 모호하고 이제 그녀와는 거리를 둔 듯 말하였다.

"맞아……. 내가 여자라고 생각한 이유는 여자들이나 쓸 만한 작은 총이었기 때문이지. 하지만 그것 때문만은 아니야. 내가 별장에 가보니 아주 외지더군. 게다가 임레이로서는 도니가 가장 문제였고 자신에게 떨어질 상황을 받아들이긴 쉽지 않았을 거야. 살인을 저지를 만한 충분한 정황이 되었지. 그래서 매스터스와 에이지는 그의 짓이라고 단정하고는 변호사를 시켜서 혐의를 전부 인정하도록 설득하고 아침에 출두하겠다고 약속하도록 했어. 임레이가 죽은 줄 모르는 사람들로선 자연스러운 일이지. 한편 경찰은 여자가 탄피를 수거했다는 생각은 못했을 거야. 그 후에 조이 칠의 이야기를 듣고 범인이 라 모테라는 여자일 거라는 생각을 했어. 하지만 그 여자 앞에서 그 말을 했을 때엔 그렇지 않을 거라는 생각이 들었어. 더러운 짓이지. 그 말 때문에 여자가 죽은 거니까. 어쨌든 그놈들을 생각하면 그녀를 살려둘 일은 거의 없지만 말이야."

벨 마르는 가만히 그를 바라보고 있었다. 그녀의 머리카락만이 바람에 흩날릴 뿐이었다.

그는 거리감 없이 그녀를 무거운 눈으로 잠시 바라보다가 다시 눈길을 돌렸다. 그는 주머니에서 열쇠 꾸러미를 꺼내 탁자에 던져놓았다.

"완전히 알기까지 세 가지를 파악하기 어려웠지. 수첩 위의 메모, 도니의 손에 있던 총, 사라진 탄피. 그러다 불현듯 깨달았어. 그는 바로 죽지 않았던 거야. 그는 정신력이 강했고 숨을 거두기 전까지 견뎌냈어. 누군가를 보호하려고. 수첩 위의 메모는 떨면서 쓴 글씨였어. 총을 맞은 후에 쓴 거지. 혼자 죽어가면서. 줄곧 임레이를 생각하고 있었으니 그 이름을 썼고 그 바람에 혼란만 가중됐지. 그러니까 그는 메모를 쓰고 책상에서 총을 꺼내 손에 들고 죽었지. 그래서 탄피가 남았고. 나중엔 그것도 알게 됐지. 총은 책상 건너편 가까이에서 발사되었고, 그 책상 끝엔 책들이 있었는데 탄피가 거기에 떨어져 도네건이 집을 수 있는 위치에 남게 됐지. 바닥에 떨어졌다면 주울 수 없었을 거야. 당신이 준 열쇠 꾸러미엔 사무실 열쇠도 있었어. 어젯밤 늦게 그곳에 갔지. 그의 시가 보관함에서 탄피를 찾았어. 아무도 거기까지는 찾아보지 않았던 거야. 결국 있겠다 싶은 데만 찾아보거든."

그는 말을 멈추고 한쪽 얼굴을 비볐다. 잠시 후 덧붙였다. "도니는 그가 할 수 있는 최선을 다했어. 그리고 죽었지. 멋지게 해냈어……. 나도 그가 원하는 대로 그를 보내주기로 했어."

벨 마르는 천천히 입을 열었다. 처음에는 웅얼거렸지만 분명해졌다.

"단순히 여자 문제가 아니었어요, 샘. 그 여자들의 부류가 문제였어요." 그녀가 몸을 떨었다. "지금 시내로 가서 자수하겠어요."

델라게라는 대답했다. "아니. 원하는 대로 그를 보내주겠다고 얘기했잖아. 시내에 있는 놈들은 지금 이렇게 된 것에 모두들 좋아하고 있어. 정치적으로 말이야. 매스터스-에이지 놈들로부터 도시를 구할 수 있었으니까. 드류 청장은 잠시 권력을 잡았을 뿐 끝까지 가기엔 힘이 없어. 그러니 문제 될 일은 없어……. 그에 관해서는 아무것도 하지 마. 도니가 마지막 힘을 다해서 원하는 것을 보여주었잖아. 당신은 물러나 있어. 그럼 잘 지내……."

그는 그녀의 충격을 받은 하얀 얼굴을 빠르게 한 번 더 바라보았다. 그러고는 뒤돌아서 잔디밭을 걸어 나가, 저택 옆면의 화단과 돌 개구리가 있는 연못을 지나 차가 있는 바깥으로 나갔다.

피트 마커스가 차 문을 열었다. 델라게라는 차에 타고서 털썩 주저앉고는 머리를 시트에 기대며 눈을 감았다. 그는 심드렁하게 말했다. "살살 가자고, 피트. 두통이 끔찍하군."

마커스는 시동을 걸고, 길로 돌아 나와 드니브 레인을 따라 시내로 향했다. 나무로 그늘진 저택은 그들 뒤로 사라지다가 키 큰 나무들로 결국 가려졌다.

그곳으로부터 멀리 떨어지고 나서야 델라게라는 다시 눈을 떴다.

무라카미 하루키의 모든 것

무라카미 하루키

출생 1949년 1월 12일

일본 교토부 교토시

직업 소설가, 번역가

국적 일본

교육 문학사

학력 와세다대학 제1문학부 영화연극과

활동 기간 1979년~현재

장르 소설, 번역, 수필, 기행문, 논픽션

대표작 바람의 노래를 들어라(風の歌を聴け, 1979)

양을 쫓는 모험(羊をめぐる冒險, 1982)

세계의 끝과 하드보일드 원더랜드(世界の終りとハードボイルド・ワンダーランド, 1985)

노르웨이의 숲(ノルウェイの森, 1987)

태엽 감는 새(ねじまき鳥クロニクル, 1994, 1995)

해변의 카프카(海邊のカフカ, 2002)

1Q84(2009, 2010)

기사단장 죽이기(騎士團長殺し, 2017)

주요 수상 군조신인문학상(群像新人文學賞, 1979)

노마문예신인상(野間文芸新人賞, 1982)

다니자키준이치로상(谷崎潤一郎賞, 1985)

요미우리문학상(讀賣文學賞, 1996)

프란츠카프카문학상(2006)

예루살렘상(2009)

스페인예술문학훈장(2009)

고바야시히데오상(小林秀雄賞, 2012)

안데르센문학상(2016)

데뷔작 바람의 노래를 들어라(風の歌を聴け, 1979)

배우자 무라카미 요코(村上陽子, 1948년 10월~)

영향받은 인물 레이먼드 챈들러(Raymond Thornton Chandler), 프란츠 카프카(Franz Kafka), 스콧 피츠제럴드(Francis Scott Key Fitzgerald), 샐린저(Jerome David Salinger), 리처드 브로티건(Richard Brautigan), 커트 보네거트(Kurt Vonnegut), 표도르 도스토옙스키(Fyodor Dostoevski), 나쓰메 소세키(夏目漱石)

1. 개요

무라카미 하루키(むらかみ はるき, 村上春樹, 1949년 1월 12일~)

일본의 소설가이자, 미국문학 번역가. 그가 쓴 책과 이야기들은 50개 언어로 번역되었고, 몇백만 부가 외국에 팔리면서 일본에서뿐 아니라 국제적인 베스트셀러 작가로 활동하고 있다. 무라카미 류와 더불어 일본의 한 세대를 풍미하는 작가로 간주되며, 요시모토 바나나와 함께 해외에서도 유명한 작가이다.

1979년 소설 『바람의 노래를 들어라』로 제22회 군조신인문학상을 수상하면서 문단에 데뷔했다. 1987년 발간된 『노르웨이의 숲』 상 · 하권이(2009년 시점) 1천만 부 이상 팔린 베스트셀러가 되면서 무라카미 하루키 붐이 일어나게 되었다.

30대 후반부터는 세계 각지를 여행하면서 에세이를 많이 쓰기 시작했는데, 한국은 아직 한 번도 방문한 적이 없다. 하지만 하루키에게 한국이라는 나라가 전혀 관심 밖의 국가는 아니다. 하루키는 작품 속에서 일본과 연관된 한국 역사를 설명하거나, 비중 있는 인물로 한국인을 등장시킨 적이 있다. 예를 들어 『스푸트니크의 연인』의 뮤나 『1Q84』의 다마루가 한국인으로 나오는 등 지금까지 몇 차례 작품에서 한국인을 등장시켰다. 2010년 한 출판사와의 인터뷰에서 하루키는 한국에 오지 않는 이유로 "특별한 이유가 있어서 가지 않은 건 절대 아니고 웬일인지 갈 기회가 없었다." 고 밝혔다. 하루키의 문체와 세계관은 1990년대에서 2000년대까지 한국문학에 많은 영향을 미쳤다.

하루키는 군조신인문학상(1979), 노마문예신인상(1982), 다니자키준이치로상(1985) 등 일본의 많은 문학상을 휩쓸었을 뿐만 아니라, 프란츠카프카상(2006), 프랭크오코너국제단편상(2006), 카탈로니아국제상(2011) 등의 세계 문학상을 휩쓸며, 2015년 미국 타임지가 선정한 '세계에서 가장 영향력 있는 인물 100인' 에 선정되었다.

2. 생애

2.1. 어린 시절과 20대

1949년 교토시 후시미구에서 태어났다. 아버지가 사립 고요학원중학교 교사로 부임하자, 효고현 니시노미야시의 슈쿠가와로 전학 갔다. 하루키의 아버지는 교토부 나가오카쿄시아오의 정토종 니시야마파 고묘지(光明寺) 주지스님의 아들이고, 어머니는 오사카 센바 출신 상인의 딸로 부모 모두 간사이 토박이였기에, 간사이 사투리를 쓰면서 지냈다. 또 부모 두 분 다 국어교사라서 책을 좋아하는 부모의 영향으로 독서가로 자라났다.

니시노미야 시립 하마와키초등학교 입학, 니시노미야 시립 고로엔초등학교 졸업. 아시야 시립 세이도중학교를 나와 효고 현립 고베고등학교로 진학했다. 부모님이 일본문학에 대해 이야기 나누는 것에 진절머리가 나서 서구 번역문학에 심취했고, 부모가 구독하던 가와데쇼보의 『세계문학전집』과 중앙공론사의 『세계의 문학』을 읽으며 10대 시절을 보냈다. 또 중학교 때부터는 중앙공론사의 전집 『세계의 역사』를 반복해서 읽었다. 고베고등학교에서는 신문위원회에 소속되어 있었다.

재수를 해서 1968년에 와세다대학 제1문학부에 입학해 영화연극과에 진학했다. 대학교 재학 중에는 연극 박물관에서 영화 시나리오를 탐독, 영화 각본가를 꿈꾸며 시나리오 집필 등도 했지만, 학교에는 거의 나가지 않고 신주쿠에 있는 레코드 가게에서 아르바이트를 하였고 가부키초의 재즈 카페를 드나들며 하루하루를 보냈다. 1970년대 초에는 도쿄도 치요다구 스이도바시에 있던 재즈 카페 '스이도바시 윙'의 종업원이 되었다. 1971년에 다카하시 요코와 학생 신분으로 결혼을 했고, 한때는 분쿄구에서 침구 가게를 운영하던 아내의 처가에 세 들어 살았다.

2.2. 재즈 카페 개업

대학 재학 중인 1974년, 도쿄도의 고쿠분지역 남쪽 출입구에 있는 빌딩 지하에서 재즈 카페 '피터 캣'을 개업해서 운영하였다. 가게 이름은 이전에 기르던 고양이의 이름에서 따왔다고 한다. 밤에는 재즈 바가 되고, 주말에는 라이브 공연을 했다. 개업 자금은 500만 엔으로, 절

받은 부부가 아르바이트를 해서 모은 돈, 나머지는 양쪽 부모에게서 받은 돈이었다. 가게는 아내와 함께 1974년부터 1981년까지 운영했다.

1975년 7년간 재학한 와세다대학을 졸업했다. 졸업논문의 제목은 「미국영화에서의 여행의 계보」로, 이 논문에서 '아메리칸 뉴시네마'와 '이지 라이더'에 대해 논했다. 지도교수는 인나미 고이치. 1977년 건물주가 빌딩 증축을 이유로 철거를 요구해서 '피터 캣'을 센다가야로 옮겼다.

2.3. 데뷔와 성공

1978년 4월 1일, 메이지진구구장에서 프로야구 개막전을 관람하던 중 소설을 쓰자는 생각이 떠올랐다. 1회 말 야쿠르트 스왈로즈의 선발 타자 데이비드 힐튼이 2루타를 친 순간의 일이었다고 한다. 그 후로 재즈 카페를 운영하면서 매일 밤 부엌 테이블에서 글을 계속 썼다.

1979년 4월, 《군조》에 응모한 『바람의 노래를 들어라』로 제22회 군조신인문학상을 수상했다. 이 작품이 《군조》 1979년 6월호에 실리면서 작가로 데뷔했다. 커트 보네거트(Kurt Vonnegut), 리처드 브로티건(Richard Brautigan) 등 미국문학의 영향을 받은 청신(清新)한 문체로 현대의 도시생활을 그려내며 주목을 받았다. 그해 『바람의 노래를 들어라』가 제81회 아쿠타가와상 및 제1회 노마문예신인상 후보에 오르는가 하면, 이듬해에는 『1973년의 핀볼』로 제83회 아쿠타가와상 및 제2

회 노마문예신인상 후보에 올랐다. 1981년, 전업작가가 되기로 결심하고 재즈 카페 '피터 캣'을 다른 사람에게 넘겼다. 그해 5월 최초의 번역서 『마이 로스트 시티 피츠제럴드 작품집』을 발간했다. 이듬해에는 본격 장편소설 『양을 쫓는 모험』을 발표해 제4회 노마문예신인상을 수상했다.

1985년에는 두 개의 이야기가 번갈아가며 진행되는 장편 『세계의 끝과 하드보일드 원더랜드』를 발표해 제21회 다니자키준이치로상을 수상했다. 1986년 10월에 유럽(주요 거처는 그리스, 이탈리아, 영국)으로 이주했다.

1987년, '100% 연애소설'이라는 타이틀을 내건 『노르웨이의 숲』을 발간했다. 『노르웨이의 숲』은 상권과 하권을 통틀어 430만 부 이상이 팔려나간 베스트셀러가 되었다. 일본 내 소설 최대 발행부수 신기록을 세우는 등 일본 전국적으로 하루키 신드롬이 일어났다. 1989년 10월에는 하루키 소설 중 처음으로 『양을 쫓는 모험』 영어판 『Wild Sheep Chase』가 출판되었다.

2.4. 1990년대, 작품관의 변화

1991년 뉴저지주 프린스턴대학교의 객원 연구원으로 초빙되어 미국으로 건너갔다. 이때를 전후로 걸프전이 발발했다. 훗날 하루키는 "솔직히 말해 그 당시 미국의 애국적이고도 마초적인 분위기는 그리

달갑지 않았다."고 말했다. 그다음 해에 체류 기간 연장을 위해 객원 강사로 취임했다. 현대 일본문학 세미나에서 제3의 신인에 대해 강의하면서 에토 준의 『성숙과 상실』을 서브 텍스트로 썼다.

1994년 4월에는 『태엽 감는 새』 연대기 제1부와 2부를 펴냈으며, 1995년 6월 귀국해, 그해 8월 『태엽 감는 새』 연대기 제3부를 간행했다. 이듬해 『태엽 감는 새』 연대기로 제47회 요미우리문학상을 수상하였다

1996년 6월에 자신의 공식 홈페이지인 무라카미 아사히도를 개설했다. 1997년 3월에는 지하철 사린 사건 피해자들의 인터뷰를 정리한 논픽션 『언더그라운드』를 출판했는데, 그때까지는 오히려 내성적인 작품으로 사회에 무관심한 청년을 그리던 하루키가 사회문제를 정면에서 다루면서 주위를 놀라게 했다. 1999년, 언더그라운드의 속편으로 옴진리교 신자들과의 인터뷰를 정리한 『약속된 장소에서』로 제2회 구와바라다케오문예상을 수상했다. 2000년 2월, 한신 아와지 대지진을 주제로 한 연작집 『신의 아이들은 모두 춤춘다』를 발표했다.

이 시기, 사회적 사건을 소재로 다루게 된 것에 대해 하루키 자신은 '커미트먼트(commitment)'라는 단어를 써서 다음과 같이 말한다.

commitment(헌신, 현실참여)라는 것에 대해서 요즘 많이 생각합니다. 예컨대 소설을 쓸 때도 저한테 이 커미트먼트라는 게 매우 중요해

졌습니다. 예전에는 detachment(분리, 이탈)가 중요했는데 말이죠.

『태엽 감는 새』 연대기는 제3단계입니다. 우선 '아포리즘'과 '디태치먼트'의 단계, 그것들을 거치고 나면 뭔가 부족하다는 것을 스스로 알게 됩니다. 그 시점에서 커미트먼트라는 것이 관련되겠지요. 저 자신도 아직 잘 정리하지 못한 상태지만요.

커미트먼트라는 것은 인간과 인간이 관계를 맺는 것이라고 생각하는데, 지금까지 한 것 같은 "당신이 말하는 것은 잘 알겠다. 그러니 손을 잡자."라는 식이 아니라, '우물'을 파고 파고 또 파 내려가 그 밑바닥에서 도저히 통과할 수 없는 벽을 넘어서 이어지는 그런 식의 커미트먼트에 저는 무척 끌렸습니다.

—『하루키, 하야오를 만나러 가다』

(고은진 역, 문학사상, 2004년 10월) 중에서

'커미트먼트'는 이 시기의 하루키의 변화를 나타내는 키워드로 주목받으면서 다수의 평론가에게 거론되었다. 한신 대지진과 지하철 사린 사건, 두 사건에 대해 하루키는 "한 가지 사건을 푸는 것은 어쩌면 다른 한 가지 사건을 더욱 명쾌하게 푸는 길로 이어질 것이다."라고 말했다. 그래서 단편집 『신의 아이들은 모두 춤춘다』에 수록된 작품들은 모두 지진이 발생했던 1995년 1월과 지하철 사린 사건이 일어난 3월 사이에 해당하는 2월의 일들을 의도적으로 그리고 있다.

2.5. 2000년대

2002년 9월, 처음으로 소년을 주인공으로 한 장편소설 『해변의 카프카』를 발표했다. 2004년에는 카메라 렌즈와 같은 시점이 등장하는 실험적인 작품 『어둠의 저편』을 발표했다. 2005년 『해변의 카프카』의 영문 번역판인 『Kafka on the Shore』가 뉴욕타임스의 'The Ten Best Books of 2005'에 선정되어 하루키에 대한 국제적인 평가가 높아졌음을 보여줬다.

2006년에는 프란츠카프카상과 프랭크오코너국제단편상 등 국제적인 문학상을 연거푸 수상했다. 프란츠카프카상은 아시아권 통틀어서 최초로 수상했다. 특히 카프카상은 전년도 수상자인 해럴드 핀터와 그 전년도 수상자인 엘프리데 옐리네크 모두 그해에 노벨문학상을 받았다는 점에서, 하루키가 2006년도 노벨문학상의 유력한 후보로 꼽히기도 했다. 그해 세계 최대 규모의 배팅 업체인 영국 라드브록스의 스톡홀름 사무소는 하루키의 수상 가능성에 34배의 배율을 걸어 18번째 인기 순위로 올랐다. (수상의 영광은 예상 1위였던 오르한 파무크에게 돌아갔다). 2007년에는 배율이 11배, 인기 순위는 6위로 한 단계 더 상승했다. 게다가 최근 수입은 외국에서 벌어들이는 것이 이미 일본 국내 수입을 넘어섰고, 사무소의 작업량도 3분의 2는 외국과 작업하는 것이라고 한다.

2008년 6월 3일, 프린스턴대학은 무라카미 하루키를 포함한 5명에게 명예 학위를 수여했다고 발표했다. 하루키에게 수여된 것은 문학박사이다.

2009년 1월 21일 이스라엘의 일간지 《하레츠(Haaretz)》가 하루키의 예루살렘상 수상을 발표했다. 당시 이스라엘은 가자 침공으로 국제적인 비난을 받고 있었으며, 이 수상은 오사카 시민단체 등에서는 "이스라엘의 전쟁 범죄를 은폐하고 면죄부를 주는 꼴"이라면서 사퇴를 요구하는 목소리가 높아졌다. 그럼에도 하루키는 2월 15일 예루살렘에서 열린 시상식에 참석해 기념강연을 영어로 했다. 연설 전문은 즉시 언론에 의해 중계됐고, 그 내용을 일본어로 번역한 다양한 글들이 온라인에 올라왔다. 《문예춘추》 2009년 4월호에 하루키의 인터뷰 「나는 왜 예루살렘에 갔는가」가 실렸는데, 기념강연 전문(영어와 일본어 둘 다)도 함께 수록됐다. 한편 수상식 때 연설 도중 페레스(Shimon Peres) 이스라엘 대통령의 얼굴이 굳은 것이 보였다고 전해졌다.

2009년 5월, 장편소설 『1Q84』 1, 2권이 출판되었다. 그해 11월까지 합계 223만 부의 발행 부수를 달성했다. 이 작품으로 매일출판문화상을 수상했다. 또 그해 12월 스페인 정부에서 스페인예술문학훈장이 수여했고, 그로 인해 Excelentisimo Senor로 대우받는다.

2.6. 2010년대

2011년 6월, 카탈로니아국제상을 수상했다. 부상인 8만 유로(약 930

만 엔)를 동일본 대지진 의연금으로 기부했다. 카탈로니아국제상 수상 연설에서 일본의 원자력 정책을 비판했다.

2012년 1월 2일, 1월 3일 방송된 하코네 역전의 TV광고의 내레이션을 집필했다. 제작은 삿포로 맥주, 감독은 고레에다 히로카즈. 같은 해 9월 28일 아사히신문 조간에 에세이「국경을 넘나드는 영혼의 힘」을 기고했다. 이 글에는 일중 간의 센카쿠 열도 문제와 한일 간의 독도 문제에 의해 동아시아의 문화 교류가 파괴되는 사태를 걱정하며, "영토문제가 실무 과제임을 넘어 '국민 감정'의 영역에 발을 들이게 되면 그것은 종종 출구 없는 위험한 상황을 가져오게 될 수 있는 것이죠. 그것은 '값싼 술'을 먹었을 때와 같은 겁니다. 술을 몇 잔 마시면 사람들의 머리는 피가 오르고 목소리가 커지게 되고 행동이 난폭해집니다. 논리는 단순해지고 자기 반복만을 거듭하게 됩니다. 그러나 화려하게 떠든 뒤 날이 새면 남는 것은 두통밖에 없죠. 값싼 술기운은 언젠가 깨게 됩니다. 하지만 영혼이 오가는 길을 막아버려서는 안 됩니다. 그 길을 만들기 위해 많은 사람들이 긴 세월을 걸쳐 피나는 노력을 거듭해 온 것이고, 앞으로도 무슨 일이 있어도 계속 유지해야 하는 소중한 이치이기 때문입니다."라고 말했다.

2013년 4월, 장편소설『색채가 없는 다자키 쓰쿠루와 그가 순례를 떠난 해』를 간행, 예약만 50만 부가 팔렸고 발매된 지 6일 만에 100만 부를 돌파, 2013년 베스트셀러 종합 2위를 기록했다.

2014년 11월, 독일의 유력 일간지《디 벨트》가 주는 벨트문학상 올해의 수상자로 선정되었다. 하루키는 베를린에서 베를린 장벽 붕괴를 거론한 뒤 "세계에는 지금도 인종, 종교, 불관용, 근본주의, 그리고 욕망과 불안이라는 벽이 있다."고 말했다. 그는 이어 "우리들 소설가에게 벽은 뚫고 나가지 않으면 안 되는 장애물"이라며 "벽을 통과할 자유가 있다는 점을 느끼게 하는 이야기를 되도록 쓰고 싶다."고 밝힌 뒤 "이 메시지를 자신들의 벽과 지금 이 순간에도 싸우고 있는 홍콩의 젊은이들에게 전한다."고 말했다.

2015년 1월 15일, 기간 한정 사이트 '무라카미 씨가 있는 곳'을 개설했다. 이날부터 1월 31일까지 사이 37,465통의 메일이 쏟아졌다. 독자와의 교환은 약 3,500통에 이르렀다. 공개된 지 3개월 반 만에 1억 페이지 뷰를 기록했다. 이 사이트는 4월 30일에 종료되었으며, 큰 인기에 힘입어 단행본으로 나왔다.

그해 8월 4일 『바람의 노래를 들어라』와 『1973년의 핀볼』의 신역 영어판이 Harvill Secker에서 출판되었다. 번역은 테드 구센.

2016년 10월 30일, 하루키는 안데르센문학상 수상식 소감에서 "우리에게 맞게 아무리 역사를 다시 써도, 결국에는 우리 자신을 다치게 할 뿐"이라고 말했다.

2017년 2월 24일, 하루키의 신작 장편소설 『기사단장 죽이기』가 1부, 2부로 나뉘어 일본에서 발행되었다. 1권은 『현현하는 이데아』, 2

권은『전이하는 메타포』. 지금까지 하루키가 낸 장편소설 중 부로 분책돼 나온 작품은『태엽 감는 새』와『1Q84』가 있는데, 이 둘은 1부와 2부가 동시에 발매되고 1년 후에 3부가 나왔다. 그래서 이번에도 3부작 이상일 가능성이 높다. 두 권으로 끝난 작품들은 예외 없이 상권과 하권으로 2부작임을 명확히 하고 나왔었다.

1, 2부의 한국어 번역본 동시 출간은 2017년 7월 12일.

3. 작품의 특징

3.1. 평이한 문장과 난해한 이야기

평이하고 친숙한 문장은 하루키가 데뷔 당시부터 의식하고 있던 점으로, 하루키에 따르면 '낮은 문턱'으로 '마음에 호소하는' 문장은 미국 작가인 브로티건과 보네거트에게서 받은 영향이라고 한다. "문장은 리듬이 가장 중요하다."라는 말은 하루키가 자주 하는 말인데, 그는 이렇게 생각하게 된 이유를 다음과 같이 설명한다. "7년 정도 아침부터 밤까지 재즈 가게를 운영했는데, 머릿속에서 계속 엘빈 존(Elvin Jone)의 하이햇이 울리더라구요."

하루키가 구사하는 은유의 정교함에 대해 사이토 다마키(정신과 전문의, 비평가)는 "은유 능력을 서로 다른 두 이미지 사이의 점프력이라고 생각할 때, 하루키만큼 멀리까지 점프할 수 있는 일본 작가는 없다."고 평가했다.

반면, 문장은 평이한 데 반해 작품의 스토리는 난해하다는 지적을 자주 받는다. 하루키 자신은 이러한 '스토리의 난해함'에 대해서 독자들에게 '논리'가 아닌 '이야기'로 텍스트를 이해해 달라고 말했다. 이야기 속의 이해하기 어려운 사건이나 현상들을 하루키는 '격렬한 은유'라 칭하면서, 영혼의 깊은 부분에 있는 어두운 영역을 이해하려면 밝은 영역의 논리로는 부족하다고 설명한다. 이처럼 "평이한 문체로 고도의 내용을 다루고, 현실 세계에서 비현실의 세계로 seamless하게(=이음매 없이, 완벽하게) 이동한다."는 작풍은 일본 국내뿐 아니라 외국에서도 소위 '하루키 칠드런'이라 불리며 하루키의 영향을 받은 작가들을 배출하고 있다.

또 하루키의 작품은 기존의 일본문학과 대비해 종종 미국적이고 무국적적이라는 평가를 받으면서 세계적인 보편성이 높이 평가되고 있는데, 하루키 본인은 자신의 소설이 어디까지나 일본을 무대로 일본어로 쓴 '일본문학'이며 무국적적인 문학을 지향하는 것은 아니라고 밝혔다. 덧붙여 하루키가 즐겨 사용하는 '연인이나 아내, 친구의 실종'으로, 장·단편을 막론하고 거듭 쓰이고 있다.

3.2. 장편소설가

하루키의 저서는 소설 외에도 에세이, 번역, 논픽션 등 다방면에 걸쳐 있고, 이처럼 서로 다른 형태의 작업들을 의도적으로 돌아가며 집필하고 있다. 하지만 자신을 원래 장편작가라고 규정하고 있으며, 단편과 중편소설을 '실험'의 장으로 다루면서 거기서 얻은 것들을 장편소설에 도입한다고 말했다. 또한 그들의 균형을 잘 잡아가며 작업을 진행해야 하므로 원칙적으로 의뢰를 받고 하는 일은 하지 않는다고 한다.

3.3. 종합 소설로의 시도

하루키는 1990년대 후반부터 "종합 소설을 쓰고 싶다."는 말을 자주 했다. 그는 종합 소설의 본보기로 도스토옙스키의 『카라마조프가의 형제』들을 인용하고 있다. 그것은 "다양한 세계관과 여러 가지 관점들을 하나의 이야기 속에 넣고 이들을 조합함으로써 뭔가 새로운 세계관이 떠오른다."며 하루키는 이러한 소설을 목표로 삼는다고 했다. 그리고 "관점을 몇 개로 나누려면 인칭 변화가 꼭 필요하게 된다."고 말했다. 이와 같은 시도는 『태엽 감는 새』 연대기(1인칭 안에 편지나 다른 등장인물들의 회상이 삽입됨)와 『신의 아이들은 모두 춤춘다』(전부 3인칭으로 쓰임), 『해변의 카프카』(1인칭과 3인칭이 번갈아가며 나타남), 『어둠의 저편』(3인칭에 '우리'라는 1인칭 복수 대명사가 더해짐) 등의 작품에 나타나고 있다.

3.4. 하루키가 영향을 받은 작가

하루키는 자신에게 특히 영향을 끼친 작가로 스콧 피츠제럴드(1896~1940), 트루먼 커포티(Truman Garcia Capote, 1924~1984), 리처드 브로티건(1935~1984), 커트 보네거트(Kurt Vonnegut, 1922~2007), 레이먼드 챈들러(1888~1959)등과 더불어 프란츠 카프카(1883~1924)와 표도르 도스토엡스키(1821~1881) 등을 꼽는다.

하루키는 '지금까지 살면서 만난 가장 중요한 책'으로 피츠제럴드의 『위대한 개츠비』와 도스토엡스키의 『카라마조프가의 형제들』, 챈들러의 『긴 이별』을 꼽았다. 요미우리신문에 실린 『1Q84』에 관한 기자들과의 대담에서는 루트비히 비트겐슈타인(Ludwig Josef Johann Wittgenstein, 1889~1951)의 『사적 언어(私的言語)』 개념에 영향을 받았다는 사실을 밝혔다.

4. 번역가 활동

무라카미 하루키는 창작 활동과 병행하며 많은 번역을 해왔다. 1979년《카이에》8월호에 게재된 스콧 피츠제럴드의 단편「슬픔의 공작」이 상업지에 발표한 것이 그의 첫 번역 작품이다. 하루키는 이에 대해 "「바람의 노래를 들어라」라는 소설로 군조신인상을 받고 무엇보다 기뻤던 것은, 이제 번역을 마음껏 할 수 있다는 것이었습니다. 그래서 바로 피츠제럴드 책을 번역한 것입니다."라고 말했다. 실제로 「슬픔의 공작」의 번역 발표는 「바람의 노래를 들어라」가 《군조》 1979년 6월호에 게재된 지 불과 2개월 만의 일이었다.

1981년 5월 첫 번역서 『마이 로스트 시티: 피츠제럴드 작품집』, 1983년 7월 레이먼드 카버의 작품집 『내가 전화를 걸고 있는 장소』를 출판했다. 2004년 7월에는 『레이먼드 카버 전집』(전8권)을 번역했다.

2003년 이후, 미국 현대문학을 지속적으로 번역하여 발간하고 있다. 그해 4월 샐린저의 『호밀밭의 파수꾼』을 번역, 이 작품을 시작으로 스콧 피츠제럴드 『위대한 개츠비(2006)』, 레이먼드 챈들러의 『기나긴 이별(2007)』 트루먼 카포티(Truman Garcia Capote)의 『티파니에서 아침을(2008)』, 챈들러의 『안녕, 내사랑(2009)』, 『리틀 시스터(2010)』、빅 슬립(2012)』、『하이 윈도(2014)』, 샐린저의 『프래니와 주이(2014)』 등을 번역했다.

하루키는 소설의 집필과 번역을 번갈아 행하는 작업 스타일을, '초콜릿과 소금전병'이라고 비유했다.

2017년 4월 27일 '번역에 대한 거의 모든 것' 토크 이벤트가 도내에서 열렸을 때, 하루키는 번역 작업에 대해 "자신의 취미의 영역이라 봐도 좋다. 이건 볼링 애호가가 자연스럽게 볼링장으로 발길을 향하고 볼링을 치는 것과 같은 것이라 보면 된다."고 말했다. 또한, 번역에서 가장 중요한 것은 "문장의 기술을 배우는 것도 소중하지만, 더 중요한 것은 바로 선배 작가들이 당시 세상을 보는 시각에서 '문학 연금술'을 얻은 것이라고 할 수 있다. 그 때문인지 번역을 통해 배울 게 아직도 무궁무진하다."고 말했다.

5. 관련 인물

안자이 미즈마루

일러스트레이터, 만화가(1942~ 2014)

안자이 미즈마루는 필명이며, 본명은 와타나베 노보루.

안자이는 센다가야의 재즈 카페 '피터 캣'에서 손님으로 하루키를 처음 만났다. 그는 표지에서 삽화까지 수많은 일러스트를 담당하고 있으며, 공저로 참여한 작품도 적지 않다.

하루키의 수필집은 미즈마루와 콤비를 이루어 작업한 작품이 많다. 미즈마루의 그림이 없는 하루키의 수필집은 그 가치를 20%가량 잃는다는 평이 있을 정도다. 하지만 그림을 끝내주게도 느리게 그려서 여러 사람 복장을 터지게 한다. 간단한 그림이든 복잡한 그림이든 상관없이 똑같이 늦게 그리니 신기할 따름. 삼각형 도형을 그리든 작대기 하나를 긋든 둘 다 똑같이 시간이 걸린다.

한번은 하루키가 신문에 칼럼을 기고할 당시, 미즈마루에게 조금 어려운 과제를 내주고자, 한마디로 골탕먹이려고 '두부 시리즈 연작'

을 기고한 적이 있다. 미즈마루가 '기차에서 식당칸에 애완견과 함께 우아하게 돈가스를 먹는 로멜 장군' 같은 복잡한 그림은 의외로 쉽게 그리지만, 단순한 두부는 오히려 잘 그리지 못할 것이라고 생각한 것. 그러나 미즈마루는 이를 비웃듯 별 고민 없이 네모 반듯한 날두부 하나만 텅 그려주었다고. 이후 고심을 거듭하던 하루키는 드디어 미즈마루를 골탕먹일 소재를 찾았다면서 기뻐했는데 그 소재가 곤충이었다. 미즈마루는 곤충, 특히 지네류의 털 많고 징그러운 쪽을 아주 무서워한다고 하며, 하루키는 이것을 발견하자 바로 호쾌하게 연작 시리즈로 써주는 대인배 정신을 발휘하였다. 삽화를 보면, 정말 그냥 지네들만 덜렁 그려져 있다. 책으로도 출판된 무라카미 수필집에서도 볼 수 있다.

그림체는 유치원생이 그린 그림 같지만 실제로는 일본대학 미술학과 출신에 교수 겸임 및 굵직굵직한 상을 여러 번 받은 사람이다. 소설도 쓰는데 국내에서는 하루키의 작품으로 알게 되는 경우가 대부분. 하루키 얘기에 빼먹으면 조금 심심한 인물이다. 2014년 3월 19일 뇌출혈로 쓰러져 향년 71세를 일기로 사망했다.

시바타 모토유키

영미문학 번역가(전 도쿄대학 교수)

하루키가 존 어빙(John Winslow Irving)의 『곰 풀어주기』를 번역했을 때, 시바타가 그 번역문을 감수하면서 교류가 생겼다. 하루키가 시바타의 수업에 참가하거나(飜譯夜話, 飜譯教室), 적극적으로 인터뷰에 응했기 때문에 두 사람은 친분이 두터워졌다. 더욱이 그는 하루키의 CD북(2008)의 종합 감수도 했다. '무라카미 아사히도 홈페이지'에서 영문법에 관한 질문에 대해 독자들에게 하루키 대신 대답한 적도 있다.

2006년 3월에 도쿄, 삿포로, 고베에서 열린 '국제 심포지엄 및 워크숍 하루키를 둘러싼 모험—세계는 무라카미 문학을 어떻게 읽을 것인가'의 고문 및 사회를 맡기도 했다. 한편, 심포지엄을 기록한 서적 『세계는 무라카미 하루키 문학을 어떻게 읽을 것인가(2006)』의 편집도 했다.

제이 루빈

미국 출신의 일본문학 연구자, 번역가(1941~)

하루키 작품의 주된 영어 번역들을 앨프리드 번바움(Alfred Birnbaum, 1955~), 필립 가브리엘과 함께 담당하고 있다. 이중에서 개인적으로도 특히 교류가 깊은 것이 루빈이다. 『태엽 감는 새』 연대기의 번역을 하루키로부터 의뢰를 받아 실시했다. 지금까지 장편소설 4편, 단편소설 24편을 번역했다. 또한 2009년 2월 이스라엘에서 열린 예루살렘상 시상식의 영문 연설 번역도 담당했다.

루빈은 자신의 저서 『하루키 문학은 언어의 음악이다』의 참고문헌으로 하루키의 사신(私信)과 강연의 미출간 원고, 무라카미 부부의 미공개 인터뷰와 담화를 많이 이용하고 있다. 도쿄대학 문학부에서 열린 시바타 쇼지의 번역 연습 수업에도 하루키와 함께 참여했다. 이때 수업의 모습은『번역 교실』(2006)에 수록되어 있다.

2006년 3월에 도쿄, 삿포로, 고베에서 열린 '국제 심포지엄 및 워크숍 하루키를 둘러싼 모험—세계는 무라카미 문학을 어떻게 읽을 것인가'에 참가했다. 같은 해 6월 아일랜드에서 열린 프랭크오코너국제단편영화상 시상식(수상작품은 단편집『Blind Willow, Sleeping Woman』)에 하루키 대신 참석했다.

하루키는 루빈이 번역한 아쿠타가와 류노스케의 단편집『Rashomon and Seventeen Other Stories』(2006)의 서문을 쓰기도 했다. 이 책은 2007년 6월 신쵸사에서 일본어로 출판되었다.

무라카미 류

소설가(1952~)

군조신인문학상에 의해 거의 비슷한 시기에 데뷔하여 둘 다 인기작가가 됐다. 연령이 비슷한 것(하루키가 3살 연상), 둘 다 인기작가가 된 것 등에서 두 사람은 'W 무라카미'라고 종종 불리기도 한다. 하지만 인척 관계가 없으며, 작풍도 달라 특별한 공통점이 있는 것도 아니다.

무라카미 류는 학창 시절, 하루키가 경영하는 '피터 캣'에 다니고 있었으며, 데뷔 전부터 아는 사이였다. 초기에는 서로 에세이에서 자주 언급했으며, 1981년에는 '대담집'을 출판했다. 1981년 여름, 하루키는 류에게 새끼고양이 Abyssinian를 받았다.

시미즈 요시노리는 평론 「무라카미 류와 하루키의 시대」에서 두 사람이 서로의 작품을 의식하며 대항하는 '세션'을 계속 전개해 왔다면서, 각각의 대표작을 비교해 논하기도 했다.

하루키는 『하루키, 하야오를 만나러 가다』에서 류에 대해 "처음부터, 폭력을 뚜렷하고 예견적으로 쓰고 있다."는 점에서 날카로운 감각을 지닌 작가라고 평가한 뒤, 자신은 "거기에 가기까지 시간이 걸린다고 할까, 그와 나는 사회에 대한 접근방식이 다르다."라고 말했다.

무라카미 요코

무라카미 하루키의 부인으로 그가 대학생 시절 같은 수업을 듣다가 사귀게 되어 대학 졸업 전에 결혼하였다. 여담으로 에세이에 나오는 하루키와 무라카미 요코 사이의 일화는 『상실의 시대』의 미도리와 주인공 간의 일화와 비슷한(이라기보다 거의 정황이 똑같은) 부분이 많다. 현재는 전업주부이나 하루키가 쓰는 여행 에세이의 사진은 대개 요코의 작품으로 사진 실력은 프로 사진작가 수준이다. 수필에서 아내가 필름을 교체할 줄 모른다고 놀리기도 한다.

수필집을 보면 소설가 데뷔 전에 부인이 직장을 다니고 하루키 본인은 집안 살림을 도맡은 시기가 잠깐 있었는데, 장을 보고 요리하고 청소하고 빨래했던 당시 일과를 상술하여 매우 가사에 도가 튼 모습을 그리기도 했다. 이 경험은 소설『태엽 감는 새』에 반영되어 있다. 하루키는 이 시절을 회상하며 "남자는 한 번쯤은 주부 역할을 해봐야 좋다. 세상이 생각하는 많은 여성성은 오롯이 주부라는 직업 때문에 생긴다."라고 밝히기도 했다.

가와이 하야오(1928~2007)

일본의 심리학자, 전 일본 문화청 장관

『하루키, 하야오를 만나러 가다』라는 대담집의 공동 저자이다(1928년 6월 23일~2007년 7월 19일). 하야오는 원로 학자 중에서도, 하루키가 유일하게 계속 대담한 인물. 하루키는 "저에게 있어서 '소설의 의미'와 같은 것을 정확히 종합적으로 이해하고, 정면에서 받아준 사람은 하야오 선생님 한 분밖에 없었습니다. '이야기'라는 것이 우리들의 영혼에 있어서 얼마나 강한 치유의 힘을 갖고, 또 그와 동시에 위험한 것일 수 있는지에 대하여, 매우 깊은 레벨까지 파악하고 계신 분입니다." "하야오 선생님을 만날 때마다 저는 기운을 얻습니다. 저런 사람은 그렇게 많지 않아요." "내가 '이야기'라고 하는 단어를 사용해 말할 때에, 그 의미를 제대로 이해해 주시는 분은 하야오 선생님 정도였다."라고 말했다.

야스하라 켄(1939~2003)

편집자

야스하라는 중앙공론사 문예지《바다(海)》와《마리 클레르》의 편집을 담당했던 사람이다. 하루키가 운영하던 재즈 카페의 손님으로, 『바람의 노래를 들어라』가 출판됐던 1979년 이전부터 교류가 있었다. 「중국행 슬로보트」를《바다》 1980년 4월호에 게재했던 당시, 하루키의 첫 단편소설이었음에도 불구하고 야스하라는 일체 고쳐 쓸 것을 요구하지 않았다고 한다. "세세한 실무적 작업은 이분이 좋아하는 바가 아닌 듯했다."라고 하루키는 말했다. 2003년 1월 20일에 폐암으로 세상을 떠났다.

하루키는 2006년 3월에 발매된《문예춘추》 4월호에 「어느 편집자의 삶과 죽음: 야스하라 켄」이라는 제목의 에세이를 발표했다. 이 글에서 하루키는 자신의 친필원고가 야스하라에 의해 무단 유출돼 도쿄의 간다 진보초 헌책방과 인터넷 옥션 등지에서 팔리고 있다고 썼다. 그리고 "기본적인 직업 윤리에 어긋나는 (중략) 것이 아닌가", "그것들(야스하라에 의해 유출된 자필원고)은 부정한 루트로 반출된 일종의 장물로, 금전적 이익을 얻기 위해 매각된 것임을 여기서 명확히 하고 싶다."라는 말을 덧붙였다.

6. 작품

한국어 책 제목	일본어 책 제목	한국 출간일	일본 출간일
바람의 노래를 들어라	風の歌をを聴け	1991	1979
1973년의 핀볼	1973年のピンボール	1997	1980
양을 쫓는 모험	羊をめぐる冒險	1992	1982
중국행 슬로보트	中國行きのスロウ·ボート	1999	1983
코끼리 공장의 해피엔드	象工場のハッピーエンド	2012	1983
4월의 어느 맑은 아침에 100퍼센트의 여자를 만나는 것에 대하여	4月のある晴れた朝に100パーセントの女の子に出會うことについて	2009	1983
세계의 끝과 하드보일드 원더랜드	世界の終りとハードボイルド·ワンダーランド	1996	1985
빵 가게 재습격	パン屋再襲擊	2000	1986
노르웨이의 숲(상실의 시대)	ノルウェイの森	1993	1987
댄스 댄스 댄스	ダンス·ダンス·ダンス	2005	1988
TV피플	TVピープル	2000	1990
먼 북소리	遠い太鼓	1996	1990
국경의 남쪽, 태양의 서쪽	國境の南、太陽の西	1996	1992

태엽 감는 새 연대기	ねじまき鳥クロニクル	1994	1994
밤의 거미원숭이	夜のくもざる	2003	1995
렉싱턴의 유령	レキシントンの幽靈	1997	1997
언더그라운드	ja:アンダーグラウンド	1998	1997
스푸트니크의 연인	スプートニクの戀人	1999	1999
신의 아이들은 모두 춤춘다	神の子どもたちはみな踊る	2000	2000
언더그라운드2: 약속된 장소에서	約束された場所で	2010	2001
해변의 카프카	海邊のカフカ	2003	2002
어둠의 저편	アフターダーク	2005	2004
도쿄 기담집	東京奇譚集	2006	2006
1Q84	1Q84	2009	2009
오자와 세이지 씨와 음악을 이야기하다	小澤征爾さんと、音樂について話をする	2014	2011
잠	ねむり	2012	2012
색채가 없는 다자키 쓰쿠루와 그가 순례를 떠난 해	色彩を持たない 多崎つくると、彼の巡の年	2013	2013
기사단장 죽이기	騎士團長殺し	2017	2017